plaisir d'amour

FSC
www.fsc.org
MIX
Papier aus verantwortungsvollen Quellen
Paper from responsible sources
FSC® C105338

Fiona Cole

Voyeur

Verbotene Blicke

plaisir d'amour

Fiona Cole
VOYEUR: VERBOTENE BLICKE
Erotischer Roman

www.plaisirdamour.de
info@plaisirdamourbooks.com
Übersetzung aus dem Amerikanischen: Joy Fraser
Covergestaltung: © Mia Schulte
Coverfoto: © Shutterstock.com
ISBN Taschenbuch: 978-3-86495-401-6
ISBN eBook: 978-3-86495-402-3

Dieses Werk wurde im Auftrag der Hershman Rights Management, LLC vermittelt.

Für Rachel und Georgeanna.

Ride or die, bitches.

Kapitel 1

Oaklyn

„Wie meinst du das, das Geld ist weg?“

„Es tut mir leid, Liebes. Der Wasserboiler ging kaputt und wir dachten, wir schaffen das schon. Aber dann blieb das Auto stehen. Unsere Ersparnisse sind aufgebraucht, und das Auto ist ein Totalschaden, sodass wir uns ein neues kaufen mussten, oder Dad wäre nicht mehr zur Arbeit gekommen. Dann wurde die Miete fällig und der Scheck … war nun mal da.“

Meine Hand zerdrückte fast das Handy, das ich mir jetzt nicht mehr leisten konnte, als ich versuchte, meine Wut und die Panik zu beherrschen. „Mom, das war mein Studiengeld, von dem ich eigentlich leben wollte.“

Unfassbar, dass der Scheck an die falsche Adresse geschickt worden war. Ich hatte meine Adresse doch sofort geändert, als ich in das kleine Studio-Apartment gezogen war. Trotzdem war er zu meinen Eltern nach Florida gegangen. Mein Verstand raste und ich verfluchte mein Pech. Erst letzte Woche war ich zu Thanksgiving dort gewesen. Warum war er dann nicht angekommen? Und wieso hatten sie den Umschlag nicht an mich geschickt, ohne ihn zu öffnen?

Was zum Teufel sollte ich jetzt tun?

„Es tut mir so leid, Liebes. Wir sind in Panik geraten und haben eine falsche Entscheidung getroffen. Wir könnten das Auto wieder verkaufen. Uns fällt schon was ein.“

In mir schrie alles *Ja!* Aber das konnte ich nicht von ihnen verlangen. Wovon sollten sie leben, wenn Dad nicht zur Arbeit fahren konnte? Zwar war die Uni mein großer Traum, aber ich konnte auch ohne existieren.

Ich sollte wütend sein, und das war ich auch, doch ich konnte es nicht an ihnen auslassen. Schon immer hangelten sich meine Eltern von einem Gehaltsscheck zum nächsten, und mir war klar, dass sie das Auto verkaufen würden, wenn ich sie darum bat. Aber Gott allein wusste, was dann aus ihnen werden würde, und dieses Risiko wollte ich nicht eingehen.

„Nein, Mom. Tu das nicht."

„Was willst du denn jetzt machen?"

„Ich weiß es noch nicht." Ich sank gegen die Wand des Studentenwohnheims, in dem meine Freundin lebte. Ich war zum Telefonieren rausgegangen, doch mit den Tränen in den Augen wünschte ich, ich wäre im Zimmer geblieben, wo niemand sehen konnte, wie ich zusammenbrach.

„Kannst du noch einen Kredit bekommen?", fragte Mom hoffnungsvoll.

Nichts konnte mein kehliges Auflachen stoppen. Noch einen Kredit? Ich hatte bereits sämtliche Stipendien und Kredite ausgenutzt, um studieren zu können. In der Highschool hatte ich mir den Arsch aufgerissen, in der Hoffnung, Stipendien würden mein Bankkonto überfluten. Das war auch geschehen, aber es reichte nicht. Zusätzlich hatte ich noch alle Kredite beantragt, die ich durch die staatliche Studentenhilfe ergattern konnte.

Du hättest ja nicht außerhalb des Bundesstaates studieren müssen, wisperte meine innere Stimme. Nun, dafür war es jetzt zu spät. Ich hatte dort weggewollt, den alten Trott verlassen wollen, in dem ich steckte, und hatte auch die Mittel dazu gehabt. Leider hatten sich diese Mittel nun in Luft aufgelöst. Die ganzen zehntausend Dollar. Achttausend, um das letzte Semester zu bezahlen und die verdammten Gebühren dafür, außerhalb des Staates zu studieren, und von zweitausend Dollar hatte ich bis zum Ende des Sommers leben wollen.

„Nein, Mom."

„Es tut mir so leid, Liebes."

Sie meinte es ernst, ich hörte es an ihrer bebenden Stimme, doch momentan konnte ich ihr einfach nicht vergeben. Mein Traum zerbröckelte vor meinen Augen und ich konnte mich auf nichts anderes konzentrieren. Tränen schmerzten in meiner Kehle, als ich das Gespräch beendete und zurück in Olivias Zimmer ging.

„Wie geht's Mami und Papi?", scherzte sie. Sobald sie jedoch die Niedergeschlagenheit in meinem Gesicht sah, veränderte sich ihr Ausdruck. Sie sprang auf und eilte auf mich zu. „Was ist los? Ist jemand gestorben? Sind alle okay?"

Sie legte die Arme um mich und ich ließ den Kopf auf ihre Schulter sinken, während ich den Tränen freien Lauf ließ. „Sie …" Ich schniefte und versuchte, trotzdem zu sprechen. „Sie haben mein Studiengeld ausgegeben."

„Was?"

Ich konnte es nicht auch noch wiederholen, also nickte ich nur.

„Fuck, Oak. „Das ist … fuck."

„Allerdings."

Sie sagte nichts mehr, sondern schob mich zu ihrem Bett und hielt mich fest, als ich mich ausheulte. Ich hasste es, so emotional zu sein. Immer versuchte ich, meine Gefühle effizient einzusetzen, und hier heulend herumzusitzen brachte mich nicht weiter. Ich richtete mich auf, wischte mir die Wangen ab und atmete tief durch.

Olivia brachte mir ein Wasser aus ihrem Mini-Kühlschrank und lehnte sich an die Wand. „Du könntest bei mir schlafen. Ich bin sicher, das würde kein Schwein merken."

Ich überlegte ernsthaft, Ja zu sagen. Mit den Fingern fuhr ich über die rosa Bettwäsche, betrachtete den kleinen Raum und dachte an ihre andere Mitbewohnerin. Sie würde sicherlich die Vorstellung von noch jemandem, der Platz beanspruchte, nicht gut finden.

„Oh, Mann, Olivia", sagte ich und ließ mich auf ihre Kissen fallen. „Wieso hast du das Penthouse nicht genommen, als du mit dem Studium angefangen hast?"

Ihr Lachen war so entspannt und fröhlich wie ihre Natur. „Ja, nicht wahr? Ich bin so eine Zicke."

Olivia stammte aus einer reichen Familie, die sie in einem Penthouse außerhalb des Campus unterbringen wollte. Aber sie wollte unbedingt ins Wohnheim, um das echte Collegeleben mitzubekommen. Widerwillig stimmte ihr Vater zu, solange er ihr einen Chauffeur zur Verfügung stellen durfte.

Alles, was ich immer wollte, war ein Zimmer im Wohnheim, aber ich konnte mir die zusätzlichen Kosten nicht leisten. Also musste ich mit einem Apartment außerhalb des Campus vorliebnehmen. Es war auf jeden Fall kein Penthouse. Man konnte es kaum als Apartment bezeichnen. Eher als einen Schuhkarton. Ich besaß ein halbwegs anständiges Auto, um von A nach B zu kommen, und es gab eine Bushaltestelle in der Nähe, falls es sich von halbwegs anständig zu Schrott verwandeln würde. Ich kam zurecht. Vielleicht konnte ich die Karre verkaufen, um an Bargeld zu gelangen.

„Also, was willst du jetzt machen?"

„Das ist eine gute Frage. Ich fange damit an, mir einen Job suchen, obwohl die meisten bestimmt schon von Ferienjobbern besetzt sind."

„Aber du arbeitest doch bereits nebenbei im Fachbereich Biologie. Woher willst du die Zeit für noch einen Job, plus das Studium, nehmen?"

„Schlaf wird überbewertet." Damit brachte ich sie zum Schnauben, denn wir beide liebten es, zu schlafen. „Ich könnte mein Blutplasma verkaufen. Oder meine Eier."

„Ich kidnappe dich, bevor du deine potenziellen, kostbaren Babys verkaufst."

„Ach, danke, Liv. Du bist eine wahre Freundin."

Sie warf mir einen Handkuss zu und schaltete zur Ablenkung einen Film ein. Zumindest startete sie den Versuch. Doch selbst während wir lachten und Popcorn aßen, drehten sich meine Gedanken um mögliche Arbeitsstellen. Sobald ich das Gebäude verlassen würde, wollte ich nach einem Job suchen. Zwar hatte ich über den Schlafmangel gescherzt, doch ich würde sogar noch eine Menge mehr opfern, um weiterstudieren zu können.

Nach einer Woche hatte ich immer noch keinen Job gefunden. Jede nur denkbare Stelle war von einer saisonalen Hilfskraft belegt. Es war drei Wochen vor Weihnachten, und sollte mir noch eine Person sagen, dass ich mich vor Thanksgiving hätte bewerben sollen, würde ich schreien.

„Ich habe morgen einen Termin im Büro des Finanzverwalters der Uni, um dort über eine mögliche Lösung meines Problems zu sprechen", erzählte ich Olivia beim Mittagessen. „Und dann gehe ich zur Bank und frage, ob sie mir noch einen Kredit geben."

„Du weißt, dass ich mit meinem Dad reden könnte …", begann Olivia, doch ich unterbrach sie.

„Nein. Ich möchte kein Geld von dir annehmen."

„Es wäre ein Kredit. Und du müsstest keine Zinsen zahlen."

Ich schüttelte bereits den Kopf, ehe sie zu Ende gesprochen hatte. Wir hatten schon darüber geredet und ich war fest entschlossen, keine finanzielle Beziehung mit ihr einzugehen. Ich hatte erlebt, wie sich meine Eltern Geld von Freunden geborgt hatten und die Beziehung daran zerbrochen war. Die Leute zogen ihren Vorteil daraus, ihnen Geld geliehen zu haben. Als der Kredit schließlich abbezahlt war, war die Freundschaft zu kaputt, um sie noch flicken zu können. Es kam nie etwas Gutes dabei heraus, wenn in Beziehungen Geld involviert war.

Ich wollte nicht, dass das zwischen mir und Olivia passierte. Sie war mir zu wichtig, um sie zu verlieren. „Schlimm genug, dass du mich gerade zum Essen einlädst."

Wir saßen an einem Ecktisch im größten Speisesaal der Uni. Ich wäre damit zufrieden gewesen, wieder nur Nudelsuppe zu essen, doch sie hatte mich hergeschleppt und mir ein Essen bestellt, ehe ich widersprechen konnte.

„Iss einfach das verdammte Essen. Du weißt, dass es gut ist", grummelte sie.

Ich nahm einen Bissen und sah sie an, doch sie sah nach unten, ihr langes blondes Haar umrahmte sie wie ein Vorhang und versteckte ihr Gesicht vor mir. Als sie schließlich hochsah, wirkte sie nervös. Sie presste die Lippen zusammen und ihre Augen weiteten sich.

In mir begannen sämtliche Alarmglocken zu läuten. „Was ist?"

Sie legte das Besteck ab und setzte sich aufrechter hin, als ob sie sich auf eine Schlacht vorbereitete. „Hör zu", begann sie. „Ich habe eine Idee. Es geht um richtig gutes Geld, aber du musst dafür wirklich sehr offen sein."

„Okay." Ich zog das Wort in die Länge und wappnete mich innerlich. „Du weißt, dass ich verzweifelt bin und fast alles tun würde."

Sie leckte sich kurz über die rosa glänzenden Lippen und schluckte schwer. Worum zum Geier ging es?

„Mein Onkel – sozusagen das schwarze Schaf unserer Familie – besitzt einen Club."

Ich ließ die Gabel sinken und setzte mich ebenfalls auf. Mir fiel nichts anderes ein als ein Strip-Club. „Was für eine Art Club?"

Sie hob den Kopf und sah sich um, als ob sie nach den richtigen Worten suchte. „Es ist kein richtiger Sex…"

„Ich werde mich nicht an eine Straßenecke stellen, um Geld zu verdienen. Ich bin zwar verzweifelt, aber nicht so sehr, um eine Prostituierte zu werden."

„Nein, nein, nein." Sie hob die Hände, um diese Gedankenrichtung zu stoppen. „Es ist mehr … wie eine Performance." Sie machte eine kurze Pause. „Manchmal auch nackt."

Ich blinzelte ein paar Mal und wartete darauf, dass sie mir sagte, sie mache nur Spaß. Oder irgendwas. Etwas, das erklärte, wovon genau sie sprach. Schweigend saß ich da, unfähig, Worte zu finden oder Fragen zu stellen. Oder irgendwie zu reagieren.

„Er heißt Voyeur." Unter der Schwere unseres Schweigens nahm sie ihre Gabel und schob das Essen auf ihrem Teller hin und her. Dann spuckte sie schnell den Rest ihrer Erklärung aus. „Leute gehen dorthin und sehen anderen dabei zu, wie sie … Sachen machen. Es könnte duschen sein, oder mit einem anderen zu agieren."

Olivia sah mich vorsichtig durch ihre Wimpern an und gab mir Zeit, die Informationen zu verdauen. Sprachlos saß ich da. Worte schwammen durch meinen Verstand, verbanden sich jedoch nicht zu kompletten Sätzen. Dennoch stach eins hervor: *Möglicherweise*.

„Er sagte, an Thanksgiving musste er ein Mädchen entlassen, weil sie während der Arbeitszeit mit einem Kunden geschlafen hatte, was ein großes No-Go ist. Der Job wird gut bezahlt. Es ist außerdem eine Bar. Vielleicht könntest du auch als Bedienung arbeiten, aber das wird nicht so gut bezahlt."

Voyeur. Das Wort war mir bekannt. Von einer Pornoseite vielleicht. Oder aus einem Buch. Es bedeutete, dass jemand gern anderen zuschaut. Meist bei sexuellen Aktivitäten.

Könnte ich mich von jemandem beobachten lassen?

Als ich das nicht sofort mit Nein beantworten konnte, dachte ich darüber nach. *Möglicherweise* wurde zu *höchstwahrscheinlich*.

Ich war weder eine Jungfrau noch prüde. In der Highschool hatte ich mit einem Freund alles Mögliche ausprobiert, und danach mit anderen Jungs aus meinem Senior Jahr. Zwar behauptete ich nicht, mich in allem gut auszukennen, denn ich war erst neunzehn, doch ich war nicht mehr so naiv und unerfahren, dass mich der Gedanke schockierte.

„Bei deiner Figur und deinem Aussehen hättest du den Job wahrscheinlich sofort."

Ich lachte. „Danke, Liv."

„Was denn? Du entsprichst voll dem Mädchen-von-Nebenan-Schema. Falls dieses Mädchen ein heißer Feger ist." Sie formte mit den Händen Krallen und knurrte, was mich zum Lachen brachte. „Du bist fit und zierlich. Das kommt an."

„Fit und zierlich ist eine nette Art zu sagen, dass ich keine Möpse habe."

„Hey, du hast doch eine gute Handvoll." Ich lachte, als sie die Hände hob, als ob sie mich vermessen wollte.

„Außerdem ist es kein Strip-Club. Ich hab gehört, je natürlicher und normaler man aussieht, desto besser ist es."

„Gehört?"

„Nun, mein Onkel spricht nicht so direkt und offen darüber, wenn ich dabei bin, aber er wird recht laut, wenn er getrunken hat."

Ich kaute auf meiner Unterlippe herum und wog meine Optionen ab. Alles war vage und unsicher. Das hier auch, doch falls ich es nicht ins nächste Semester schaffte, konnte ich wenigstens sagen, dass ich alles versucht hatte.

„Okay, ich werde es mir mal ansehen."

Am Abend saß ich einem großen, blonden Mann mit Krähenfüßen um die Augen gegenüber. Sonst verriet fast nichts sein Alter. Nur seine schlanke Figur deutete auf eine Jugend hin, die er nicht mehr besaß. Seine blauen Augen ähnelten Olivias und man konnte die Verwandtschaft erahnen. Er sah überhaupt nicht wie jemand aus der Pornobranche aus. Bei seinem lässigen Aussehen und dem ungezwungenen Lächeln entspannte ich mich.

Seit einer halben Stunde beantwortete ich seine Fragen und erzählte ihm etwas über mich. Als er aufhörte, sich Dinge aufzuschreiben oder sich seinem Computer zuzuwenden, faltete ich meine schweißnassen Hände und sah mich verstohlen um. Ich war nicht sicher, was ich erwartet hatte. Dildos auf den Regalen? Bilder von nackten Frauen an den Wänden? Bücher wie das *Kama Sutra* im Schrank?

Okay, das *Kama Sutra stand* wirklich auf einem Bücherregal, gleich neben *Moby Dick* und *Betty und ihre Schwestern*. Verrückte Zusammenstellung.

„Es gibt keinen Sex für Geld", sagte er bestimmt, und meine Aufmerksamkeit galt nun wieder den Regeln, die er mir erklärte. „Ich unterhalte hier keinen Prostituierten-Ring."

„Gut zu wissen." Ich grinste ungeschickt, was sicherlich zeigte, wie unwohl ich mich fühlte.

Doch er lachte und fuhr fort. „Jeden Monat werden die Themen in den Räumen geändert. Ein Schlafzimmer gibt es immer, aber manchmal haben wir ein Büro eingerichtet, ein Badezimmer, einen Klassenraum, eine Bar. Alles, was man sich vorstellen kann. Es gibt auch verschiedene Räume basierend darauf, was man zu tun bereit ist. Für einige Räume, wie das BDSM-Zimmer, benötigt man ein Training, ehe man darin arbeiten darf. Ich sichere meine Angestellten ab. Alle unterschreiben eine Verschwiegenheitsklausel. Und die Kunden ebenfalls. Sie zahlen eine Menge Geld, um hier sein zu dürfen, und es ist wichtig, ihnen eine vertrauensvolle Umgebung zuzusichern."

Je mehr er erklärte, desto wohler fühlte ich mich dabei. Es handelte sich nicht um einen heruntergekommenen Strip-Club, wo alles frei für alle war.

„Die Kunden können in Nebenräumen durch eine Scheibe sehen, die nur in eine Richtung durchsichtig ist. Oder auf einem Stuhl im Raum selbst. Aber niemand darf die Darsteller anfassen. Niemals. Und die fassen auch niemals die Kunden an." Seine blauen Augen fixierten mich und ich nickte. „Es gibt einen Panik-Knopf in Reichweite und es steht ein Wachmann vor der Tür, falls Sie einen brauchen sollten." Seine langen Finger blätterten eine Seite um. „Noch irgendwelche Fragen?"

„Nein, Sir." Meine Stimme war nur ein Flüstern. Mit jeder seiner Regeln, die er vorlas, fühlte ich mich besser, doch mein Herzschlag beschleunigte sich bei der

Vorstellung, dass dies wirklich geschah. War ich aufgeregt? Verängstigt? Nervös? Definitiv alles davon.

„Sie können mich Daniel nennen. Oder Mr. Wit."

„Okay."

Er betrachtete wieder seine Regelliste. „Es gibt keine Kameras und nichts wird aufgezeichnet. Handys bleiben im Umkleideraum oder vor der Tür. Sie dürfen in einer Schicht bis zu drei Mal performen, ansonsten arbeiten Sie an der Bar oder im Gemeinschaftsraum. Wenn Sie ankommen, füllen Sie ein Formular aus. Die Kunden können dann am Computer durch die Angebote blättern. Sie werden vielleicht nicht immer gebucht."

Er reichte mir das Formular, damit ich es mir ansehen sollte, und bat mich, es zu unterschreiben. Es enthielt die Vereinbarung über fünfzehn Dollar die Stunde bei regulärem Dienst, und die Vergütung für die Vorstellungen. Basierend auf den vereinbarten Stunden, die ich leisten konnte, hatte ich die Möglichkeit, fast tausend Dollar die Woche zu verdienen.

Ich nahm den Stift in die Hand und unterzeichnete das Regelwerk.

Jetzt war ich eine Angestellte im Voyeur.

In einem Sexclub.

Ich hatte am ganzen Körper Gänsehaut.

Das Kratzen des Stiftes auf dem Papier kam mir im stillen Raum unnatürlich laut vor. Aber es fühlte sich so an, als ob ich die Tür zu meinem Studium wieder geöffnet hatte, und ich spürte ein kleines Lächeln auf meinen Lippen.

„Okay, Miss Derringer. Als Letztes fehlt noch ein Gesundheitstest, denn Sie arbeiten mit anderen Angestellten zusammen, und wir wollen jeden schützen. Dann muss noch eine Angestellte für mich einen Blick auf Sie werfen."

Einen Blick auf mich werfen? Er musste den alarmierten Ausdruck auf meinem Gesicht gesehen haben, denn er lachte leise und erklärte es mir sofort.

„Sie heißt Agnes und muss diesen Teil für mich erledigen, damit ich nicht wegen sexueller Belästigung verklagt werden kann. Aber ohne ihr Okay kann ich Sie nicht gehen lassen. Ich mag es zwar nicht gern sagen, aber der Job basiert auf dem Aussehen. Obwohl Sie in Kleidung gut aussehen, muss ich sichergehen, dass sie nicht vielleicht ein Hakenkreuz-Tattoo oder so auf dem Hintern haben, denn Sie werden oft nackt sein."

Bei der Erinnerung an meine Nacktheit in diesem Job musste ich schwer schlucken. Zwar fühlte ich mich wohl in meiner Haut und hatte auch nichts gegen FKK, aber jeder wäre nervös, wenn er sich vor einem Fremden ausziehen und eine Vorstellung liefern müsste.

„Die persönliche Pflege wird ebenfalls regelmäßig überprüft. Unsere Angestellten müssen sauber und gesund sein." Er reichte mir ein weiteres Blatt Papier über den Schreibtisch. „Hier ist eine Liste der Vorstellungen, für die Sie sich einschreiben können. Sehen Sie es sich ruhig an."

Mir fielen fast die Augen aus dem Kopf.

„Diese Liste kreuzen Sie bitte vor jeder Schicht an, damit wir wissen, worauf Sie heute Lust haben."

Anal.
Züchtigung.
Einzel-Masturbation.
Gemeinsame Masturbation.
Vaginale Penetration.
Nicht einvernehmliches Spiel.
Daddy-Spiel.
Atemkontrolle.
Trockensex.
Mehrere Partner.

Oralsex (Männer).

Oralsex (Frauen).

Ich erinnerte mich an den Gedanken von vorhin, dass ich mich nicht für prüde hielt. Oder dass ich Erfahrung hatte. Allerdings hatte ich anscheinend das Züchtigungs-Experiment übersprungen und konnte nicht sagen, dass ich traurig darüber war.

Zweifel schlichen sich ein.

„Lassen Sie sich nicht von der Liste aus der Fassung bringen. Über diese Punkte entscheiden Sie selbst. Ich versuche, für jeden etwas anzubieten. Wir haben eine breitgefächerte Kundschaft und es soll keine Be- oder Verurteilung über die unterschiedlichen Vorlieben geben. Falls Ihnen das nicht möglich ist, sollten wir genau hier abbrechen."

„Nein, nein." Ein nervöses Lachen blubberte an die Oberfläche. „Ich urteile nicht. Jedem das Seine. Ich weiß nur nicht, ob ich für Gruppensex bereit bin."

Daniel sah wirklich gut aus, wenn er lächelte. „Okay." Er lehnte sich auf dem Bürosessel zurück und faltete die Hände über seinem flachen Bauch. „Wir wollen, dass sich unsere Angestellten so wohl wie möglich fühlen, und versuchen, den Kunden so realistische Szenen wie möglich zu bieten. Deswegen stellen wir üblicherweise immer wieder dieselben Paare zusammen. Wenn Sie das nächste Mal kommen, wird ihr Partner auch hier sein, damit Sie ihn kennenlernen. Jackson hat heute frei."

Er erhob sich und ich ebenfalls.

„Jetzt zeige ich Ihnen den Schrank im Umkleideraum und stelle Ihnen Agnes vor."

Ich betrachtete seinen breiten Rücken, als er zur Tür ging und ein Gedanke raste durch meinen Verstand.

Ich bin drin.

Kapitel 2

Callum

„Du musst unbedingt flachgelegt werden, Mann."

Mein bester Freund Reed sprach dieses Machtwort gelassen aus. Ich schluckte meine eigentliche Antwort, nämlich dass ich wünschte, dass ich das könnte, runter und gab stattdessen einen Grunzlaut von mir. Ich hatte keine Lust, ihn auch noch anzustacheln. Dummerweise funktionierte das nicht.

„Du bist viel zu sehr auf deinen Job fixiert."

„Ich mag meinen Job."

Reed nahm einen großen Schluck aus seiner Bierflasche und sah mich skeptisch an. Ich tat dasselbe und hielt seinem Blick stand.

„Keine Ahnung, wieso du diesen Riesenjob in Kalifornien nicht angenommen hast, als wir graduiert haben. Ich meine, ich weiß, dass ich hübsch bin, aber wegen mir hättest du nicht hierbleiben müssen."

Nichts würde mich je wieder nach Kalifornien bringen. So schnell ich konnte, war ich von dort weggezogen. Zwar lebten meine Eltern noch da, aber sie kannten meine Gründe und kamen mich stattdessen besuchen. Sie wussten, dass mich meine Dämonen nie in Ruhe lassen würden, wenn ich jemals wieder zurückkommen würde.

„Mir gefällt es hier", sagte ich, meine Entscheidung verteidigend. „In Kalifornien ist es mir zu heiß und es gibt keinen Schnee. Zumindest nicht in Sacramento. Cincinnati passt besser zu mir."

„Und ich bin sicherlich das Sahnehäubchen", scherzte er.

„Nee, in Wahrheit bin ich nur wegen deiner Frau und ihrer leckeren Kochkünste hier."

Er rollte mit den Augen. „Apropos Karen. Sie hat mir erzählt, du hast dich an ihre Freundin rangemacht und nach dem Date den Schwanz eingezogen." Er klang, als hätte ich sie aus dem fahrenden Auto geworfen. „Hör zu, Cal. Bei aller Liebe, aber Lucy ist Karens unanständige Freundin. Die Frau liebt Sex und ich war sicher gewesen, dass du sie mit nach Hause nimmst."

Ich richtete mein Besteck mittig auf der Serviette aus und dachte über eine Antwort nach. Reed war zwar seit dem College mein bester Freund, aber er wusste nicht alles über mich. Er kannte mein Geheimnis nicht, und daran sollte sich auch nichts ändern.

„Sie war nett. Aber bloß weil wir zusammen ausgegangen sind, heißt das ja nicht, dass wir auch Sex haben müssen."

„Wie lange ist es schon her, Cal? Ein Jahr? Länger?"

„Reed", sagte ich warnend. Ich wollte nicht antworten, denn es war sehr viel länger her.

„Vor mehr als einem Jahr hast du mit Wie-hieß-sie-noch-gleich Schluss gemacht. Ich weiß, dass du ausgegangen bist, aber wurdest du auch flachgelegt?"

Ich trank noch einen Schluck Bier, betrachtete die anderen Stammgäste des Restaurants und mied Reeds Blick.

„Du. Brauchst. Einen. Fick", sagte er entschlossen.

„Bei mir geht jede Menge Action ab." Ich musste ihm nicht erst erklären, worauf ich mich bezog.

„Nein, du *siehst* jede Menge Action."

„Wir haben alle so unsere Vorlieben", wich ich aus. „Ich bin sicher, du lässt dich von Karen ständig fesseln."

Er ging nicht darauf ein, seufzte und bohrte weiter. „Du frustrierst mich, Mann. Sieh dich doch an." Er deutete über den Tisch hinweg auf mich. „Die Weiber fliegen auf dich. Sie stehen auf deine Muskeln, die du dir extra antrainierst. Karen schwärmt mir von deinen Augen vor.“ Er klimperte mit den Wimpern und ahmte eine weibliche Stimme nach. „Callums Augen sind so blau und so strahlend!“

Ich lachte. „Eifersüchtig?“

„Von wegen. Ich befriedige meine Frau mehr als genug. Du bist nur so rätselhaft.“ Er blickte kurz nach links. „Ich wette, dir ist nicht einmal aufgefallen, dass die Frau, die gerade auf unseren Tisch zukommt, dich die ganze Zeit beobachtet hat. Wahrscheinlich wird sie sich eh nur eine Enttäuschung abholen, wenn du Nein zu ihr sagst.“

Zwar war ich nicht allzu scharf darauf, mit einer Frau intim zu werden, aber das bedeutete nicht, dass ich nicht gern in weiblicher Gesellschaft war, oder dass sie mich nicht anzogen. Ich hatte die Blonde bereits bemerkt, als wir das Restaurant betreten hatten. Bei dem Gedanken, wie ich Reed das Gegenteil beweisen würde, hätte ich fast gegrinst.

Ich trank noch einen Schluck Bier und stellte es exakt auf den nassen Ring zurück, den es auf der Serviette hinterlassen hatte. Zufrieden damit lehnte ich mich auf dem Stuhl zurück.

„Hi“, sagte die Frau, als sie bei uns ankam. „Entschuldigen Sie bitte, ich habe Sie gesehen und kann einfach nicht gehen, ohne mich vorgestellt zu haben.“

Ihre Stimme war leise und weiblich, und ich konnte mir denken, dass man sich mit ihr gut unterhalten konnte. Ich wandte mich ihr direkt zu, um sie besser ansehen zu können. Sie war schön. Groß und schlank in ihrer schwarzen Hose und einer weiten, cremefarbenen Bluse. Sie wirkte business-mäßig und gut organisiert.

Ich legte mein charmantestes Lächeln auf und streckte ihr meine Hand entgegen. „Hallo. Ich bin Callum."

„Shannon." Sie legte ihre schmalen Finger in meine Handfläche, in der sie sich weich und zerbrechlich anfühlten.

„Schön, Sie kennenzulernen. Callum." Sie strich sich eine Haarsträhne hinter ihr Ohr und räusperte sich. „Nun, ich möchte nicht weiter stören, wollte Sie aber fragen, ob sie mal einen Kaffee mit mir trinken möchten?"

Ich sah kurz zu Reed, um sicherzugehen, dass er alles mitbekam, und freute mich darüber, wie das Grinsen auf seinem Gesicht erstarrte. „Ich würde gern einen Kaffee mit Ihnen trinken gehen. Geben Sie mir Ihre Handynummer?"

„Ja, natürlich. Ich habe mein Handy an meinem Platz liegenlassen. Ich schreibe Ihnen die Nummer auf und dann können Sie mir eine Textnachricht schicken."

Während sie ihre Nummer auf eine Serviette kritzelte und dafür einen Stift benutzte, den die Kellnerin liegengelassen hatte, grinste ich Reed an. Ich musste ein Lachen unterdrücken, als er lautlos *Fick dich* mit den Lippen formte.

Ich hob eine Braue und richtete meine Aufmerksamkeit wieder auf Shannon. Vielleicht war sie anders als die anderen. Vielleicht war sie diejenige, die mir über meine Albträume hinweghelfen konnte.

Kapitel 3

Oaklyn

Nachdem ich mich bis auf die winzigste Unterwäsche, die ich je gesehen hatte, ausgezogen hatte, bekam ich Agnes' Segen. Danach war ich bei einer Frauenärztin, um den Gesundheitscheck durchführen zu lassen. Während ich mit der jungen Ärztin zwischen den Beinen auf dem Untersuchungsstuhl lag, überlegte ich, ob sie wusste, warum ich hier war und dass ich den Test für meine zukünftigen Auftritte brauchte. Ob es ihr egal war oder ob sie meine neue Arbeit verurteilte. Sie ließ sich nichts anmerken und ich ging wieder. Ein paar Tage später rief ich an und fragte nach den Ergebnissen. Es war alles in Ordnung, was mich nicht wunderte, denn ich hatte nie Sex ohne Kondom.

Anschließend ging ich in der Uni ins Büro, um meinen neuen Plan vorzustellen, der mich durch das Semester bringen sollte. Zu sagen, dass ich Glück hatte, war eine Untertreibung. Der Mann, der meiner Geschichte lauschte, war fast in Tränen ausgebrochen und hatte mir sofort geholfen.

Wir erstellten einen Ratenplan, mit dem ich noch vor dem Spring-Break das Semester bezahlen konnte, und er fand im Fachbereich Physik noch eine offene Stelle für mich. Das war praktisch, da ich bereits für meinen Biologie-Job im selben Gebäude war.

Zum ersten Mal seit Wochen konnte ich wieder durchatmen und eine schwere Last fiel mir von den Schultern.

Das Semester würde schwer werden, doch ich fürchtete mich nicht vor harter Arbeit. Mein Wille würde mich antreiben. Und nächstes Jahr würde ich vorsichtiger sein und es würde leichter werden. Ich musste mich nur die nächsten paar Monate darauf konzentrieren.

Trotzdem hielt ich die Augen nach einem anderen Job offen. Einem, der etwas weniger wie das Voyeur war. Einem, in dem ich nicht wie momentan schwarze Pumps und ein Weihnachtsfraukostüm tragen musste, das meine Brüste perfekt zur Schau stellte.

„Derringer!“, rief Daniel und kam mit einem großen Kerl rein, der oben ohne war.

Ihn als attraktiv zu bezeichnen, wäre die Untertreibung des Jahrhunderts. Er sah aus wie ein moderner James Dean. Beim Anblick seines nackten Oberkörpers und seiner engen schwarzen Jeans, klappte mein Mund auf.

„Meine Augen sind hier oben“, sagte er neckend.

„Sei brav, Jackson“, mahnte Daniel und wandte sich an mich. „Das ist Ihr Partner, Jackson.“

Jackson streckte seine große Hand aus und ich legte meine etwas lahm hinein. Meine Finger verschwanden komplett in seiner Hand. „Hi, ich bin Oaklyn.“

„Hallo, Oaklyn. Kann es kaum abwarten, mit dir rumzumachen.“

„Hör auf, sie zu erschrecken, Jackson.“ Daniel warf ihm einen strengen Blick zu und wandte sich erneut an mich. „Wir bleiben hier immer schön professionell. Ja, es wird wahrscheinlich zu Sex zwischen euch kommen, aber betrachtet es wie Schauspieler. Es gibt sowas wie eine Probezeit für euch beide, um sicherzugehen, dass ihr harmoniert. Und falls nicht, bekommt ihr andere Partner. Keine Angst vor Jackson. Er ist einer der nettesten Typen, die ich kenne.“ Er wandte sich wieder an Jackson. „Leg es nicht auf eine Klage wegen sexueller Belästigung an. Ich würde dich nur ungern verlieren.“

Jackson hob entschuldigend die Hände. „Schon gut, ich bin brav.“ Er drehte sich mir zu. Sein Blick war ernst und er lächelte warm, von dem anzüglichen Grinsen war nichts mehr zu sehen. „Schön, dich kennenzulernen, Oaklyn. Wenn irgendwas ist, kannst du dich immer an mich wenden.“

„Danke.“

„Aber ihr solltet euch besser bald treffen und ein bisschen reden. Euch daran gewöhnen, euch zu küssen und so, damit alles natürlich rüberkommt.“

„Okay.“ Nervosität hatte von mir Besitz ergriffen und ich konnte keine langen Sätze mehr hervorbringen.

„Der Papierkram ruft nach mir“, sagte Daniel. „Ich lasse euch jetzt allein. Oaklyn, kommen Sie zu mir, wenn was ist oder Sie Fragen haben.“

Und dann war ich mit Jackson allein im Raum.

„Nettes Outfit, Derringer“, unterbrach Jackson das Schweigen.

Outfit war zu viel gesagt. Es waren mehr kaum existierende Dessous im Weihnachtsfraustil. „Danke“, sagte ich trocken.

Jackson ließ sein perfektes Lächeln erstrahlen, sodass ich mitlächeln musste. Irgendwie hatte er es geschafft, dass ich mich mit ihm bereits wohlfühlte.

„Bist du nervös wegen deinem ersten Auftritt?“

„Ein bisschen. Aber auch gespannt.“

„Das ist gut. Man muss es wirklich wie ein Theaterstück betrachten, und das Gefühl, dass es Porno ist, ausblenden.“ Er schloss seinen Spind, lehnte sich dagegen und sah mich an. „Suchst du dir für heute einen Partner aus?“

„Äh …“ Ich senkte den Blick und spielte mit dem weißen künstlichen Fell am Saum meines Röckchens. „Eher nicht.“

„Dann vielleicht nächstes Mal.“

Er richtete sich zu voller Größe auf, betrachtete mich von oben bis unten und kam auf mich zu. Mit jedem seiner Schritte weiteten sich meine Augen mehr und mehr, bis er direkt vor mir stand. Wie erstarrt stand ich da, als er eine Hand auf meine Wange legte, sich vorbeugte und seine Lippen auf meine legte. Sie waren weich und voll und er war kein bisschen fordernd. Als seine Zunge meine Lippen umspielte, öffnete ich leicht den Mund, kam seiner auf halbem Weg entgegen und schmeckte Pfefferminz.

Ich hatte gedacht, dass er den Kuss ausdehnen und ich heiße Blitze bis in mein Innerstes spüren würde, doch stattdessen fühlte es sich angenehm an. Freundschaftlich. Als er sich zurückzog, schien er genau zu wissen, wie durcheinander ich war, und studierte mein Gesicht.

„Es fühlt sich gut an, Oaklyn. Wir sind bessere Partner, wenn unsere Gefühle füreinander eher sanft sind."

Ich nickte und brummte mein Einverständnis. Bevor er ging, gab er mir einen leichten Klaps auf den Po.

„Bis später, Derringer."

Ich ging zum Eingang des Mitarbeiterbereichs und schnappte mir ein iPad, um einzugeben, wozu ich heute bereit war. Als ich anfing, Häkchen zu setzen, musste ich kurz kichern. Die Tatsache, dass ich hier in einem nuttigen Santa-Kostüm saß und eingab, welche sexuellen Handlungen ich heute vor völlig Fremden ausführen würde, empfand ich momentan als amüsant.

Ich wählte so viele Solo-Vorstellungen wie möglich. Außer allem, was mit analer Masturbation zu tun hatte. Dafür war ich jetzt noch nicht bereit.

Ich legte das iPad an die Ladestation und nahm mir ein Armband, das wie eine Fitnessuhr aussah. Es würde vibrieren, wenn mich jemand auswählte.

Wenn man in die Lounge ging, wusste man nie, was hinter den geschlossenen Türen vor sich ging. An einer

Seite befand sich eine moderne schwarze Bar mit Glasregalen. Auf der gegenüberliegenden Seite befanden sich Separees. Bartische umsäumten die Tanzfläche. Gedämpftes Licht hüllte alles in eine diskrete Atmosphäre. Eingespielte Hintergrundmusik wechselte zwischen den Musikarten, war aber stets von schnellem Rhythmus, füllte die Stille und überdeckte alle stattfindenden Gespräche.

Der einzige Unterschied zu anderen Clubs bestand darin, dass die Angestellten in Dessous und anderen verführerischen Outfits herumliefen. Ich ging zur Bar und fragte Charlotte, die ein nuttiges Elfenkostüm trug, ob ich ihr helfen könnte.

„Schnapp dir einen Block, lauf herum und nimm Bestellungen auf. Irgendwann wirst du dir alles merken können, ohne es aufzuschreiben. Und wenn du das hier schnell zu Tisch zwanzig bringen könntest, wäre es klasse."

Die nächsten paar Stunden vergingen wie im Flug, zwischen Bestellungen aufnehmen und Drinks servieren. Jackson trug auch dazu bei, indem er mir jedes Mal, wenn wir uns begegneten, Quizfragen stellte. Ich wusste jetzt, dass er zweiundzwanzig war und seit zwei Jahren hier arbeitete. Er war bisexuell und unterwarf sich nicht, übernahm aber gern selbst die dominante Rolle. Grün war seine Lieblingsfarbe und er mochte Tic Tacs, aber nur die orangefarbenen.

Überraschenderweise bekam ich keine anzüglichen Bemerkungen und niemand versuchte, mich anzugrabschen. Klar, Männer und Frauen betrachteten mich und flirteten mit mir, aber niemand überschritt die Grenze oder sorgte für Unbehagen.

Auf meine Nachfrage hin erklärte mir Charlotte: „Die Leute bezahlen eine Menge Geld, um hier sein zu dürfen. Wenn sie jemanden betatschen wollten, würden sie in einen kostenlosen Strip-Club gehen, wie den ein paar Straßen weiter. Man benimmt sich respektvoller, wenn man monatlich über einen Tausender für seine speziellen Neigungen bezahlt."

Sie lachte, als mir fast die Augen aus dem Kopf fielen. „Himmel, ich wusste nicht, wie teuer die Mitgliedschaft ist."

Mein Armband vibrierte.

Das Gefühl kroch meinen Arm hoch und schickte einen Impuls zu meinem Herz, das sofort zu klopfen anfing. Ich starrte auf das Armband, als wäre es eine Bombe, die gleich hochgeht. Ich fühlte mich leer, unsicher, was ich als nächstes tun sollte. Wir waren das durchgegangen. Zum iPad gehen, nachsehen, was angefragt wurde, und annehmen oder ablehnen.

Charlotte tätschelte meine Schulter. „Hey, du hast einen."

„Ja", sagte ich leise.

„Keine Angst. Es ist wie mit der Jungfräulichkeit. Das erste Mal ist das schlimmste, aber trotzdem toll, und von da an wird es immer besser. Und du musst nichts tun, was du nicht tun willst."

Ich nickte und sie drehte mich an den Schultern in die Richtung, in die ich gehen sollte. „Geh, und schnapp ihn dir, Wildkatze."

Ich ging zum iPad und betrachtete die Anfrage. Erleichtert wäre ich fast zusammengesunken.

Paarsitzung
Mann: 58
Frau: 55
Anfrage: Solo-Vorstellung
Kommentare/Wünsche: Tu so, als ob du zu Hause ins Bett gehst, dich hinlegst und ein Buch liest. Dann masturbiere, zeige

es aber nicht direkt. Beweg nur deine Hand im Höschen, mit gespreizten Beinen. Mach Geräusche, aber nicht zu übertrieben.

Gast im Zimmer oder im Nebenzimmer: Im Zimmer.

Soweit es meine erste Vorstellung betraf, war es wie ein Segen. Ich musste mich nicht zu sehr entblößen und konnte mir gut vorstellen, dabei zu Hause zu sein. Wie oft hatte ich schon ein Buch gelesen und dabei mit mir selbst gespielt, bevor ich einschlief? Sehr oft.

Das hier war dasselbe. Beinahe.

Ich ging in den hinteren Flur mit allen Zimmern und sah das Schild an der Tür, das anzeigte, dass das Paar bereits anwesend war.

Vor der Tür stand der Sicherheitsmann Tim. „Vergiss nicht, dass es den Panik-Knopf gibt, falls etwas sein sollte“, erklärte er. „Ich hab ihn auf den Nachttisch gelegt, damit du ihn schnell erreichen kannst. Ich werde die ganze Zeit über hier draußen stehen.“

„Vielen Dank.“

Ich atmete tief durch, griff nach dem Türknauf und versuchte, meinen Kopf freizubekommen.

Ignoriere das Pärchen in der Ecke. Konzentriere dich auf dich selbst und die Spielszene.

Ich ging in das Zimmer, das ein gewöhnliches Schlafzimmer darstellte. Neben der Tür stand eine Kommode mit einem Spiegel darüber, und auf dem Möbelstück lagen ein paar Gegenstände, die man in einem Schlafzimmer findet. Eine Bürste, Bücher, Make-up und Parfüm. Ein Bett im klassischen Hotelstil mit Nachttischen an beiden Seiten. Jedes Zimmer verfügte über eine gedimmte Nische, in der der Voyeur saß, und obwohl ich nicht hinsah, wusste ich, dass mein Pärchen in der Nische links von mir saß.

Ich ging zur Kommode, zog meinen Schmuck aus, vermied es, in den Spiegel zu schauen, denn ich wollte nicht unbedingt wissen, wer mich beobachtete. Ich kämmte mein Haar, ging den Bücherstapel durch, suchte eins aus und ging zum Bett.

Ich schlug die Bettdecke zurück, schüttelte ein Kopfkissen auf und legte mich hin. Meine Augen überflogen die Sätze im Buch, doch ich verinnerlichte kein Wort, sondern konzentrierte mich darauf, eine realistische Weile zu warten, ehe ich begann, mich selbst zu berühren.

Ein nervöses Kichern blubberte bei der Vorstellung hoch und wäre mir fast entkommen. Ich biss mir leicht in die Innenseite der Wange, um mich zu beherrschen, rollte mit den Hüften und rieb die Schenkel aneinander. Ich nahm das Buch in eine Hand, während ich die andere meinen Körper hinunter wandern ließ. Wieder rollte ich mit den Hüften, zog die Beine an und spreizte sie weit. Meine Finger spielten mit dem Spitzenhöschen. Jedes Darüberkratzen schickte eine Lustwelle in meine Mitte.

Klebten die Blicke des Pärchens an meinen Bewegungen und warteten sie schon verzweifelt auf mehr? Berührten sie sich gegenseitig? Ahmte er meine Bewegungen nach? Neckte er mit sanften Berührungen ihre Mitte? Ich traute mich nicht, hinzusehen.

Meine Finger glitten unter das Höschen und ich stöhnte. Überrascht stellte ich fest, wie geil und nass ich war. Ich bewegte meine Finger übertriebener als nötig, damit das Paar gut sehen konnte, was ich tat.

Als ich die beiden zum ersten Mal hörte, brachte es mich fast aus dem Konzept. Kleidung raschelte, die Frau seufzte leise und er knurrte tief. Ich bewegte weiter die Finger, stieß mit den Hüften nach oben, aber meine Gedanken waren woanders.

Was sie wohl taten? Wer waren sie? Gefiel ihnen die Vorstellung?

Ihr Atem beschleunigte sich und das Rascheln der Kleidung deutete darauf hin, dass sie Sex hatten.

Sahen sie mir überhaupt noch zu? Was bekäme ich wohl zu sehen, wenn ich leicht den Kopf heben und in die Schatten spähen würde?

Bei dem Gedanken zog sich mein Innerstes zusammen. Ich schloss die Augen und stellte mir vor, wie sie über seinem Schoß saß und sich an ihm rieb, während er über ihre Schulter zusah, wie meine Schenkel vor Lust zitterten.

Mithilfe meiner Nässe schob ich die Finger in meine Pussy und stöhnte. Ich zog sie wieder heraus und umkreiste meine Klit. Ob das Paar mir dabei zusah? Ich stöhnte erneut.

Das Rascheln von Kleidung wurde schneller und ich passte meinen Rhythmus ihrem an. Ihre Schreie wurden lauter und meine kamen ihren gleich. Nicht, dass ich normalerweise so laut wäre, doch ich musste ihrem Wunsch nach erotischen Lauten nachkommen. Schnell waren diese jedoch echt geworden und ich kam. Meine inneren Wände zogen sich um meine Finger zusammen und mein Daumen drückte gegen meinen Hintern. Kaum war ich gekommen, es klingelte noch in meinen Ohren, hörte ich die beiden kommen, und bei seinem lauten Stöhnen überrollte mich eine neue Welle der Lust.

Ich war nicht sicher, wie ich die Vorstellung beenden sollte, riss mich aber schnell zusammen. Sie hatten dazu keine Wünsche geäußert, und einfach nur so mit der Hand in der Unterwäsche dazuliegen, kam mir seltsam vor, doch ich wusste, dass die Gäste als erste gehen sollten.

Mit einem letzten gehauchten Ausatmen, zog ich meine Hand heraus und rollte mich mit dem Buch auf die Seite. Ich schlüpfte unter die Decke und tat so, als ob ich las. Während das Paar sich zum Gehen bereitmachte, starrte ich auf das Buch und in mir tobten die Gedanken.

Ich war gekommen.

Es hatte mir gefallen.

Es machte mir Spaß, beobachtet zu werden. Die Vorstellung, dass sie mich sahen und wegen dem, was ich tat, zum Höhepunkt kamen, machte mich mehr an, als ich gewusst hatte.

Als ich vorher darüber nachgedacht hatte, war es mir immer nur darum gegangen, etwas gegen die Nervosität zu tun. Nie hätte ich damit gerechnet, dass es mir gefallen könnte. Wie würde es mir wohl mit Jackson gefallen? Würde ich ihn begehren? Wie weit wäre ich bereit, zu gehen?

Als ich das Klicken der Tür hörte, setzte ich mich auf und wartete, bis die Tür ganz geschlossen war, ehe ich ging.

Sofort eilte ich zum iPad und löschte alle anderen Optionen für heute. Ich war von meiner ersten Szene viel zu überwältigt, um weiterzumachen. Stattdessen blieb ich an Charlottes Seite und lenkte mich mit kellnern ab. Früher oder später würde ich meine überraschende Reaktion auf die Spielszene verarbeiten müssen. Doch das konnte warten.

Callum

„Das war ein schöner Abend, Cal. Möchtest du noch auf einen Drink mit zu mir kommen?“

Ich dachte über Shannons Angebot nach und mir war klar, dass es ihr um mehr als einen Drink ging, aber bei der Vorstellung kam ich ins Schwitzen. „Ich muss morgen früh raus, vielleicht ein andermal." Ich fügte meinen Worten ein Lächeln hinzu, um die Zurückweisung abzumildern.

„Okay, nächstes Mal." Ihre Hand glitt über meine Brust, als sie vor ihrer Autotür stand.

Ich legte eine Hand auf ihre Taille, was sie wahrscheinlich auch erwartet hatte, beugte mich vor, um ihr für einen Kuss entgegen zu kommen. Sie schloss die Augen und ich fragte mich, was sie wohl sah, während meine Lippen ihre berührten. Sie drückte sich an mich und ich genoss die Verbindung zwischen uns, in der ich mich aber nicht verlieren konnte. Ehe sie noch heftiger rangehen konnte, zog ich mich zurück und sorgte so dafür, dass der Kuss flüchtig blieb. Verträumt öffnete sie die Augen und ein kleines Lächeln erschien auf den weichen Lippen, die ich soeben geschmeckt hatte.

Mit einem flirtenden Blick und einem erhitzten Ausdruck öffnete sie ihre Autotür. „Ruf mich an", sagte sie und stieg ein.

Ich nickte und wartete, bis sie vom Parkplatz gefahren war, doch ich war nicht sicher, ob ich sie anrufen würde. Ich stieg in mein Auto und fuhr nach Hause.

Der Schlüsselbund klirrte zu laut in dem leeren Haus und erinnerte mich daran, dass ich allein war. Nachdem ich die Schlüssel in eine Schale gelegt hatte, legte ich die Brieftasche ordentlich daneben auf den Flurtisch und ließ das Licht ausgeschaltet. Das Mondlicht beleuchtete den Parkettboden durch die offenen Jalousien und leitete mich ins Wohnzimmer an meine Bar. Ich goss mir einen teuren Bourbon ein und trank ihn. Nachdem ich als Jugendlicher mit Alkohol Probleme hatte, hortete ich nicht sehr viel davon zu Hause. Doch der heutige Tag hatte seine Spuren hinterlassen. Ich goss mir einen zweiten ein und setzte mich auf die Couch.

Dieses Haus war viel zu groß. Ich hatte gedacht, ein Haus mit so vielen Zimmern, das praktisch nach einer Familie schrie, würde mich dazu drängen, eine zu gründen. Doch hier saß ich nun im Dunkeln auf meiner kaum genutzten Couch, in meinem kaum genutzten Wohnzimmer und nippte an einem Whiskey.

Meine Gedanken wanderten zu Shannon und was sie wohl denken würde, hätte ich ihr Angebot angenommen, irgendwo etwas zu trinken, vorzugsweise in einem unserer Häuser. Sie war eine schöne Frau. Schlank und mittelgroß. Ihre Brüste waren voll und ihr Dekolletee verführerisch. Sie erweckte den Eindruck eines netten Mädchens, das im Bett schmutzige Dinge tun wollte. Würde sie meine Neigung, zusehen zu wollen, verstehen? Würde es ihr gefallen?

Ich schob meinen härter werdenden Schwanz zurecht und dachte daran, eine Frau zum Zusehen mit ins Voyeur zu nehmen. Hin- und hergerissen zwischen der Vorstellung jemandem zuzusehen und Shannons sich vor Erregung hebenden und senkenden Brüsten.

Dennoch hatte ich Shannon nicht mitgenommen, denn es war nur eine Fantasie. Genug, um mich heißzumachen, aber ich war realistisch genug, sie nicht in die Tat umzusetzen.

Die Stille setzte mir zu, lenkte meine Gedanken in dunkle Bereiche, die ich mir nicht ansehen wollte. Ich musste hier raus. Ich trank das Glas leer, wusch es in der Küche aus, trocknete es ab und stellte es in den Schrank, griff meine Schlüssel und ging. Nächste Woche würden meine Eltern in der Stadt sein, und dann hätte ich keine Gelegenheit mehr, meine Gelüste zu befriedigen.

Selbstsicherheit umgab mich, als ich durch die Tür des Voyeurs trat. Ich tippte meine ID in das Programm ein, obwohl das unnötig war, da mich jeder kannte. Ich winkte ein paar Sicherheitsleuten und Stammgästen zu, die schon länger hier waren als ich. An der Bar bestellte ich ein Bier, denn ich hatte ja schon zwei stärkere Drinks zu Hause getrunken. Charlotte stellte mir eine Flasche hin und bediente dann weiter. Ich nahm das Bier in die Hand, ließ den Blick über die Leute schwenken, in der Hoffnung, jemanden zu finden, dem ich heute zusehen wollte.

Als ich das Bier an die Lippen hob, sah ich sie aus dem Flur kommen. Ihr hellbraunes Haar wirkte unordentlich und wehte hinter ihr her, als wäre sie soeben aus dem Bett gekommen. Ihre Wangen waren bis auf die Brust gerötet, sodass ich den Blick über ihre straffen Brüste schweifen ließ, die kaum eine Handvoll groß waren. Meine Gedanken rasten bei der Vorstellung, was sie wohl gerade gemacht hatte und wie sie dabei aussah.

Sofort wurde ich hart, während ich zusah, wie sich ihr schlanker Körper zwischen den Stammgästen hindurch schlängelte. Sie trug ein winziges Santa-Kostüm und schwarze Strümpfe, die ihre Beine länger wirken ließen als ihr kleiner Körper verkraften konnte. Sie hielt den Blick gesenkt, aber als sie mit einer Frau zusammenstieß, die plötzlich einen Schritt zurück machte, sah sie mit einem Lächeln auf, das mir den Atem verschlug. Ihre Lippen waren voll und das Lächeln fast zu breit für ihr schmales Gesicht.

Eine Schönheit.

Fasziniert betrachtete ich sie und bewunderte jeden Zentimeter von ihr. Irgendetwas an ihr zog mich in den Bann und ließ mich nicht mehr los. Ich konnte es nicht genau deuten. Vielleicht reine körperliche Anziehung? Es fühlte sich allerdings viel stärker an, so als ob mich ein Planet in seine Umlaufbahn ziehen würde.

Viel zu schnell verschwand sie hinter der Wand zum Mitarbeiterbereich. Eilig nahm ich noch einen Schluck Bier und ließ es halb voll an der Bar stehen. Ich eilte zum iPad, wo ich meine Wahl treffen konnte. Ich scrollte durch die Personen, die heute Nacht arbeiteten, und suchte nach ihrem Gesicht. Dabei packte mich eine unerklärliche Dringlichkeit und ein neues Gefühl der Aufregung flammte in mir auf. Ich musste ihr unbedingt zusehen, während ich meinen Schwanz in der Hand hielt und mir vorstellte, dass es ihre wäre, bis ich kommen würde.

Als ich ihr Foto fand und das Sternchen daneben sah, sackte ich innerlich zusammen. Das bedeutete, dass sie heute nicht mehr verfügbar war. Fuck! Hatte ich soeben ihre letzte Szene verpasst und damit meine Gelegenheit für heute?

Ich ballte die schwitzigen Hände zu Fäusten, schloss die Augen und atmete tief durch. Das sah mir gar nicht ähnlich. Normalerweise ließ ich meinen Emotionen keinen derartig freien Lauf, sodass sie keine solchen Auswirkungen auf meinen Körper hatten. Ich wischte mir die Hände an der Hose ab und atmete erneut tief durch. Dann sah ich mir ein letztes Mal das Foto mit diesen verführerischen Augen an.

Ich blätterte weiter und entschied mich dafür, einer anderen zuzusehen. Ich brauchte etwas Krasses und Kraftvolles, um den Frust loszuwerden, der sich plötzlich in mir aufgebaut hatte. Dabei suchte ich nicht nach dem Langwierigen und Spielerischen von BDSM, sondern lediglich das Grobe daran. Ich fand ein Pärchen, gab meine Wünsche ein und dass ich vom Nebenraum hinter dem Einwegspiegel zusehen wollte.

Die getroffene Entscheidung fühlte sich erleichternd an und machte meinen Schwanz noch härter. Reed konnte sich über mein Sexleben beschweren so viel er wollte, doch ich hatte Möglichkeiten im Überfluss zur Verfügung.

War doch egal, dass ich keine davon je ausnutzte, oder?

Kapitel 4

Oaklyn

In meinem ganzen Leben hatte ich nicht so oft masturbiert, wie in den letzten zwei Wochen. Und jedes Mal schien es intensiver zu werden. Charlotte hatte recht behalten. Das erste Mal war das schlimmste, und dann wurde es immer besser. Als sie sah, dass ich mich jetzt immer für alle drei Vorstellungen am Abend eintrug, hatte sie gelacht und gesagt, dass sie es ja gleich gewusst hätte.

Viele Kunden ähnelten mit ihren Wünschen meiner ersten Performance. Sie wollten meine Handlungen nur verdeckt sehen. Doch einige wollten mich oben ohne, dass ich mit meinen Nippeln spielte, kein Höschen trug, oder einen Vibrator oder Dildo benutzte. Manchmal lag ich nackt vor den Kunden oder stand unter der Dusche. Was immer auch verlangt wurde. Mein Herz schlug am schnellsten, wenn der Kunde hinter dem Spiegel im Nebenzimmer war.

Heute fühlte ich mich irgendwie mutiger und ließ die Möglichkeit offen, mit Jackson zu arbeiten. Nicht, dass ich eine eventuelle Anfrage auch wirklich annehmen würde, doch ich wollte mir die Möglichkeit offenhalten. Bisher hatte uns noch niemand angefragt, worüber ich mich einerseits freute, es andererseits jedoch schade fand.

Es war ruhig heute Abend. Wahrscheinlich erholten sich die Leute noch von der Silvesterfeier vor ein paar Tagen. Als ich um die Ecke bog und zu Charlotte zurückging, die mich gebeten hatte, Servietten aus dem Lager zu holen, füllte sich der Club langsam. Gut. Ich konnte die Ablenkung brauchen. Die Feiertage waren diesmal schwer für mich gewesen, denn ich konnte es mir nicht leisten, nach Hause zu fahren. Ich liebte Weihnachten mit der ganzen Familie, und mir ganz allein auf der Couch Weihnachtsfilme anzusehen, war deprimierend gewesen. Meine Eltern hatten zwar angerufen und alle hatten mir Frohe Weihnachten gewünscht, doch das machte es fast noch schlimmer.

Danach hatte ich mich von meinen Eltern zurückgezogen. Ich wollte ihnen für meine Lage nicht die Schuld geben, aber innerlich tat ich es doch, und ihnen meine Wut zu zeigen, hätte niemandem weitergeholfen. Ich wusste, dass es ihnen leidtat. Und dass sie es rückgängig gemacht hätten, wenn es möglich gewesen wäre. Trotzdem trug das nichts zu meiner Besänftigung bei, daher ging ich ihnen zumindest eine Weile aus dem Weg.

Das neue Jahr hatte begonnen. Das Studium fing bald wieder an und auf dieses positive Ereignis konzentrierte ich mich. Ich würde meine Ziele erreichen, egal was auf mich zukam. Das war mein Silberstreif am Horizont.

Ich kam an die Bar und hatte innerlich nur noch das Positive im Auge. Mit einem Lächeln stellte ich die Serviettenschachtel ab.

Am anderen Ende der Bar saß ein dunkelhaariger Mann. Ruckartig wandte er sich ab, als er meinen Blick bemerkte. Interessiert fragte ich mich, ob er mich wohl beobachtet hatte. Vielleicht würde er mich ja heute Abend buchen. Bei diesem Gedanken raste Erregung durch mich hindurch. In dem gedämpften Licht wirkte der Mann groß. Seine breiten Schultern strapazierten die Nähte seiner schwarzen Anzugjacke und sein Oberkörper ragte viel höher über die Bar hinaus, als die der anderen Männer neben ihm.

Schatten verbargen sein Gesicht, doch ich sah lange Finger, die sich um sein Glas schlangen. In meiner Vorstellung legten sich diese Finger um seinen Schwanz und fuhren an ihm auf und ab, während er mir zusah.

Ich legte die Servietten zur Seite und umrundete die Bar, um einen besseren Blick auf ihn werfen zu können. Vielleicht sollte ich ihn fragen, ob er etwas braucht, ein bisschen flirten. Vielleicht könnte ich ihn dazu verführen, mir zuzusehen. Nur selten bekam ich die Gesichter der Leute zu sehen, die mich beobachteten, und das war okay so. Es machte es leichter, die Sache mit Abstand zu betrachten. Aber das Gesicht von diesem Mann wollte ich unbedingt sehen. Ich ging auf ihn zu und mit jedem Schritt spürte ich mehr und mehr Nervosität in meinem Bauch flattern. Diese Fantasie erregte mich mehr, als alles andere, was ich hier im Club tat. Als ich nur noch fünf Barhocker von ihm entfernt war, stellte sich mir jemand in den Weg.

„Oaklyn."

So, wie Jackson meinen Namen sagte und er mich anlächelte, ging ich davon aus, dass er mich nicht nur nach der Uhrzeit fragen wollte.

„Ja, Jackson?"

Er fuhr sich mit der Hand durchs Haar. „Ich habe eine Anfrage für eine Paarvorstellung, und die wollen ganz speziell dich."

Mein Herz machte einen Hüpfer. Jetzt war es soweit. Nun hatte ich die Chance etwas mit Jackson auszuprobieren. Ich blickte auf meine Uhr, konnte aber keine Meldung finden, dass ich ausgewählt wurde. „Warum wurde ich nicht auch angeklickt?"

Sein Lächeln verrutschte ein wenig. „Oh, das. Äh, was die wollen, stand nicht auf deiner Liste, also haben sie meine ausgefüllt, weil ich als dein Partner eingetragen bin."

„Was wollen die denn?" Mein Angebot bestand lediglich aus Küssen und Streicheln.

„Nur Sex." Als ich die Augen weit aufriss, hob er schnell die Hände, um meine Panik zu stoppen. „Bevor du ausflippst, solltest du wissen, dass sie dafür doppelt so viel bezahlen.“

Ich schloss den Mund und rechnete nach. Diese eine Vorstellung mit dem doppelten Preis würde somit fast all meine Nebenkosten für das ganze Semester decken. Doch allein der Gedanke an Sex mit Jackson, den ich kaum kannte, vor irgendjemandem machte mich ganz benommen. Mir war klar, dass es irgendwann dazu kommen würde, aber ich hatte gedacht, ich könnte langsam darauf hinarbeiten. Meine Haut fühlte sich bei dem Gedanken daran an, als würde sie in Flammen stehen und mein Herz raste. Ich wusste nicht ob vor Erregung oder aus Angst.

„Ich würde dich nicht darum bitten, wenn das Geld nicht so verlockend wäre. Außerdem wurde es angefragt als *Liebe machen*, was normalerweise unter der Bettdecke stattfindet. Ähnlich wie wenn du dich durch die Unterwäsche zum Kommen bringst. Ich muss nicht in dich eindringen. Ich brauche nur deinen Oberschenkel über meinen zu legen und so zu tun als ob.“

„Gab es noch …“ Ich musste mich räuspern. „Hatten die noch andere Wünsche?“ Ich starrte auf seinen Hals und sah seinen Adamsapfel hüpfen.

„Äh, nur ein bisschen Oralsex. Für dich. Ich soll dich lecken, aber ich kann auch nur so tun“, versicherte er mir schnell.

Die Möglichkeiten kreisten in meinen Gedanken. Ich errechnete, wie viele Einzelsitzungen ich für dieses Geld machen müsste. Dem zuzustimmen, war das einzig Vernünftige. Es war ja nicht einmal echter Sex. Ich musste lediglich vor Jackson nackt sein, was mich ehrlich gesagt nicht beunruhigte. Ich wusste nicht mal, was mich genau daran stören sollte.

Dass mir die Vorstellung gefällt, sagte meine innere Stimme.

Schnell nickte ich zustimmend, ehe ich es mir anders überlegen konnte. „Okay, klar. Sag mir einfach nur wann."

„Jetzt."

„Jetzt?" Mir war nicht klar, wieso ich mich erschrak. Als ob der Zeitpunkt eine Rolle spielte. Vielleicht wollte ich mehr Zeit haben, mich darauf vorzubereiten. Doch vielleicht war es besser, es hinter mich zu bringen, ohne mich geistig darauf einzustellen. Jackson wirkte, als ob er gespannt auf meine Antwort warten würde. Ich verdrängte meine Unsicherheit und erlöste ihn. „Okay. Sofort ist okay."

Seine starken Arme umfassten mich und hoben mich hoch. „Oh Gott, danke dir, Oak. Ich verspreche dir, es wird der beste gefakte Sex deines Lebens."

Als ich wieder auf dem Boden stand, sah ich ihn ernst an. „Das will ich auch hoffen."

Er lachte, nahm meine Hand und führte mich nach hinten, wo ich hoffentlich den besten gefakten Sex meines Lebens haben würde.

Wir trennten uns noch kurz, um uns frischzumachen, ehe wir uns vor dem Zimmer trafen, in dem der Voyeur Platz genommen hatte. Als das Licht auf Grün sprang, begannen wir, uns wie ein Paar zu benehmen, das abends nach Hause kam.

„Bereit?", fragte Jackson mich vor der Tür.

„So bereit, wie ich es nur sein kann."

„Vergiss nicht, dass es nur gespielt ist. Nicht real. Versuch, dich nicht in mich zu verlieben." Er zwinkerte mir zu.

Glücklicherweise sprühten zwischen uns keine Funken, was das Ganze einfacher machte. Ich rollte mit den Augen. „Ich gebe mir alle Mühe."

„Der Panik-Knopf liegt auf dem Nachttisch, falls ihr ihn braucht", sagte der Wachmann. „Ich bin die ganze Zeit hier draußen."

Jackson legte die Hand auf die Türklinke und gab mir einen schnellen Kuss auf die Lippen. Ich schloss kurz die Augen und atmete tief durch. Dann wurde ich von starken Armen um die Taille ins Zimmer geschoben. Ich fuhr mit den Händen in sein Haar und zog ihn näher. Mit den Händen unter meinem Hintern hob er mich hoch und stieß mit dem Fuß die Tür zu.

Ich öffnete den Mund und schmeckte Pfefferminz auf seiner Zunge, ehe er anfing, sich meinen Hals entlang zu küssen. Er legte mich sanft auf das Bett und verlangsamte das rasante Tempo, mit dem wir ins Zimmer gekommen waren. Ich musste mich zusammenreißen, um nicht zu der von der anderen Seite durchsichtigen Scheibe zu meiner Linken zu blicken.

Mit Jackson zusammen zu sein, war bereits mehr, als ich für heute erwartet hatte. Doch zu wissen, dass auf der anderen Seite ein Mann mit seinem Schwanz in der Hand saß, der mich beobachtete, jagte Adrenalin durch meine Glieder. Ich war nicht einmal sicher, dass es ein Mann war. Ich hatte mir den Auftrag nicht angesehen. Es hätte auch eine Frau oder ein Pärchen sein können, doch die Vorstellung, dass es ein Mann war, brachte mich auf Touren und war das innere Bild, das ich brauchte, um mich auf die Szene zu konzentrieren.

Jackson lenkte mich ab, indem er mir mein weißes T-Shirt über den Kopf zog und ich nur noch mit meinen weißen Spitzen-BH vor ihm lag. Jackson zog sich sein eigenes weißes T-Shirt aus, ging vor mir auf die Knie, sodass sich sein Gesicht vor meiner Brust befand. Meinen Blick haltend, umfasste er meine Brüste, rieb mit den Daumen über meine aufgerichteten Nippel, bevor er sie unter den BH schob und ihn nach unten zog.

Er blickte nicht sofort auf meine entblößten Brüste, sondern hielt meinen Blick, und baute so das Vertrauen zwischen uns auf. Ich erinnerte mich daran, als er mich das erste Mal geküsst hatte. Es hatte sich schön angefühlt, ich hatte es genossen, doch es hatte in mir nicht das Verlangen nach mehr ausgelöst. Dasselbe Gefühl hatte ich momentan.

Es war nur eine Vorstellung. Wie im Film oder Theater. Manchmal, wenn sich die Arbeit als etwas zu viel anfühlte, sagte ich mir das immer wieder. Voyeur war ein Job und ich eine Schauspielerin.

Dennoch reagierte mein Körper, als er an meinem Nippel saugte. Mein Innerstes zog sich zusammen, als er meine Jeans öffnete und sie mir von den Beinen zog. Meine Muskeln erzitterten, als er mich auf dem Bett zurückschob, einen meiner Schenkel über seine Schulter legte und seinen Mund auf meine Mitte presste.

Alles in mir vibrierte regelrecht vor Aufregung und Angst. Was, wenn der Kunde merkte, dass Jackson mich nicht wirklich leckte und nur so tat? Was, wenn er sein Geld zurückverlangte und das hier alles umsonst gewesen wäre?

Jacksons Kopf sank noch tiefer, strich über meinen Schoß und ich zwang mich dazu, mich zu entspannen. Es musste echt aussehen. Ich nutzte die Anspannung, um den Rücken durchzudrücken und zu stöhnen. Als seine Zunge über meine Klit leckte, stöhnte ich echt auf, krallte mich mit einer Hand ins Laken und mit der anderen in Jacksons Haar.

Ich wollte ihn fragen, was zur Hölle er da tat. Ihn daran erinnern, dass wir nur so tun wollten, und nicht, dass er mich tatsächlich leckte. Aber als er es nicht noch einmal wiederholte, und mich lediglich mit der Möglichkeit, es wieder zu tun, folterte und sich meiner Pussy immer weiter näherte, konzentrierte ich mich voll und ganz auf das überzeugende Schauspielern. Es musste unbedingt echt wirken. Ich atmete schneller, wand mich mehr, stöhnte mehr, bis ich mich anspannte und so tat, als hätte ich einen Orgasmus.

Das fiel mir mit Jacksons Kopf zwischen meinen Beinen nicht schwer. Aber meine Gedanken waren nicht bei ihm, sondern bei dem Voyeur hinter der Scheibe. Zusammen mit den zarten Berührungen zwischen meinen Beinen fühlte ich mich so elektrisiert, dass ich fast in wirklich gekommen wäre.

Mit sanften Küssen arbeitete sich Jackson an mir nach oben zu meinen Nippeln. Seine breiten Hände umfassten meine Hüften und schoben mich über das Bett, bis mein Kopf fast auf der anderen Seite herunterhing. Er zog die Decke unter uns hervor und zog sie bis zu den Hüften über uns, um zu verbergen, was vermeintlich darunter vor sich ging. Er nahm ein Kondom und kroch zwischen meine Beine, wobei er nie den Blick von meinem nahm. Er ließ den Blick nicht über mich wandern und sah nirgendwo hin, wo er nicht hinsehen musste. Er respektierte mich und die Situation, die wir nur schauspielerten. Wir machten unseren Job.

Als er seine Hose gerade weit genug öffnete, um seinen Schwanz zu befreien, und sich das Kondom überzog, konnte ich nicht vermeiden, hinzusehen. Er war groß, lang, dick, und kerzengerade. Er passte perfekt zu seinem Körper. Um ihm denselben Respekt entgegenzubringen wie er mir, sah ich schnell hoch, bewunderte seine gut definierten Bauchmuskeln und griff nach seinen Schultern. Er hob meinen Schenkel an und justierte dann seinen Schwanz. Für den Zuschauer sah es hoffentlich so aus, als würde er in mich eindringen, während er sich in Wahrheit nur an meine Mitte drückte und anfing, ins Leere zu stoßen.

Allerdings rieb seine Länge dadurch über meine geschwollene Klit und mir war klar, dass ich, trotz des Fakes, allein durch die Reibung kommen würde.

Seine Stirn ruhte an meiner und seine Stöße wurden fordernder, bis er das Gesicht an meinen Hals legte und noch schneller zustieß. Immer schneller rieb er über mich. Seine Hand hielt meinen Schenkel hoch. Sämtliche Eindrücke verschwammen in mir und nahmen meinen Körper ein.

Aber mein Verstand? Meine Gedanken waren bei dem Fremden hinter der Scheibe. Es hätte ein älteres Ehepaar sein können, das längst nicht mehr zusah und wie die Hasen rammelte. Doch in meiner Vorstellung war es der Mann aus der Bar. Ich fantasierte, dass er mich den ganzen Abend beobachtet und gewollt hatte. Dass er mich mit nach Hause genommen hatte und nun der Mann auf mir war. Seine Muskeln spannten sich mit jedem Stoß an, er drang in mich ein und füllte mich aus.

Zwar kannte ich nicht einmal sein Gesicht, doch als ich kam, spielte das keine Rolle. Ich hielt mich nur an Jackson fest, stöhnte und genoss die Lust, die durch mich strömte, und kam nur schwer wieder in die Realität zurück.

Jackson drückte sein Gesicht fest an meinen Hals, stöhnte bei seinem Orgasmus, presste sich gegen meine empfindliche Klit und verschaffte mir damit noch ein paar Nachbeben meines Höhepunktes.

„Danke", wisperte er an meine Haut und brachte mich wieder in die Realität zurück.

Schwach lächelte ich ihn an. Er rollte sich zur Seite und zog sich das mit seinem Samen gefüllte Kondom ab. Ich sah zur Seite, denn der Anblick schien mir intimer als das, was wir soeben getan hatten. Er kam zu mir zurück, legte sich neben mich unter die Decke und ich lehnte den Kopf an seine Schulter.

Er küsste mich auf den Scheitel, aber mein Blick behielt das Licht am Fenster im Auge. Es war immer noch grün, also war der Gast noch da. War das der Moment, in dem er gerade kam? Das Nachbeben, das Zusammensein? War es das, was die Leute gern beobachteten?

Ich starrte das Licht an, bis meine Augen brannten. Mir war nicht bewusst, wie viel Zeit verging, ehe es schließlich rot wurde. Ich blinzelte und wandte den Blick ab.

„So", begann Jackson. „War das nun der beste gefakte Sex den du je hattest?"

„Du hättest mich nicht wirklich lecken sollen", tadelte ich ihn leicht erhitzt.

„Ich konnte mich nicht beherrschen und musste dich zumindest einmal schmecken. Deine Nässe war einfach zu verführerisch."

„Hör auf", sagte ich lachend und schlug ihm auf den Arm.

„Wird nicht wieder vorkommen. Egal, wie nass deine Pussy mein Kinn macht."

Ich lachte erneut. Lachte über die Situation, nackt neben einem Mann zu liegen, mit dem ich gerade so getan hatte, als hätten wir Sex.

Lachte, weil es mir gefallen hatte.

Und weil ich es genoss, mir vorzustellen, wie der Mann hinter der Scheibe gekommen war, weil er mir zusah.

Lachte, weil ich nicht wusste, wie ich damit umgehen sollte, und lachen einfacher war.

Kapitel 5

Callum

„Du schmeckst so verdammt gut“, sagte ich an ihrem Schenkel. Sie bäumte sich auf und versuchte, meine Lippen wieder an ihre Pussy zu drücken. Ich küsste die eine Seite ihrer Hüfte, ihre Mitte, und dann die andere Seite, ehe ich meine Zunge in ihre nasse Pussy schob. Ihr Stöhnen törnte mich an. Mit den Daumen spreizte ich sie wie eine Blume, glitt mit der Zunge tiefer in sie und liebte es, wie sich ihre Pussy um mich zusammenzog.

Sie keuchte intensiver und ich konzentrierte mich auf ihre Klit, schnippte sie fester und schneller an, stoppte ab und zu, um sie zu umkreisen und lustvoll zu foltern.

Ich mochte ihr Wimmern und Stöhnen, wie sie sich mir entgegenbog und mein Gesicht fickte. Ihre süßen, würzigen Säfte überzogen mein Kinn und ich genoss es, liebte es, davon überzogen zu sein. Ihr erregtes Stöhnen erfüllte meine Sinne. Ihre Brüste hoben sich, als sie sich aufbäumte, sich ihr ganzer Körper anspannte, als der Orgasmus sie überrollte, und ich jeden Tropfen aufsaugte.

„Bitte“, wimmerte sie. „Bitte, Callum.“

„Soll ich dich jetzt ficken?“ Ich erhob mich zwischen ihren schlanken Schenkeln, griff nach meinem schmerzenden Schwanz, rieb ihn an ihrer Öffnung und benetzte ihn mit ihrer Feuchtigkeit. „Wartest du darauf, dass ich deine nasse Pussy mit meinem Schwanz fülle?“

„Oh Gott, ja. Bitte.“

Ich glitt in sie, ihre Schamlippen schmiegten sich wie ein warmer Umhang um meinen pulsierenden Schwanz. Ich saugte an ihrem Nippel, biss in die Spitze und vergrub mich gleichzeitig tief in ihr. Ich rieb mich an ihr und genoss das Gefühl meiner Eier an ihrem zarten Hintern.

Ich zog mich ein Stück heraus, küsste ihren Hals entlang und stieß erneut zu. Ich knabberte an ihren geöffneten Lippen und fickte sie mit jedem Stoß härter. Ich strich ihr hellbraunes Haar aus ihrem Gesicht und sah in ihre goldenen Augen. „Bist du bereit dafür, dass ich dich jetzt so richtig rannehme?"

Ruckartig erwachte ich im Bett, Schweiß kühlte meine Haut und die Bettdecke befand sich an meinen Füßen. Meine Hand lag um meinen harten Schwanz, drückte fest zu. Die Spitze war lila und ich wollte verzweifelt kommen.

Nicht zu fassen, dass ich von ihr geträumt hatte. Dass ich hart aufgewacht war und sie immer noch im Kopf hatte. Unglaublich, dass kein Albtraum daraus geworden war.

Ich sackte in die Kissen zurück, ließ aber meinen Schwanz nicht los. Gedämpftes Licht drang durch die Vorhänge. Ich musste bald aufstehen, doch ich wollte diesen seltenen Moment genießen. Wollte in der Fantasie baden, die mir mein Verstand gönnte. Ich schloss die Augen, verdrängte alle anderen Gedanken und ging geistig in das Zimmer zurück. Ich erinnerte mich daran, wie ich mich mit einer Hand an der Wand abstützte und mit der anderen meinen Schwanz rieb. Immer im Rhythmus mit dem Wimmern, das aus ihren geöffneten Lippen drang. Mit ihren bei jedem Stoß mitwippenden Brüsten.

Fuck, ihre Brüste waren nur eine Handvoll, aber wie sie sich bewegten, wie mich die rosigen Knospen riefen und um meine Zunge bettelten. Ich stöhnte, genau wie ich es im Zimmer getan hatte, wollte, dass sie ihre Finger in meine Arme grub, weil sie sich verzweifelt irgendwo festkrallen musste, während ich sie fickte.

Gott, noch nie hatte ich mich so leicht in eine Szene versetzen können wie jetzt. Ich stellte mir vor, ihre Beine wären um meine Hüften geschlungen. Wie heiß und nass sie um meinen Schwanz herum wäre, wie ihre Pussy mich in sie gesaugt hätte, wenn sie sich eng zusammenzog, weil sie unbedingt wollte, dass ich sie ausfüllte.

Mit angespannten Muskeln pumpte ich schneller in meine Faust und sehnte mich nach einem Orgasmus in ihrer engen Pussy. Ich wollte meine Eier an ihr reiben, während alles, was ich hatte, in sie strömte, wollte ihr Pulsieren um mich spüren und mich an ihren Lustlauten berauschen.

Schockwellen rasten durch meine Wirbelsäule in meine Eier und weiße Spritzer landeten auf meiner Brust und dem Bauch. Mein Stöhnen mischte sich mit ihrem. Mein Schwanz zuckte bei dem nicht existierenden Geräusch, denn allein die Vorstellung davon genügte, um von noch mehr Lustwellen durchgeschüttelt zu werden. Langsam hörte ich auf zu pumpen und sah auf meinen weich werdenden Schwanz und die Sauerei auf mir, ohne traurig zu sein oder mich zu schämen.

Noch nie war ich derartig in eine Darstellerin vernarrt gewesen, dass ich mir beim Aufwachen einen runterholen musste. Oder in meinen Träumen. Normalerweise machte ich das mit Hilfe eines Pornos und einer gesichtslosen Frau. Aber nicht dieses Mal. Diesmal war die Frau unter mir, ihr Bild, ganz klar und bei der Erinnerung erfüllte mich Euphorie.

Eine wunderbare Art, den ersten Tag des neuen Semesters an der Uni in ein positives Gefühl gehüllt zu beginnen. Ich blieb noch eine Weile liegen, bis der Wecker klingelte, stand dann auf, ging duschen und bereitete mich auf den Arbeitstag vor.

Ich schob den Studienplan ein bisschen auf dem Tisch herum, bis die Ecke mit dem Tisch und dem Arbeitsblatt daneben eine Linie bildete. Dann holte ich einen Stift aus meiner Tasche und legte ihn genau zwischen die beiden Blätter. Als ich die drei Textmarker in alphabetischer Reihenfolge hinlegen wollte, kam der erste Student in den Raum.

Ich begrüßte ihn mit einem Lächeln. „Willkommen im Astronomie-Kurs."

Er nickte mir müde zu und trottete ans Ende des Raumes. Neun Uhr morgens musste sich für Studenten viel früher am Tag anfühlen. Besonders am ersten Tag.

Ich saß auf der Ecke meines Tisches und begrüßte jeden Studenten, der hereinkam. Dieses Semester lehrte ich Astronomie für die Studenten, die nicht Physik studierten. Sie wiesen nicht denselben Enthusiasmus auf, wie diejenigen, die Astrophysiker werden wollten. Ich versuchte, meine Liebe zum Thema zu vermitteln, um das Interesse bei ihnen zu wecken. Wenn sich der Lehrer nicht für das Thema begeistern konnte, wie sollten es dann die Studenten? Die meisten Professoren unterrichteten nicht gern physikfremde Fächer, doch ich betrachtete es als Herausforderung, die Studenten dazu zu bringen, sich für die Sterne, die Planeten und alles, was damit zu tun hatte, zu interessieren.

„Hallo, willkommen in der Astronomie."

Mehr nickende Köpfe und ein paar Mädchen mit erstaunten Blicken, die mich unverhohlen musterten. Seit drei Jahren unterrichtete ich und war mittlerweile daran gewöhnt. Ich war jünger als die meisten Professoren und mir war bewusst, dass ich nicht schlecht aussah. Ich ignorierte diese Blicke, blieb höflich und kurz angebunden, um keinen falschen Eindruck zu erwecken.

Fast alle Sitze waren nun belegt. In ein paar Minuten konnte ich beginnen.

„Hallo, willko…“ Die Worte blieben mir im Hals stecken, als ich die nächsten hereinkommenden Studenten begrüßte. Zwei Mädchen. Die Blonde kannte ich nicht. Die andere war *sie*. Die Frau aus dem Voyeur. In meiner Vorlesung. Als eine verfluchte Studentin. *Meine* Studentin.

Das Blut rauschte so laut in meinen Ohren, dass ich kaum noch das Gemurmel im Klassenraum hörte. Mein plötzlicher Tunnelblick konzentrierte sich voll auf sie. Sie lächelte und lachte über etwas, das ihre Freundin gesagt hatte.

Sie sah genauso aus und doch ganz anders. Im Voyeur bewegte sie sich voller Selbstsicherheit und sah reifer aus. Manchmal nur in Dessous gekleidet. Doch jetzt in diesen Skinny Jeans und dem weiten Pulli sah sie so sehr wie eine junge Studentin aus, dass ich mir geistig in den Hintern trat, weil mir nicht aufgefallen war, wie jung sie noch war. Noch schlimmer war, dass die meisten meiner Studenten Erstsemestler waren, doch ich hoffte, dass sie schon älter war. Vielleicht holte sie sich nur die letzten Punkte, die sie noch brauchte? Ich verzog innerlich das Gesicht und fühlte mich wie ein Perverser, der sich beim Anblick von achtzehnjährigen Kindern einen runterholte.

Verdammt!

Meine Lungen schienen in meiner Brust zu kollabieren, denn ich konnte kaum tief Luft holen, um mich zu beruhigen. Ich starrte auf meine Schuhe und zählte die Verschnürungen. Suchte nach etwas, das mir half, mich zusammenzureißen.

Als ich endlich wieder atmen konnte, zwang ich mich zu einem Lächeln und sah auf. „Willkommen in der Astronomie“, sagte ich laut zu allen.

Von ihrem Platz aus sah sie mich lächelnd an. Ich wartete auf ein Zeichen, dass sie erkannte, mich schon einmal gesehen zu haben. Nicht, dass sie deswegen etwas sagen würde, da sie eine Verschwiegenheitserklärung unterschrieben hatte. Doch ich wollte nicht einmal an die Komplikationen denken, die sich daraus ergeben konnten. Aber sie erkannte mich anscheinend nicht. Nachdem sie mich kurz angesehen hatte, lag ihre Aufmerksamkeit sofort wieder auf ihrer Freundin, die sie flüsternd anstupste und dabei mich anstarrte.

Ich wollte mir nicht vorstellen, was sie sagte.

Alle hatten sich hingesetzt. Ich versuchte, überall hinzusehen, doch mein Blick wanderte immer wieder zu ihr zurück. Sie nahm Stift und Block aus ihrer Tasche und ich war von ihren schlanken Fingern fasziniert.

Ich wusste, wie diese Finger aussahen, wenn sie sich ekstatisch in ein Laken krallten.

Gott, ich war so heftig gekommen, als sie ihren zweiten Orgasmus herausgeschrien hatte und ihre kleine Faust auf dem Rücken ihres Partners lag. Ihre Beine hatten gezuckt. Ich hatte meinen Schwanz immer fester gerieben und mein Stöhnen nicht unterdrücken können, das gleichzeitig mit ihrem kam.

Ich schüttelte den Kopf, verscheuchte die Erinnerung und ging hinter den Schreibtisch zu meinem Stuhl, ehe jemand meine beginnende Erektion sehen konnte.

Deine Studentin. Sie ist deine verdammte Studentin!

Innerlich leierte ich eine Liste verschiedener Galaxien herunter, um mich wieder in die Spur zu bringen, und atmete tief durch, bis ich endlich die Vorlesung anfangen konnte.

„Guten Morgen. Ich bin Dr. Pierce und Sie befinden sich im Astronomie-Kurs 101. Zwar sind die Vorlesungen für Nicht-Physiker, aber vielleicht habe ich Sie am Ende des Semesters überredet, zu uns auf die dunkle Seite zu wechseln."

Ein paar Studenten lachten, während andere Dinge wie „Pfft, als ob“ murmelten. Die üblichen Reaktionen.

„Am ersten Tag werden wir uns lediglich mit dem Lehrplan beschäftigen, uns bekanntmachen, und dann werde ich Sie wieder in die Wildnis entlassen.“

Ich nahm einen Stapel Papiere, reichte sie den Studenten in der ersten Reihe, die sich eins nehmen und sie dann weitergeben sollten. Es dauerte nicht lange, das Wichtigste zu erfassen. Noten, Anwesenheit, Prüfungstermine und die Erwartungen der Klasse. Ich schaffte es, die meiste Zeit nicht auf *sie* zu starren.

Ich kannte noch nicht einmal ihren Namen.

Als ich fertig war, lehnte ich mich an die Schreibtischkante und überlegte, wie ich an die gewünschte Information kommen könnte. Ihr Alter zu erfahren, war mir momentan am wichtigsten, und wenn das bedeutete, dass ich dafür jeden Studenten einzeln befragen musste, dann sollte es so sein.

„Und jetzt stellt sich bitte jeder selbst vor. Sagen Sie zuerst Ihren Namen, damit ich ihn auf der Liste abhaken kann. Dann das Alter, das Semester und die Fachrichtung.“

„Wie alt sind Sie denn?“, rief eine Brünette aus der ersten Reihe. Einige Mädchen kicherten.

Ich lächelte entgegenkommend. „Neunundzwanzig, und ich unterrichte hier seit drei Jahren. Physik war mein Studienfach.“ Ich machte eine Geste in ihre Richtung. „Dann fangen Sie doch am besten gleich an.“

Es ging fast durch die ganze Klasse, ehe *sie* endlich drankam. Ihre Stimme war leise und schien meine Haut zu streicheln. „Ich bin Oaklyn Derringer. Ich studiere Biologie, mit der Absicht, in die Physiotherapie zu gehen.“

„Wie alt sind Sie?“ Es fühlte sich so an, als ob jeder sofort erkannte, warum ich das fragte, Dass man das leichte Schwanken in meiner Stimme hörte und sah, wie meine Wangen sich erhitzten.

„Oh, das habe ich ganz vergessen“, sagte sie lachend. „Ich bin gerade neunzehn geworden. Ich bin im zweiten Semester.“

Zweitsemester.

Neunzehn.

Errötete Wangen waren plötzlich nicht mehr mein Problem, denn all mein Blut schien meinen Körper verlassen zu haben. Das Klingeln in meinen Ohren verhinderte, dass ich die nächsten drei Studenten hörte. Ich nahm ihre Gesichter und ihr Lächeln nicht wahr, als ich ins Leere starrte und versuchte, Luft zu bekommen.

Eine Zweitsemestlerin.

Ich hatte mir beim Anblick einer neunzehnjährigen Studentin einen runtergeholt. Mein Magen wollte sich umdrehen, als sich Schuldgefühle wie Säure ihren Weg durch mich fraßen.

Doch als die Vorlesung zu Ende war, ich alle entließ und zusah, wie Oaklyn aus dem Saal ging, dachte ich an ihre harten Nippel auf den straffen Brüsten. Die Schuldgefühle verflogen und wurden durch Begierde und Verlangen ersetzt.

Ich konnte mir selbst nicht mehr trauen und musste mich so gut es ging von ihr fernhalten. Sie in der Klasse zu sehen, war etwas, womit ich umgehen konnte. Aber im Voyeur musste ich ihr aus dem Weg gehen. Vielleicht sollte ich Daniel die Lage erklären, damit er mir sagen konnte, an welchen Tagen sie nicht arbeitete.

Die einfachste Lösung wäre, nicht mehr ins Voyeur zu gehen. Doch dafür brauchte ich es zu sehr. Es würde schon gutgehen. Ich musste mir nur ständig ihr Alter in Erinnerung rufen, und dass sie meine Studentin war, dann würde ich der Versuchung widerstehen.

Das konnte klappen.

Kapitel 6

Oaklyn

Ich werde es überstehen.

Das war mein Mantra für die nächsten Monate. Gestern hatte ich bis spät in die Nacht im Voyeur gearbeitet, dann war ich in einer meiner Vorlesungen, und momentan stopfte ich mir ein Sandwich mit Erdnussbutter und Gelee in den Mund, während ich über den Campus zum Physikfachbereich eilte. Es war mein erster Tag dort und ich hatte ein schlechtes Gewissen, zu spät zu kommen. Besonders, weil ich den Job in letzter Minute durch die Gnade des Studienberaters ergattert hatte.

Nach dem zweiten Vorlesungstag hatte ich schon Angst, mich übernommen zu haben, doch ich musste mir einreden, dass ich mich an den verrückten Zeitplan gewöhnen würde.

Als ich die breite Tür zu dem beigen Steingebäude öffnete, fragte ich mich, ob ich wohl Dr. Pierce begegnen würde. Ich musste ständig an ihn denken. An seine intensiven hellblauen Augen, die in Kombination mit dem rabenschwarzen Haar noch mehr auffielen, und wie er mich mit seinen Blicken fast durchbohrt hatte. Ich hatte versucht, es zu ignorieren, und mir gesagt, dass ich mir etwas einbilde und dass er alle Studenten auf diese Art ansah, doch es war unmöglich gewesen, es nicht zu spüren. Ich hatte sogar schon befürchtet, dass ich etwas im Gesicht kleben hatte. Ich hatte Olivia danach gefragt, und sie hatte mich angesehen, als hätte ich zwei Köpfe, ehe sie sich wieder ganz auf Dr. Pierce konzentriert hatte. Das konnte man ihr nicht verübeln. Er war außergewöhnlich attraktiv und jung, ganz und gar nicht was ich in der ersten Vorlesung meines zweiten Semesters erwartet hätte. Ich überlegte, wieso er ein Lehrer war, verwarf den albernen Gedanken aber schnell wieder, dass so ein attraktiver Mann ein aufregenderes Leben haben sollte.

Astronomie schien seine Leidenschaft zu sein. Wie er uns erklärt hatte, was er uns alles beibringen wollte, machte das deutlich. Es machte ihn noch attraktiver. Zumindest meine Aufmerksamkeit war ihm sicher, wenn auch nur aus dem Grund, dass ich gern auf seine Lippen starrte, wenn er sprach.

Fast hoffte ich, ihm nicht zu begegnen, wenn ich hier Dienst hatte. Denn dann würde ich nicht riskieren, eine alberne Verliebtheit für ein weit höherstehendes Wesen zu entwickeln … meinen Professor.

Lächelnd stieß ich die Tür zum Hauptbüro der Physiker auf und verdrängte den Gedanken. Eine stämmige Frau mit weißen Haaren und einem netten Lächeln saß an einem Schreibtisch und begrüßte mich.

„Hallo, wie kann ich Ihnen helfen?"

„Hi. Ich bin Oaklyn Derringer. Ich soll hier dieses Semester als Assistentin arbeiten."

„Oh, ja." Sie erhob sich und kam auf mich zu. „Ich bin Donna, die Sekretärin. Sie können Ihre Tasche hierlassen. Ich führe Sie erstmal herum und stelle Sie allen vor."

Die Runde war recht kurz. Nur ein kleiner Flur mit drei Türen. Eine davon führte in einen Konferenzraum und eine andere war ein Ausgang. Auf der anderen Seite war das Büro des Fachbereichschefs und dazwischen befand sich der Schreibtisch der Sekretärin und ein kleiner Wartebereich mit vier Stühlen und einer Pflanze.

„Ich bin froh, dass Sie da sind. Letztes Semester ist ein älterer Student gegangen und wir wussten nicht, ob wir wieder einen bekommen werden. Die Physiker sind eher eine kleine Gemeinschaft. Studieren Sie Physik?"

„Nein. Ich studiere Biologie und möchte später Physiotherapie machen."

„Du meine Güte, und was führt Sie dann zu uns?"

Ich musste lachen. „Verzweiflung."

Sie kicherte, ging wieder hinter ihren Schreibtisch und setzte sich. „Auf jeden Fall bin ich froh, wieder weibliche Unterstützung zu haben."

Sie wies mir einen Stuhl vor ihrem Schreibtisch zu, auf dem ich mich niederließ und wartete, während Sie etwas in den Computer tippte.

„Dann sehen wir mal. Sie werden Dr. Erikson assistieren. Er leitet das Labor und braucht Hilfe beim Vorbereiten und Reinigen der Hilfsmittel. Außerdem noch Dr. Pierce."

Als ich diesen Namen hörte, sank mir das Herz in die Hose und schlug gleichzeitig schneller. Ich überging es, denn ich wollte mich nicht blamieren, indem ich anfing zu stottern oder zu erröten oder irgendetwas anderes genauso albernes.

„Die anderen Lehrer haben meistens Studenten, mit denen sie schon eine Weile arbeiten. Hudson, der Student, der gegangen ist, hat hauptsächlich Dr. Pierce geholfen, und Sie sollen seine Aufgaben übernehmen. Aber keine Sorge, Dr. Pierce ist ein sehr netter Mann."

„Habe ich da gerade meinen Namen gehört?", fragte eine männliche Stimme hinter mir.

Und da war er schon. Groß und breit, sodass seine Schultern fast beide Seiten des Türrahmens berührten, durch den er trat. Mit einem warmen, charmanten Lächeln sah er Donna an. So, wie man seine Oma anlächeln würde.

„Allerdings", sagte Donna. „Ich habe gerade unserer neuen Assistentin erzählt wie nett Sie sind, da sie Ihnen und Mr. Erikson dieses Semester helfen wird."

Sie zeigte auf mich und ich legte mein nettestes Lächeln auf, obwohl ich spürte, dass es sicherlich genauso gezwungen aussah, wie es sich anfühlte.

Tief durchatmen. Nicht erröten. Nicht erröten!

Sein Blick schwenkte zu mir, und der Mann erstarrte. Nur für einen Moment, fast unmerklich, bevor er mich begrüßte.

„Oh, Miss Derringer. Wir kennen uns von gestern aus der Vorlesung." Sein Lächeln war höflich und distanziert, obwohl ich spürte, dass mehr in ihm vorging als er nach außen zeigte. „Warum möchten Sie im Fachbereich Physik arbeiten?"

Ich wollte gern erneut einen Scherz über meine Verzweiflung machen, aber ich entschied mich lieber für eine ehrliche Antwort. „Ich brauche die zusätzlichen Stunden, um mein Studium zu finanzieren."

„Oh gut. Eine fleißige Arbeiterin." Er nickte und wandte sich an Donna. „In zehn Minuten habe ich ein Meeting, komme aber danach wieder. Könnten Sie das hier bitte für morgen für mich kopieren?"

„Natürlich, Dr. Pierce. Oaklyn wird das bis heute Nachmittag für Sie fertig haben."

Er bedankte sich und verschwand, ohne mich noch einmal anzusehen, hinter der Tür, neben der sein Name stand.

„Gut, dann gehen wir jetzt zu Mr. Erikson. Er ist im Labor. Ich bin mir sicher, er wird Sie in alles einweisen. Wenn wir damit fertig sind, zeige ich Ihnen den Kopierer."

Ich folgte Donna den Flur entlang bis in den Lagerraum des Labors. Er war voller Glasbehälter, Flaschen und Geräte, die ich noch nie gesehen hatte, und von denen ich nicht wusste, was man damit machte. Mr. Erikson war ein entspannter Mann, sogar ein bisschen in sich gekehrt, eher ein *Nerd*. Er trug eine dicke Brille, sprach leise und bei manchen Worten stotterte er leicht. Aber ich beschwerte mich nicht. Mir war Stille lieber als eine Labertasche.

Mr. Erikson erklärte mir ein paar Regeln und überließ mir dann eine Liste, in der ich das Inventar eintragen sollte. Rockmusik aus den Siebzigern spielte leise im Hintergrund und meine Arbeitszeit flog nur so dahin. Nach drei Stunden hatten wir die Inventur des gesamten Equipments erledigt. Nur noch zwei Stunden und ich hatte Feierabend, ohne später noch Vorstellungen geben zu müssen.

Ich verabschiedete mich schließlich von Mr. Erikson, nahm meinen Rucksack und ging zur Sekretärin, um die Kopien für Dr. Pierce zu machen.

Mit dem Arm voll noch warmer Papiere klopfte ich an seine Tür.

„Herein“, sagte er mit tiefer Stimme durch die Tür.

„Ich habe Ihre Kopien.“

Er hob den Blick von seiner Arbeit und sah mich durch eine Brille mit dicker Umrandung an. „Oh, ja, danke. Legen Sie sie bitte hier hin.“

Ich legte den Stapel auf seinen Schreibtisch, trat zurück und beobachtete ihn, wie er die Papiere so verschob, bis die Kanten mit der Ecke des Tisches übereinstimmten.

„Nette Brille.“

„Danke. Ich hasse sie. Ich bin neunundzwanzig und brauche schon eine Lesebrille. Damit sehe ich wie ein alter Mann aus.“ Er lachte selbstkritisch.

„Wohl kaum.“ Ich kicherte. Ohne nachzudenken war mir die Bemerkung herausgerutscht. Ich schluckte schwer, sah nach unten und konnte daher seine Reaktion nicht ablesen. „Brauchen Sie noch etwas? Ich bin noch eine Stunde hier.“

Er sah sich um, als ob er nach einer Aufgabe für mich suchen würde. „Ja. Da hinten stehen Kartons mit Akten. Die müssen alphabetisch geordnet und abgeheftet werden."

Meine Augen weiteten sich, als ich die fünf Kisten neben einem Aktenschrank sah.

Das musste ihm nicht entgangen sein, denn er lachte und versuchte, mich zu beruhigen. „Das muss nicht alles heute fertig werden. Fangen Sie einfach schon mal mit einem Karton an. Ein Professor, der letztes Jahr in Pension gegangen ist, hat mir ein paar seiner Unterlagen dagelassen."

„Das sind ein bisschen mehr als nur ein paar."

„Wenn Sie sein gesamtes Material gesehen hätten, würden Sie das nicht sagen. Er hatte in seinem Büro die Kisten bis zur Decke aufgetürmt. In zig Stapeln."

„Na, dann haben Sie ja Glück gehabt, dass er Ihnen nur fünf Kartons hinterlassen hat. Sonst wäre ich hier, bis Sie in Rente gehen."

Er lachte und ich verliebte mich ein bisschen in sein Lächeln. Diese Grübchen in seinen Wangen. Diese leichte Kerbe in seinem Kinn, die beim Lachen noch betont wurde. Als er aufsah, wandte ich den Blick ab und fühlte mich wie ein Kind beim Anstarren ertappt. „Okay, ich fange besser damit an."

Fast eine Stunde arbeiteten wir in angenehmer Stille zusammen. Manchmal ging er raus, kam aber schnell zurück. Ab und zu bemerkte ich, dass er mich ansah. Dann lächelte er und wandte sich wieder seiner Arbeit zu. Wahrscheinlich wollte er nur sichergehen, dass ich keinen Mist baute. Er schien sehr penibel zu sein. Ich beobachtete, wie er seinen Stift haargenau zum Papier ausrichtete, und wie er darauf achtete, dass jedes Blatt genau denselben Abstand zum Tischrand hatte. Lauter solche Kleinigkeiten. Ich musste mich dazu zwingen wegzusehen, ehe er mich beim Starren erwischte.

„Also ich gehe dann", sagte Donna und steckte den Kopf zur Tür herein. „Callum, lassen Sie das arme Mädchen nicht so hart arbeiten."

„Aber ich dachte, Sie hätten gesagt, sie sei jetzt für immer meine vertraglich verpflichtete Dienerin." Er zog die Augenbrauen zusammen.

Sie erwiderte den Blick. „Das würde ich niemals sagen." Sie zwinkerte mir zu. „Einen schönen Abend noch, allerseits. Callum, wir sehen und morgen. Oaklyn, wir sehen uns am Freitag wieder?"

„Ja."

„Okay. Bis dann."

Dr. Pierce lehnte sich zurück und streckte die Arme über dem Kopf. Ich musste mir mit dem Fingernagel in die Hand bohren, um mich von dem Anblick, wie sich sein hellblaues Oberhemd über seiner breiten Brust spannte, abzulenken.

„Ich denke, wir sollten auch Feierabend machen. Mir war nicht bewusst, dass es schon nach fünf ist."

„Oh, wow. Die Zeit rast, wenn man Akten abheftet."

„Das ist der aufregendste Job, den wir hier haben."

Ich mochte seine Scherze und die schnellen Erwiderungen.

„Gott sei Dank, denn schließlich muss ich das als Ihre vertraglich verpflichtete Bedienstete für immer tun. Machen Sie mir nichts vor, die restlichen Aktenstapel warten doch irgendwo auf mich."

Er grinste und hielt die Hände hoch. „Sie haben mich erwischt."

„Okay, ich bin dann Freitag wieder da und mache weiter." Ehe ich meinen Rucksack nahm, schloss ich die Schachtel, an der ich gerade arbeitete, und räumte noch etwas auf.

„Es ist schon spät. Brauchen Sie einen Begleiter?“, fragte Dr. Pierce.

Ich kicherte idiotisch und sprach ohne nachzudenken. „Ich brauche keinen männlichen Aufpasser.“

„Oh, äh … so war das nicht gemeint.“

„Ich weiß. Entschuldigung, meine Art Humor ist manchmal etwas daneben.“ Meine Wangen brannten, weil ich so etwas Dummes zu meinem Lehrer gesagt hatte. Doch als ich ihn ansah, waren seine Wangen ebenfalls leicht rot. Und er lachte immer noch.

„Das nächste Mal werde ich mich klarer ausdrücken. Ich möchte vermeiden, dass mir Donna einen Vortrag darüber hält, einer Studentin eine männliche Begleitung anzubieten. Sagen Sie es ihr bitte nicht, aber sie macht mir ein bisschen Angst.“

„Unsinn. Donna ist ein Engel.“

„Ein Engel, der die gesamte männliche Belegschaft in ihre Schranken verweisen kann.“ Wir lachten beide bei der Vorstellung. Als wir uns beruhigt hatten, drückte er sich klarer aus. „Möchten Sie, dass ich bis zu Ihrem Auto mitkomme?“

„Nein, danke sehr. Ich flitze nur schnell über den Campus zum Studentenzimmer meiner Freundin.“

Er nickte. „Okay. Aber passen Sie auf sich auf.“

Mit einem Winken war ich aus der Tür und hatte den ersten Tag, den ich für Dr. Pierce arbeitete hinter mir, ohne ihn angesabbert zu haben.

Schnell hatte ich den kurzen Weg zu Olivias Zimmer zurückgelegt und sie begrüßte mich, ließ mich rein, bevor wir in den Gemeinschaftsraum zu ihren anderen Freunden gingen. Ich gesellte mich zu den lernenden Studenten und holte meine Bücher hervor, obwohl mir klar war, dass ich nichts zustande bringen würde.

Sobald ich saß, fingen wir an zu plaudern und würden sicherlich nicht damit aufhören, ehe ich wieder ging.

„Wie war dein erster Arbeitstag im Physikfachbereich? Haben dich all diese bebrillten Kerle angestarrt? Waren ein paar heiße Exemplare dabei? Bitte, sag Ja."

Ich lachte über ihren Fragen-Wasserfall. „Ich habe keine gesehen, aber wenn ich noch welche sehen sollte, dann schicke ich sie direkt zu dir."

„Das ist wahre Freundschaft." Sie hob die Hand und wir gaben und ein High-five. „Also, wie war es wirklich?"

„Gut. Erst habe ich bei der Laborinventur geholfen und den Rest des Nachmittags habe ich Dr. Pierce assistiert."

„Sag bloß!", sagte eine Studentin auf einer anderen Couch. Ihr Name war Sandy. „Der ist so verdammt heiß. Ich habe ernsthaft drüber nachgedacht, etwas anderes zu studieren, nur um ihn regelmäßig sehen zu können."

„Tja, dann sei mal schön neidisch, denn Oaklyn und ich haben ihn dieses Semester in Astronomie", neckte Olivia.

„Schlampe", sagte Sandy grinsend.

„Ich habe gehört, er ist eine männliche Hure", sagte eine andere Studentin. „Aber trotzdem ist er recht reserviert."

„Woher willst du das wissen, Cindy?", fragte Olivia.

„Wieso sollte es anders sein? Die Mädels werfen sich ihm scharenweise an den Hals. Ich bin sicher, er nutzt das aus."

„Aber er ist ein Lehrer. Bestimmt fängt er nichts mit einer Studentin an", wandte Sandy ein.

Cindy zuckte mit den Schultern und tratschte unbekümmert weiter. „Stille Wasser sind tief. Solche Männer haben die größten Geheimnisse."

Die Mädels wechselten das Thema, doch ich konnte es nicht vergessen. Ich glaubte nicht, dass das auf Dr. Pierce zutraf. Zwar hatte ich ihn dabei erwischt, wie er mich manchmal beäugt hatte, aber es hatte sich nicht sexuell angefühlt. Nur irgendwie durchdringend. Ich spürte ein Flattern im Bauch und versuchte, es abzustellen. Ich musste mit ihm zusammenarbeiten und wenn bereits Gerüchte über ihn im Umlauf waren, wollte ich nicht noch mehr hinzufügen.

Kapitel 7

Callum

„Ich bin so froh, dass du angerufen hast“, sagte Shannon über den Tisch hinweg.

Ich wusste nicht, was ich erwidern sollte, also brummte ich nur kurz, lächelte neutral, und hoffte, es würde sie davon überzeugen, dass ich mich auch darüber freute. Obwohl ich nicht sicher war, wieso ich sie angerufen hatte.

Lügner.

Oaklyns lächelndes Gesicht, ihr Geruch, wie sie ausgesehen hatte, als sie kam, und dass sie in meinen Träumen auftauchte, waren der Grund, warum ich Shannon angerufen hatte. Ich wollte Oaklyn aus dem Kopf bekommen.

„Während der Feiertage findet man keine Zeit, nicht wahr?“, fuhr sie fort. „Das war bei mir nicht anders. Dann brauchte meine Oma Hilfe nach ihrer Hüftoperation, und ich konnte meinen neuen Job erst später anfangen. Aber nächste Woche geht’s endlich los.“

„Das mit deiner Oma tut mir leid. Ich hoffe, es geht ihr wieder besser.“

„Ja, viel besser.“

Sie erzählte von ihrem Besuch zu Hause und dem Zoff zwischen ihr und ihrer Cousine. Ich nahm einen Schluck Bourbon und ließ meine Gedanken schweifen. Sie redete genug für uns beide. Shannon war hübsch, hatte ein schönes Lächeln und strahlte pure Lebensfreude aus. Ich hingegen hatte erst ein paar Drinks im Dunkeln meines steifen Wohnzimmers gebraucht, um mich zu überreden, sie anzurufen.

Ich brauchte jemanden, der mich von der Woche mit Oaklyn ablenkte. Es war die reinste Folter gewesen. Sie war zu jedem freundlich und ihr strahlendes Lachen erhellte ihr Gesicht. Sie lächelte derart unschuldig, dass ich Schwierigkeiten hatte, sie mit der Frau in Verbindung zu bringen, die vor fremden Leuten vögelte. Der Frau, die ich dieses Wochenende nicht beobachten würde. Mal ein Wochenende nicht ins Voyeur zu gehen, würde ich überstehen.

Ich hatte Daniel immer noch nicht nach ihrem Einsatzplan gefragt. Ich hatte Schiss, meine Lage mit jemandem zu besprechen, sodass ich erst einmal entschieden hatte, einfach nicht mehr hinzugehen. Doch ich dachte ständig daran. Überlegte, mit was für einem Kerl sie wohl zusammen war. Manchmal konnte ich das Grummeln in meinem Bauch sogar als Eifersucht identifizieren. Ich wollte mit ihr tun, was er mit ihr tat, und durfte es nicht.

Wer sie wohl sonst noch beobachtet hatte? War es jemand, auf den sie täglich traf? Hielt er es vor ihr geheim? Oder war ich der einzige Perverse, der eine neunzehnjährige Studentin begehrte?

Das versuchte ich nun zu ändern. Deshalb saß ich jetzt Shannon gegenüber, anstatt im Voyeur an der Bar.

„Möchten Sie eine Nachspeise?“ fragte der Kellner, unterbrach damit Shannons Monolog und brachte mich in die Gegenwart zurück.

„Oh, nein, danke“, sagte Shannon lächelnd und hielt sich den Bauch. „Lieber nicht. Oh Mann, ich bin restlos satt.“

„Ich auch nicht, danke“, sagte ich zu unserem Kellner, sah aber weiterhin Shannon an. Es gefiel mir nicht, dass ich ihr nicht zugehört hatte. Es war nicht nett, wenn sich mein Date fühlte, als sei ich nicht voll und ganz auf sie konzentriert.

„Noch einen Bourbon?“

„Nein, danke. Ich hätte gern die Rechnung.“

Shannon griff in ihre Handtasche, doch ich stoppte sie. In dieser Hinsicht war ich altmodisch, und wenn ich jemanden zum Essen ausführte, bezahlte ich auch.

Meine Ritterlichkeit brachte ihre Augen zum Leuchten, während sie ihren Wein austrank. Sie stellte das Glas ab und fuhr mit dem Finger über den nassen Rand. Ihr Blick war verhangen und voller Verlangen.

„Möchtest du auf einen Drink mit zu mir kommen?“, fragte sie.

Diese Frage hätte ich kommen sehen sollen. Vielleicht hatte ich es auch, aber ich musste mich trotzdem fragen: Konnte ich das? Mir war klar, was es bedeutete, was sie wirklich wollte, und ich wollte es auch. Ich wollte mich mit ihr in die Waagerechte begeben, ohne Angstschweiß ihre Haut auf meinem Körper spüren, während mich Lustwellen schüttelten. Ich wollte mit dieser Frau zu ihr nach Hause gehen und sie in Besitz nehmen, um die Unschuld zu vergessen, die mich zu verführen drohte.

Ich musste mir selbst beweisen, dass ich es tun konnte und ich musste Oaklyn aus dem Sinn bekommen. Ich würde mich auf Shannon konzentrieren und mich von ihrer Schönheit leiten lassen. Das konnte mein Anker sein.

„Das klingt gut.“

Sie lächelte und nahm das leichte Beben meiner Stimme nicht wahr, das ich zu unterdrücken versuchte.

Ich begleitete sie zu ihrem Wagen, sie gab mir ihre Adresse, und ich versprach, sie dort zu treffen.

Als ich in meinem Auto saß, machte ich sofort die Atemübungen, die ich seit meiner Kindheit durchführte. Dabei redete ich mir gut zu. Ich konnte das tun. Ich konnte weiter gehen als früher. Ich konnte zulassen, dass ihre Hände mich berührten, ohne in Panik zu geraten.

Mit schweißnassen Händen krallte ich mich ans Steuer und fuhr zu der Adresse. Bei dem Apartmenthaus angekommen, wartete ich einen Moment. Ich versuchte, meinen Herzschlag zu beruhigen und dachte an das Voyeur, um mein Verlangen anzuheizen und die Nervosität zu bekämpfen. Ich schloss die Augen und sah Oaklyns zurückgeneigten Kopf, ihre Lippen leicht geöffnet und sie stöhnte vor Lust. Mein Schwanz begann, hart zu werden.

Ich öffnete die Augen, verdrängte das Bild, stieg aus dem Auto und ließ mich von der kühlen Nachtluft umhüllen.

Shannon begrüßte mich an der Tür mit einem Lächeln und einem Glas Bourbon. Sobald ich eingetreten war, verschränkte sie ihre Finger mit meinen und und führte mich zu ihrer Couch. Ich trank einen Schluck, der würzige Alkohol rann durch meine Kehle und ich hielt Shannons Blick. Ich stellte das Glas auf den Couchtisch, hob ihre Finger an die Lippen und küsste jeden einzeln. Ich wusste, dass ich gut im Verführen war, dass sich die Frauen bei mir begehrt fühlten und spürten, dass ich sie ebenfalls wollte. Ich konnte eine Frau so oft befriedigen, dass sie ihren Namen vergaß. Ihr erotische, schmutzige Worte zuflüstern und sie an den richtigen Stellen auf die perfekte Art berühren. Ich konnte es nur nicht komplett durchziehen und sie sich revanchieren lassen, ohne dass meine Vergangenheit in mir wieder hochkam.

Shannon stellte ihr Glas ab, presste ihren Schenkel an meinen, beugte sich vor und küsste mich. Ich sah zu, wie sich ihre weichen Lippen auf meine schmiegten. Sah zu, wie sie die Lider schloss und mir erlaubte, in ihren Mund einzudringen. Sie schmeckte nach dem fruchtigen Wein. Als ihre Hände an meinen Schenkeln entlang glitten, ergriff ich sie, verschränkte die Finger mit ihren und hielt sie zwischen uns fest. Ich wollte den Kuss länger dauern lassen. Wenn ich ehrlich zu mir selbst war, war ich einsam, und von der Intimität eines Kusses hatte ich am meisten. Ich brauchte es.

Mein Herz schlug schneller, als sie ihre Hände befreite, meine Schultern packte und sich breitbeinig auf meinen Schoß setzte. Ihr lockerer Rock rutschte hoch und ich sah die Abschlussspitze ihrer langen Strümpfe. Sie rieb sich an mir und wir küssten uns erneut. Ich umfasste ihre Brüste und versuchte, daran zu denken, wer auf mir saß. Sie stöhnte, als ich mit den Daumen ihre Nippel reizte. Der Laut schickte elektrische Wellen in meinen Schwanz und Hoffnung keimte in mir auf.

Aber dann legte sie eine Hand auf meinen Schritt. Ich zuckte zusammen. Mein Herz schlug ungleichmäßig und begann, wie verrückt zu rasen. Ich konzentrierte mich auf das Gefühl ihrer weichen Brüste unter meinen Handflächen. Ich konzentrierte mich auf ihren Vanilleduft, der so weiblich war. Auf ihr Gesicht und die weichen Lippen, die mich anlächelten, während Shannon meinen Reißverschluss öffnete.

Glücklicherweise war es fast dunkel im Raum. Nur durch die offene Tür fiel etwas Licht aus der Küche. So konnte sie den Schweiß nicht sehen, der sich auf meiner Stirn bildete. Sie wusste auch nichts von der Panik, die sich durch meinen Körper fraß.

Sobald ihre schmale Hand in meine Hose glitt und meinen Schwanz berührte, hatte ich verloren. Ich verlor den Kampf mit der Vergangenheit, und damit, die Panik zu verbergen. Ich traf auf eine Mauer aus Scham und Verlegenheit.

Ich wollte ihr nicht alles erklären müssen und wieso ich mich zurückzog. Also tat ich, was mir spontan einfiel. Ich drehte sie auf ihren Rücken und hielt ihre Hände über ihrem Kopf zusammen. Erregt weiteten sich ihre Augen und sie rieb ihre Hüften an mir. Ich küsste ihren Hals entlang. Mit einer Hand fuhr ich unter ihr Höschen und führte einen Finger in sie ein. Ich bearbeitete sie mit allem Können, das ich gelernt hatte, als ich das Thema vermeiden musste, weshalb mich die Hände der Frauen nicht berühren durften. Sie stöhnte und ich konzentrierte mich auf mein Tun, bis sie sich um meine Finger zusammenzog.

Ich wusste, was nun folgte. Dass sie den Gefallen erwidern wollte. Doch ich konnte nicht. Ich hatte es versucht, aber versagt. Ich musste machen, dass ich hier rauskam.

Als sie gekommen war, hielt ich abrupt inne. „Scheiße."

„Was?", fragte Shannon atemlos.

„Mein Handy", sagte ich und verließ mich darauf, dass sie in ihrer Erregung nicht gehört hatte, ob das Telefon geklingelt hatte oder nicht. „Ich muss rangehen. Ich erwarte den Anruf eines Freundes. Seine Frau erwartet jeden Moment ihr Kind." Ich küsste ihre Lippen ein letztes Mal und schloss schnell meine Hose.

„Oh. Okay." Sie zupfte ihre Kleidung zurecht und begleitete mich zur Tür. „Dann lass uns das bald wiederholen." Sie trat näher. Unter ihren langen Wimpern sah sie zu mir hoch und strich mit der Hand über meinen Schritt. Ich riss mich zusammen, um nicht auszuweichen. „Ich will dir auch etwas Gutes tun."

Ich ertrug noch ein letztes Streicheln, ehe ich die Flucht ergriff. Die Berührung drehte mir den Magen um und Übelkeit brannte in mir. Ich würde sie nie wieder anrufen. Allein der Versuch war ein Fehler gewesen.

Im Auto sitzend winkte ich ihr zu und fuhr los.

Ich biss die Zähne zusammen und die Wut über mich selbst ersetzte die Übelkeit. Beschämung brannte auf meinem Gesicht. An einer roten Ampel überlegte ich, umzudrehen und zum Voyeur zu fahren. Vielleicht war sie dort. Vielleicht konnte ich das Gefühl in mir in ein schöneres verwandeln. Einen Akt ansehen, der meine Fantasie in eine hoffnungsvollere Richtung lenkte.

Ohne nachzudenken wendete ich in Richtung Voyeur und überlegte, in welchen Zimmern ich nach ihr suchen sollte. Ich stellte mir vor, wie eine Faust in ihrem Haar vergraben war und sie festhielt, während sie gefickt wurde. Wenn ich mir mich selbst als ihren Partner vorstellte, ließen die Übelkeit und die Scham nach. Eine irre Freude bildete sich in mir und steigerte sich mit jedem Kilometer. Als ich am Club ankam, drehte ich fast durch.

Da war ich nun, in der Dunkelheit meines Autos, und eine Erektion drückte sich gegen meine Hose bei dem Gedanken, wie ich meine Studentin fickte.

Die Übelkeit kam zurück. Ich war ihr Lehrer. Sie war ein Teenager. Und nur, um mich besser zu fühlen, stellte ich mir vor, wie ich sie fickte. Ich krallte mich fester ans Lenkrad, als ob ich so meine Beherrschung behalten könnte. Ich schluckte schwer und wog das Pro und Contra ab.

Pro: Ins Voyeur gehen und mich besser fühlen, indem ich mir vorstelle, an der Stelle eines anderen zu sein, der Oaklyn fickt.

Contra: Unüberlegt da reingehen und deine neunzehnjährige Studentin sorgt dafür, dass du dich besser fühlst, während du dir vorstellst, sie selbst zu ficken.

Was zur Hölle tat ich da nur?

Ich schaltete in den Rückwärtsgang und fuhr nach Hause. Auf halbem Weg sah ich einen Schnapsladen, hielt an und kaufte eine Flasche Bourbon, die bereit war, dafür zu sorgen, dass ich vergaß, wie kaputt ich doch war.

Schwach. Ich war schwach und hasste es. Tiefes Durchatmen war mein bester Freund, als ich in meine

Straße bog. Als ich parkte, fühlte ich mich wieder halbwegs wie ein Mensch. Wie ein funktionierender Erwachsener. Es war genug, um die Flasche in den Schrank zu stellen, anstatt sie sofort zu öffnen. Ich musste nur die Beherrschung und Kontrolle über mich zurückbekommen, und alles wäre gut. Ich würde es schaffen.

Kapitel 8

Oaklyn

Als ich gesagt hatte, dass ich mich daran gewöhnen würde, hatte ich mich selbst belogen. Schon nach einer Woche war ich sicher, an Schlafmangel zu sterben. Ich hatte das ganze Wochenende gearbeitet, inklusive Sonntagabend. Ich war erst um ein Uhr nachts nach Hause gekommen und hatte dann noch für einen Test am nächsten Tag gelernt. Wer zum Geier setzte bereits in der zweiten Semesterwoche einen Test an? Dann hatte ich in den Physikfachbereich gehen müssen. Glücklicherweise hatte ich früher gehen können, denn Mr. Erikson hatte nicht viel Arbeit für mich und Dr. Pierce war nicht da gewesen.

Am frühen Nachmittag war ich ins Koma gefallen und dadurch früher als sonst morgens aufgewacht. Ich hatte versucht, die Augen geschlossen zu halten und weiterzuschlafen, aber das hatte nicht geklappt. Also ging ich zum Campus, um dort zu lernen. Ich ging in das Gebäude, in dem die Physikvorlesungen stattfanden, und hoffte, dass niemand im Saal war, sodass ich in Ruhe lernen konnte, ehe in einer halben Stunde alle erscheinen würden.

Durch das Fenster konnte ich nur leere Stühle sehen und öffnete die Tür, um die Ruhe zu genießen. Als ich eintrat, sah ich Dr. Pierce an seinem Tisch sitzen. Er sah hoch und wieder traf mich sein durchdringender Blick. Die Brille mit dem breiten Rand änderte nichts daran.

Er räusperte sich. „Hi, Oaklyn. Sie sind früh dran."

Er schob seinen Hemdsärmel hoch, schaute auf seine Armbanduhr, um sich zu vergewissern, dass es tatsächlich noch früh war.

„Hi, Dr. Pierce. Ich hoffe es macht nichts, dass ich schon da bin."

„Natürlich nicht. Setzen Sie sich ruhig."

Ich setzte mich in die erste Reihe und packte meine Unterlagen aus. „Es macht wenig Sinn, für nur dreißig Minuten in die Bibliothek zu gehen."

„Das stimmt. Sie haben ein gutes Zeitmanagement, das gefällt mir."

Schweigend lächelten wir einander an. Sein Blick lag auf mir und wurde weicher, als ob er immer wärmer wurde. Oder vielleicht schmolz auch nur ich unter diesem Blick dahin und interpretierte zu viel hinein. In meinem Bauch flatterten Schmetterlinge und als ich mir vorstellte, dass er mich mit hautversengender Hitze ansah, spürte ich es bis in mein Innerstes. Die Befürchtung, er könne meine Gedanken in meinen Augen lesen, machte sich in mir breit. Ich musste den Moment unterbrechen, ehe ich einen Affen aus mir machte, also plapperte ich einfach drauf los. „Mit dieser Brille machen Sie total einen auf Superman." Ich deutete auf mein eigenes Gesicht.

Er legte den Kopf leicht schief und sah verwirrt aus. Verdammt, ich war so blöd. Lieber hätte ich uns weiterhin gegenseitig anstarren lassen sollen.

„Ich meine, weil Supermann so eine Brille trägt."

„Sie meinen Clark Kent."

„Äh …" Jetzt war ich verwirrt.

„Clark Kent trägt die Brille und legt sie ab, wenn er Superman ist."

„Klar." Ich lachte über mich selbst. „Ich steh mehr auf die Marvel-Helden."

„Gute Wahl. Marvel ist eh besser als DC." Er nahm die Brille ab, legte sie auf die Mitte des Blattes, das er vor sich hatte, und stieß sie leicht an, um sie exakt zu positionieren. „Und Sie studieren ganz sicher nicht Physik?"

„Nein."

„Nun, Sie passen super in den Fachbereich. Sie müssen unbedingt mal da sein, wenn Mr. Erikson und Dr. Fischer ihre wöchentlichen Diskussionen über DC und Marvel austragen."

Ich lachte. „Das klingt … faszinierend."

„Die können sich dabei ganz schön heißreden."

„Das kann ich mir vorstellen."

Er schien sich zu freuen, dass ich ihm glaubte, und wechselte das Thema. „Sie studieren Biologie?"

„Yep. Ich möchte in die Physiotherapie."

„Das ist ein langes Studium."

„Nicht so lang wie Ihres war."

„Stimmt. Warum Physiotherapie?"

„Ich mag Anatomie und wie der Körper sich bewegt. Die gesamte Mechanik. Es ist faszinierend, wie ein kleiner Riss, eine Fraktur, so vieles mehr beeinflussen kann. Der menschliche Körper ist unglaublich. Mir gefällt es auch, anderen zu helfen, aber ich wollte nicht die geballte Ladung Medizin studieren."

Meine Worte verhallten, als mir auffiel, dass sein Blick auf meinen Lippen lag, während ich vor mich hin plauderte. Ich leckte kurz über sie und biss mir auf die Unterlippe. Das schien seine Konzentration zu unterbrechen. Er räusperte sich und richtete sich auf. Nun war er dran, wieder etwas zu sagen.

„Und Sie sagten, Sie sind neunzehn?" Er hüstelte nach dieser Frage und fuhr dann fort. „Haben Sie nach der Highschool ein Jahr gewartet, ehe Sie mit dem College angefangen haben?"

„Schön wär's." Ich rollte mit den Augen. „Ich habe Anfang November Geburtstag, sodass ich immer die Älteste bin."

„Vielleicht fühlen Sie sich besser, wenn ich Ihnen verrate, dass ich Ende August Geburtstag habe und immer der Jüngste bin. Glauben Sie mir, das ist viel schlimmer."

„Ich weiß nicht." Ich stützte die Ellbogen auf dem Tisch ab. Ging sein Blick gerade in meinen V-Ausschnitt? Wahrscheinlich sah er einfach nur irgendwo hin und ich kam mir blöd vor, etwas anderes hinein zu interpretieren. Wenn ich so weitermachte, wurde ich noch zum Campus-Klatsch. Das Mädchen, das versuchte, seinen Lehrer zu verführen, indem es sich Annäherungsversuche einbildete. Meine Wangen wurden heiß. „Gefragt zu werden, woran es liegt, dass man noch keine Buchstaben schreiben kann, war ziemlich hart."

„Sehr traumatisch", stimmte er nickend zu. „Schlimmer könnte aber sein, wenn man Baby genannt wird und nicht mit seinen Freunden in Bars gehen kann, weil man erst siebzehn ist. Noch schlimmer ist es, wenn sie einen als Abholer missbrauchen, nachdem sie Alkohol getrunken haben."

Ich unterdrückte ein Lachen, denn ich konnte mir nicht vorstellen, wie jemand den hochgewachsenen Dr. Pierce als Baby bezeichnen konnte.

„Lachen Sie nur."

„Nein, nein, ich lache nicht über Sie. Nur über die Vorstellung, dass jemand Sie Baby genannt hat. Waren das Riesen? Oder sind Sie erst spät hochgeschossen?"

„Ich nehme an, Größe spielte keine Rolle für die."

„Das haben die bestimmt auch als Ausrede bei den Mädels benutzt."

Die Worte hatten kaum meinen Mund verlassen, da weiteten sich meine Augen. Ich hatte soeben einen sexuellen Witz mit meinem Professor gerissen. Ich wollte es rückgängig machen, wollte irgendetwas sagen, schluckte meine Worte jedoch hinunter, als er den Kopf nach hinten neigte und in Gelächter ausbrach. Seine Kehle sah attraktiver aus, als ich es je bei einer Kehle für möglich gehalten hätte, und seine Brust hob und senkte sich mit jedem Lacher. Am liebsten wäre ich zu ihm gegangen und hätte meine Lippen auf seine Haut gepresst, denn ich fragte mich, wonach er wohl schmeckte. Schnell schüttelte ich den Gedanken ab und kam mir naiv vor, dass ich überhaupt an so etwas dachte.

„Ganz bestimmt", gab er zu und lachte immer noch. Dann beruhigte er sich und stützte die Ellbogen auf den Tisch. „Sind Sie aus Cincinnati?"

„Nein." Meine Stimme brach und ich musste mich räuspern. Das gab mir etwas Zeit, die Fantasien, die durch meine Gedanken tobten, zu verdrängen. „Aus Florida. Ich wollte der Hitze entkommen und hier studieren."

„Ihre Familie wird Sie sicherlich vermissen."

Meine Familie zu erwähnen, war wie ein Schlag in die Magengrube. Ich umging ihre Anrufe und antwortete nur mit kurzen Textnachrichten, denn der Schmerz war noch zu frisch. Besonders wegen der harten Arbeit, die ich wegen ihrem Fehler auf mich nehmen musste. „Die sind nur froh, dass ich es geschafft habe. Ich bin die Erste aus der Familie, die aufs College geht." Daher verstanden sie auch nicht, wieso es mir so ernst damit war.

„Haben Sie ein Stipendium bekommen, um die Gebühren zu bezahlen?"

Ich schnaubte. Mein Stipendium stand in der Einfahrt meiner Eltern. „Ja. Nicht genug, aber es hilft."

„Deshalb gehen Sie arbeiten?"

Irgendwie schien er sich bei der Frage nach meinem möglichen Job genauso unwohl zu fühlen, wie ich bei der Antwort. Er sah auf seine gefalteten Hände und schluckte schwer.

Ich leckte mir über die Lippen und überlegte mir eine Antwort, die ihn vom Thema ablenken würde. Doch mein geniales Hirn lieferte nur ein: „Genau."

„Oh. Äh … und wo?"

„Ähm …" Ich sah ihn an und erstarrte. Seine blauen Augen hielten meinen Blick fest, als ob sie auf die Wahrheit bestanden. Als ob er bereits wüsste, was ich tat. Aber das war unmöglich, denn er war Dr. Pierce, und kein Lehrer, nicht einmal ein Professor, verdiente genug Geld, um sich das Voyeur leisten zu können, oder würde seine Stellung riskieren, indem er in einen Sex-Club ging. „Äh …", begann ich erneut. „Ich arbeite …"

Die ersten Studenten kamen herein und retteten mich davor, mir eine Lüge einfallen lassen zu müssen. Ich war zu oft mit ihm zusammen, um irgendeinen Mist zu erfinden. Außerdem war ich eine schlechte Lügnerin.

Wir blinzelten beide kurz und lehnten uns auf unseren Stühlen zurück. Dr. Pierce richtete seine Stifte und Papiere auf dem Tisch aus, die bereits perfekt lagen, erhob sich, stellte sich wie immer vor seinen Tisch, und begrüßte die Studenten.

Olivia kam zu mir und lenkte mich ab, sodass sich mein Herzschlag beruhigte und ich mich wieder konzentrieren konnte. Als alle saßen, fing Dr. Pierce an.

„Hallo, mein Name ist Callum Pierce und ich leide unter Astrophobie."

Die Studenten flüsterten verwundert darüber, dass der Professor die Vorlesung wie ein Treffen der Anonymen Alkoholiker begann, und fragten sich, was zum Geier das für eine seltsame Krankheit war.

„Das ist eine seltene Besessenheit von Planeten, Sternen und dem Weltall." Die Erklärung brachte ihm ein paar Lacher und Aufstöhnen ein, weil der Scherz so lahm war. „Deshalb liebe ich das Unterrichten. Und vielleicht kann ich etwas von dieser Faszination bis zum Ende des Semesters an Sie weitergeben."

„Unwahrscheinlich", sagte ein Student aus den hinteren Reihen.

Dr. Pierce sah ihn nur kurz skeptisch an und fuhr fort. „Jetzt in Woche zwei möchte ich Ihnen das Projekt für dieses Semester vorstellen." Ein Chor aus allgemeinem Aufstöhnen erfüllte den Raum. „Ich weiß, ich weiß, wie furchtbar!", sagte er mit einem übertriebenen Stöhnen und tat so, als würde er über seinem Schreibtisch zusammenbrechen. Ein paar der Mädchen vorne kicherten. „Sie suchen sich einen der großen Sterne aus und schreiben eine Präsentation über ihn. Ich möchte, dass Sie dabei Fotos benutzen, die Sie selbst geschossen haben. Dafür werden Sie für einen Abend einen Termin mit mir ausmachen, an dem ich Ihnen zeige, wie man das Teleskop bedient. Ich werde einen Online-Kalender zum Eintragen zur Verfügung stellen."

Nachdem er weitere Aufgaben für diese Präsentation erklärt hatte, fuhr er mit der Vorlesung fort. Doch meine Gedanken waren immer noch bei dem Abend, an dem ich ihn treffen würde. Ob das Einzeltermine waren? Zwar sah ich ihn sowieso jeden Tag, aber die Vorstellung von einem sternenübersäten Nachthimmel schrie geradezu nach Intimität. In meinem Bauch flatterten Schmetterlinge.

Ich unterdrückte das Gefühl und erlaubte mir nicht, genauer darüber nachzudenken. Ich hatte Arbeit zu erledigen und keine Zeit, nach Dr. Pierce zu lechzen. Auf keinen Fall wollte ich eine weitere Frau in der ersten Reihe sein, die herumkicherte. Besonders nicht, weil ich bestimmt nicht mehr als ein kleiner Punkt auf seinem Radar war.

Kapitel 9

Callum

Zwei Tage.

So lange blieb ich nach meinem Gespräch mit Oaklyn am Dienstag dem Voyeur fern.

Vielleicht ist sie gar nicht da, dachte ich, als ich den Identifikationscode für die Tür eingab. Eine schwache Hoffnung, besonders weil ein größerer Teil von mir hoffte, dass sie heute arbeiten musste. Ich war diese Woche schon einmal hier gewesen, hatte sie nicht gesehen, und mir eingeredet, dass ich froh darüber war. Stattdessen hatte ich einem anderen Paar zugesehen und dabei dagegen angekämpft, mir immerzu Oaklyn vorzustellen.

Ich war total durch den Wind.

Als ich durch die Tür ging, zog ich meine Baseballkappe tief ins Gesicht. Zu Hause hatte ich mich extra umgezogen und die Kappe mitgenommen, denn mir war klar, dass ich Probleme heraufbeschwören würde, wenn ich in dem Anzug erscheinen würde, den ich heute bei der Arbeit getragen hatte. Sie hätte mich sofort erkannt, und ich wollte mir die Konsequenzen gar nicht erst vorstellen, wenn sie wüsste, dass ich hier war. Schuldgefühle drückten unangenehm auf meine Brust, doch das Verlangen brannte heißer und wurde größer als alles andere, was ich fühlte.

Diskret sah ich mich um und ging zur Bar, wo ich mich an die Ecke setzte, um einen guten Überblick zu haben. Als der Barkeeper ein Bier vor mich stellte und sich wieder entfernte, stand Oaklyn auf der anderen Seite und lachte mit einer anderen Angestellten über etwas. Ich konnte nicht anders, als sie anzustarren. Sie trug einen langen roten Seidenmorgenrock, der kaum in der schmalen Taille zusammengebunden war, und ihre Kurven in dem roten BH betonte. Ich wollte sie aus der Kleidung schälen. Wollte sehen, ob das Höschen genauso winzig war wie der BH. Wollte sehen, wie sie alles nur für mich auszog.

Schnell ließ ich das Kinn sinken und versteckte das Gesicht unter der Kappe, als sie in meine Richtung sah. Ich hielt die Bierflasche fest und hoffte, das kalte Glas würde mich beruhigen. Wenn ich es zwischen meine Beine stellte, würde es vielleicht die Erektion verringern, die sich gegen meine Hose stemmte. Ich verzehrte mich danach, sie zu buchen. Ich wollte, dass sie alles tat, was ich mir in der Fantasie ausmalte.

Und das gefiel mir gar nicht.

Darum ging es im Voyeur nicht. Man sollte keine Darstellerin begehren und sich in deren Darbietung verlieben. Es ging darum, einer anonymen, zufälligen Person zuzusehen, die nichts mit den Fantasien zu tun hatte. Ich brach die Regeln und musste damit aufhören.

Nachdem ich mein Bier ausgetrunken hatte, ging ich zu einem iPad und suchte mir im Blindflug irgendeine Frau mit einem Soloauftritt aus. Doch auch bei dieser Art der Auswahl sorgte das Schicksal dafür, dass die Frau Oaklyn sehr ähnlich sah.

Ich war ein hoffnungsloser Fall.

An meinem Platz an der Bar wartete ich darauf, dass ich Bescheid bekam, dass das Zimmer bereit war. Diesmal bestellte ich nur ein Wasser.

Nach ein paar Minuten wurde ich von einer Frau in den Vierzigern angesprochen. Man hätte ihr Alter nicht erraten, wenn sie nicht diese feinen Linien um die Augen gehabt hätte. Ansonsten war sie schlank, trug einen engen schwarzen Rock und eine weiße Bluse, die sie kaum zugeknöpft hatte.

„Suchst du heute nach Gesellschaft?“, fragte sie und streichelte mit einem Finger über meinen Arm. „Ich bin Anne.“

„Hi, Anne. Ich bin Cal und habe unglücklicherweise schon meine Auswahl getroffen und gehe gleich.“ Ich fügte ein bedauerndes Lächeln hinzu, denn ich wollte nicht unhöflich erscheinen.

Sie leckte sich die Lippen. „Hättest du gern noch jemanden dabei?“ Sie nickte in Richtung der Zimmer.

Ich konnte ihre Direktheit nur bewundern. Die meisten Leute, die ins Voyeur gingen, wussten genau, was sie wollten, und das war die Befriedigung einer Neigung, welche die meisten Leute nicht verstanden. Ich war hier, denn wenn ich schon total kaputt war, wollte ich zumindest die beste Art von Porno haben, die ich kriegen konnte. Ich betrachtete das, wozu ich meinen Körper nicht zwingen konnte. Aber hier zu sein bedeutete normalerweise nicht, dass man sich jemanden suchte, um in dem Zimmer mit ihm nachzuspielen, was immer die Schauspieler taten. Natürlich fanden Gespräche im Club statt und man traf Leute an der Bar, doch was in den Hinterzimmern passierte, wurde üblicherweise nicht auf den Tisch gelegt, ohne denjenigen gut zu kennen.

„Ich bin heute lieber allein, aber danke für das Angebot.“

Glücklicherweise erlöste mich das vibrierende Armband von der Unterhaltung. Mit einem abschließenden Nicken ging ich zu den Zimmern.

Es war dunkel, als ich hineinkam. Ich drehte das Licht mit dem Dimmer nur so hell, dass ich sah, wo ich hintrat. Eine schwarze Ledercouch und zwei Sessel standen in der Mitte des Raums. Beistelltische mit je einer Lampe standen dazwischen. Auf einem Regal an der Wand lagen Handtücher, eine Auswahl an Lotionen,

Gleitmitteln und Kondomen. Außerdem eine Mappe mit den anderen Gegenständen, die man bestellen konnte, wie Dildos, Fesseln, und allem, was man sich vorstellen konnte, dass man in einem kleinen Zimmer mit einer Couch und zwei Sesseln tun konnte.

Ich nahm mir eine Flasche Gleitgel und ein Handtuch. Dann betätigte ich den Schalter, der anzeigte, dass ich bereit war, und setzte mich auf die Couch, die der Glaswand gegenüberstand. Von dieser Seite aus sorgte die Scheibe für meine gewünschte Privatsphäre, gaukelte mir jedoch trotzdem vor, mit im Raum zu sein. Von der anderen Seite aus war es eine schwarze, glänzende Wand, durch die man nicht sehen konnte.

Als ich meine Hose öffnete, betrat die Frau den anderen Raum. Sie bewegte sich, als sei sie dort zu Hause, setzte sich dann aufs Bett und spreizte die Beine. Ihr hellbraunes Haar fiel ihr über den Rücken, als sie stöhnte und ihre Hand in ihr weißes Höschen glitt.

Mein Schwanz wurde härter. Ich ergriff ihn fest mit dem Gleitmittel an den Fingern. Langsam rieb ich auf und ab, über die Spitze, und spannte die Hüften an. Sie zog den BH aus. Ihre großen Brüste schienen der Schwerkraft zu widerstehen, denn trotz der Größe standen sie stramm. Ich zog die Jeans etwas tiefer, befreite meine Eier, nahm sie in eine Hand und drückte sie leicht mit jeder Bewegung an meinem Schaft.

Ihre Atmung beschleunigte sich und sie stöhnte lauter.

Ich hatte Mühe, mich auf einen Orgasmus zuzubewegen.

Sie zog das Höschen aus und bearbeitete ihre nasse Pussy mit beiden Händen.

Mir fielen die langen, roten Fingernägel auf und ich hatte Schwierigkeiten, hart zu bleiben.

Das Stöhnen der Schauspielerin war zu unecht. Ihre Brüste zu groß. Ihr Make-up zu dick aufgetragen. Und ihre Pussy war komplett rasiert. Oaklyn hatte eine schmale Landebahn, die zur Farbe ihres Haares passte.

Das hier war alles nicht richtig.

Zwar hätte ich am liebsten die Augen geschlossen und mir Oaklyn vorgestellt, während ich mich zum Orgasmus brachte, aber andererseits wollte ich das auch wieder nicht. Ungern gab ich zu, wie sie auf mich wirkte. Ich wollte mir nicht eingestehen, welche Macht sie über mich hatte. Und wie sehr ich sie begehrte.

„Fuck“, sagte ich und atmete verärgert aus.

Ich gab auf, wischte mich ab und zog die Hose wieder hoch. Das Licht machte ich noch nicht aus, um der Frau zu signalisieren, dass ich schon fertig war. Es wäre respektlos gewesen, nicht bis zum Ende des Aktes zu bleiben, und so gern ich auch schnell von hier verschwunden wäre, so wollte ich doch ihre Gefühle nicht verletzen, nur weil ich langsam den Verstand verlor.

Gott sei Dank dauerte es nicht lange, und sobald sie sich von ihrem übertrieben gespielten Orgasmus erholt hatte, drückte ich den Schalter, der ihr sagte, dass ich weg war, und eilte hinaus.

Mit gesenktem Kopf ging ich um die Ecke und stieß mit jemandem zusammen. Sofort wollte ich mich entschuldigen und prüfen, ob der Person nichts passiert war, als ich hörte, wie sie sich zuerst entschuldigte.

Oaklyn.

„Entschuldigung. Ich bin zu schnell um die Ecke gebogen und habe nicht aufgepasst.“

Das Herz sprang mir fast aus der Brust und Panik raste durch mich hindurch. Ich glaubte nicht, dass sie mich bereits erkannt hatte, also sah ich weiter nach unten und wandte mich ihr nicht vollständig zu. Kurz brummte ich eine Entschuldigung, sagte ihr, dass alles okay war, und machte, dass ich wegkam. Ich erwartete, dass sie meinen Namen rief, mich einholte, um zu sehen, dass ich es wirklich war, aber sie tat es nicht.

Die kalte Nachtluft hieß mich willkommen, als ich durch die Tür trat, und als ich nach Hause fuhr, hatte ich nur einen Gedanken.

Das war verdammt noch mal viel zu knapp.

Oaklyn

Das war seltsam.

Ich sah zu, wie der Mann ging und seine Schultern über der schmalen Taille gesenkt hielt. Ich hatte ihn nicht richtig gesehen, bevor er geflohen war, nur sein kantiges Kinn mit den Stoppeln und eine schwarze Baseballmütze, die sein Haar bedeckte.

Ich schüttelte die Begegnung und das Gefühl ab, dass er mir bekannt vorgekommen war. Wahrscheinlich hatte ich ihn hier schon mal gesehen.

Schlagartig fiel es mir genau in dem Moment wieder ein.

Es war der Mann, den ich vorhin an der Bar gesehen hatte. Charlotte hatte mich auf ihn aufmerksam gemacht, und gesagt, dass er mich die ganze Zeit intensiv anstarren würde. Ich hatte es auf mein Outfit geschoben und mir nichts weiter dabei gedacht. Alle Kunden des Voyeurs starrten einen an, und ich dachte nicht darüber nach. Ich versuchte generell, nicht über das Voyeur nachzudenken. Ich machte nur meine Arbeit mithilfe meines Körpers und distanzierte mich ansonsten so gut ich konnte davon.

„Verdammt“, sagte ich, drehte mich um und stieß gegen einen anderen harten Körper. Heute war nicht mein Tag.

Starke, warme Hände ergriffen meine Arme und stabilisierten mich. „Alles okay?", fragte Jackson.

„Ja. Du bist nur schon der zweite Kerl, mit dem ich in den letzten paar Minuten zusammengestoßen bin. Langsam zweifele ich an meinen Fähigkeiten, mich wie ein normaler Mensch fortzubewegen."

„Du bewegst dich genau richtig", erwiderte Jackson und lachte. „Du bist einfach ein Männermagnet."

„Ich nehme an, es gibt Schlimmeres."

„Ich habe nach dir gesucht."

Ich hob fragend die Augenbrauen.

„Ich habe eine neue Anfrage für eine Sexszene und du bist die einzige Frau hier, die nicht für was Hartes wie BDSM eingeschrieben ist. Außerdem haben wir beim letzten Mal wirklich harmoniert und eine gute Show abgeliefert. Obwohl du für heute nicht eingetragen bist, wollte ich dich fragen." Er präsentierte sein schönstes Lächeln, das mich überreden sollte.

Das Problem war, dass sein gutes Aussehen mich nicht beeindruckte, und das wusste er auch. Trotzdem hatte er den Mut, es zu versuchen.

„Tut mir leid, Jackson. Nicht heute. Ich bin viel zu müde, um überhaupt nur darüber nachzudenken."

„Meinen männlichen Stolz mal beiseitegelassen, dass du zu müde bist, an heißen Sex mit mir zu denken …", neckte er, „ist alles in Ordnung mit dir? Du wirkst irgendwie neben der Spur."

Ich ließ die Schultern hängen und atmete tief durch. Ich mochte an Jackson, dass es ihn überhaupt interessierte. Wir kannten uns erst ungefähr einen Monat, aber wir waren schnell Freunde geworden. Sich nackt an jemandem zu reiben, führte wohl zu einer schnellen Bindung. Doch er brauchte sich trotzdem nicht so intensiv um mich zu sorgen, und ich schätzte mich glücklich, dass er es tat. Ihn an meiner Seite zu wissen, machte den Job leichter.

„Ach, schon gut. Ich bin nur erschöpft. Das Studium und die Arbeit an drei Stellen machen mich fertig."

„Verstehe. Als ich auf dem College war, habe ich auch hier gearbeitet, und das hinterlässt Spuren. Zwar hatte ich nicht auch noch zwei Studentenjobs, aber ich kann es dir nachfühlen."

Jackson hatte einen Abschluss in Marketing und half Daniel mit den Finanzen, aber ich hatte ihn noch nie gefragt, wieso er weiter hier arbeitete und sich keinen echten Job suchte. Vielleicht sollte ich einmal mit ihm essen und der Sache auf den Grund gehen.

„Okay, ich werde dich nicht drängen. Obwohl die Bezahlung echt gut ist und du gut bläst."

Ich schlug ihm auf die Brust. Er legte einen Arm um mich und lachte. Die Bezahlung war immer gut, wenn wir zusammen agierten, wobei wir uns Mühe gaben, alles nur vorzutäuschen. Ein paar Mal, wenn die Bezahlung hoch genug war, war ich vor ihm auf die Knie gegangen oder beugte mich vor, damit wir es oral machen konnten. Er durfte mich in so einer Weise berühren, damit die Beobachter seine Finger zwischen meinen Schenkeln sehen konnten. Dennoch bildete sich keine romantische Verbindung zwischen uns. Nachdem das Licht auf Rot wechselte und wir aus dem Zimmer gingen, waren wir wieder nur zwei Freunde, die einander neckten. Wenn wir zusammen ins Zimmer gingen, fühlte es sich immer wie eine Bühnenvorstellung an. Mit meinem Professor im selben Raum zu sein, erregte mich viel mehr. Dafür schämte ich mich mehr, als für das Arbeiten im Voyeur.

Ich war sicher, dass Jackson es viel heißer fand, an den Kerl zu denken, den er mochte. Er sprach nicht darüber, aber ich kannte ihn inzwischen gut genug, um seine Ausstrahlung richtig zu deuten.

„Wie ist es so mit deinem Typen?", fragte ich und sah, wie er seinen Kiefer anspannte.

„Der ist so hetero wie man nur sein kann."

Er lächelte mich an, versuchte, es scherzhaft klingen zu lassen, doch das Lächeln erreichte seine Augen nicht, und er tat mir leid.

„Ach, wie schade, Jackson."

„Macht nichts. Schließlich bin ich *bi* und nicht auf ein Geschlecht festgelegt." Als wir zur Bar gingen, drückte er mich fest und flüsterte in mein Ohr. „Egal, was wir gerade tun, ich bin sicher, dass wir auf lange Sicht glücklich werden."

Auf Zehenspitzen küsste ich ihn auf die Wange. „Das hoffe ich."

Kapitel 10

Oaklyn

„Heute kein Mittagessen?“, fragte Dr. Pierce hinter seinem Schreibtisch und wickelte sein Sandwich aus.

Beschämt sah ich nach unten, weil ich nichts zu essen dabeihatte und nicht zugeben wollte, wie arm ich war. „Ich hatte keine Zeit, mir was zu besorgen, und die Studiengebühren fressen mein Geld auf.“

„Das stimmt. Ich kenne mich mit den Gebühren fürs Studieren in anderen Staaten aus.“

„Wohin sind Sie gegangen?“

„Hierher.“

„Cool, aber ich meinte, woher kommen Sie?“

„Nun ja, Oaklyn, wenn sich ein Mann und eine Frau sehr liebhaben, dann …“

„Ach, hören Sie auf.“ Ich lachte und es gefiel mir, wie sich sein Lachen mit meinem mischte. „Sie wissen, wie ich das meine. Aus welchem Staat sind Sie?“

„Kalifornien.“

„Wow, das ist weit weg. Was verschlägt einen dann nach Ohio?“

Er zuckte zusammen und fast bereute ich die Frage. Vielleicht war zu Hause etwas passiert, sodass er nach Ohio geflohen war. Ich fühlte mich schuldig, dass ich anscheinend schlimme Erinnerungen ausgelöst hatte, doch das verflog, als er lächelte, wenn auch leicht gezwungen.

„Ein Freund von mir war hier und erzählte mir davon. Das brachte mich her.“

„Ist er immer noch hier?“

„Nein. Nach seinem Abschluss ist er wieder nach Kalifornien gegangen. Aber ich habe jemand anderen gefunden, mit dem ich immer noch Kontakt habe.“

Ich fragte mich, wer dieser Freund wohl war. Sein Lächeln wirkte glücklich und zufrieden. Ob es eine Frau war? Eifersucht stach nach mir und beinahe hätte ich mit den Augen gerollt, weil ich so dusselig war, auf eine mögliche Freundin meines Lehrers eifersüchtig zu sein.

Außerdem hatte ich Hunger und als ob die Tatsache, dass ich nichts zu essen hatte, nicht schon peinlich genug gewesen wäre, knurrte nun auch noch mein Magen. Ich griff nach der Wasserflasche, in der Hoffnung, dass Trinken helfen würde.

„Hunger?“, fragte Dr. Pierce prompt.

„Geht schon. Wenn ich hier fertig bin, hole ich mir etwas. Da ich sehr früh hier war, habe ich mehr als genug Zeit, einzukaufen, bevor ich nach Hause gehe.“ Ich versuchte, unbemerkt tief durchzuatmen und zu verhindern, dass ich feuerrot wurde. „Betrachten wir es mal so: Ich habe meine Lektion gelernt, nicht rechtzeitig einkaufen zu gehen“, sagte ich in dem Versuch, witzig zu sein.

„Hier“, antwortete er und reichte mir die Hälfte seines Sandwichbaguettes. „Wir teilen es uns. Donna hat mir sowieso ein ganzes gebracht, obwohl ich nur ein halbes wollte. Es würde sonst übrigbleiben.“

Ich hob eine Braue. Wir wussten beide, dass ein großer Mann wie er ein ganzes Sandwich brauchen konnte.

„Nehmen Sie es schon an, Oaklyn.“

„Vielen Dank“, erwiderte ich und nahm es entgegen. Der erste Bissen war wunderbar. Es war ein einfaches Club-Sandwich, aber ich hatte einen solchen Hunger, dass der Geschmack von Schinken und Käse auf meiner Zunge explodierte. Ich schloss die Augen und unterdrückte ein Stöhnen.

Als ich die Augen wieder öffnete, sah er mich mit unmissverständlicher Hitze im Blick an. Normalerweise hätte ich es übergangen, es unter den Teppich gekehrt und mir gesagt, dass ich es mir einbildete. Aber so, wie er meine Lippen betrachtete, konnte ich die Hitze nicht ignorieren. Ebenso wenig wie seine hellblauen Augen, die dunkler wurden, als ich mit der Zunge die Krümel von meinen Lippen leckte.

Ich konnte auch nicht leugnen, wie sehr es mir gefiel. Trotzdem verbarg ich es, denn er war mein Professor, und dass er mich ansah, bedeutete gar nichts. Im Voyeur wurde ich ständig beobachtet und angestarrt. Und wenn ich mal einen gutaussehenden Typen im Café ansah, bedeutete es schließlich auch nicht, dass ich ihn wirklich wollte. Es ging nur darum, jemanden attraktiv zu finden. Mehr nicht.

Außerdem, was sollte ich auch tun? Jagd auf ihn machen? Flirten? Es ihn wissen lassen? Er war zu gebildet, um sich mit einer Studentin einzulassen. Zu intelligent. Er könnte mich spielend wegen widrigem Benehmen anzeigen. Ich würde mein Stipendium verlieren und die Nebenjobs. Alles bloß wegen meiner albernen Gefühlsduselei.

Also verdrängte ich dieses Gefühl und durchbrach den Zauber. „Kalifornien also? Ihre Eltern müssen Sie vermissen." Damit wiederholte ich seine eigene Aussage von neulich im Klassenraum.

Er hielt sich die Hand vor den Mund und hustete kurz, bevor er antwortete. „Bestimmt, aber sie besuchen mich oft genug."

„Fahren Sie manchmal auch hin?"

„Nein."

Die Antwort kam kurz und knapp. Ohne zu zögern, als ob das für ihn nicht infrage kam. Ich überlegte erneut, ob irgendetwas vorgefallen war, dass ihn dazu veranlasst hatte, zu gehen und nicht wieder zurück zu wollen.

„Ja, das ist sicher eine lange Reise“, sagte ich und entband ihn damit einer Erklärung.

Er nickte und aß den Rest seines Sandwiches auf. „Und Sie? Waren Sie Weihnachten zu Hause?“

„Nein. Es war zu teuer und ich musste arbeiten.“

Der kleine Schatten, der über sein Gesicht huschte, war fast nicht erkennbar, aber ehe ich weiter darüber nachdenken konnte, sprach er wieder.

„Ich wette, Ihre Geschwister und Ihre Familie haben Sie vermisst.“

„Ich bin ein Einzelkind, aber meine Familie steht sich sehr nah. Ich habe sie auf jeden Fall vermisst.“ Ich aß mein Brot auf und wusste gar nicht mehr, wann ich das letzte Mal so angenehm satt gewesen war. Das mochte überdramatisch klingen, aber ich hatte wirklich Hunger gehabt. Vielleicht schmeckte es auch so gut, weil es von ihm war. „Und Sie? Haben Sie Geschwister? Cousins oder Cousinen, denen Sie nahestehen?“

Papier raschelte und ich sah, dass er einen Umschlag in der Faust zerdrückte.

„Ich bin auch ein Einzelkind“, sagte er ruhig und ließ den Umschlag locker, als ob diese Reaktion nie stattgefunden hätte.

Er ging so cool darüber hinweg, dass ich mich fragte, ob ich es mir eingebildet hatte, doch der zerknitterte Umschlag vor ihm war der Beweis.

Egal, wie neugierig ich war, es ging mich nichts an.

„Ich wette, Sie waren ein sportliches Kind.“ Ich betrachtete seine große Gestalt. „Football?“

Sein Lachen erfüllte den Raum, was mich immer wieder traf, als hörte ich es zum ersten Mal. „Kaum. Eher Klassensprecher und Leiter des Physikclubs. Allerdings habe ich eine Weile Fußball gespielt.“

„Ich auch“, sagte ich und freute mich, etwas mit ihm gemeinsam zu haben. „Aber nicht sehr gut.“

„Ich auch nicht. Mein Kumpel sagte damals, es war das beste Geschenk an die Mannschaft, als ich aufgehört habe. Ich habe das Spiel nie richtig kapiert.“

Ich schüttelte mich vor Lachen, als ich ihn mir dabei vorstellte. „Ich habe es geliebt. Ja, ich habe schlecht gespielt, aber es hat Spaß gemacht. Am Ende ging ich in die Tanzgruppe, um aktiv zu bleiben.“

Er hob eine Augenbraue, als wäre er überrascht. Wahrscheinlich stellte er sich meine Tanzkünste zu gut vor.

„Darin war ich auch nicht wirklich gut. Eher okay. Aber ich kann nicht tanzen. Sich nach einer Vorgabe zu bewegen ist etwas anderes, als seinen eigenen Rhythmus zu finden.“

„Das erzeugt ein amüsantes Bild in mir“, sagte er und hob sein Wasser an den Mund.

„Lassen Sie mich raten. Sie sind ein unglaublich guter Tänzer. Breakdance? Hip-Hop? Whacking?“

Fast spuckte er das Wasser über den Schreibtisch. Ein bisschen rann aus seinem Mundwinkel, als er versuchte, das Losprusten zurückzuhalten. Daraus wurde ein Husten, gemischt mit einem erstickten Lachen. Ich lachte mit ihm. Gemeinsam klang es wie wunderbare Musik.

Abrupt hielten wir inne, als wir unterbrochen wurden.

„Callum?“ Eine große, schlanke Blondine betrat den Raum, ging direkt auf den Schreibtisch zu und küsste Dr. Pierce auf die Wange.

Es sah so aus, als hätte sie eigentlich seine Lippen anvisiert, doch im letzten Moment hatte er den Kopf abgewendet. Ich erstarrte, als sie eine Hand auf seine Schulter legte. Alles passierte wie in Zeitlupe.

„Dachte ich mir doch, dass ich dein Lachen gehört habe. Ich hatte keine Ahnung, dass du hier Lehrer bist. Ich bin die neue Sekretärin im Fachbereich Chemie."

Dr. Pierce sah mich an, um sie auf meine Anwesenheit aufmerksam zu machen, denn sie benahm sich, als sei ich überhaupt nicht da. Mir war schleierhaft, wie sie mich übersehen konnte, denn sie war direkt an mir vorbei gegangen, um zu ihm zu kommen. Leider begriff sie nichts und redete einfach weiter.

„Ich bin schon die ganze Woche da und weiß nicht, wieso wir uns nicht schon begegnet sind." Sie setzte sich auf den Schreibtischrand und streichelte über Callums Arm.

Mir fiel auf, dass er kurz zu seinen Papieren schaute, die sich leicht verschoben hatten, und freute mich innerlich, dass er von der Unordnung auf seinem Schreibtisch, die sie verursachte, genervt war.

Während ich sah, wie ihre Hand über seine Jacke streichelte, raste eine Eifersucht durch mich hindurch, zu der ich kein Recht hatte. Ich kannte diese Person nicht, hatte noch nicht einmal ihr Gesicht gesehen, und hasste sie bereits.

Dr. Pierce räusperte sich und sagte endlich auch etwas. „Shannon, das ist meine studentische Assistentin Oaklyn."

Sie drehte den Kopf und schien überrascht, mich zu sehen. Natürlich sah sie umwerfend aus, wofür ich sie noch mehr hasste.

„Oh, ich Dummerchen. Hi, Oaklyn." Sie neigte den Kopf zur Seite und sah mich überrascht an. „Was für ein ungewöhnlicher Name."

„Ich würde ihn *einzigartig* nennen, habe aber auch schon *schräg* gehört", sagte ich sarkastisch, was allerdings völlig an ihr vorbeiging. Ich wollte *unhöfliche Zicke* zu ihr sagen, biss mir jedoch auf die Zunge, denn mir war klar, dass ich überreagierte und mich verdammt noch mal beruhigen musste. Sie lachte nur und wandte sich wieder Dr. Pierce zu.

„Wir sollten uns unbedingt mal wieder treffen. Wir könnten dort weitermachen, wo wir aufgehört haben." Sie lehnte sich dichter an ihn und senkte die Stimme, als ob ich sie dann auf magische Weise nicht hören könnte. „Lass mich den Gefallen erwidern."

Oh mein Gott! Oh mein Gott! Zwar wusste ich nicht, von welchem Gefallen sie sprach, aber mein Verstand hatte da ein paar Ideen. Ich wollte sie vom Schreibtisch prügeln.

Dr. Pierce sah mich an, als meine Augen panisch versuchten, aus meinem Kopf zu quellen. Ich hatte nicht vor, in der Falle zu sitzen und mich von der Erinnerung an ihre *Aktivitäten* foltern zu lassen. Ich musste machen, dass ich hier rauskam.

„Mann, ist das schon spät", unterbrach ich sie. Dieses Gespräch war absolut unprofessionell und fühlte sich wie ein Schlag in den Magen an. „Ich muss gehen. Danke für das Sandwich, Dr. Pierce."

Ich warf mir den Rucksack über die Schulter und floh, ohne zurückzublicken.

Dabei gewesen zu sein, löste alberne Gefühle in mir aus. Gefühle, von denen ich mich distanzieren und sie ignorieren musste. Ich musste über die dumme Schwärmerei hinwegkommen und mich auf das Studium konzentrieren. Wenn ich mir das lange genug einredete, würde mein Herz vielleicht aufhören, mir jedes Mal aus der Brust springen zu wollen, wenn ich Dr. Pierce sah.

Kapitel 11

Callum

Auf Oaklyns vollen Lippen erschien ein Lächeln, das der strahlenden Sonne Konkurrenz machte, und ich zwang mich dazu, wegzusehen und mich auf die Vorlesung zu konzentrieren.

Genau wie ich mich diese Woche gezwungen hatte, dem Voyeur fernzubleiben. Ich war nicht ein einziges Mal hingegangen, denn ich konnte mir selbst nicht mehr trauen. Stattdessen hatte ich mir zu Hause einen Porno angesehen. Ein Video, das ich besonders mochte, und das einer meiner Fantasien entsprach. Dabei rieb ich meinen Schwanz und sah zu, wie die Frau an der Erektion entlang leckte. Ich wurde schneller und packte härter zu, als der Mann in ihr Haar griff und sie festhielt, während er ihren Mund fickte. Ich spannte mich an und versuchte, zu kommen, als der Mann tief im Mund der Frau kam, und ein kleines Rinnsal Sperma an ihrem Kinn herunterlief. Aber nichts. Es passierte nichts. Egal wie oft ich hinsah und mich an die Stelle des Mannes versetzte, ich konnte nicht kommen. Als ob mich mein Körper dafür bestrafte, dass ich mich Oaklyn entzog. Ich schloss die Augen und fühlte mich so ausgehöhlt wie zuvor.

Ich hatte das Voyeur entdeckt, als ich auf der Suche nach mehr als nur Videos gewesen war. Etwas, das mir half, den Verlust echter Intimität zu bewältigen. Es brachte mich dem zumindest näher, als auf einen Bildschirm zu starren. Irgendwann hatte ich herausgefunden, dass ich voll auf Zusehen stand.

Nach meiner missglückten Internetsuche saß ich mit einem Glas Bourbon in der Hand da, trank viel zu viel und fragte mich, was sie jetzt wohl tat. Welche Art von Show sie gerade abzog. Und mit wem.

Warum zur Hölle war ich so besessen von ihr?

Ich hatte mich bereits vorher zu Frauen hingezogen gefühlt. Hatte auch befriedigende Beziehungen gehabt. Aber das hier fühlte sich anders an. Gewaltiger. Es fing mit einer körperlichen Anziehung an, die mittlerweile an Besessenheit grenzte. Ich musste sie unbedingt immer wieder beobachten. Und dann lernte ich sie kennen, sprach und lachte mit ihr. Ich begann, mir vorzustellen, wie ich sie berührte. Sie fickte. Und dabei wurde ich nicht wie gewöhnlich von Furcht und Panik erfüllt, wenn ich mir einreden wollte, dass es das nächste Mal anders sein würde.

Meine Gedanken an Oaklyn bedeuteten mehr. Etwas an ihr fühlte sich anders an. Zum Teufel, wenn ich wüsste, was es war. Allerdings war es egal, denn sie war meine Studentin. Meine neunzehnjährige Studentin. Es spielte keine Rolle, dass ich mich bei ihr anders fühlte als bei anderen Frauen. Ich war älter und sollte es besser wissen. Also blieb ich dem Voyeur so gut ich konnte fern.

Die gemeinsamen Mittagessen und Gespräche in meinem Büro hatten jedoch nicht aufgehört. Mein schneller Herzschlag, wenn ich sie sah, hatte nicht aufgehört. Meine wilden Fantasien hatten nicht aufgehört. Doch zumindest stellte ich ihr nicht nach. Ganz bewusst beobachtete ich meine Studentin nicht dabei, wie sie sich auszog und sich selbst befingerte, während sich ihre Brüste mit den rosa Spitzen vor Lust hoben und senkten.

Manchmal, wenn ich mich sehr danach sehnte, sie zu beobachten, blieb ich länger auf der Arbeit und fand Ausreden, um Oaklyn so lange bei mir zu behalten, bis alle anderen gegangen waren. Ich gab ihr bedeutungslose Aufgaben und spendierte ihr ein Abendessen, sodass wir einen Grund hatten, aufzuhören und uns zu unterhalten.

Aber ich musste vorsichtiger werden. Shannon kam, seit sie entdeckt hatte, dass wir im selben Gebäude arbeiteten, nun täglich vorbei. Ich versuchte, sie davon abzuhalten, ohne unhöflich zu sein, aber sie kam immer noch willkürlich in mein Büro. Ich konnte nur hoffen, dass sie nicht bemerkte, dass ich mich zu Oaklyn hingezogen fühlte. Es kam mir so vor, als ob es mir mitten ins Gesicht geschrieben sein musste.

„Bitte lesen Sie die Hausaufgabe online und beantworten Sie die Fragen bis zur nächsten Vorlesung", sagte ich laut und deutlich über die Geräusche der einpackenden Studenten hinweg.

Oaklyn fing meinen Blick ein, ehe ich ihn abwenden konnte. Ich lächelte zurück und fing dann an, meine Tasche einzuräumen. Ich fragte mich, ob Oaklyns Gesicht mehr spiegelte, als sie mir eigentlich zeigen wollte. Ihr Blick war völlig anders als der eines Teenagers, der sie nun mal war. In ihren Augen funkelte so viel mehr. Eine Sehnsucht, die sie nicht hinter ihrem sittsamen Lächeln verbergen konnte, egal, wie sehr sie es versuchte. Sie sah mich an, als ob sie wusste, was Lust war und sich vorstellte, dass ich sie ihr schenken würde.

Ja, ich merkte, dass sie sich von mir angezogen fühlte. Ich hatte versucht, es zu leugnen, mich zu überzeugen, dass sie nicht anders war als die anderen Studentinnen, die mich schwärmend und flirtend ansahen.

Doch ich träumte nachts nicht von anderen Studentinnen. Es waren keine anderen Studentinnen, von denen ich mir vorstellte, wie ich in sie glitt und deren Stöhnen ich hörte, wenn ich wach wurde und meine Hand um meinen Schwanz spürte.

Normalerweise endeten solche Träume völlig anders. Sie verwandelten sich von Sex mit einer Frau in meinen schlimmsten Albtraum. Ich erwachte panisch, war schweißbedeckt und meine Hand war ins Laken gekrallt anstatt um meinen Schwanz.

Es war nicht so, dass ich keinen Sex haben wollte. Ich konnte nur nicht darauf vertrauen, nicht auszurasten. Einmal hatte ich es versucht. Ich hatte getrunken, wollte meine Jungfräulichkeit verlieren, und es gelang mir auch. Aber sobald sie mich berührt hatte, brach mir der Schweiß aus. Ich floh aus dem Zimmer und schwor mir, mich nie wieder in eine solch verletzliche Lage zu bringen. Ich war in meinem Leben bereits verletzlich genug gewesen und wollte das nicht mehr durchmachen.

„Dr. Pierce."

Ihre sanfte Stimme riss mich aus den Gedanken. Fast die ganze Klasse war gegangen, während ich in dunklen Erinnerungen verweilt hatte.

„Ja, Oaklyn?"

Ihr Lächeln war fast schüchtern, als ich mich ihr zuwandte.

„Ich habe mich für das Teleskop eingetragen, bin aber an dem Tag die Einzige. Sie müssen nicht extra wegen mir herkommen. Wir können einen anderen Termin ausmachen, aber ich weiß noch nicht genau, wann."

„Nein", widersprach ich hastig. „Das ist absolut in Ordnung. Vielleicht schreibt sich später noch jemand ein und kommt dazu."

Echt jetzt? Das wollte ich doch nicht hoffen. Ich begrüßte jeden Vorwand, um mit ihr allein sein zu können. Der Gedanke daran, mit ihr allein unter den Sternen zu stehen, ohne von jemandem beobachtet zu werden, war so schön, dass mir diese Möglichkeit fast Angst machte.

„Super. Dann bis morgen."

Ich sah zu, wie sie ging. Mein Blick glitt zu ihrem Hintern, wie er sich unter den Leggings bewegte.

Schlagartig bemerkte ich, dass ich mitten in der Schule meine Studentin angaffte, und sah schnell zur Seite. Ich tadelte mich selbst, sammelte meine Sachen zusammen und ging, um mich zum Mittagessen mit Reed zu treffen.

Schon fast beim Restaurant angekommen, klingelte mein Handy. Als ich sah, dass es meine Eltern waren, ignorierte ich den Anruf. Ich hatte nicht viel Zeit und ihre Gespräche dauerten üblicherweise über eine Stunde. Ich nahm es ihnen nicht übel. Sie vermissten mich und konnten mich schließlich nicht ständig besuchen. Einmal brachte meine Mutter das Thema auf, dass ich nach Hause kommen sollte, aber ich wiegelte das schnell ab. Kalifornien war nicht mehr meine Heimat. Ich verband es nur mit den schlimmsten Erinnerungen meines Lebens, die ich lieber vergessen wollte.

Ich steckte das Handy ein und ließ mich von der Bedienung an unseren Tisch führen. Reed begrüßte mich mit einem Lächeln und einem Schlag auf den Rücken, ehe er sich wieder hinsetzte. Erst als das Essen kam, begann er, mich zu nerven.

„Hey, du hast mir gar nicht erzählt, was mit dem Mädel vom letzten Mittagessen passiert ist. Bitte sag mir, dass du dich mit ihr verabredet hast."

„Dann freust du dich sicher, zu hören, dass ich sogar zwei Dates mit ihr hatte."

„Hast du sie gefickt? Wenn ich mich recht erinnere, hat sie ein geiles Gestell."

„Du bist verheiratet, verdammt noch mal."

„Trotzdem bemerkt ein Mann sowas doch. Karen weiß, dass ich ganz ihr gehöre." Er zuckte mit den Achseln. „Also?"

„Nein. Und das ist auch gut so, denn sie arbeitet mit mir, und das wäre die Hölle."

„Was? Du hast noch nie eine gefickt, mit der du gearbeitet hast?"

Ich drehte das Bier in der Hand, bis das Etikett auf mich zeigte, und sah Reed an. „Die Frauen, mit denen ich arbeite, sind eine ältere Sekretärin und eine neue studentische Assistentin."

„Eine neue Physikstudentin? Mitten im Semester? Ich dachte, du kriegst dieses Jahr niemanden mehr."

„Nein. Sie studiert Biologie und arbeitet auch in deren Fachbereich. Sie braucht die Kohle, um ihr Studium zu finanzieren." Ich war beeindruckt von ihrer Arbeitseinstellung. Viel bessere Studenten hatten schon schneller aufgegeben als Oaklyn. „Sie ist hartnäckig, klug und entschlossen."

„Oh, verflucht, nein", sagte Reed.

„Was?", fragte ich, obwohl ich es wusste. Er kannte mich zu gut, als dass ihm meine Gefühle entgehen konnten, die sicherlich geradezu aus mir heraussprühten, egal wie sehr ich sie für mich behalten wollte.

„Du magst sie. Eine *Studentin.*" Er hob ungläubig die Stimme.

Es laut ausgesprochen zu hören, verursachte mir einen Kloß im Magen. „Würdest du bitte leiser sprechen? Hier könnten Kollegen sein, und was würden die von mir denken, wenn sie dich hören würden?"

„Dann verguck dich nicht in deine verdammte Studentin", schoss er zurück und verengte besorgt die Augen.

„Ich habe mich nicht verguckt, okay?" Ich zog am Kragen meines Hemdes, um besser atmen zu können.

„Blödsinn."

„Es ist kein Blödsinn", sagte ich schärfer als beabsichtigt. Ich nahm einen Schluck Bier und legte meine nächsten Worte sorgfältig zurecht. „Sie ist eine Studentin, weiter nichts. Ich würde diese Grenze nie überschreiten. Sie ist zu jung und noch dazu meine Schülerin."

„Ja, das hast du schon gesagt. Versuchst du, mich oder dich selbst zu überzeugen?"

Wir sahen einander an und mir wurde klar, dass ich hier nicht rauskommen würde, ohne zumindest einen Teil der Wahrheit zuzugeben. Ich leerte die Bierflasche in einem Zug, setzte sie ab und sah Reed wieder an. „Na gut", gab ich nach und biss kurz die Zähne zusammen. „Ich mag sie. Sie ist hübsch und geistreich. Verdammt, sie bringt mich zum Lachen." *Und sie lässt mich vergessen*, wollte ich hinzufügen. Mir wurde ganz warm davon, sie zu beschreiben. „Sie … ich fühle mich wohl bei ihr."

„Scheiße, Mann. Ich habe gehofft, es ist, weil sie einen strammen Hintern und riesige Titten hat. Ich habe nicht damit gerechnet, dass du poetisch wirst, wenn du über deine Gefühle für sie sprichst." Er trank ebenfalls sein Bier aus und spürte wohl den Ernst meines Geständnisses. „Bei Ersterem wäre ich viel weniger besorgt gewesen."

„Ich weiß", sagte ich niedergeschlagen.

„Du hast sie also im Büro kennengelernt?"

Ich dachte darüber nach, ihm zu sagen, dass sie im Voyeur arbeitete, und ich sie dort zuerst gesehen hatte, aber ich wollte sie schützen. Reed sollte sie nicht verurteilen. „Nein, zuerst habe ich sie in meiner Vorlesung gesehen."

„Cal, wie willst du jetzt damit umgehen?"

„Gar nicht." Mein Ton war entschlossen und ließ keine Zweifel aufkommen. „Sie ist meine Studentin. Das würde ich niemals ausnutzen. Egal, was ich für sie empfinde, ich werde es einfach verdrängen."

„Okay", sagte er.

Einfach so. Doch je weniger Reed sagte, desto besorgter war er. Aber niemand konnte je so besorgt sein, wie ich selbst. Es war, als stünde ich ständig kurz vor dem Abgrund, wenn es um Oaklyn ging.

„Sei einfach vorsichtig, Cal."

Sei vorsichtig.

Leichter gesagt als getan.

Kapitel 12

Oaklyn

Ein Wunder war geschehen.

Ich hatte einen Abend frei und alle Hausaufgaben waren erledigt, sogar welche im Voraus gemacht. Das war der einzige Grund dafür, dass ich mich von Olivia überreden ließ, auszugehen und mich wie eine *typische College-Studentin* zu benehmen. Sie plapperte unaufhörlich davon, wie toll es wäre, eine echte Party der Studentenverbindung zu erleben, auch wenn die blöd waren. Wir sollten diesen Punkt zumindest von unserer Liste abhaken können.

Sie ließ sich auf den Beifahrersitz fallen und legte eine Schicht Lippenstift auf. Ihre Aufregung sprang auf mich über und erinnerte mich daran, wie müde ich eigentlich war. Doch sie hatte recht. Ich wollte studieren und alles erleben, was damit zusammenhing. Ich riss mir den Arsch dafür auf, es zu verdienen, also warum nicht alles mitnehmen.

Ich parkte einen Block vom Verbindungshaus entfernt, das nicht meinen Erwartungen entsprach. Es sah nicht aus wie in den Filmen, in denen besoffene Leute auf dem Rasen lagen und sich an Bierflaschen festhielten. Zumindest nicht von außen. Nur ein paar Leute hielten sich vor dem Gebäude auf und nickten uns zu, als wir hineingingen. Es wurden keine Fragen gestellt wer wir waren oder ob wir eingeladen wurden.

Erst drinnen erwartete uns die echte Party. Die Musik, die man draußen nur dumpf gehört hatte, explodierte nun praktisch. Leute standen in Grüppchen herum, hatten die typischen roten Becher in den Händen, die ich schon draußen erwartet hatte. Die Lautsprecher dröhnten und in der Mitte befand sich eine Tanzfläche.

Olivia nahm meine Hand und führte mich durch einen Flur in die Küche. Dort hingen noch mehr Leute herum und verteilten sich auch im eingezäunten hinteren Gartenbereich. Und hier schliefen auch die Betrunkenen.

„Lass uns was zu trinken besorgen", rief mir Olivia über die Musik zu.

Wir gossen uns einen Tequila ein, tranken ihn aus und lutschten an einem Stück Limone. Beim zweiten sprachen wir vorher einen Toast aus. „Auf dass wir uns endlich wie Studentinnen benehmen. Auf dass wir Spaß haben und mit allen sexy Jungs flirten."

Ich hob mein Glas und stieß mit ihr an. Limonensaft lief an Olivias Kinn herunter. Wir kicherten.

„Mich kann man nirgendwo mit hinnehmen."

„Quatsch. Du bist die eleganteste Bitch, die ich kenne", sagte ich und zwinkerte ihr zu.

„Gott, ich habe es vermisst, mit dir abzuhängen."

Ich hatte es auch vermisst. Doch bei zwei Nebenjobs, dem Voyeur und dem Studium löste sich meine Zeit in Luft auf, ehe ich überhaupt merkte, dass ich welche hatte. „Jetzt bin ich ja da", sagte ich und zog sie an meine Seite.

„Hi, Ladys."

Ein paar von den Jungs aus der Physik-Vorlesung standen plötzlich neben uns.

„Hi, Jungs", sagte Olivia mit einem frechen Grinsen.

„Trinkt ihr noch einen mit uns?", fragte der Großgewachsene, der Connor hieß.

„Klar", sagte Olivia.

Und so ging es weiter. Wir hatten eine eigene Gruppe gebildet und redeten, scherzten und lachten. Ich trank noch ein paar Tequila, merkte aber irgendwann, dass Olivia viel mehr und schneller trank als ich. Obwohl wir ein Taxi in Betracht zogen, würde wir Geld sparen, wenn ich noch fahren konnte.

Ich blieb am Rand der Gruppe, und Olivias fröhliche Art fesselte die Aufmerksamkeit der Jungs. Es machte mir nichts aus, nur zu beobachten. Die Gruppe bewegte sich zur Tanzfläche, nachdem Olivia kundgetan hatte, mit mir tanzen zu wollen. Wie konnte ich ihr das abschlagen?

Wir lieferten eine gute Show ab, hüpften herum, und Olivia stieß mit der Hüfte gegen mich. Nach ein paar Songs trat ich zur Seite und holte mir ein Wasser. Ich sah zu, wie sie von Kerl zu Kerl wechselte, achtete jedoch besonders auf einen, der ständig hinter ihr war und seine Hände nicht bei sich lassen konnte. Als er sich vor sie stellte, seine Baseballmütze falsch herum aufsetzte, seine muskulösen Arme auf ihren Hintern legte und sich sein Gesicht ihrem Hals näherte, machte sie einen kleinen Satz rückwärts und legte die Hände auf seine Schultern. Er lachte und sie schien ebenfalls zu lachen, doch ich erkannte, wie unangenehm es ihr war. Sie versuchte, ihn auf nette Weise loszuwerden, aber er reagierte nicht darauf.

Ich schob mich durch die Leute, um zu meiner Freundin zu gelangen. So diskret wie möglich versuchte ich, sie loszueisen, um keine Szene zu machen. Besonders, weil der Typ angetrunken war.

„Olivia", jammerte ich. Ihr Blick wirkte erleichtert. „Du hast versprochen, mit mir zu tanzen." Ich zog an ihrem Arm, um sie von ihrem Partner zu lösen - fuck, aus der Nähe war er noch größer -, doch er zerrte sie zu sich zurück.

„Nein. Wir tanzen gerade."

„Alter, hau ab. Ich will mit meiner Freundin zusammen sein", sagte ich, immer noch gelassen.

„Pech gehabt. Such dir eine andere, um dich an ihr zu reiben, Lesbe. Sie will deine Pussy nicht. Das hier ist ihr viel lieber.“ Er griff sich in den Schritt und grinste ekelerregend.

Bei seinem lauten Tonfall schauten Leute zu uns. Einer seiner Kumpel rief: „Ja, Bro. Guter Fang!“

„Schöner Fick für später.“

„Schick mir Fotos von ihren Titten, Mann. Oder besser ein Video wie sie schwingen, wenn du sie fickst.“

Olivia riss die müden Augen auf und zerrte an ihrem Arm, aber er hielt sie nur noch fester, bis sie vor Schmerz das Gesicht verzog. Diese Kerle waren verfluchte Schweine und ich hatte genug.

„Lass sie sofort los!“

„Musst nicht eifersüchtig werden, dich ficke ich auch noch.“

„Nie im Leben, Mann!“ Das Herz schlug mir bis zum Hals, als sich ein Arm um meine Taille schlang und ich an einen harten Körper gezogen wurde. Biergeruch brannte in meiner Nase und drehte mir den Magen um.

„Fühlst du dich jetzt besser, Baby?“, fragte mich der Kerl an meinem Hals. Ich versuchte, mich loszumachen. „Wir können auch einen Vierer machen.“

Er streckte den Arm vor mir aus und hob die Hand. Der Riese, der Olivia festhielt, schlug zu einem Highfive ein. Olivias Augen füllten sich mit Tränen.

Nein. Nein, nein, nein! Adrenalin schoss durch meine Adern. Mit voller Kraft rammte ich meinen Absatz auf seine Zehen. Er fluchte laut und trat zurück, umklammerte aber immer noch meinen Arm.

„Du verfluchte Schlampe!“

Er zerrte mich hinter sich. Da mir niemand half, fiel ich hin und landete auf einem Tisch, den ich dabei wegschob. Schmerz raste durch meinen Arm, als ich damit die Kante entlangrutschte. Mein Kopf schlug hart an die Ecke und ich blinzelte gegen die schwarzen Punkte vor meinen Augen an. Wieso unternahm niemand etwas? Tränen brannten vor Angst, Scham und Wut in meinen Augen.

Bereit, aufzustehen, ummich mit einem Urschrei in den Kampf zu stürzen und meine Freundin zu verteidigen, hielt ich inne, als drei Jungs in den Kreis traten.

„Lass sie gehen, Arschloch“, sagte Connor mit zwei seiner Freunde an seinen Seiten. Einer davon half mir beim Aufstehen. „Oder wir erzählen es dem Coach und der kickt dich dann aus dem Team.“

Ich stand neben einem unserer Helden, immer noch rasend vor Wut. Das Arschloch schubste Olivia zu Connor, von dem sie stolpernd aufgefangen wurde.

„Sie ist es eh nicht wert. Viel zu fett.“

Ich wollte vorstürmen, visierte seine Eier an, aber der Kerl, der mir geholfen hatte aufzustehen, hielt mich zurück und schüttelte den Kopf.

„Machen wir einfach, dass wir hier wegkommen.“

Sie begleiteten uns zu unserem Auto und halfen der schniefenden Olivia beim Einsteigen.

„Kannst du noch fahren?“, fragte mich Connor.

„Ja, mir geht es gut. Danke für eure Hilfe.“

„Evan und James sind Arschlöcher und sollten aus dem Footballteam geworfen werden. Ich werde es so oder so dem Coach erzählen.“

„Danke“, wiederholte ich, stieg ein und fuhr los.

Ich parkte auf dem Lehrerparkplatz vor dem Wissenschaftsgebäude, weil er nah am Studentenwohnheim lag. Beim Vorbeilaufen sah ich hoch zu Dr. Pierce’ Büro, in dem noch Licht brannte. Was machte er dort so spät? Ich sah auf mein Handy und stellte fest, dass es halb elf war. Zwar spät, aber fast hätte ich gelacht, als ich daran dachte, wie kurz wir es auf der Studentenparty ausgehalten hatten. Nach nur drei Stunden hatten wir das Erlebnis bereits als eines abgehakt, das wir nicht noch einmal wiederholen wollten.

Ich brachte Olivia ohne Protest und ohne nennenswerte Hilfe ihrerseits ins Bett. Der Alkohol hatte ihr zugesetzt. Ich stellte ihr für morgens eine Flasche Wasser und Aspirin auf ihren Nachttisch.

„Kerle sind Ärsche. Danke, dass du meine Freundin bist, Oak."

„Gerne." Ich küsste sie auf die Stirn und sie war eingeschlafen, ehe ich aus der Tür getreten war.

Als ich wieder am Wissenschaftsgebäude vorbeiging, war das Licht bei Dr. Pierce aus. Ich musste ihn gerade so verpasst haben.

Wachsam lief ich zu meinem Auto. Ich sah mich um und fürchtete, jemand wäre uns aus Rache gefolgt, oder ähnlich Dramatisches. Das Adrenalin hatte nachgelassen und mein Arm tat heftiger weh. Zu Hause musste ich genauer überprüfen, wie sehr ich verletzt war. Der Schmerz wanderte den ganzen Arm hoch bis in meine Schulter. Ich hatte Kopfschmerzen und jeder Stich im Schädel machte mir bewusst, wie angreifbar ich war. Nur noch zehn Meter bis zum Auto.

Ein dunkler Schatten erschien hinter einer Ecke. Vor Schreck hätte ich fast meine Zunge verschluckt.

„Oaklyn?", fragte eine mir bekannte Stimme.

Mein Körper zitterte, während der Schock nachließ. Ich dachte, er hätte mich gehört, als ich seinen Namen gesagt hatte. „Dr. Pierce. Hi."

Er trat ins Licht und zog die Augenbrauen zusammen. „Alles okay?"

„Ja, ja." Ich atmete tief durch, um meinen Herzschlag zu beruhigen. Das war ein krasser Abend für mein Nervenkostüm. „Sie haben mich nur erschreckt."

„Oh, das tut mir leid." Er wirkte nicht überzeugt. „Was machen Sie so spät auf dem Campus? Sie wohnen doch nicht im Studentenheim, oder?"

„Ich habe nur meine Freundin abgesetzt. Wir waren auf einer Party."

Er nickte, betrachtete mich aber immer noch aufmerksam. „Ich dachte immer, die gehen bis nach elf."

„Kann sein, aber nicht für uns. Besonders nicht, wenn nur Arschlöcher da sind." Ich entschuldigte mich für den schlechten Ausdruck vor meinem Professor. Es schien ihn aber gar nicht zu stören.

Er trat näher und sah mich besorgt an. „Wie meinen Sie das? Ist etwas passiert? Geht es Ihnen auch wirklich gut?"

„Ja", antwortete ich schwach. „Es sind nur ein paar Jungs zu frech geworden und haben Olivia und mich bedrängt. Ich habe versucht, uns zu verteidigen." Ich lachte humorlos. „Aber bei meiner Größe ist es schwer, gegen so einen Berg anzukommen. Ich wurde gestoßen und bin hingefallen." Ich zeigte auf meinen Arm und Dr. Pierce' Ausdruck wurde noch besorgter. An seiner Wange zuckte ein Muskel. Ich beeilte mich, zu Ende zu berichten. „Andere Jungs sind uns zu Hilfe gekommen und haben uns da rausgeholt." Ich senkte den Blick, zu beschämt, um ihm noch länger in die Augen zu sehen. Beschämt, weil wir in die Kategorie Mädchen gefallen waren, die belästigt wurden. Beschämt, weil ich nicht in der Lage war, mich und meine Freundin zu verteidigen.

„Lassen Sie mich mal sehen", sagte er entschlossen.

Ich sah auf. Seine sonst hellen Augen waren dunkel und zeigten seine Wut. „Schon gut."

„Lassen. Sie. Mich. Nachsehen."

Ich atmete tief durch, zog die Jacke hoch und entblößte meinen Arm. Wir waren beide schockiert, angetrocknetes Blut und eine Wunde am Ellbogen vorzufinden.

„Heilige Scheiße", murmelte er.

Fast hätte ich gelacht. Dr. Pierce war immer locker und fröhlich drauf, wenn er unterrichtete, und ihn so aufgeregt und fluchend zu erleben, war irgendwie amüsant.

„Kommen Sie mit. Ich habe einen Verbandskasten im Büro."

„Nicht nötig. Sie müssen nicht ..."

„Oaklyn, bitte."

Trotz seiner Wut sah ich auch Schmerz in seinen Augen.

„Okay", stimmte ich zu und mochte die Vorstellung, dass er sich um mich kümmerte.

Ich folgte ihm ins Gebäude. Wir sprachen nicht, bis wir in seinem Büro waren.

„Ziehen Sie die Jacke aus. Ich bin gleich wieder da."

Nach der Stille klang seine Stimme brüsk und laut. Ich gehorchte und setzte mich auf den Stuhl vor seinem Schreibtisch. Als er zurückkam, stellte er einen Verbandskasten auf den Stuhl neben mir. Während er darin nach etwas suchte, betrachtete ich ihn. Er trug keine Krawatte, wie sonst im Unterricht, die obersten Knöpfe seines Hemdes standen offen und man konnte Brusthaar sehen, das seine Männlichkeit geradezu herausschrie. Es war verrückt, aber ich musste mich beherrschen, mich nicht vorzubeugen und es zu berühren. Seine Frisur war nicht so ordentlich wie üblich. Als hätte er mit den Händen darin gewühlt. Der Look stand ihm gut.

„Gut", sagte er. „Drehen Sie den Arm mehr ins Licht."

Als er sich die Wunde genau angesehen hatte, schloss er kurz die Augen und schluckte schwer. Sein Mitgefühl rief ein Brennen in meinen Augen hervor. Wie lange war es her, dass jemand so sehr über meinen Schmerz bestürzt war? Vielleicht vermisste ich meine Familie mehr als ich dachte. „Es ist nicht so schlimm wie es aussieht.“

„Morgen wird es noch schlimmer aussehen“, sagte er mit zusammengebissenen Zähnen. „Das wird jetzt ein bisschen wehtun.“

Er legte seine langen Finger um meinen Arm, strich über meine empfindliche Haut und erzeugte damit eine Gänsehaut, die sich von den Armen bis zu meinem Hals ausdehnte. Es war das erste Mal, dass er mich berührte und die Hitze seiner Haut brannte sich in mein Gehirn. Die sanfte Berührung war erotischer als jede andere, die ich bisher erlebt hatte. War es so intensiv, weil es verboten war? Weil ich ihn nicht haben konnte? Machte das meine Empfindungen für seine Berührungen so viel stärker?

Als er Alkohol über die Wunde strich und dann Peroxid darauf tupfte, zog ich zischend den Atem ein. Statt des erotischen Kribbelns brannte es wie Feuer und ich biss die Zähne zusammen.

„Entschuldigung“, wisperte er. Ich nickte und knirschte mit den Zähnen, als er weitermachte. „Also, was genau ist passiert?“

„Wir waren auf einer Studentenparty“, sagte ich und zuckte mit den Schultern, als ob damit alles gesagt wäre.

„Hat Sie jemand …“ Er atmete tief durch, ehe er weitersprach. „Hat einer Sie beide angefasst? Auf irgendeine andere Weise?“

„Nein, nicht wirklich. Olivia tanzte mit diesem Kerl und er fummelte etwas mehr, als sie es wollte, also ging ich zu ihr, um sie zu retten.“ Ich lachte erneut humorlos auf, weil es so dämlich klang. Rückblickend war es wirklich dumm gewesen, zu glauben, ich hätte etwas erreichen können. „Gott sei Dank haben uns ein paar der Jungs geholfen. Sie gingen dazwischen, als mein Rettungsversuch versagt hatte.“ Bei der Erinnerung schüttelte ich den Kopf, frustriert, dass es so weit gekommen war. „Da waren so viele Leute, die alle nur zugesehen haben. Standen nur tatenlos dabei, als er damit drohte, sie zu vergewaltigen."

Seine Hand um meinen Arm drückte fester zu und ich zuckte zusammen. „Autsch."

„Verzeihung, das tut mir echt leid", sagte er.

Ich sah ihn über die Schulter hinweg an. Er atmete tief durch und wirkte, als müsse er sich zusammenreißen. Als er merkte, dass ich ihn ansah, griff er nach einem Pflaster.

„Sie sollten ihn anzeigen."

Wieder lachte ich trocken. „Das hat keinen Sinn. Es ist ja nicht wirklich etwas passiert und niemand könnte irgendwas tun." Ich runzelte die Stirn bei dem traurigen Gedanken. „So ist das Leben."

Er sah hoch, nachdem er das Pflaster aufgeklebt hatte. Sein Blick durchbohrte mich bei dieser Nähe mit unglaublicher Intensität. So blau, dass ich darin ertrinken konnte. Das Pflaster saß, aber er hatte sich noch nicht entfernt. Mein Herz schlug doppelt so schnell und pumpte feurige Hitze durch mich hindurch.

„Sollten Sie noch einmal in so eine Situation geraten, rufen Sie mich an."

Ich leckte mir über die Lippen und sein Blick folgte der Bewegung. „Danke", hauchte ich und sah auf seinen Mund. Wenn ich mich leicht vorbeugte, würde er mir vielleicht entgegenkommen. Meine Lider wurden schwer und mein Mund wurde von seinem angezogen.

Ruckartig zog er sich zurück, wandte sich ab und räumte das Verbandszeug ein. Er räusperte sich. „Das wird sich morgen sehr wund anfühlen. Lassen Sie sich beim Pflasterwechsel von jemandem helfen und halten Sie die Wunde sauber. Dann sollte es bald heilen."

„Ja.“ Das Wort verließ kaum meine geöffneten Lippen. Ich sah auf meinen Schoß und Tränen drohten, in meine Augen zu schießen. Was zur Hölle hatte ich mir eingebildet? Was hatte ich getan? Fuck, ich war so dämlich. So verdammt dumm.

Ich schimpfte mich weiterhin selbst aus und konnte nichts leugnen, denn ich fühlte mich wie ein Jäger auf der Pirsch. Von nun an wusste er, dass ich ihn attraktiv fand. Wie sollte ich ihm jetzt noch das ganze Semester über in die Augen sehen können? Verdammt!

Scham raste durch meinen Körper. Als er hinausging, um den Verbandskasten wegzuräumen, zog ich schnell meine Jacke an und versuchte zu fliehen, damit ich ihn nicht wieder ansehen musste. Doch ich kam nur bis zur Eingangstür.

„Warten Sie auf mich. Ich begleite Sie zum Auto.“

Ich konnte mich nicht zu ihm umdrehen. Mit der Hand an der Klinke sagte ich: „Das ist nicht nötig.“

„Doch. Bitte.“

Ich hielt gebührenden Abstand und den Blick gesenkt, als wir zum Parkplatz gingen. Am Auto murmelte ich einen schnellen Dank und versuchte einzusteigen, aber seine Hand drückte die Tür wieder zu. Ich drehte mich um, sah ihm in die Augen und versuchte, in seinem Ausdruck zu lesen, was er nun von mir hielt. Er blickte … bedauernd?

„Hier ist meine Nummer, falls Sie sie mal brauchen.“

Ich nahm den Zettel entgegen und bewunderte die maskuline Handschrift. „Danke.“ Ich sah ihn wieder an und suchte nach einem Hauch von Bedauern, versuchte herauszufinden, ob ich recht hatte oder einfach nur verrückt war. Vielleicht fühlte er sich genauso zu mir hingezogen wie ich mich zu ihm. Nur, dass er viel klüger war als ich und nicht danach handelte.

Kapitel 13

Callum

Oaklyn kam am Montagmorgen ins Büro und lächelte mich zaghaft an. Wahrscheinlich war sie nicht sicher, wie ich nach Freitagabend reagieren würde. Dieser Abend … hatte sich tief in meine Seele gegraben. Sie zusammenzucken zu sehen, als ich ihren Namen sagte. Angst und Frustration in ihren Augen zu lesen. Ihren Arm zu sehen. Ich wusste nicht, wie ich es geschafft hatte, meine Wut unter Kontrolle zu halten, als ich erfuhr, dass jemand sie und ihre Freundin sexuell belästigt hatte. Bei der Erinnerung an die Welle der Übelkeit, die mich überkommen hatte, als sie mit der Wahrheit herausgerückt war, drehte sich mir der Magen um. Ich hatte mich zusammengerissen, während ich sie mit nach oben genommen und mich um die Wunde gekümmert hatte. Als ich ihren Arm verband, geriet ich fast ins Sabbern bei dem Gefühl ihrer Haut unter meinen Fingerspitzen. Obwohl es nur ihr Arm war.

Da war nichts Sexuelles an meinen Berührungen gewesen, doch die Spannung zwischen uns hatte Funken gesprüht und den Raum erhitzt. Sie hatte mich angesehen, so nah, und der Blick aus ihren goldenen Augen war mit meinem verschmolzen. Ihre Zunge hatte kurz herausgelugt, über ihre Lippen geleckt und meinen Blick auf ihren weichen, rosa Mund gelenkt. Ich hatte mich hinüberbeugen und ihn schmecken wollen, ihn mit meiner Zunge lecken. Ich war hin und weg gewesen, als sie sich mir entgegengelehnt hatte. Ich hatte nur daran gedacht, ihr entgegenzukommen. Ich war bereit gewesen, *scheiß drauf* zu sagen, und nachzugeben.

Dann begann das mit Alkohol getränkte Tuch, mit dem ich sie behandelt hatte, durch meine Hose zu dringen und kalt meinen Schenkel zu kitzeln. Das brachte mich schlagartig in die Realität zurück. Es hätte ebenso gut ein Eimer Wasser über meinem Kopf sein können.

Ich hatte mit den Zähnen geknirscht, als sie irritiert die Augen geweitet hatten, Tränen darin schimmerten und sie schließlich beschämt nach unten sah. Ich ließ ihr Zeit, sich zu sammeln, indem ich das Verbandszeug zurückbrachte und mich dabei selbst mit sämtlichen Flüchen belegte, die mir einfielen. Ich wollte mich entschuldigen, als ich zurückkam, und die volle Verantwortung dafür übernehmen, dass ich damit angefangen hatte. Doch dann sah ich, dass sie davonlaufen wollte, und vergaß meinen Plan. Stattdessen tat ich so, als wäre nichts gewesen. Womit ich heute weitermachen würde.

„Geht es Ihnen besser?“, fragte ich, als sie das Büro betrat.

„Ja.“ Sie ging auf den Stuhl vor meinem Schreibtisch zu. Ich vermied es, hinzusehen, als sich beim Setzen der Rock über ihre Schenkel schob. „Viel besser als Olivia. Ich glaube, sie hatte gestern noch einen schlimmen Kater.“

„Solche Tage vermisse ich gar nicht“, sagte ich und verzog das Gesicht.

„Was?“ Gespielt erstaunt griff sie sich vor die Brust. „Sie? Ein schlimmer Junge im College?“

Ich lachte über ihren dramatischen Ton und schüttelte den Kopf. „Eher in der Highschool.“

„War das vor oder während Sie Klassensprecher und im Physikclub waren? Ich werde Sie auch nicht verurteilen.“ Sie hob die Hände. „Der Physikclub hätte mich auch zum Trinken gebracht.“

„Sehr witzig, Miss Derringer.“

Unbekümmert zuckte sie mit den Schultern. Ich mochte es, wie ihr Pferdeschwanz dabei schwang. Vielleicht konnte ich das dafür verantwortlich machen, dass ich lange genug gebannt war, um meine nächsten Worte unüberlegt heraus zu plappern.

„Ich hatte als Teenager ein paar Probleme, und das Trinken half."

Sie verbarg ihr Entsetzen über mein Geständnis ziemlich gut. Nicht, dass es ein großes Geständnis gewesen wäre, sondern nur etwas, das ein Lehrer normalerweise nicht mit seiner Schülerin besprach. Ihre Augen weiteten sich leicht, bevor sie verständnisvoll nickte. Sie hatte keinen Schimmer, wie viel tatsächlich hinter meinen Worten steckte. Ich hatte Probleme gehabt, mit meiner Wut umzugehen, meiner Unbeherrschtheit. Trinken beruhigte mich soweit, dass ich nicht ausrasten musste. Aber es dauerte nicht lange, dann reichte es meinen Eltern und sie steckten mich in eine Therapie. Der Therapeut empfahl mir, mich mehr in die Schule zu stürzen und zum Beispiel in den Physikclub zu gehen. Und das war – auch wenn es etwas lahm klang – das Erste, was mich seit Jahren faszinierte. Die verdammten Sterne, Mann. Sie hatten mir das Leben gerettet.Ich lachte und gab zu: „Der Physikclub war voll mein Ding. Etwas, worauf ich mich konzentrieren konnte."

Ich wusste nicht, warum ich so viel von meiner Vergangenheit preisgab. Sie hatte etwas an sich, eine Unschuld und Akzeptanz, die mich dazu brachte, ihr all meine Geheimnisse anvertrauen zu wollen. Ich musste das Thema wechseln, bevor ich noch mehr Müll redete.

Glücklicherweise schaute Donna in diesem Moment herein. „Wir holen Mittagessen vom Sandwichladen. Wollen Sie auch etwas?"

Oaklyns Magen knurrte wie aufs Stichwort. Sie errötete.

„Ich nehme ein großes Clubsandwich und zwei Tüten Kartoffelchips."

Oaklyn sah hoch. „Nein, Dr. Pierce. Ich habe ein Erdnussbutter-Gelee-Brot dabei. Das …"

„Zwei, Donna", unterbrach ich sie und hielt zwei Finger hoch. Donna nickte und lächelte über Oaklyns Protest.

„Lassen Sie sich ruhig ab und zu mal von uns verwöhnen", sagte Donna und ging hinaus.

Uns. Als ob das Büro auch Lust dabei empfand, zuzusehen, wie sich Oaklyns Lippen bei jedem Bissen bewegten, und nicht nur ich.

„Oh, da fällt mir ein", sagte Oaklyn, sprang auf, wirbelte herum und ging zu ihrem Rucksack.

Mein Blick wanderte zu dem weichen Stoff ihres Rocks, der bei jeder ihrer Bewegungen höher schwang. Die Sicht auf ihre Schenkel fesselte mich und schoss direkt in meinen Schwanz, der in meiner Hose zuckte. Schnell sah ich weg, als sie sich wieder zu mir umdrehte.

„Brownies!" Siegreich hielt sie einen Tupperbehälter hoch. „Ich habe Erdnüsse für Sie reingetan. Allerdings mag Mr. Erikson die auch, Sie müssen also vielleicht mit ihm teilen."

„Hm …" Ich tat so, als würde ich darüber nachdenken. „Das glaube ich eher nicht."

Ihr weiches Lachen erfüllte den Raum und ich musste mitlächeln.

Oaklyn stellte ein paar Brownies auf meinen Schreibtisch und den Rest ins Hauptbüro, wo sich alle etwas nehmen konnten.

Nach der Mittagspause schaltete ich Musik ein, um mich von den leisen Geräuschen abzulenken, die Oaklyn beim Abheften machte. Es schien, dass jedes

Papierrascheln meinen Blick anzog, als ob sie nach mir rief und nach meiner Aufmerksamkeit verlangte. Allerdings ging das mit der Musik nach hinten los, als Oaklyn vor dem Schrank stand und im Rhythmus des Liedes mit den Hüften schwang.

Sicherlich war ihr nicht einmal bewusst, was sie da tat, doch bei dem Anblick wurde mein Mund staubtrocken und ich schluckte hart gegen die Begierde an, die mich fast erstickte. Fuck! Ich wollte die Hände auf ihre Hüften legen und langsam den Rock nach oben schieben, bis ihre Pobacken zu sehen waren. Ich wollte mit der Hand über ihre zarte Haut streicheln und mich mit ihr zur Musik bewegen. Ich wollte die Hände nach vorn gleiten lassen, meine Erektion an ihren Hintern pressen und die Finger zwischen ihren Schenkeln vergraben.

„Dr. Pierce."

Ihre Stimme unterbrach meine Fantasien. Ich zuckte zusammen, blinzelte die inneren Bilder fort und sah, dass Oaklyn mich anstarrte. Mein Herz schlug schneller in der Brust, als mir bewusst wurde, dass sie mich dabei erwischt hatte, wie ich auf ihren Hintern starrte. Scheiße, Scheiße, Scheiße. Ich atmete tief durch, um zu verhindern, dass mir das Blut ins Gesicht schoss und schluckte schwer, in der Hoffnung, dass meine Stimme normal klang und nicht nervös wegen dem, was sie dazu sagen würde. „Entschuldigung, ich war ein bisschen weggetreten."

Sie grub die Zähne in ihre Unterlippe und schien ihr eigenes Erröten verhindern zu wollen, während sie näherkam und ein paar Papiere auf den Schreibtisch legte. Schnell rutschte ich näher an den Tisch, damit sie das Zelt vorne in meiner Hose nicht sah.

„Wo soll ich das hier ablegen?"

Ich betrachtete das Blatt und starrte es an, während ich um Fassung rang. „Untere Schublade." Ich lächelte hoffentlich sicher und wandte mich wieder meiner Arbeit zu, während ich mich die ganze Zeit selbst ausschimpfte.

Ehe ich mich versah, war der Arbeitstag vorüber.

„Soll ich noch etwas tun, bevor ich gehe?“

„Nein. Danke, Oaklyn.“

Sie nickte und packte ihre Sachen in den Rucksack.

„Feierabend für heute?“

Sie seufzte tief. „Nein. Ich muss noch arbeiten und danach geht’s erst nach Hause.“

Mit Mühe behielt ich einen neutralen Ausdruck bei. Sie winkte zum Abschied und ich versuchte, mich auf die Arbeit zu konzentrieren. Ich wollte nicht daran denken, wie sie sich präsentierte und von Männern umgeben war. Was, wenn einer von denen zu weit ging? Was, wenn sie wieder verletzt wurde?

Eigentlich wusste ich, dass sich Daniel sehr gut um seine Angestellten kümmerte, aber nach Freitagabend ließ mein komisches Bauchgefühl nicht nach.

Ich gab auf, weiterarbeiten zu wollen, machte den Computer aus und fuhr nach Hause. Mit jedem Kilometer dachte ich mehr an sie und ob es ihr wohl gutging. Es verfolgte mich, es war irrational und verdrängte alle anderen Gedanken.

Ich ging in mein Haus und schlug die Tür zu, hängte die Jacke auf, stapfte die Treppe hoch und zog mich aus. Ich legte die Krawatte über den Ständer und zupfte sie zurecht, bis sie perfekt neben den anderen Sachen hing. Stellte die Schuhe auf den Boden genau neben die anderen, mit den Schnürsenkeln akkurat nach innen gelegt. Rollte den Gürtel auf und legte ihn mit der Schnalle nach oben in die Schublade. Den Rest der Sachen warf ich in den Wäschekorb. Ich stand im begehbaren Kleiderschrank, trug nur schwarze Boxershorts und atmete schwer, fühlte mich kein bisschen ruhiger als in der Uni. Ich fühlte einfach zu viel, Punkt.

Ich musste etwas trinken. Mit langen Schritten ging ich zur Tür, und als ich die Hand auf der Klinke hatte, fiel mir das Gespräch mit Oaklyn wieder ein, wie weit ich gekommen war, seit ich getrunken hatte. Und nun sah ich mich selbst, bereit, nach unten zu rennen und direkt aus der Flasche zu trinken … nein, ich war stärker.

Ich zwang mich dazu, fünf Sekunden ein und fünf Sekunden auszuatmen. Ich ließ die Klinke nicht los, ehe ich mich im Griff hatte. Als ich es schließlich doch tat, kribbelten meine Finger, weil ich das Metall so fest umklammert hatte.

Langsam ging ich in den Kleiderschrank zurück, holte ein langärmeliges Hemd heraus, Jeans und die Baseballmütze mit der Aufschrift Cincinnati. Dann ging ich nach unten, nahm die Schlüssel und fuhr zum Voyeur.

Auf dem Weg dorthin entschuldigte ich es damit, dass kein anderer sie beobachten konnte, wenn ich es tat, und ich würde somit bloß das Risiko minimieren, dass es jemand zu weit trieb.

Am Club angekommen verlor ich keine Zeit. Ich sah nach unten, die Mütze verdeckte mein Gesicht. Ich blieb dicht an den Wänden und hielt nach ihr Ausschau.

Natürlich sah ich sie sofort, als sie den Raum betrat. Ihre Anziehungskraft ließ mich innehalten und sie anstarren. Sie trug ein Tablett mit Getränken und lachte mit einem Pärchen an einem Tisch. Sie trug noch denselben lockeren Rock wie vorhin, nur diesmal zusammen mit einem Spitzenbustier, das ihre Brüste perfekt betonte.

Beherrschung. Ich musste mich beherrschen. Ich war aus einem bestimmten Grund hier und musste mich darauf konzentrieren.

Ich ging zu den iPads und traf meine Wahl, setzte mich aber nicht an einen Tisch, an dem sie mich vielleicht bedienen würde.

Nach ungefähr dreißig Minuten, in denen ich zusah, wie sie durch den Raum flitzte, lächelte, flirtete und mit den Kunden redete, vibrierte endlich mein Armband. Rasch eilte ich durch den Flur und ging in das Zimmer. Ich schaltete eine Lampe an, die schummeriges Licht auf die Lederclubsessel warf, sah nicht einmal zum Regal mit den Utensilien und dem Gleitgel, denn das würde ich heute alles nicht brauchen.

Das Leder knirschte in dem stillen Raum, als ich durch die Scheibe sah und auf Oaklyn wartete. Es war eine simple Szene, in der ein Mädchen auf der Couch etwas Erotisches im Fernsehen ansah und sich dabei selbst befriedigte. Keine Nacktheit, nichts Drastisches.

Sie kam rein, als ob es ihre eigene Wohnung wäre, so natürlich wie möglich. Sie legte sich leicht schräg auf die Couch, damit ich mehr als nur ihr Profil sah, und schaltete den Fernseher ein. Ein Softporno flimmerte über den Bildschirm und sie betrachtete fasziniert das Paar im Fernsehen. Ich fragte mich, was sie wohl dachte. Was sie sich vorstellte.

Ich umklammerte die Seitenlehnen, das Herz schlug mir in den Ohren, als ihre Hand an ihrem Schenkel hochglitt, den Rock nach oben schob, ohne etwas zu entblößen, denn der Stoff fiel vor ihre Mitte. Ihre Hände fuhren weiter nach oben, umfassten ihre Brüste. Ihre Augen schlossen und ihre Lippen öffneten sich, ein Stöhnen drang zu mir und streichelte meinen Schwanz. Die halbe Erektion, die ich hatte, seit ich reingekommen war, wurde zu einer vollständigen und drückte gegen die Enge der Hose. Mit einer Hand knetete sie ihre Brust und die andere glitt wieder zwischen ihre Beine. Sie schob den Rock zur Seite, weiterhin ohne mir etwas zu zeigen, und begann mit ihrer Show.

Sie spreizte die Beine. Die Muskeln in ihren Armen bewegten sich. Ihre Wangen röteten sich leicht und die Farbe breitete sich bis zu ihren Brüsten aus. Ich rutschte im Sessel herum, kreiste die Hüften, stieß mit dem Schwanz ins Leere und versuchte verzweifelt, mich in ihrem Rhythmus zu bewegen. Ich rechnete damit, dass die Scheibe beschlug, als mein schweres Atmen das Zimmer erfüllte. In meinem Kopf drehte sich alles und das Blut pochte in meinen Schwanz. Ich behielt die Hände auf den Lehnen. Ich würde sie nicht benutzen. Ich würde meinen Schwanz nicht herausholen und ihn im selben Rhythmus reiben, wie sich ihre Finger unter ihrem Rock bewegten. Meine Finger würden Dellen im Leder hinterlassen, doch ich würde mich nicht rühren.

Sie wimmerte, verzog das Gesicht, verkrampfte den ganzen Körper und bewegte den Arm schneller. Sie bäumte sich auf und fast hätte ich die Beherrschung verloren, als einer ihrer Nippel aus dem Bustier rutschte.

Ich stöhnte, spannte die Muskeln in meinem Hintern an und stieß mit den Hüften nach oben.

Verdammt, sie war so schön.

Ich erwartete, dass sie das Bustier wieder über die Brust zog, aber stattdessen rollte sie die Knospe zwischen den Fingern. Wenn sie nicht bald kam, würde ich in meine Hose kommen.

Die kleine rosa Knospe fesselte mich und ich stellte mir vor, sie in den Mund zu saugen, während ich O-aklyn mit den Fingern fickte.

Ich biss die Zähne zusammen und versuchte, trotz der trockenen Kehle zu schlucken, und endlich, endlich, kam sie. Sie stieß mit den Hüften in die Luft und ihre

Schenkel zitterten. Ihre Schreie waren lauter als die des Paares im Fernseher. Ich musste die Augen schließen. Es war einfach zu viel.

Fünf Sekunden einatmen, fünf ausatmen.

Sie stöhnte und wimmerte immer noch.

Fünf ein, fünf aus.

Ein letztes Mal stöhnte sie befriedigt auf, und ich öffnete die Augen. Sie hatte ihre Brust wieder sicher verstaut und lag entspannt auf der Couch. Ich zählte bis zwanzig, erhob mich ungeschickt, rückte meinen Schwanz zurecht, um die Erektion zu verbergen, drückte auf das rote Licht, eilte aus dem Zimmer zu den iPads und wählte sie erneut aus. Wenn ich ihre Zeit beanspruchte, konnte es kein anderer tun. Ich tat es nicht für mich, sondern für sie. Entweder würde mich Gott mit einem Blitz vom Himmel erschlagen, oder ich würde an blauen Eiern sterben. Momentan hätte ich den Blitz vorgezogen.

Kapitel 14

Callum

Zum vierten Mal in zwei Wochen ging ich ins Voyeur. Ich wusste, dass ich es nicht tun sollte, aber ich konnte nicht anders. Ich musste sichergehen, dass Oaklyn okay war.

Ich behielt sie im Auge, wann immer wir zusammen waren. Ich begleitete sie zu ihrem Auto, wann immer ich konnte. Etwas in mir brachte mich dazu, sie zu beschützen. Vor der bösen Welt. Vor jungen Kerlen, die zu heiß darauf waren, um zu kapieren, dass sie einen Fehler machten.

Ich schüttelte mich innerlich und konzentrierte mich darauf, den Kopf gesenkt zu halten, als ich zu meinem Stammplatz in der Ecke der Bar ging. Charlotte sah mich und nickte kurz, signalisierte mir so, dass sie mir das Bier bringen würde, das ich immer bestellte.

Ich scannte die Menge und fand Oaklyn fast sofort, denn sie erregte augenblicklich meine Aufmerksamkeit. Sich so mit ihr verbunden zu fühlen, machte es tagsüber schwierig. Ich tat mein Bestes, so zu tun, als hätte der Fast-Kuss nie stattgefunden. Als wüsste ich nicht, wie sich ihre weiche Haut anfühlte. Aber das war alles gelogen. Täglich schien meine Sehnsucht an der Leine zu zerren, um auszubrechen und allen erzählen zu wollen, wie sehr ich sie begehrte. Ich starrte sie immer öfter an, obwohl ich wusste, dass ich es nicht sollte. Ich versuchte, sie zum länger Bleiben zu bringen, nur um mit ihr allein zu sein.

Und abends ging ich ins Voyeur und sah ihr auf einer neuen Gefühlsebene zu. Wenn ich sah, wie sie ihre Schenkel streichelte, ihre Brüste und ihren Körper, dachte ich daran, wie es sich angefühlt hatte. Etwas so

Simples und Unwichtiges, doch es vibrierte in mir und war fest in meinen Erinnerungen verankert.

Ich buchte weiterhin harmlose Szenen und weigerte mich, es mir zu besorgen. Egal, wie sehr sich mein Schwanz gegen den Reißverschluss stemmte und darum bat, befreit zu werden, ich versagte es mir. Als ob es so nicht so schlimm wäre, dass ich meiner Studentin beim Kommen zusah.

Mein Blick fand Oaklyn erneut und ich trank mein Bier aus. Ich begab mich an den Rand des Raumes und behielt ihr keckes Näschen und ihre lächelnden Lippen stets im Auge. Heute trug sie einen weißen Spitzenbody. Als wäre sie eine jungfräuliche Braut in der Hochzeitsnacht, nur dass an dem kurzen Unterteil, das ihren Hintern kaum bedeckte, oder an dem tiefen V-Ausschnitt vorne und hinten, nichts jungfräulich war. Die Spitze bedeckte lediglich ihre Brüste und ihre Mitte.

Am iPad traf ich meine Wahl und scrollte weiter, bis ich die übliche Unter-der-Bettdecke-Szene fand, die keine Nacktheit erforderte. Dann sah ich zu Oaklyn. Sie lehnte an der Bar und sprach mit Charlotte. Die Position setzte ihren Hintern perfekt in Szene und ihre Brüste erschienen viel größer und wollten aus dem Oberteil quellen, als sie zwischen ihren Armen zusammengedrückt wurden. Das Erotischste daran war, dass sie es nicht tat, um Männer zu verführen. Sie merkte nicht einmal, dass die Hälfte der Kerle in der Bar anfing zu sabbern. Sie strahlte einen Hauch von Unschuld aus, der sie unnahbar und noch begehrenswerter wirken ließ. Zumindest ich wollte sie dadurch noch mehr.

Mit der Hand über dem Bildschirm und den Stellen, die ich ankreuzen sollte, änderte ich meine Meinung. Ich setzte Häkchen an Punkte, die ich später bereuen würde, aber momentan war es mir scheißegal.

Mich in den Ecken versteckend beobachtete ich sie. Als ihr Armband vibrierte, hob sie den Arm und betrachtete die Buchung. Meine Buchung.

Keine zehn Minuten später vibrierte mein Armband. Mit klopfendem Herzen ging ich durch den Flur. Das Brummen in meinem Schädel wurde nur von dem Klicken des Schalters unterbrochen, das ihr sagte, dass der Beobachtungsraum nun belegt war. Das Leder unter mir knirschte und ich atmete tief durch. Die Öle und Gleitmittel auf dem Tisch bettelten darum, auf meinem Schwanz benutzt zu werden. Ich blieb sitzen, schloss die Augen und versuchte, meine Erektion zu ignorieren, die bereits bei dem Gedanken daran, was ich gleich sehen würde, steinhart war. Bisher hatte ich noch nichts so Direktes bestellt und noch ehe es begann, bereute es ein Teil von mir schon. Es würde sich wie eine Bestrafung anfühlen, sie so entblößt und offen zu sehen.

Dann betrat sie den Raum. Als ob ihr niemand zusehen würde, nahm sie eine Flasche Wasser, die sie dabei hatte, und stellte sie auf den Nachttisch. Mit dem Rücken zu mir zog sie einen Träger über die Schulter und dann den anderen. Ich krallte die Hände um meine Schenkel, während ich beobachtete, wie sie mit dem Daumen unter das Material fuhr und es nach unten schob. Mit gerade durchgestreckten Beinen zog sie den Body aus, entblößte alles von sich und stieg aus ihm heraus. Aus der Schublade holte sie einen dicken, hautfarbenen Dildo heraus. Als sie sich schließlich zu mir umdrehte, musste ich laut stöhnen, als ich ihre perfekten Titten sah. Ich betrachtete ihren flachen Bauch und den schmalen Streifen Haare auf ihrer perfekten Pussy. Es war so lange her, dass ich sie nackt gesehen hatte, dass es sich anfühlte, als hätte ich in der Wüste eine Oase gefunden.

Doch sie hatte eben erst begonnen. Sie kroch aufs Bett, bis sie in der Mitte angekommen war. Sie legte sich auf den Rücken, richtete die Knie auf und spreizte weit die Beine. Ihre Finger spielten mit ihren Nippeln, bis sie rot waren, wanderten dann nach unten, umkreisten ihre Öffnung und tauchten schließlich zwischen ihre Schamlippen. Sie verteilte die Feuchtigkeit um ihre Pussy, kam mit den Hüften ihren Fingern entgegen. Dann nahm sie den Dildo und führte ihn zwischen ihre Schenkel. Kleine Stöße, und Stück für Stück drang sie tiefer. Mit jedem Stoß wurde ihr Atmen lauter.

Mit einer Hand spielte sie erneut mit ihren Nippeln. Ich stöhnte und drückte mit der Hand auf meine schmerzende Erektion. Fuck, ich hielt das nicht aus. Vor Begierde konnte ich kaum noch atmen. Ich brauchte mehr. Brauchte die Erlösung. Vielleicht nur etwas mehr Platz. Etwas, um den Druck zu mildern, der in mir explodieren wollte.

Das Geräusch meines Reißverschlusses schien laut in dem stillen Zimmer und vermischte sich mit ihrem Stöhnen zu einer erregenden Musik. Ich keuchte mit ihr, als ich zusah, wie der Dildo in ihre nasse Pussy glitt. Ich ergriff meinen Schaft und rieb ihn ihm Rhythmus ihrer Hüften, als sie den Dildo fickte. Er tauchte nass glitzernd wieder auf und verschwand erneut in ihr. Ich rieb fester und spürte den wachsenden Druck in meinen Eiern, während ich mir vorstellte, ich sei derjenige, der tief in Oaklyn stieß. Mein schwerer Atem wurde immer lauter, als ich die Faust fester, fast qualvoll, um meinen Schaft legte, und auf einen Höhepunkt zuraste, den ich nicht verdiente. Doch ich konnte nicht aufhören.

Wimmernd hob sie die Hüften an und den Hintern vom Bett hoch, rieb schnell über ihre Klit und kam. Und ich kam mit ihr. Lange, weiße Spermafäden landeten in meiner Handfläche. Wir schienen gemeinsam zu atmen und so sehr ich mich auch dafür verurteilte, konnte ich doch nicht das euphorische Gefühl leugnen, in ihrer Nähe zu sein. Dass ich mit ihr weitergegangen war als mit anderen Frauen zuvor. Meistens kam ich viel früher als die Darstellerin, säuberte mich und sah zu, bis die Show vorbei war. Noch nie hatte es sich derartig persönlich und verbunden angefühlt.

Ich wollte mich dafür hassen, uns beide in diese Lage gebracht zu haben, tat es auch, aber gleichzeitig auch wieder nicht.

Als sich meine Atmung beruhigt hatte, nahm ich ein Papiertuch aus der Schachtel und säuberte mich. Mit schlaffem Penis erhob ich mich, wusch mir die Hände, ging zur Tür, schaltete das Licht aus und signalisierte so, dass der Raum leer war.

Als sie sah, dass das Licht aus war, schien sie auf dem Bett zusammenzusacken und in diesen Momenten, wenn sie dachte, sie wäre allein, sah ich nicht mehr die Frau, die im Voyeur arbeitete, sondern die müde Studentin. Heute fielen mir zum ersten Mal die dunklen Ringe unter ihren Augen auf, die nicht einmal mehr das Make-up verdecken konnten.

Es traf mich wie ein Schlag in den Magen. Sie musste sehr erschöpft sein bei drei Jobs und dem Studium. Sie lag dort, starrte an die Decke und sank in die Laken, bevor sie die Augen schloss. Woran dachte sie? Gefiel es ihr nicht? Hasste sie die Vorstellung, dass jemand davon befriedigt wurde, dass sie sich entblößte und sich ihm darbot?

Die Frage rumorte in meinen Eingeweiden. Schnell packte ich meinen Schwanz in die Hose, zog die Baseballkappe ins Gesicht und machte, dass ich hier rauskam.

Kapitel 15

Oaklyn

„Gehen Sie jetzt, Oaklyn?“, fragte Mr. Erikson.

„Nicht ganz. Erst gehe ich noch bei Dr. Pierce vorbei und frage ihn, ob er etwas braucht.“

„Okay. Danke für Ihre Hilfe.“

„Kein Problem. Ich bin nur froh, dass ich diese Woche nicht mit dem Labor dran bin. Sieht nach viel Arbeit aus.“

Heute hatten wir das Labor für eine Fortgeschrittenenklasse vorbereitet. Falls ich mir bis jetzt nicht sicher gewesen war, dass ich das Richtige studierte, war ich es dann, nachdem ich lauter Berechnungen und seltsame Symbole geschrieben und seltsame Materialien rausgestellt hatte. Physik war bekloppt.

„Ich bin sicher, das schütteln Sie aus dem Ärmel.“

„Danke für Ihre Zuversicht.“

„Jederzeit. Ich wünsche Ihnen einen schönen Abend, Oaklyn.“

Ich ging durch den Flur zum Hauptbüro und fand Donnas Stuhl leer vor. Ein Blick auf die Uhr sagte mir, dass es bereits nach sechs war. Mir war gar nicht aufgefallen, dass es schon so spät war. Hoffentlich war Dr. Pierce nicht ebenfalls schon gegangen, dann wäre ich umsonst hiergeblieben.

Ich ging zu seinem Büro und sah Licht durch die halb offene Tür schimmern. Sein dunkler Schopf war über den Schreibtisch gebeugt. Er schrieb etwas mit einem roten Stift und ich nahm an, er benotete Arbeiten. Neben dem Blatt, auf dem er schrieb, lag ein perfekt ausgerichteter Papierstapel und ein roter Stift exakt neben einem blauen. Bisher hatte ich niemanden gekannt, der so penibel war, wenn es um die ordentliche Anordnung von Gegenständen ging. Manchmal beobachtete ich, wie er Dinge auf Donnas Schreibtisch ausrichtete oder irgendwas, das herumstand, einen Millimeter verschob.

Ich klopfte, ehe ich eintrat. Er hob den Kopf und ich sah seine Clark-Kent-Brille. Als er mich erkannte lächelte er, und ich lächelte automatisch zurück. Ich konnte nichts dagegen machen.

„Hi, Oaklyn. Kommen Sie rein."

„Ich komme gerade hier vorbei und wollte fragen, ob ich irgendetwas für Sie erledigen kann." Ich legte die Hände auf die Rückenlehne des Stuhls vor seinem Schreibtisch.

„Hat Mr. Erikson Sie endlich freigelassen?"

„Ja, nachdem er mich stundenlang mit der Vorstellung gefoltert hat, eine Physikstudentin zu sein." Theatralisch legte ich eine Hand auf mein Herz.

„Hey, das ist gar nicht so schlimm."

„Das Labor sieht aus wie die Hölle."

„Ist es auch", stimmte er lässig zu. „Aber es sortiert alle Studenten aus, die sich im zweiten Jahr noch nicht sicher sind. Jedes Studium hat Kurse, die die Spreu vom Weizen trennen."

„Weicheier", sagte ich, was ihn zum Lachen brachte.

„Nun, ich bin gleich mit der Benotung fertig und muss dann die Papiere für die nächste Vorlesung einscannen. Dann mache ich Schluss für heute."

„Kann ich helfen?" Ich war noch nicht so recht bereit, jetzt zu gehen. Ich mochte sein Lachen und wollte mir die Gelegenheit nicht entgehen lassen, es noch einmal zu hören. Außerdem war zwischen uns eine Art Freundschaft entstanden. Wir aßen mehr als nur gelegentlich zusammen zu Mittag und sprachen über unsere Lieblingssuperhelden und andere alberne Dinge. Wenn ich es mir leisten konnte, backte ich Brownies fürs Büro und machte mindestens die Hälfte mit Nüssen, weil er diese Sorte liebte. Wir waren Freunde. Zwar war ich eine Freundin, die zu oft auf seine Lippen starrte, aber dennoch eine Freundin.

„Tatsächlich können Sie das. Auf dem Regal da oben steht der Ordner mit den Unterlagen, die gescannt werden müssen. Sie können sich die Leiter holen und ihn mir geben."

„Dafür brauche ich keine Leiter", sagte ich übertrieben selbstbewusst. „Ich bin zwar klein, komme aber damit zurecht." Ich schob einen Stuhl vor das Regal und drehte mich noch einmal zu Dr. Pierce um. „Außerdem bin ich viel zu faul, um die Leiter zu holen und sie nachher wieder wegzubringen."

„Okay, Mighty Mouse. Aber seien Sie bitte vorsichtig."

Ich kletterte auf den Stuhl und versuchte, den Ordner zu greifen. Leider konnte ich nicht so weit hochsehen und tastete blind umher.

„Nein, nicht diesen", sagte Dr. Pierce, als ich einen in den Fingern hatte. „Den dahinter."

Ich presste das Gesicht gegen die Bücher im Regal und stellte mich auf die Zehenspitzen, wobei mir das T-Shirt hochrutschte und nackte Haut zeigte.

„Warten Sie, ich mach das", sagte er und erhob sich.

„Nein." Ich sah ihn streng an. „Sie benoten weiter. Ich werde dieses Regal besiegen."

Er blieb stehen. Ich dachte über meine Optionen nach und stellte einen Fuß auf die seitliche Stuhllehne. Ausbalanciert stellte ich dann den anderen Fuß auf die andere Armlehne. Ich schwankte nur leicht, was jedoch genügte, um Dr. Pierce in Alarm zu versetzen.

„Fallen Sie bitte nicht, Oaklyn." Er kam näher.

„Ich falle nicht", sagte ich und musste lachen.

Ich streckte die Beine durch und konnte nun den Ordner sehen. „Wer hat den denn hier drauf gestellt?“ Ich angelte danach. „Wer auch immer normalerweise für Sie die Ablage erledigt, sollte seinen Job besser machen.“

„Ich werde sie gleich morgen feuern.“

„Gute Idee.“ Ich senkte den Arm, um ihm den Ordner herunterzureichen, und der Winkel brachte mich aus der Balance. Mein Fuß rutschte ab und ehe ich mich versah, tat ich genau das, was ich nicht hatte tun wollen. Ich fiel.

Mit klopfendem Herzen dachte ich nur daran, wie blöd ich jetzt aussehen musste, nachdem ich so ein Theater darum gemacht hatte, den Ordner ohne Leiter holen zu wollen. Idiotin.

Starke Arme legten sich um mich. Einer um meinen Rücken, und die Finger legten sich fest um meinen Arm. Mit dem anderen packte er mich um die Oberschenkel nahe meinem Hinterteil. Ich fiel gegen seine harte Brust, krallte mich an seinen wohlgeformten Armmuskeln fest, und schlug mit dem Gesicht gegen sein schneeweißes Hemd.

„Ich habe Sie.“

Die Vibration seiner Stimme schoss direkt in meine Mitte. Meine Sinne erwachten zum Leben und ich spürte jede Stelle, an der wir uns berührten. Das Herz hämmerte in meiner Brust. Entweder vom Adrenalin oder der Erregung, jedenfalls ließ er mich immer noch nicht los. Ich schluckte schwer und hob den Blick, sah ihm in die Augen, die immer dunkler schimmerten. „Danke.“

Langsam stellte er mich auf den Boden, doch der Arm um meinen Rücken hielt mich immer noch dicht an ihn gepresst. Konnte er meinen Herzschlag an seiner Brust spüren? Oder wie meine Lungen versuchten, Luft einzusaugen?

Meine Füße berührten wieder festen Boden, doch ich schwebte noch und meine Hände lagen weiterhin auf ihm. Ich leckte mir über die Lippen und sein Blick folgte meiner Zunge. Dann tat er dasselbe mit seinen Lippen.

Ich reagierte, ohne nachzudenken. Dachte nur an das, was mein Körper wollte. Ich stellte mich auf die Zehenspitzen und drückte meine Lippen auf seinen Mund.

Eine Welle der Erregung überrollte mich. Aufregung kroch mir über die Haut, als ich seine weichen Lippen fühlte. Seine Hand auf meinem Rücken spannte sich an, doch das war seine einzige Bewegung. Sofort bemerkte ich, dass er den Kuss nicht erwiderte. Zwar schob er mich nicht fort, aber er beteiligte sich auch nicht daran.

Ich hatte einen Fehler gemacht.

Langsam zog ich mich zurück, brach den Lippenkontakt ab, öffnete die Augen und wollte mich im Blau seiner Augen verlieren. Während ich in diesem Moment schwelgte, den ich sicherlich für immer bereuen würde, stellte ich fest, dass er mit offenen Augen wie festgefroren dastand.

„Es tut mir …“ Ich versuchte, die jetzt angebrachten Worte zu sagen, doch es kam nur ein Flüstern heraus. Sie bedeuteten sowieso nichts, da ich noch immer an ihm klebte, mich noch immer an ihn drückte. „Es tut mir leid …“

Ich hatte es noch nicht richtig ausgesprochen, da fiel er über meine Lippen her. Im Vergleich zu seiner Reglosigkeit gab er nun zehnmal mehr Gas. Er verschlang mich wie ein verzweifelter Mann, der versuchte, alle Gründe, warum es verboten war, zu verdrängen. Als wolle er in dem Gefühl ertrinken, wie gut sich unsere Körper so nah beieinander anfühlten.

Er leckte über meine Lippen und sah mich an, während sich meine Augen schockiert weiteten. Doch dann öffnete ich den Mund, kam seiner Zunge entgegen, schmeckte ihn, schluckte schwer und stöhnte dabei. Er schloss die Lider.

Ich vergrub die Hände in seinen Haaren und ließ mich fallen, schloss die Augen und konzentrierte mich auf den Geschmack von Kaffee auf seiner Zunge und das Gefühl seiner Hände auf meinem Rücken, womit er mich eng an seine Erektion presste, die sich an meinen Bauch drückte ...

Mit den Lippen wanderte er von meiner Wange an meinen Hals und wieder zurück. Es geschah wirklich. Ich konnte es nicht glauben.

Seine Hände glitten auf meinen Hintern und drückten sanft zu, wobei er stöhnte. Verdammt. Hatte sich ein Mann je so zufrieden angehört, weil er lediglich meinen Hintern anfasste? Davon angetörnt legte ich alles, was ich hatte, in den Kuss. Knabberte an seinen Lippen, saugte daran, so wie ich gern an seinem Schwanz gesaugt hätte.

Mit einer Hand hielt er mich weiterhin eng an sich gepresst, schob sie mittig über meinen Hintern und umfasste mit seinen langen Fingern meine Pobacken, sodass er fast den Rand meiner Mitte berührte. Am liebsten hätte ich meine Hüften vorgeschoben, damit er leichter an mich herankam, und ihn so zum Weitermachen ermutigt. Doch ich wurde von seiner anderen Hand abgelenkt, die über meine Vorderseite streichelte und sich auf meine Brust legte. Mein Nippel wurde noch härter, streckte sich seinem Daumen entgegen, der Kreise um ihn zog und dagegen schnipste. Jede Berührung sandte Elektroschocks in meine Pussy und ich wollte mich verzweifelt an ihm reiben.

Wann wurde ich das letzte Mal aus purer Begierde angefasst und nicht, weil ich dafür bezahlt wurde? Ich hatte vergessen, wie gut es sich anfühlte und wie aufregend es war. Adrenalin raste durch meinen Körper und machte alles noch intensiver. Ich brauchte mehr.

„Dr. Pierce", hauchte ich, als er erneut meinen Hals küsste.

Er erstarrte.

Seine Lippen stoppten mit der Erkundungstour und seine Hand, die dabei war, mich an den Rand der Explosion zu befördern, zog sich zurück und ballte sich zur Faust.

„Scheiße", wisperte er an meinem Hals. „Scheiße, Scheiße, Scheiße." Er trat zurück, betrachtete seine Fäuste, die sich öffneten und schlossen, ehe er mich ansah. „Es tut mir leid. Das war …"

„Es ist okay", unterbrach ich schnell.

Die Schuld und das Bedauern in seinen Augen waren einfach zu viel und ich wollte, dass er damit aufhörte. Die letzten paar Minuten, in denen meine Fantasien wahr geworden waren, verblassten so schnell, wie sie gekommen waren. Trotz des Gefühls, dass sich mein Herz verschloss und gleichzeitig darum bat, den Moment länger hinauszuzögern, wusste ich, dass wir aufhören mussten. Ich hätte ihn nicht küssen dürfen. Ich hatte Mist gebaut und die Unentschlossenheit in seinen Augen belastete mich schwer.

Ich durfte ihn nicht in meinen Fehler hineinziehen. Ich wollte keine Entschuldigung von ihm hören, dass es ein Fehler war, den Kuss erwidert zu haben und mich berührt zu haben, als wenn er sterben würde, wenn er es nicht täte. Ich wollte kein Bedauern über etwas, das mich mit Euphorie erfüllt hatte, hören. „Schon gut. Es ist nichts Schlimmes passiert. Es war nur ein schwacher

Moment. Mein Fehler. Es tut mir leid, es war dumm von mir."

Meine Entschuldigung klang locker, kehrte es unter den Teppich, als sei es keine große Sache. Als ob meine Lippen nicht immer noch kribbelten und mein Herz nicht sank. Ein Teil von mir wollte, dass er weitermachte, dass er mir nicht erlaubte, mich aus der Affäre zu ziehen. Doch der rationale Teil meines Gehirns wusste, dass ich noch drei Monate mit ihm zusammenarbeiten musste. Ich wollte nicht, dass dieser Vorfall alles verdarb. Wollte nicht, dass sich unser Verhältnis zueinander änderte.

„Oaklyn, es ist nicht deine Schuld."

„Doch. Ich habe dich geküsst wie ein dummes Schulmädchen. Wie all die anderen, die dich anhimmeln."

„Du bist alles andere als ein dummes Schulmädchen." Er fuhr sich mit der Hand übers Gesicht. „Du bist klug, sexy, verführerisch und hübsch. Und, Gott …" Er unterbrach sich, ließ den Blick über mich schweifen und biss sich auf die Unterlippe. Ich wollte mich in seinen Worten verlieren, doch ich ahnte das *Aber*, das folgen würde, noch ehe er es aussprach. „Du bist erst neunzehn und meine Studentin. Ich hätte es besser wissen müssen."

Ich grub die Nägel in meine Handflächen, um mich zu erden und den Schmerz seiner Abweisung zu verdrängen. Ich wollte das hier vergessen und nie wieder darüber reden.

„Schon gut. Lassen Sie es uns vergessen." Ich hob den Ordner auf, den ich fallengelassen hatte, und gab ihn ihm. „Bitte schön. Ich sollte jetzt gehen."

Er nahm den Ordner und warf ihn auf den Schreibtisch. „Das kann ich morgen noch machen. Ich packe nur schnell meine Sachen und dann gehen wir zusammen. Es ist schon spät."

„Okay“, sagte ich, zwang mich zu einem Lächeln und nickte. Er schloss den Laptop, hob mir den Rucksack auf die Schultern und ich hasste die unangenehme Schwingung zwischen uns. Verzweifelt versuchte ich, sie mit einem Scherz aufzulockern. „Du solltest wohl den Ordner auf dem Schreibtisch ordentlich hinlegen, damit du heute Nacht nicht schlecht davon träumst.“

Grinsend schob er den Ordner zurecht, ohne zuzugeben, dass ich recht hatte. Ich schnappte seine Jacke vom Haken in der Ecke und als ich sie ihm hinhielt, fiel etwas auf den Boden. „Ups“, sagte ich und wollte es aufheben.

„Nein! Schon gut“, brüllte er fast und bückte sich ebenfalls nach der Kappe.

Doch ich war schneller und hob die Baseballmütze auf, auf der *Cincinnati* stand, und zog die Brauen zusammen. Ich hatte sie schon einmal irgendwo gesehen, aber wo?

„Danke“, sagte er, riss sie mir aus der Hand und stopfte sie in eine Schreibtischschublade.

Wo hatte ich sie schon mal gesehen?

Dann traf es mich wie ein Schlag.

Ich drehte mich zu Dr. Pierce um und alles Blut wich mir aus dem Gesicht. Sein Blick war vorsichtig und ich betrachtete seine angespannte Kinnlinie, die mir so bekannt vorgekommen war. Wieso hatte ich ihn nicht erkannt?

Er hatte mich beobachtet. Er beobachtete mich! Mein Verstand wiederholte diese Worte immer wieder und die Empfindungen dazu sammelten sich in meinem Bauch, bis ich dachte, mich übergeben zu müssen. „Du …“ Ich wollte es aussprechen, aber ich hatte nicht genug Sauerstoff in den Lungen. „Du …“

„Oaklyn.“ Mein Name rutschte leise über seine Lippen, denn er wusste, dass ich es wusste.

„Voyeur“, sagte ich schließlich. Ich spuckte es aus und es gab nun kein Zurück mehr. „Du warst im Voyeur. Du hast mich dort beobachtet.“

„Oaklyn.“ Mit erhobenen Händen trat er auf mich zu. „Es tut mir leid. Aber es ist nicht so, wie es …“

„Hör auf!“, rief ich. „Sei einfach still.“ Ich betrachtete ihn und versuchte, sein Gesicht zu lesen. Was er dachte. Wie lange er es wusste. Was er gesehen hatte. Was er wollte. Warum er es getan hatte. Jede einzelne Frage traf mich bis ins Mark und breitete eine Eiseskälte in meinen Adern aus. „Hör auf“, wisperte ich, und es war eine Bitte, für die ich mich schämte.

„Bitte.“

Ich kniff die Augen zu und versuchte, klar zu denken. Versuchte, ihn auszublenden und alles zu verstehen. Herauszufinden, was ich nun tun sollte. „Ich habe hier gesessen und mir Vorwürfe gemacht, weil ich dich attraktiv finde. Weil ich dich zu dem Kuss verführt habe. Weil ich dachte, dass ich nur ein Teenager bin und nicht gut genug für dich. Ich habe mich geschämt, weil ich scharf auf meinen Professor bin und weil das nicht richtig ist.“ Ich lachte humorlos. „Aber warum solltest du dich überhaupt dazu herablassen, mich zu küssen, wenn du einfach nur hinter einer Scheibe zu sitzen brauchst und zusehen kannst, wie ich es mir selbst besorge, ganz ohne Grenzen oder Erwartungen.“

Er rieb sich das Genick und streckte dann die Hand nach mir aus. Ich taumelte zurück, wollte nicht von ihm berührt werden. Nicht jetzt.

„So war das nicht. Ich habe dir nicht nachgestellt. Es ist einfach passiert. Plötzlich warst du da. So perfekt … es tut mir leid.“

Zwar hörte ich seine Worte, aber sie drangen nicht durch den Nebel aus Scham, Schmerz und Betrug zu mir durch. „Ich dachte schon, ich sei verrückt, mir die

Anziehung zwischen uns einzubilden. Dass du mich auf diese bestimmte Art ansehen würdest, aber natürlich hast du mich wirklich so angesehen. Du hast mich sogar nackt gesehen.“ Tränen brannten in meinen Augen, als ich an unsere Freundschaft dachte und wie dumm ich gewesen war, sie schön zu finden. Er war nur gern mit mir zusammen, weil ich ihn angetörnt hatte. Ich war eine Närrin.

„Das ist nicht so …“

„Was war deine Lieblingsszene?“, fragte ich verachtend. „Was hast du gesehen, wenn ich in der Vorlesung saß? Hast du daran gedacht, wie ich gestöhnt habe beim Wichsen? Oder daran, wie Jackson mich gefickt hat?“ Meine Stimme wurde immer lauter. „Oder fandest du es am geilsten, als du geordert hast, dass ich Jackson einen blase? Hast du dir vorgestellt, an seiner Stelle zu sein?“

Dr. Pierce trat noch einen Schritt vor, doch diesmal wich ich nicht zurück. Er thronte über mir, atmete schwer und an seinem Kiefer zuckte ein Muskel.

„Oaklyn“, knurrte er.

„Soll ich mich jetzt für dich ausziehen?“, wisperte ich und ließ den Rucksack fallen. Ich zog die Jacke aus, knöpfte die Bluse auf und entblößte den weißen Spitzen-BH. „Willst du zusehen, wie ich für dich strippe und alles mache, was du willst?“

Er packte mich an den Oberarmen und hielt mich auf. „Genug“, rief er mit brechender Stimme. Dann sprach er leiser und voller Verzweiflung weiter. „Das reicht.“

Seine Hände an mir fühlten sich schmutziger an als vorher. Als er mich geküsst hatte, sodass ich mich wertgeschätzt fühlte. Ich hatte mich begehrter gefühlt, ohne dass ich dafür eine Show abziehen musste. Mir war nicht bewusst gewesen, wie unpersönlich sich die Arbeit im Voyeur anfühlte, bis Callums Lippen mich berührt hatten. Bei dem Gedanken daran, wie er mich als schön bezeichnet hatte, traten Tränen in meine Augen. Hatte er es ernst gemeint? Hatte er irgendetwas davon wirklich gemeint?

Kurz zog er gequält die Brauen zusammen und für einen Moment wollte ich ihm gern glauben. Glauben, dass alles per Zufall geschehen war und nicht so, wie es schien. Glauben, dass alles, was wir gemeinsam in seinem Büro geteilt hatten, die Wahrheit war. Doch das konnte ich nicht, denn es schmerzte zu sehr.

Ruckartig machte ich mich von ihm los. „Es ist verboten, die Darsteller anzufassen."

Ohne die Bluse wieder zuzuknöpfen, drückte ich die Jacke an meine Brust, schnappte mir den Rucksack und eilte aus dem Raum.

Kapitel 16

Callum

Ich hätte nicht hier sein sollen, aber seit sie es wusste, ging sie mir aus dem Weg, und ich musste mit ihr reden.

Sie in den Vorlesungen zu sehen, war schrecklich gewesen. Ich versuchte, mich zu konzentrieren, doch der Schmerz in ihren Augen war schwer zu ignorieren. Und hinter dem Schmerz schwelte Hitze. Eine feurige Anspannung, die ich deutlich spürte. Als hätte uns eine Aufrichtigkeit aneinandergebunden, die wir nicht mehr unterdrücken konnten. Und das wollte ich auch gar nicht mehr.

Unsere Freundschaft hatte an dem Abend im Büro einen anderen Weg eingeschlagen. Zwar hatte uns der Schmerz getroffen, aber unsere wahren Gefühle brachten uns auf einer anderen Ebene wieder zusammen. Zumindest hoffte ich das. Als ich begriff, dass ich ihre Freundschaft verlieren könnte, verstand ich, wie sehr ich sie brauchte. Es lag nicht nur daran, dass ich sie im Voyeur beobachtet hatte. Es war ihr Lachen und ihre strahlende Persönlichkeit in meinem Büro. Ihr Lächeln, wenn wir uns ein Sandwich teilten.

All das wollte ich nicht verlieren. Deswegen wollte ich es ihr erklären, doch nach der Vorlesung eilte sie immer sofort aus dem Raum.

Es ergab sich eine neue Gelegenheit, als ich sie an den Fotokopierern traf. Ich schloss die Tür und betrachtete ihren Rücken. Sie reagierte nicht, sah mich nicht an, vermied den Augenkontakt, und drängte sich an mir vorbei zur Tür. Mit einer Hand hielt ich die Tür geschlossen. Sie wich nicht sofort zurück, sodass ich näher zu ihr trat. Ich drückte mich nicht fest an sie, doch sie musste mein klopfendes Herz spüren. Es hämmerte in meinen Ohren und ich versuchte, sie dazu zu bringen, mich anzuhören.

„Es tut mir so leid, Oaklyn“, wisperte ich an ihrem Haar. Sie hielt kurz die Luft an, was sich wie ein Schlag in den Magen anfühlte, doch ich musste es ihr sagen. „Ich habe jedes Wort ernst gemeint. Du bist schön, klug und witzig. Unser Kuss? Er gehörte *uns*. Er hatte nichts mit dem Voyeur zu tun.“

Sie entspannte sich leicht an mir und endlich konnte ich wieder freier atmen. Mit der Nasenspitze streichelte ich ihr Haar. „Bitte verzeih mir.“

Sie versteifte sich. „Lass mich raus.“

Sofort stockte mir erneut der Atem. Doch ich trat zurück und ließ sie gehen.

Als ich ins Hauptbüro kam, war sie verschwunden. Donna informierte mich, dass Oaklyn gegangen war, weil sie sich krank fühlte.

Ich wusste, dass es eine Lüge war. Ich wusste auch aus Erfahrung, dass sie fast jeden Freitag arbeitete. Das allein hätte mich dazu bringen sollen, in die andere Richtung zu fliehen. Es hätte ein großes, blinkendes Hinweisschild sein sollen, dass ich zu weit gegangen war. Aber immer, wenn ich an sie dachte, tat mein Herz etwas weniger weh. Meine Panik rutschte weiter in die Ferne. Zum ersten Mal in neunzehn Jahren spürte ich Hoffnung, und das würde ich so schnell nicht aufgeben.

Als ich ins Voyeur kam, sah ich sie an der Bar.

Ich hatte einen freien Blick auf sie, wie sie dort stand und Getränke auf ein Tablett lud. Sie trug schwarze Stiefel, die ihr bis über die Knie gingen. Ein Stück ihrer Schenkel lag frei und ein lilafarbener Rock schwang über ihren Hintern, wenn sie sich bewegte. Darüber sah man noch ein Stück nackte Haut und den Bauchnabel.

Ein schwarzes Spitzentop bedeckte den Rest ihres Bauches, aber umhüllte kaum ihre Brüste.

Sie war schön.

Ich hörte mein Herz in den Ohren dröhnen und schlängelte mich durch die Menge an Gästen, bereit, mit ihr zu reden, aber angsterfüllt, dass sie mir nicht zuhören würde. Sie brauchte nur nach dem Sicherheitsdienst zu rufen und behaupten, ich würde sie stalken, und schon würden sie mir die Mitgliedschaft entziehen. Zwar hätte das am Ende keinen beweisbaren Bestand, aber es würde ihr zumindest Zeit verschaffen.

Sie strich sich ihr langes, gewelltes Haar hinters Ohr und ich hätte am liebsten an dem Ohrstecker in ihrem Ohrläppchen geknabbert.

„Oaklyn."

Beim Klang meiner kratzigen Stimme erstarrte sie, drehte sich dann aber langsam um. Schweigend sah sie mich an und ich bemühte mich, die Emotionen in ihrem Blick zu entziffern. Schmerz, gemischt mit Unruhe und Hitze. So viel Hitze. Ihr Brustkorb hob und senkte sich mit ihrem beschleunigten Atem. Irgendwie hielt ich ihren Blick und ließ sie in meinem so viel sehen, wie ich in ihrem sah. Ich wollte, dass sie meinen Schmerz erkannte, mein Verlangen, meine Unruhe, denn verdammt, ich war nervös. Ich befürchtete, sie würde mich ohrfeigen und einfach stehenlassen. Aber ich hatte auch Angst, dass sie bleiben würde und ich mich dem stellen musste, was danach kam.

Ich zog die Brauen zusammen und musste kurz wegsehen, denn ich hatte mir nicht überlegt, wie es weitergehen sollte. Mich hatte nur beschäftigt, dass ich sie nicht verlieren durfte. Aber was nun?

„Bist du jetzt damit durch, mich heimlich zu beobachten?" Ihre Stimme war leise, doch troff vor Sarkasmus. „Machst dir nicht mal mehr die Mühe, durch das

Auswahlverfahren zu gehen? Sagst du mir jetzt einfach ins Gesicht, was ich vorführen soll?“

„Ich will nur mit dir reden.“

Sie ignorierte das und sprach weiter. Sie hatte jedes Recht, sauer zu sein und es mir um die Ohren zu hauen. „Willst du mich nackt oder halbnackt? Unter der Decke? Allein? Mit Dildo oder Vibrator? Oder soll ich Jackson dazu holen?“

Ich presste die Zähne aufeinander. Je besser ich sie kannte, desto mehr hasste ich den Gedanken an ihn mit ihr.

„Willst du sehen, wie er seinen Kopf zwischen meinen Beinen vergräbt? Oder wie sein Schwanz mich zum Würgen bringt? Wie wär’s damit, zuzusehen, wie meine Brüste schaukeln, während er mich von hinten fickt?“

„Hör auf“, keuchte ich erstickt. „Bitte.“

Sie schluckte und senkte den Blick, doch ich sah das Bedauern in ihren Augen. Oaklyn war keine gemeine Person. Ich erkannte, dass sie sich nicht an meiner Qual erfreute, genau wie ich mich nicht an ihrer.

„Hältst du mich für eine Hure?“

Bei der geflüsterten Frage wich ich zurück. Fast hätte ich sie bei der lauten Musik nicht verstanden. Ich nahm ihre Hand und verschränkte meine Finger mit ihren, denn ich musste sie einfach berühren. Mich mit ihr verbinden, damit sie mich besser fühlen konnte. Meine Aufrichtigkeit spüren konnte.

„Wir dürfen nicht angefasst werden“, sagte sie, zog ihre Hand aber nicht fort. Stattdessen packte sie meine Hand fester, als ob sie Angst hätte, dass ich losließ.

„Oaklyn, sieh mich an.“ Sie sah mich unter ihren langen Wimpern hinweg an. „Du bist schön. Klug. Stur und entschlossen. Ich respektiere deinen Elan und deinen Willen, erfolgreich zu sein. Nicht jeder wurde reich geboren, und ich bewundere deinen Einfallsreichtum, um zu erreichen, was du erreichen willst."

„Mit Leuten für Geld Sex haben."

„Nein. So läuft das im Voyeur nicht, und das weißt du ganz genau. Du wirst nicht dafür bezahlt, mit Leuten zu ficken. Deinen Körper benutzen zu lassen. Du bist keine Hure."

Sie nickte und senkte erneut den Blick. „Danke."

Die zarte Haut ihres Handgelenks pulsierte unter meinem Daumen. Ich hatte keine Ahnung, wie ich ihr beweisen sollte, dass ich nicht schlecht von ihr dachte. Zwar wollte ich sie nicht mit Jackson zusammen sehen, doch falls sie wissen wollte, was sie mit mir machte, wenn ich ihr zusah, würde ich in den sauren Apfel beißen.

„Vertraust du mir?", fragte ich.

„Das sollte ich nicht, nachdem du mich belogen hast."

„Ich weiß. Ich habe nicht genug Worte, dir zu erklären, wie leid es mir tut. Und es ist nicht fair, dich zu bitten, mir zu vertrauen, nachdem ich dir das verheimlicht habe, aber ich tue es trotzdem. Ich möchte, dass du mir vertraust, damit ich dir beweisen kann, wie sexy ich dich finde." Sie schluckte schwer und ich riskierte, sie noch einmal zu fragen. „Gibst du mir noch eine Chance und vertraust mir?"

Sie sah mich mit ihren goldenen Augen prüfend an. Es war einer der längsten Momente meines Lebens, doch dann sagte sie: „Ja."

Das Wort breitete sich in meiner Brust aus, bis ich fast explodierte. Ich hatte ihr Vertrauen nicht verdient, nachdem ich das Geheimnis vor ihr bewahrt hatte, doch das hielt mich nicht zurück, mich an die Chance zu klammern. „Dann nimm die Anfrage von Kunde 472 an."

Sie zögerte, doch nickte schließlich.

Ich streifte ihren Körper beim Vorbeigehen und eilte zum iPad, um die Anfrage auszufüllen.

Als das erledigt war, sah ich nicht nach, ob sie mich beobachtete. Ich ging in die Toilettenräume und wusch mir das Gesicht mit kaltem Wasser, um das Adrenalin in meinem Körper herunterzufahren. Im Spiegel sah ich in meine blauen Augen und hätte sie fast nicht wiedererkannt. Ich kannte den Funken der Aufregung in meinem Blick nicht. Das Voyeur befriedigte eine Sehnsucht in mir, doch noch nie hatte ich so viel dabei empfunden, dass es sich nach mehr anfühlte. Dieses Gefühl war mir genommen worden, noch ehe ich es kennengelernt hatte. Und jetzt kam ich mir vor wie ein Teenager vor seinem ersten Date.

Das Band an meinem Handgelenk vibrierte. Ich atmete tief durch und trat in den Flur, nur dass ich diesmal nicht in das Privatzimmer ging. Ich ging in Oaklyns Zimmer und setzte mich in der dunklen Ecke in den Ohrensessel. Dort konnte sie mich nur teilweise im Schatten sehen, doch ich wollte, dass sie sah, wie sehr sie mich antörnte.

Die Tür öffnete sich und Oaklyn kam mit Jackson herein. Sie spielten ein Paar, das die Hände nicht voneinander lassen konnte. Jackson küsste ihren Hals und schob sie dabei rückwärts. Er küsste ihre Schulter, ihre Wangen, aber nicht ihre Lippen. Die gehörten mir. So hatte ich es bestellt.

Ich öffnete die Hose und schob sie über meine Hüften. Gerade genug, um meinen schmerzenden Schwanz und meine Eier freizulegen.

Jackson drückte Oaklyn auf das Bett. Ihr Blick ging in meine Richtung und sie weitete kurz die Augen bei dem Anblick, wie ich die Hand um meinen Schwanz gelegt hatte. Jackson ging auf die Knie, schob ihren Rock hoch und zog ihr Höschen herunter. Er spreizte ihre

Beine und streichelte mit der Handfläche über ihre Pussy. Oaklyn zuckte zusammen. Er küsste sich bis zu ihrer Mitte und sein Gesicht verschwand zwischen ihren Schenkeln.

Oaklyn schnappte nach Luft, bog den Rücken durch und krallte sich in die Laken, während Jackson sie verwöhnte. Ihr Blick glitt ständig in meine Richtung.

Der primitive Teil in mir hasste es, dass ein anderer Mann sie schmeckte. Ich musste mich beherrschen, nicht *meins!* zu knurren, ihn von ihr zu zerren und es selbst zu erledigen. Mich vor sie zu knien und meine Zunge zwischen ihre nassen Falten zu stecken. Doch an der Art, wie sie mich ansah und ihre Hände vor Lust in das Laken krallte, erkannte ich, dass sie geistig bei mir war. Mit ihrem Stöhnen hoben sich ihre Brüste und mir fiel wieder ein, warum ich so gern zusah. Aber noch nie zuvor hatte ich eine Verbindung zu der Frau gehabt, was dem Erlebnis eine ganz neue Variante hinzufügte.

Mein Schwanz zuckte und ich rieb ihn fester. In meiner Vorstellung war es mein Kopf, der zwischen ihren Schenkeln steckte. Meine Zunge leckte ihren Geschmack auf. Mein Mund brachte sie zum Kommen. Ich musste meinen Schwanz fest zusammendrücken, um den Orgasmus zu verhindern, als Oaklyn kam.

Jackson gab ihrer Mitte einen letzten Kuss und ging dann hinaus.

Nun waren nur noch Oaklyn und ich im Zimmer, aber die Show war noch nicht vorbei. Nein, der Spaß hatte gerade erst begonnen.

Sie rollte sich über das Bett und holte aus dem Nachttisch den Dildo heraus, mit dem ich sie schon einmal gesehen hatte. Sie platzierte sich für mich wieder auf dem Bett und öffnete die bebenden Schenkel. Ich konnte ihre glitzernde Nässe sehen und wollte sie schmecken. Mit zitternder Hand drückte sie den Dildo an ihre Spalte und drang damit ein. Unser Stöhnen vermischte sich zu einer wunderschönen Musik.

Sie schob ihn hinein und zog ihn heraus, fickte sich langsam damit. Ich nahm die Hand von meinem Schwanz und begann, zu sprechen.

„Ich komme seit fünf Jahren ins Voyeur." Sie sah mich an und hielt inne. „Mach weiter." Sie gehorchte und ich fuhr fort. „Das Voyeur bietet mir intime Szenen, in die ich mich einfühlen kann. Es ist nicht so unpersönlich wie ein Porno im Internet. Es ist bildhaft und schön, und es macht mich an. Ich habe dich kurz vor Weihnachten gesehen. Du kamst aus dem Zimmer und hast mir den Atem geraubt mit deiner Unschuld und Sinnlichkeit. Über die Feiertage musste ich immer wieder an dich denken. Ich wusste nicht, woran es lag, aber ich brauchte dich nur kurz zu sehen, und habe dich nicht mehr aus dem Kopf bekommen. Nach Silvester habe ich dich das erste Mal eine Szene spielen gesehen. Noch nie hatte ich mich so mit jemandem verbunden gefühlt. Ich wurde süchtig nach dir. Dann bist du plötzlich in meiner Vorlesung erschienen und meine Welt stand auf dem Kopf."

Als sie stöhnte, drückte ich meinen Schwanz und sie bewegte den Dildo schneller. Ich wollte aufstehen und zu ihr gehen. Das war nicht Teil meines eigentlichen Plans, doch ich musste sie berühren. Das Verlangen brannte in meiner Brust und entfachte meinen ganzen Körper. Mein Schwanz zuckte in meiner Hand. Aber wenn ich aufstand, würde ich uns beide in Schwierigkeiten bringen. Meinen Job, ihr Studium, ihre und meine Zukunft. Alles.

Doch als ich in Oaklyns Augen sah, die genauso verzweifelt blickten wie ich mich fühlte, wusste ich, dass ich das Zimmer nicht verlassen konnte, ohne nachzugeben.

Mit immer noch hartem Schwanz erhob ich mich.

„Was … was hast du vor?“

Sie hatte nicht aufgehört, war aber langsamer geworden, und als ich vor ihr stand, betrachtete ich den Dildo, der von ihren Säften glänzte, und weiterhin in sie eindrang.

„Wirst du auf den Panikknopf drücken?“, fragte ich. Ich berührte ihre Hände mit meinen und hielt inne, um sicherzugehen, dass sie einverstanden war, dass ich sie anfasste. Um sicherzugehen, dass ich selbst einverstanden war. Eine letzte Chance für uns beide, um damit aufzuhören.

Der Anblick ihrer geschwollenen Schamlippen um den Dildo schickte ein schallendes *Ja* durch mich hindurch. Meine Zweifel schwanden dahin.

Sie schüttelte den Kopf. Ich legte eine Hand auf ihre und half, den Dildo wieder in sie zu schieben.

„Gut.“ Sanft schob ich ihre Hand zur Seite und übernahm die Kontrolle über die Bewegungen. „Ich konnte nicht fassen, derartig verrückt nach meiner Studentin zu sein. Einer Neunzehnjährigen. Das änderte allerdings nichts an den Tatsachen. Besonders nicht, als ich dich näher kennenlernte. Die Schwärmerei änderte sich in echtes Mögen deiner Persönlichkeit. Unserer Freundschaft. Und so sehr ich mir auch Vorwürfe deswegen gemacht habe, hast du mir trotzdem etwas gegeben, was mir noch niemand gegeben hat, und ich konnte mich nicht davon abwenden.“

Ich schob den Dildo vollständig in sie, streichelte mit dem Daumen ihre Klit, woraufhin sie das Becken vom Bett hob. Sie war so warm. So nass. Ich sah zu, wie ich ihre rosa angeschwollene Mitte streichelte und stellte mir vor, den Dildo wegzulegen und stattdessen mich selbst in sie zu stoßen. Mein Schwanz zuckte bei dem Gedanken und berührte ihren Schenkel. Allerdings, so sehr ich sie auch wollte, die Panik lauerte noch immer in mir, weniger, aber dennoch da.

„Bitte“, wimmerte sie.

Ich legte den Dildo weg und hob Oaklyn in eine stehende Position. Ihr Körper bebte vor mir. Ich öffnete ihren Rock und ließ ihn auf den Boden fallen. Ich trat näher und klemmte meinen Schwanz zwischen unseren Körpern ein. Ich stöhnte beim Kontakt. Sie legte die Hände auf meine Schultern, hielt sich an mir fest und ihr Kopf sank an meine Brust.

Ich musste unglaublich um Atem ringen, alles an mir kribbelte und mir wurde schwindelig. Ihre Haut an meinen Schwanz geschmiegt kam dem Gefühl, eine Frau zu vögeln, und es auch zu wollen, sehr nah. Aber ich konnte nicht. Die Wärme und der Druck breiteten sich hinter meinen geschlossenen Lidern aus und ich musste Abstand nehmen, ehe etwas anderes als Erregung in mir ausgelöst wurde. Ich kniff die Augen zu, verdrängte die Erinnerungen, denn ich war noch nicht bereit, aufzuhören.

Stattdessen drehte ich sie um, bis sie zum Bett sah. Schnell genug, dass sie mein Gesicht nicht lesen konnte. Geschickt schnippte ich ihr Oberteil auf und es landete auf dem Boden. Nun stand sie splitternackt vor mir. Ich knabberte an ihrer Schulter und blickte von oben auf ihre Brüste, die ich schon so oft gesehen hatte. Sanft umfasste ich sie mit den Handflächen, hielt sie fest und streichelte mit den Daumen über die Spitzen. Oaklyn schnappte nach Luft und zuckte zusammen, presste den Hintern an meinen Schwanz, und ich beugte sie nach vorn über das Bett. Mit den Fingern glitt ich über ihren Rücken, zwischen ihre Hinterbacken, spielte mit ihrer feuchten Öffnung, bevor ich in sie eindrang. Ich musste sie einfach spüren. Musste so nah ich konnte an ihre Hitze gelangen. Mit meinem

Schwanz konnte ich es noch nicht tun, die Erinnerungen hatten mich immer noch im Klammergriff, aber ich konnte sie fühlen.

„Dr. Pierce“, stöhnte sie.

„Cal.“ Ich drückte mich an sie und klemmte meine Hand zwischen uns ein, küsste ihren Rücken, ihren Hals. „Nenn mich Callum oder Cal, wenn ich in dir bin.“

Dann kam sie. Ihre Beine zitterten, meine Finger drangen immer wieder in sie ein und mein Daumen fuhr über ihre Klit. Wir stöhnten beide, als sich ihre enge Pussy um mich zusammenzog und ihre Hüften mir entgegenkamen, als sie meine Finger fickte. Der Klang war wie himmlische Musik in meinen Ohren, während ihre Feuchtigkeit über meine Finger strömte.

Erst jetzt bemerkte ich, dass ich mich an ihrer zarten Haut rieb. Ich trockenfickte sie wie ein Teenager, als ich meine Finger tief in ihr vergrub, und die letzten Wellen ihres Höhepunktes aus ihr herauspresste. Fast hätte ich darüber gelacht, wie euphorisch etwas so Kindliches sein konnte. Ein neunundzwanzigjähriger Mann freute sich darüber, einen weiblichen Schenkel zu vögeln. Haut an Haut. Ohne Panik. Ohne ängstliches Zittern. Ohne dass mein Herz vor Panik aus der Brust springen wollte, während sich die Vergangenheit an mich anschlich. Schlagartig verließ der Atem meine Lungen bei der emotionalen Erkenntnis und meinem Schwanz an ihrer Haut Ich war fasziniert und überwältigt davon, wie es sich anfühlte.

Als ich meine Hand zurückzog, ließ sich Oaklyn auf das Bett fallen, drehte sich um und sah mich an. Sah sie meine Erregung, mein Verlangen, die Hitze, die in mir brannte? Ich wollte, dass sie es sah. Ich wollte sie wissen lassen, wie sehr ich das Geschenk, das sie mir gab, ehrte. Ich hielt ihren Blick und leckte ihre Nässe von meinen Fingern.

„Callum."

Zum ersten Mal sagte sie meinen Namen. Wie ein Blitz schoss es mir direkt in die Eier und ich wollte kommen. Fast schämte ich mich dafür, auszunutzen, nicht von meinen Dämonen gejagt zu werden, doch ich konnte sie nirgendwo in mir finden.

Ich streichelte über ihre Pussy und verteilte ihre Nässe in meiner Hand. Dann legte ich sie um meinen Schwanz und rieb ihn hart und schnell vor Oaklyns Mitte, hielt dabei ihren Blick, zeigte ihr mein Verlangen, konzentrierte mich auf sie, um bei der Sache zu bleiben. Ihre goldenen Augen sahen mich an, ihre vollen Lippen leicht geöffnet und sie keuchte. Sie war mein Anker, als das Feuer durch meine Wirbelsäule jagte und mir einen Orgasmus einbrachte. Ich schoss weiße Fäden von Sperma auf ihren Körper, und sie bäumte sich auf und empfing es willentlich. Mein Körper verkrampfte sich, als der Orgasmus mich erschütterte. Es war so viel intensiver mit einer Frau – dieser Frau – vor mir.

Noch nie hatte ich es mir vor einer Frau selbst gemacht, mich entblößt. Das wurde mir in diesem Moment bewusst. Ich brach über ihr zusammen, küsste dankbar ihre Schultern und kämpfte gegen Tränen an. Noch nie war ich so mit einer Frau zusammen gewesen. Das hatte ich nie geschafft.

„Danke, Oaklyn, danke." Ich brachte die Worte kaum über den Kloß im Hals hinweg zustande.

„Gern, ist ja mein Job."

Diese Aussage wirkte auf mich wie ein Eimer kaltes Wasser und ich erstarrte. „Mach das hier nicht billig", bat ich. Ich konnte sie nicht schmälern lassen, was ich gerade geschafft hatte. Durch sie.

„Ich sage nur die Wahrheit."

Noch ein Eimer Wasser. Ich konnte hier nicht seelenruhig stehenbleiben und mir anhören, wie sie einen der wichtigsten Momente meines Lebens lediglich zu einem Job degradierte. Zu nichts, was sie nicht nur deswegen getan hatte, weil sie es musste. Ich konnte und wollte das nicht hören, deshalbtrat ich zurück und ballte die Hände zu Fäusten. „Das hatte nichts mit deinem Job zu tun, und das weißt du auch. Es ging nur um dich und mich."

„Was bedeutet du und ich überhaupt noch? Jetzt brauchst du dich nicht einmal mehr zu verstecken. Du kannst einfach hier reinschneien und weißt, dass ich da bin und tue, was immer du willst." Ich hörte den Schmerz durch ihren kalten Ton und hasste es, dass ich dafür verantwortlich war. Ich hasste, dass sie hier arbeiten und darüber überhaupt nachgrübeln musste. „Auch in der Uni musst du nicht mehr verstecken, dass du mit mir befreundet bist."

„Es ist nicht so, dass …"

„Jetzt nicht, Callum. Bitte, nicht jetzt."

Ihr müder Tonfall brach mir das Herz.

Als ich mit dem Anziehen fertig war, hatte sie sich noch nicht vom Bett fortbewegt. Sie lag noch immer dort, mit dem Kopf auf dem Kissen und meinem Samen auf ihr. Ich musste noch einmal versuchen, mit ihr zu reden. Ihr klarmachen, wie sehr sie sich irrte.

„Oaklyn, bitte."

„Geh einfach, Callum."

Ich kniff die Augen zu und sammelte mich, unterdrückte die Emotionen, die sich meine Kehle hinauf arbeiteten.

„Bitte", wisperte sie.

Ich tat, worum sie mich bat. Ich ging. Zwar wollte ich es nicht, und ich glaubte nicht, dass das jetzt das Ende war, doch ich ging, denn ich spürte, dass sie Zeit brauchte, alles zu verdauen.

Aber ich würde nicht lockerlassen. Ich würde sie noch nicht aufgeben. Noch lange nicht.

Kapitel 17

Oaklyn

Erneut nahm ich einen Anruf meiner Eltern nicht an. Es war zu windig auf dem Weg über den Campus, und ich hatte einfach keine Lust, mit ihnen zu reden. Sie schickten mir ständig Nachrichten, um sich zu entschuldigen und sagten mir, wie stolz sie auf mich seien. Doch ich konnte es mir nicht anhören und so reagieren, wie sie es sich vorstellten. Es fühlte sich nicht so an, als ob sie auf irgendetwas stolz sein sollten, das ich tat, und obwohl ich ihnen bereits verziehen hatte, war ich immer noch verbittert und verärgert über die Lage, in die sie mich gebracht hatten.

Besonders nach gestern Abend.

Ich zitterte bei der Erinnerung daran, was Dr. Pierce mit mir gemacht hatte. In mir vermischten sich die Gefühle. Hitze, von der Art, wie er mich angesehen, mich berührt, sich selbst berührt hatte und wie er gekommen war. Scham, weil ich es zugelassen hatte, dass er mich anfasste, und weil ich meine Wut so leicht hinter mir ließ. Weil ich meine größte Angst, er könnte mich für eine Hure halten, zugegeben hatte und dass ich mich vielleicht selbst als solche bezeichnete.

Ich verdrängte diese Gedanken und konzentrierte mich auf das Meeting mit Dr. Denly, dem Abteilungsberater. Er hatte mir eine E-Mail geschrieben, ich solle vor der Vorlesung zu ihm kommen. Er hatte nicht verraten, worum es ging, und sämtliche mögliche Szenarien machten mich fast wahnsinnig. Ich war also nervös wegen Dr. Denly und hatte Angst vor Dr. Pierce‘ Vorlesung. Vielleicht würde das Meeting länger dauern und ich hätte eine Ausrede, die Vorlesung zu verpassen.

Ich klopfte an die offene Tür. „Hi, Dr. Denly. Sie wollten mich sprechen?"

„Ja, kommen Sie rein." Er nahm die Drahtgestellbrille ab, lehnte sich auf dem Stuhl zurück und bedeutete mir, Platz zu nehmen. „Recht frisch heute Morgen, nicht wahr?"

„Und wie." Ich zog meine Jacke aus. „Ich kann den Frühling kaum erwarten."

„Ich auch nicht." Er faltete die Hände und lächelte. „Aber ich habe Sie nicht hergebeten, um über das Wetter zu plaudern. Ich möchte eine Möglichkeit mit Ihnen besprechen. Es landete gestern auf meinem Schreibtisch und da sind Sie mir sofort eingefallen."

„Okay."

„Wir sprachen ja bereits über Ihre finanzielle Situation. Im Fachbereich Sport ist eine Praktikumsstelle freigeworden. Sie würden dem Physiotherapeuten unterstehen."

„Oh, wow. Vielen Dank. Muss man bestimmte Bedingungen erfüllen?" Ich fragte sicherheitshalber, denn das klang zu schön, um wahr zu sein.

„Sie wollen jemanden im zweiten Studienjahr oder höher. Man sollte Anatomie und Physiologie besucht haben." Mein Herz sank, denn das traf alles nicht auf mich zu. „Aber Sie sind eine gute Studentin, Oaklyn. Es fängt im Sommer mit einer Einweisung an und startet offiziell nächsten Herbst. In der Highschool hatten Sie medizinische Kurse, und zusammen mit meiner Empfehlung werden für Sie sicherlich ein paar Augen zugedrückt. Außerdem werden wir Sie in ein paar Fächer eintragen, um Ihr Interesse zu zeigen. Ich glaube, Sie passen gut in diese Stelle."

„Ich … ich fühle mich geehrt, dass Sie an mich denken", sagte ich strahlend. „Vielen lieben Dank."

„Gern." Er erhob sich und ging mit einem Formular um den Tisch herum. „Hier ist der Antrag. Füllen Sie ihn bitte aus. Er muss spätestens in zwei Wochen abgegeben sein, verschwenden Sie also keine Zeit damit, ihn erst wieder zu mir zu bringen."

„Okay." Ich schob das Formular in meine Tasche und stand auf. „Vielen Dank dafür. Ich werde Sie nicht enttäuschen."

Aufgeregt tanzte ich praktisch in den Physikfachbereich und freute mich, womöglich eine bezahlte Praktikumsstelle zu bekommen. Es war zwar nicht viel Geld, doch zusammen mit meinen Krediten, dem Studentenarbeitsprogramm und vielleicht noch einem neuen Nebenjob, könnte ich im Voyeur aufhören. Ich hasste diese Arbeit zwar nicht, aber dass mich Dr. Pierce dort gesehen hatte, brachte einen völlig neuen Aspekt in die Sache, den ich bisher nicht in Betracht gezogen hatte. Was, wenn ich noch mehr Leute dort traf, die mich kannten? Was, wenn man es gegen mich verwendete? Wenn man mich dafür verurteilen würde?

Ich brauchte dringend dieses Praktikum.

Mit gesenktem Blick ging ich in die Vorlesung und versuchte, den Augenkontakt mit Dr. Pierce zu vermeiden. Die Vorlesung hatte noch nicht begonnen, sodass ich mich nicht nach hinten setzen konnte, wie eigentlich geplant. Olivia winkte mir von unseren üblichen Sitzen in der ersten Reihe zu, wo sie einen Platz für mich reserviert hatte. Verdammt.

„Wo warst du?", flüsterte sie.

„Ich hatte einen Termin mit Dr. Denly wegen einer bezahlten Praktikantenstelle."

Sie klappte den Mund auf und weitete aufgeregt die Augen. Sie setzte zu einer Frage an, aber da begann Dr. Pierce mit der Vorlesung.

„Erzähl ich dir später."

Obwohl ich versuchte, seinen Blick zu meiden, zog mich seine Stimme so an, dass ich den Kopf hob. Er sah direkt zu mir und nun konnte ich mich nicht mehr abwenden. Als ob er meine Fähigkeit, mich zu bewegen, kontrollierte. Ich erstarrte unter seinem Blick.

Elektrizität zischte wie ein lebendiges Wesen zwischen uns hin und her. Sahen die anderen es auch? Je mehr ich hinsah, desto deutlicher nahm ich es wahr. Ja, es war ein heißes Feuer, aber noch etwas anderes. Eine Emotion, die ich nicht benennen konnte. Ich versuchte es verzweifelt, wollte wissen, was er dachte. Er hatte mich auf dem Bett allein gelassen, nachdem ich ihn fast angefleht hatte, zu gehen, doch ich musste immerzu an seine sanften Küsse denken und seinen Dank, als ob ich ihm etwas geschenkt hätte. Ich hatte mich davor gefürchtet, was als Nächstes passieren würde. Hatte Angst, er könnte denken, dass ich käuflich war, und dass er mir nun, nachdem er mich gehabt hatte, sagen würde, was er wirklich von mir hielt.

Diese Gedanken waren mir durch den Kopf gegangen und hatten mich in Panik versetzt. Hätte ich Reue in seinen Augen gesehen? Oder Ekel? Alle Emotionen, die ich hätte sehen können, machten mir Angst. Mir war nicht einmal klar, was ich stattdessen hatte sehen wollen. Hoffte ich auf Sehnsucht, Glück, Mitgefühl? Hoffte ich, er würde mehr wollen als nur Sex? Oder hoffte ich, sein Gesichtsausdruck wäre neutral gewesen und er hätte einfach über alles hinweg gesehen, als sei ich ihm egal?

Mein Herz wollte herausschreien, wie richtig es sich angefühlt hatte, als sein Körper über meinem lag. Wie gut wir zusammenpassten und wie sich seine Hüften auf meiner Haut angefühlt hatten. Mein Verstand hatte fliehen wollen und erzählte mir, was für ein riesiger Fehler es war, sich von seinem Professor berühren zu lassen. Also war ich feige gewesen und hatte ihn gebeten, zu gehen, hatte die vernünftige Kontrolle übernommen, ehe meine anderen Emotionen es tun konnten. Wenn ich ihn allerdings jetzt betrachtete, raubten mir meine Empfindungen den Atem. Das Feuer war da, und die Sehnsucht, und … Hoffnung?

Mit einem lauten Knall fiel ein Buch auf den Boden und unterbrach unseren Blick. Wir blinzelten beide und plötzlich war ich wieder frei.

Doch immer noch betrachtete ich ihn zu genau, wobei ich den Augenkontakt vermied. Ich beobachtete seine langen Finger, die einen Stift nahmen und etwas an die Tafel schrieben. Ich konnte nur daran denken, wie diese Finger in mir gewesen waren. Wie sie sich anfühlten, wenn sie mir einen Orgasmus verschafften. Wie er sich danach die Finger abgeleckt und mich dabei angesehen hatte.

„Dr. Pierce."

„Nenn mich Callum oder Cal, wenn ich in dir bin."

In meinem Kopf hörte ich es immer wieder. Mein gehauchtes Keuchen und seine raue Stimme, die mir immer noch Gänsehaut verursachten, wenn ich daran dachte.

Sein Stöhnen verfolgte mich letzte Nacht, als er auf mir gekommen war. Ich erwachte mit einem blauen Fleck auf der Schulter, wo er mich gebissen hatte, als er zum ersten Mal meine Brüste berührt hatte.

Ich hob die Hand, rieb die Stelle durch meinen Pulli und liebte, diese Erinnerung daran zu haben.

Sein auf mich gerichteter Blick brachte ihn zum Stottern. Sein Blick versengte mich mit seiner Hitze. Er erinnerte sich ebenfalls, was den Schmerz noch süßer machte.

„Die Vorlesung ist vorbei, Schwester", sagte Olivia und riss mich aus meiner Trance.

Ich sah mich um und tatsächlich … Dr. Pierce – Callum – saß hinter seinem Schreibtisch, sah ab und zu verstohlen zu mir, während die Studenten ihre Sachen einpackten.

„Entschuldige", sagte ich und schüttelte den Kopf. „Es war spät gestern und ich bin todmüde."

„Wie läuft es eigentlich so?"

„Wie läuft was?"

„Du weißt schon", sagte sie und wackelte mit den Augenbrauen. „Die *Arbeit.*"

„Oh, ach so." Meine Wangen wurden heiß. Ich sah nach unten und steckte Unterlagen in meinen Rucksack, damit sie es mir nicht ansah. „Gut. Super."

Ich antwortete so vage, weil ich nicht darüber reden wollte. Zwar schämte ich mich nicht dafür, aber es war schließlich kein gewöhnlicher Job. Zumindest keiner, über den man in der Öffentlichkeit sprach, nicht einmal mit der Freundin, der man ihn zu verdanken hatte. Am meisten war ich jedoch darüber besorgt, das mit Callum eventuell auszuplaudern, wenn ich erst einmal den Mund geöffnet hatte.

„Na gut, erzähl mir keine Details. Sag mir wenigstens, dass heiße Kerle dort arbeiten. Vielleicht kannst du einem von denen meine Nummer geben."

„Klar." Ich lachte wenig überzeugend.

„Überarbeitest du dich auch nicht?" Sie legte eine Hand auf meine Schulter. „Du klingst mehr als nur ein bisschen müde."

„Es ist ja nur ein Semester. Es ist viel, aber ich sehe das Licht am Ende des Tunnels."

„Du weißt, dass mein Angebot, dir den Rest der Gebühren zu leihen, immer noch steht." Sie fingerte an ihrer Tasche herum.

„Olivia." Ich seufzte. „Danke, aber ich kann das nicht annehmen."

„Warum nicht?“ Sie ärgerte sich und klang schnippisch. „Warum bist du nur so stur?“ Sie atmete tief durch und sammelte sich. „Es tut mir leid, aber ich vermisse die Zeit mit dir und ich verstehe es nicht. Du nimmst Geld von Banken an und arbeitest dir den Arsch ab, doch mich lässt du nicht helfen.“

Zwar hatte ich es ihr schon einmal erklärt, aber nicht in allen schmerzlichen Details. „Meine Eltern hatten immer Geldprobleme, nahmen aber nie Kredite auf. Sie arbeiteten lieber mehr und senkten die Kosten, ehe sie zur Bank gingen, um einen Kredit aufzunehmen. Eines Tages, als meine Eltern keine andere Wahl mehr hatten, boten ihnen ihre besten Freunde Geld an, und das zerstörte ihre Freundschaft. Ihre engen Freunde nutzten es aus, forderten Gefallen ein und verlangten ständig etwas von ihnen. Weil sie Freunde waren, gab es nichts Schriftliches, was diese Leute ausnutzten und die Raten ohne Ankündigung änderten und manchmal auch mehr wollten als abgemacht. Oder sie änderten die Termine und wurden sauer, wenn meine Eltern nicht zahlen konnten.“

Zum ersten Mal sah mich Olivia verständnisvoll an.

„Was auch passierte, meine Eltern bezahlten immer. Was bedeutete, dass wir ständig zu wenig hatten. Darunter litt auch meine Freundschaft zu deren Tochter. Sie wurde zum Snob und machte sich über unsere Familie lustig, weil wir arm waren.“

„Das tut mir leid. Das wusste ich nicht.“

„Schon gut, ich hab’s ja auch nie erzählt. Geld verändert die Leute, Olivia. Es ändert die Lebensumstände und die Freundschaften, und ich will nicht, dass es zwischen uns soweit kommt.“

„Oh.“ Sie legte die Hand aufs Herz und zog dramatisch eine Schnute. „Du leidest lieber, als mich zu verlieren. Das ist wahre Liebe.“

„Wie ich schon sagte, ich sehe Licht am Ende des Tunnels. Im neuen Studienjahr werde ich mehr Stipendien und Bankkredite bekommen. Das wird super.“ Ich zwang mich zu einem Lächeln, sah hoch und erwischte Callum dabei, wie er schnell wegsah.

Ich erhob mich, warf den Rucksack über die Schulter und blickte stur zur Tür. Ich musste hier raus und würde es schaffen, ihm noch einen weiteren Tag aus dem Weg zu gehen.

„Miss Derringer“, rief Dr. Pierce.

Scheiße. Ich war der Freiheit so nah. Ich hätte draußen mit Olivia reden sollen, dann wäre ich ihm entkommen. Nun war es zu spät.

Vorsichtig drehte ich mich mit erhobenen Augenbrauen um und hoffte, die Panik verbergen zu können, die durch mich hindurch raste.

„Kann ich Sie kurz sprechen? Es geht um das Projekt.“

Wie konnte er nur so entspannt wirken, während ich innerlich und äußerlich zitterte? Ich musste hier weg.

„Äh, das passt gerade schlecht, tut mir leid. Ich muss in die nächste Vorlesung. Am besten schicken Sie mir eine E-Mail.“ Ich lächelte gezwungen, griff nach Olivias Arm und wir gingen aus dem Saal.

„Wow, wie mutig von dir, Dr. Pierce eine Abfuhr zu erteilen. Er schien es ernst zu meinen. Ich wäre bei dir geblieben. Als freundlicher Beistand, du weißt schon. Nicht etwa, um ihn anhimmeln zu können.“ Sie lachte und stieß meine Schulter an. „Weißt du was? Sei das nächste Mal etwas weniger mutig.“

Ich lachte ebenfalls, doch mein Lachen klang leicht verzweifelt.

Ich fühlte mich alles andere als mutig.

Kapitel 18

Callum

Den ganzen Freitag wartete ich darauf, dass sie erschien. Ich sagte Meetings ab, verschob Anrufe und lehnte eine Einladung zum Mittagessen ab, bis ich schließlich den Mut fand, Donna nach Oaklyn zu fragen.

„Miss Derringer rief an und sagte, dass sie heute nicht kommen kann."

„Oh." Ich nickte. „Okay."

„Entschuldigen Sie bitte, dass ich es Ihnen nicht früher gesagt habe. Der Notizzettel ging in all dem Chaos hier unter. Soll ich Ihnen eine andere Studentenhilfe besorgen?"

„Nein, nein. Danke."

Ich ging ins Büro zurück und versuchte, an alles andere zu denken, nur nicht an Oaklyn.

Als die Uhr vier schlug und alle anfingen, nach Hause zu gehen, saß ich immer noch da. Ich dachte, wenn sie glaubte, ich sei nach Hause gegangen, würde sie vielleicht wegen irgendetwas vorbeischauen. Aber das geschah nicht.

Vor zwei Stunden war die Sonne untergegangen und ich musste mich schließlich geschlagen geben. Ich schloss den Laptop und warf die Brille achtlos daneben. Mit den Gedanken bei Oaklyn fuhr ich mir mit der Hand über das Gesicht. Wie war es nur so weit gekommen? Ein erwachsener Mann hockte in seinem Büro herum und hoffte, dass vielleicht seine Studentin vorbeikam. Ich sollte zu Hause sein, doch meine Sehnsucht zwang mich dazu, alles zu tun, um sie eventuell treffen zu können.

Ich starrte das schwarze Brillengestell an, das gefährlich unordentlich auf den Papieren lag und den sorgfältig geordneten Stapel beim Aufprall verschoben hatte. Sofort richtete ich alles wieder so her, dass die Ecken übereinander lagen, nahm die Brille, bog die Bügel um und legte sie ordentlich an den Rand des Tisches.

Kopfschüttelnd über meine Unfähigkeit, etwas einfach chaotisch liegenzulassen, erhob ich mich und packte meine Tasche.

Als ich im Erdgeschoss aus dem Fahrstuhl gestiegen war, hörte ich eine Stimme.

„Callum?“

Ich holte tief Luft, schloss kurz die Augen, rang mir ein Lächeln ab und drehte mich um. „Hi, Shannon. Was machst du hier noch so spät?“

Sie warf den Kopf zurück und rollte mit den Augen. „Mitarbeiterbesprechung. Die fing erst um sechs an und hat eben erst geendet.“

„Das ist enttäuschend an einem Freitag.“

„Kann man wohl sagen.“ Ein strahlendes Lächeln breitete sich auf ihrem Gesicht aus und sie schien etwas größer zu werden. „Das Gute daran ist, dass ich dich getroffen habe.“

„Ich weiß allerdings nicht, ob ich ein spätes Mitarbeitertreffen wert bin“, sagte ich lachend.

Sie biss sich auf die Unterlippe und sah mit schweren Lidern zu mir hoch. Noch war sie nicht fertig mit mir.

„Ich denke schon. Gehst du mit mir was trinken?“

Ich betrachtete sie und dachte darüber nach. Wenn ich Ja sagte, könnte Shannon eine willkommene Ablenkung sein. Sie war hübsch, in meinem Alter, und vor allem nicht meine Studentin. Sie erfüllte eine Menge Kriterien, doch wir passten nicht zusammen, egal, wie sehr ich es auch versuchte, und ich wollte ihr keine falschen Hoffnungen machen.

„Danke für das Angebot, aber es war ein langer Tag und ich muss jetzt nach Hause."

„Okay", sagte sie sichtlich enttäuscht. Es gefiel mir nicht, ihr das antun zu müssen, doch es hätte mir noch weniger gefallen, mit ihr zusammen zu sein, obwohl ich es eigentlich nicht wollte. „Vielleicht ein andermal."

Ich nickte, ohne etwas zu antworten, was sie interpretieren konnte, wie sie wollte. „Ich parke da drüben. Einen schönen Abend noch."

„Danke, Cal", sagte sie hinter mir.

Ich hatte mich bereits zu meinem Wagen umgedreht.

Als ich im Auto saß, hatte ich einen neuen Tiefpunkt erreicht. Niemals würde ich eine Beziehung führen können, und vielleicht verdiente ich es auch gar nicht. Mir stand keine Intimität zu, die jeder normale Neunundzwanzigjähre erlebte. Ich hasste diese emotionalen Wellen, die mich überspülten. Fünfzehn verdammte Jahre, und noch immer ließ ich mich von den Dämonen jagen. Würden sie mich für immer von einer Zukunft mit einer Partnerin abhalten? Da hatte eine schöne Frau vor mir gestanden – süß und liebevoll – und ich hatte sie abgelehnt. Warum? Weil mir nicht aus dem Kopf ging, wie panisch mein Herz gerast und wie ich geschwitzt hatte, als sie mich berührt hatte?

Ich ergriff den Autoschlüssel so fest, dass ich erwartete, den Schlüsselanhänger aus Plastik abzubrechen.

Vielleicht sollte ich ins Voyeur fahren. Das beruhigte mich immer, wenn ich von meinen trostlosen Zukunftsaussichten frustriert war. Vielleicht war Oaklyn dort. Und dann? Vielleicht könnte ich sie noch einmal aufs Bett legen und spüren, wie sie sich um meine Finger zusammenzog? Ihre weiche Haut an meiner spüren? Damit *sie* mich beruhigen konnte?

Verflucht, wann war ich das letzte Mal mit einer Frau intim, ohne dass meine Gedanken rasten und ich mich auf die einsetzende Panik vorbereiten musste? Wann war ich das letzte Mal jemandem so nah und es endete nicht mit furchtbaren Albträumen?

Sie war ein Mysterium. Mir fiel nicht ein, was an ihr so anders war. Es ergab keinen Sinn. Wenn ich es wüsste, hätte ich versucht, diese Magie bei jeder Frau anzuwenden.

Gestern war die reinste Hölle gewesen. Oaklyn hatte da gesessen und versucht, mich nicht anzusehen, genau wie ich versuchte hatte nicht zu ihr zu schauen. Wenn sich unsere Blicke dennoch begegnet waren, hatte sie sich an die Schulter gefasst und ich wusste, dass sie daran gedacht hatte, wie ich an dieser Stelle in ihre zarte Haut gebissen hatte. Hatte ich einen Abdruck hinterlassen, der sie an mich erinnerte? Mein Schwanz zuckte bei der Vorstellung. In der Vorlesung hatte ich mich für mindestens fünf Minuten hinter den Schreibtisch stellen müssen, um meine Erektion niederzuringen.

Als alle zusammenpackten, hatte ich mit ihr sprechen wollen und es so aussehen lassen, als ob ich wegen etwas anderem mit ihr reden wollte, als darüber, dass ich wissen musste, ob ich mir den Abend im Voyeur nur eingebildet hatte. Und ich wollte sie fragen, was es bedeutete.

Aber sie hatte mir eine Abfuhr erteilt und war geflüchtet.

Ich parkte rückwärts aus und mein Inneres trieb mich zur Eile an. Am Stoppschild des Uni-Parkplatzes hielt ich an, meine Finger krallten sich um das Lenkrad und pulsierten an dem Leder.

Nach rechts zum Voyeur?

Nach links nach Hause?

Rechts?

Links?

Ich atmete tief durch und drehte das Steuer nach rechts, als mein Handy klingelte. Niemand war hinter mir, also blieb ich am Stoppschild stehen und nahm den Anruf entgegen.

„Hallo?"

„Callum", grüßte Reed. „Was machst du gerade?"

„Ich komme eben aus der Uni, Mann."

„Arbeit? Freitags um halb acht? Mann, ist dein Leben langweilig."

„Rufst du aus einem bestimmten Grund an, oder nur, um auf mir rumzuhacken?"

„Das macht mir zwar ungeheuren Spaß, aber nein. Komm doch zum Abendessen und wir sehen uns das Spiel an. Wir haben viel zu viel Essen bestellt und Karens Schwester ist auch da. Ich brauche Hilfe, um das Testosteronlevel hier zu erhöhen."

Ich zögerte keinen Moment. „Klar. Bin auf dem Weg." Ich drehte das Steuer nach links und fuhr zu Reed.

„Also", fing Reed an, was mich bereits hätte vorwarnen sollen. „Wie läuft's mit der Studentin? Bist du inzwischen schwach geworden und hast sie gefickt?"

Ich erstickte fast an dem Schluck Bier in meiner Kehle. Ich hielt die Hand unter mein Kinn, um nichts auf die Couch zu kleckern. Karen hätte mich umgebracht, wäre sie jetzt reingekommen. Nach dem Essen blieben Karen und ihre Schwester am Tisch sitzen und tranken Wein, während Reed und ich ins Wohnzimmer gegangen waren, um das Spiel anzusehen. Momentan klang Wein trinken und über Schuhe zu reden allerdings verlockender, als Reeds Frage zu beantworten.

Hatte ich sie gefickt? Nicht wirklich.

„Nein, verdammt." Ich entschied mich fürs entschiedene Abstreiten. „Es ist alles okay, wie kommst du bloß darauf?"

„Ich glaube, du streitest es ein bisschen zu sehr ab."

Reed kannte mich einfach zu gut. „Nein, alles ist … gut."

„Aber du denkst darüber nach, sie zu ficken." Er grinste und versuchte, mich aus der Reserve zu locken.

„Leck mich."

„Wieso nicht? Wenn sie auch Interesse hat?" Er zuckte mit den Schultern.

Ich zählte die Argumente an den Fingern ab. „Ich bin ihr Lehrer. Sie ist neunzehn. Meine Studentin. Und sie arbeitet in meinem Fachbereich."

„Wird sie dauerhaft in deine Vorlesungen kommen?"

„Nein, sie studiert was anderes."

„Ist sie noch minderjährig?"

„Nein. Worauf willst du hinaus?"

„Ist sie heiß? Interessiert? Willig?"

„Reed", brummte ich. Er hatte bereits zu viel getrunken. Er sollte mir keine Gründe auflisten warum ich wahnsinnig sein sollte, sondern dagegen.

„Komm schon, Mann, lebe ein bisschen."

„Sie ist noch ein Kind."

Er legte den Kopf in den Nacken und lachte lauthals. Ich sah zur Tür und wartete darauf, dass Karen hereinschaute, um zu sehen, was so lustig war. Das hätte mir gerade noch gefehlt, dass Reed seiner Frau von meiner Zwickmühle erzählte. Himmel, ihr Blick würde meine Eier schrumpfen lassen und ich müsste mir nie wieder über Sex Gedanken machen.

„Sie ist erwachsen", sagte Reed, nachdem er sich von dem Lachanfall erholt hatte. „Und an der Art, wie du sagst, dass sie ein Kind ist, hört man schon, dass du es selbst nicht glaubst." Mit wissendem Blick sah er mich an. „Ich habe dich wegen einer Frau schon lange nicht mehr so durcheinander gesehen. Es ist gut, das zu sehen, Mann. Auch wenn da das Problem ist, dass sie deine Studentin ist. Aber das wird sie ja nicht für immer sein." Er machte eine Pause. „Erzähl mir von ihr."

Ich trank mein Bier aus und überlegte, ob es eine gute Idee war, mit meinem Freund über meine Studentin zu reden, die ich sehr mochte und mit der ich schon sexuell aktiv war.

Scheiß drauf.

„Oaklyn ist …" Ich schloss die Augen und stellte mir vor, wie sie mich von der anderen Seite meines Schreibtisches anlachte. Wie sie mich Clark Kent nannte. „Sie ist klug. Entschlossen. Schön. Sie ist lieb und nett und Himmel noch mal, wie sie aussieht, wenn sie lacht." Nichts konnte mein Lächeln verhindern. Sie löste das in mir aus. Allein der Gedanke an sie reichte.

„Das klingt heiß." Reed unterbrach meine Schwärmerei und ich sah ihn ärgerlich von der Seite an. Er hob die Brauen und trank einen Schluck Bier.

„Du bist ein Schwein. Karen verdient etwas Besseres."

„Da hast du verdammt recht", sagte Karen von der Tür her.

Mein Herz klopfte und ich fragte mich, wie viel sie gehört hatte. Sie ließ sich jedenfalls nichts anmerken.

„Aber ich liebe ihn trotzdem", sagte sie und setzte sich auf die Couchlehne. Sie beugte sich hinab und küsste Reed. „Aubrey ist gegangen. Es ist spät und ich gehe ins Bett."

„Okay. Alles in Ordnung?", fragte Reed und sie tauschten einen Blick aus.

„Ja, es geht mir gut, Babe."

„Sollten wir es ihm sagen?"

„Mir was sagen?", fragte ich und versuchte, dieses Gespräch zu kapieren.

„Ich bin sicher, du wartest nur darauf, mit deinem Freund zu tratschen."

„So ist es", stimmte Reed zu und wandte sich an mich. „Nun, mein Freund. Es ist passiert. Die Hölle ist zugefroren und das Schicksal hat beschlossen, aus mir einen Vater zu machen. Wir sind schwanger."

Das traf mich wie ein Vorschlaghammer. Besonders deswegen, weil ich es nicht erwartet hatte. Ich hätte glücklich und erfreut für meinen Freund sein sollen, aber stattdessen spürte ich nur Neid.

Irgendwie bewegten sich meine Lippen und brachten Worte hervor. „Hey, herzlichen Glückwunsch, ihr beiden. Das ist ja toll. Karen, sollte er sich danebenbenehmen, kriegt er es mit mir zu tun. Im Ernst. Eis mitten in der Nacht. Wenn er es dir nicht holt, sorge ich dafür, dass er sein Fett wegkriegt."

Sie lachte wie von mir geplant. „Danke, Callum." Sie war so hingerissen von ihrem Ehemann, dem Vater ihres Kindes, dass ihr der Schmerz entging, der mir sicherlich im Gesicht stand.

„Okay, also ich geh ins Bett", sagte Karen und entzog sich meiner Rivalität. „Ihr zwei Mädels bleibt nicht so lange wach und plappert."

„Okay, Süße. Ich werde ihn bald rauswerfen", stimmte Reed zu und zwinkerte mir zu, um mir zu versichern, dass er nur Spaß machte.

„Gut. Du weißt, dass ich nicht gern allein schlafe."

Sie lächelte liebevoll, küsste ihn sanft und seine Hand lag auf ihrem noch flachen Bauch. Ich kam mir in diesem Moment mehr wie ein Voyeur vor als jemals im Club.

Was ich da sah, wollte ich auch haben. Eine Ehefrau. Eine Familie. Eine Frau, die mein Kind in sich trug. Ich spürte den Schmerz der Sehnsucht nach diesen Dingen tief in der Brust. Meine Arme wurden schwer, weil ich sie ausstrecken und danach greifen wollte. Ich wusste nur nicht, wie ich es erreichen sollte, und wartete auf der anderen Seite der dunklen Wolke, die mich davon abhielt. Aber ich wollte es. Und wenn ich genauer hinsah und mir vorstellte, was ich wollte, begann die gesichtslose Frau, die mir in der Zukunft den Frieden bringen würde, Gestalt anzunehmen.

Ich sah nur Oaklyn, wie sie mich anlächelte.

Das Bild verschlug mir den Atem. Während Reed seiner Frau nachsah, sammelte ich mich. Was tat ich da nur? Oaklyn ging mir aus dem Weg und ich konnte nicht aufhören, sie in meine Zukunft hinein zu projizieren.

Was tat ich da?

Ich wollte mir die Haare raufen, mich irgendwie von den Emotionen ablenken, die sie in mir auslöste. Lust, Sehnsucht, Verlangen, Glück, Panik, Stress, Hoffnung. All diese Empfindungen führten einen Krieg in mir und je mehr sie kämpften, desto mehr entglitt mir die Kontrolle.

Ich hatte zum dritten Mal tief durchgeatmet, als sich Reed wieder umdrehte.

Wir sprachen den restlichen Abend nicht mehr viel, sondern sahen uns das Spiel an. Er mit einem zufriedenen Grinsen im Gesicht und ich mit dem starren Blick auf den Bildschirm, während ich darüber nachdachte, wie ich einen dichten Deckel auf meine Emotionen schrauben konnte.

Als ich später zu Hause vorfuhr, wusste ich, was zu tun war. Zwar wollte ich es nicht, aber Gleichgültigkeit war ein sicheres Gefühl.

Zumindest besser als alles andere, was Oaklyn in mir auslöste.

Kapitel 19

Oaklyn

Ich schob noch eine Schublade schwungvoll und laut zu und sah zu Dr. Pierce' Büro, in der Hoffnung, dass er es hörte und dass es ihn ärgerte. Ich wollte nicht mehr als Callum an ihn denken. Er hatte klargemacht, dass er offiziell Dr. Pierce war.

Meiner Meinung nach spielte er seine Macht als Vorgesetzter aus. Schon den zweiten Abend behielt er mich länger als nötig hier. Das Büro war bereits verwaist, bis auf ihn und mich. Immer wenn er mich ansprach, dann mit Miss Derringer und einem distanzierten Tonfall. Emotionslos. Was war seit seinen heißen Blicken in der Vorlesung letzte Woche geschehen? War er sauer, weil ich nicht geblieben war und mit ihm gesprochen hatte? Oder weil ich Freitag nicht erschienen war?

Ich brauchte Zeit zum Nachdenken, denn die ganze Situation vernebelte mein Hirn. Als ich das ganze Wochenende im Voyeur arbeitete, hatte ich nach ihm Ausschau gehalten und darauf gewartet, dass er durch die Tür trat, zu mir kam und wollte, dass ich seine Buchung für eine Wiederholung annahm. Mein Herz hatte aus Sorge, er würde kommen, verrückt gespielt und noch mehr darüber, dass er nicht kommen würde.

Was er auch nicht getan hatte.

Dass ich mich danach gesehnt hatte, er möge zu mir kommen, hatte in mir eine Tür zur Klarheit geöffnet. Zum ersten Mal hatte ich ein deutliches Gefühl des Verlangens gespürt. Nicht Angst oder Unentschlossenheit, sondern Verlangen. Ich sehnte mich danach, dass er durch die Tür kam und mich genauso ansah wie in der Vorlesung.

Doch er war nicht erschienen und der Feierabend am Sonntag war deprimierend. Ich hoffte, am Montag mit ihm reden zu können, mit ihm zu Mittag zu essen und gemeinsam zu besprechen, was nun geschehen sollte. Aber er hatte seine Tür zugemacht und mir gesagt, ich solle mir irgendwo etwas zum Mittagessen besorgen und in einer Stunde wieder da sein. Mit offenem Mund hatte ich die geschlossene Tür zwischen uns angestarrt, die er erst wieder öffnete, als er anordnete, ich solle Besprechungsnotizen abtippen.

„Wenn Sie bitte so gut sein wollen, Miss Derringer", hatte er gesagt und auf die Papiere auf seinem Tisch gedeutet, ohne dabei von seiner Arbeit aufzusehen.

Als wären genau diese Finger niemals in mir gewesen, hätten mich nie zum Kommen gebracht.

An dem Punkt hatten die lächerlichen Anweisungen und unwichtigen Tätigkeiten begonnen, die er mir zuwies.

Ordnen Sie die Reagenzgläser.

Waschen Sie die Gläser erneut.

Heften Sie diese Papiere alphabetisch ab. Und diese numerisch.

Kopieren Sie das und stapeln Sie es in logischer Reihenfolge.

Gehen Sie in den Chemiefachbereich und helfen Sie dort, die Zentrifuge auf unser Stockwerk zu bringen.

Ich wartete nur noch darauf, dass er mir befahl, auf die Knie zu gehen und seine Schuhe zu polieren. Bei jedem Befehl knirschte ich mit den Zähnen. Zwar hatte ich mir wenig Hoffnung gemacht, dass es besser werden würde, nachdem er mich in den Vorlesungen komplett übersah, doch ich hatte nicht damit gerechnet, dass er mich schon wieder länger bleiben ließ.

Ich sollte bereuen, was zwischen uns vorgefallen war, aber ich konnte es nicht. Nicht wirklich. Ich vermisste unsere Freundschaft. Ich vermisste unsere gemeinsamen Mittagspausen und das Lachen während der lockeren Gespräche. Dieser Verlust schmerzte am meisten. Obwohl an meinem freien Abend im Voyeur länger hierbleiben zu müssen, anstatt die Zeit dafür nutzen zu können, Hausaufgaben zu machen, gleich danach kam.

Ich ging in sein Büro und starrte auf seinen Kopf, der über irgendwelche Papiere gesenkt war. Er wusste, dass ich da war, dennoch sah er nicht hoch. Wieso sollte er auch?

„Ich bin mit allem fertig, *Dr. Pierce*." Die Betonung seines Namens musste ihm zweifellos mitteilen, dass ich seine kalte Schulter durchaus bemerkte.

„In dreißig Minuten bin ich soweit, alles abzuschließen. Sie können mir helfen", sagte er, weiterhin ohne mich eines Blickes zu würdigen.

Jetzt reichte es mir. Es war nach sieben und auch wenn zwischen uns nichts gewesen wäre, hätte ich mir diese Respektlosigkeit nicht gefallen lassen. Ich hatte es satt, dass er sich wie ein Arschloch benahm. Ich hatte noch mehr als zwei Monate mit ihm durchzustehen, und würde ihn nicht meine Würde zertrampeln lassen.

„Sie können mich nicht zwingen, noch zu bleiben."

Damit erlangte ich seine Aufmerksamkeit. Endlich hob er den Kopf und sah mich aus ausdruckslosen Augen an.

„Wie bitte, Miss Derringer?"

Ich verzog das Gesicht beim Klang meines Nachnamens. Ein Flackern huschte über seine Augen. Kaum sichtbar. Wie ein Kind stapfte ich weiter in den Raum und warf die Tür hinter mir zu. Es war sonst niemand mehr da und der Knall der schweren Holztür fühlte sich befriedigend an. „Ich mag nur ein Teenager sein und Sie mein Professor, aber Sie dürfen mich nicht derartig ausnutzen."

Er lachte. Er lachte tatsächlich! Ich zog die Augenbrauen bis zur Stirn hoch. Er neigte den Kopf zurück, öffnete den Mund und verhöhnte mich mit seinem tiefen Gelächter. Ich atmete durch. Er schüttelte sich geradezu vor Lachen.

„Das ist verdammt noch mal nicht witzig“, knurrte ich.

Er sammelte sich und als er mich ansah, war der Ausdruck seiner Augen nicht mehr leer. Das Blau glühte fast in dem spärlich beleuchteten Raum. Unbewusst trat ich einen Schritt zurück, als sein Blick meinen Körper scannte und jeden Zentimeter an mir in Flammen setzte.

„Oaklyn, glaub mir, ich betrachte dich als alles, nur nicht als Teenager. Und nicht als meine Studentin.“

Zu hören, wie er meinen Vornamen sagte, nachdem er dies die ganze Woche nicht getan hatte, fühlte sich wie ein Geschenk an.

„Als was dann?“, fragte ich viel weniger verärgert als noch vor einem Moment, jedoch genauso frustriert.

Sein Blick senkte sich auf meinen Mund, als ich mir über die Lippen leckte. Dann senkte er sich noch weiter, bis er auf seinen Schreibtisch blickte. Er richtete einen Stift neu aus, der bereits perfekt neben einem anderen lag, und dann einen Papierstapel, der ebenfalls exakt ausgerichtet war. Mit der Hand fuhr er über den Schreibtisch, auf der Suche nach Ablenkung, und richtete alles neu aus, was ihm über den Weg kam.

Mit jedem Gegenstand, den er um Millimeter bewegte, stieg die Wut in mir an. Sie tobte in meiner Brust und raubte mir den Atem, breitete sich mit jeder Sekunde, in der ich auf eine Antwort wartete, aus, bis ich kurz vor der Explosion stand. Ich stapfte die zwei Schritte zu seinem Tisch, griff nach seinen Stiften und warf sie auf den Boden.

Zuerst richtete er seinen Blick auf die drei Stifte, die verstreut auf dem Boden herumlagen, und dann auf mich. Er zog die Brauen zusammen, kniff den Mund zu, ein Muskel zuckte an seiner Wange und er atmete schwerer. Er sah aus wie ein Stier, bereit zum Angriff.

Tja, ich war verdammt noch mal darauf vorbereitet. Ich warf die Arme in die Luft. „Und?“, rief ich. „Was siehst du nun, wenn du mich ansiehst?“ Meine Frage hatte stark und fordernd klingen sollen, hörte sich jedoch wie eine verzweifelte Bitte an.

Dr. Pierce schob seinen Stuhl nach hinten und erhob sich, ließ mich nicht aus den Augen, sondern stellte sich direkt vor mich und thronte über mir. Ich bog den Kopf nach hinten, um seinen Blick zu halten, und musste mich beherrschen, nicht einen Schritt zu machen, um die Lücke zwischen uns zu schließen. Er betrachtete mein Gesicht und als er sich mit der Zunge die Lippen befeuchtete, hätte ich fast ein wimmerndes Geräusch von mir gegeben.

Ich dachte, ich würde seine Antwort kennen, aber auf das, was er als Nächstes sagte, war ich nicht vorbereitet.

„Ich sehe dich ausgebreitet auf einem Bett liegen. Nackt. Deine erhitzte Haut ist gerötet, während du mit den Fingern deine rosa Nippel zwickst. Sie hart machst.“ Hitze raste durch mich hindurch und erschrocken atmete ich ein. Aber ich wollte nicht wegsehen, als er weitersprach. „Ich sehe, wie du den Kopf nach hinten legst und über einen Witz lachst, den ich in der Mittagspause gemacht habe.“ Er machte den letzten Schritt, um den Abstand zwischen uns zu überwinden, und ich lehnte mich, angezogen von seinem Geständnis, dichter an ihn. „Ich sehe dich in der Vorlesung, deine Lippen tragen das wundervollste Lächeln und ich erinnere mich an ihren Geschmack.“ Er beugte sich vor und ich spürte seine Worte an meiner Haut. „Ich will sie unbedingt wieder spüren“, knurrte er.

Feuer raste über meinen Rücken hinab zu meiner Mitte und ich glaubte, von der Wucht des Verlangens in Stücke gerissen zu werden. Sein Atem streichelte meinen Mund, als ich mich auf die Zehenspitzen stellte, um ihm noch näherzukommen. Stöhnend legten wir die Lippen aufeinander, verschmolzen durch seine sehnsuchtsvollen Worte und die Erinnerung an den letzten Kuss. Diesmal gab es kein Zögern, als wir uns so fest umarmten, als wollten wir versuchen, zu einer Person zu verschmelzen. Seine Zunge drang zwischen meine Lippen und forderte Einlass, um mich zu schmecken.

Willig öffnete ich sie und stöhnte, als seine Zunge über meine strich. Ich schmeckte Minze und ihn, den Mann. Mit den Fingern wühlte ich in seinem Haar, während er nach unten griff, um mehr von mir zu spüren. Seine Hände glitten über meine Hüften, umfassten meine Pobacken und schoben mein Kleid hoch.

Kurz unterbrachen wir den Kuss, um Luft zu holen, und als ich die Augen öffnete, waren seine immer noch geschlossen, während er meinen Hintern kreisförmig massierte.

„Was noch, Dr. Pierce? Was sehen Sie noch?“, wisperte ich an seinen Lippen.

Tief atmete er aus, packte mich noch fester und knurrte: „Callum. Nenn mich Callum.“

Er hob mich an und ich schlang die Beine um ihn. Der Raum begann, sich zu drehen, sein Mund verschlang mich, und dann setzte er mich auf den Schreibtisch. Er küsste meinen Hals entlang und knabberte an meinem Ohrläppchen.

„Ich sehe dich über den Schreibtisch gebeugt und meine Finger tauchen in dich ein.“

Bei der Vorstellung sog ich scharf die Luft ein, und versuchte, seine Brust zu streicheln. Ich musste ihn einfach berühren. Er hielt mich jedoch zurück, indem er meine Handgelenke packte und meine Arme hinter meinen Rücken führte. Ich wollte mich beschweren, aber seine Küsse an meinem Hals wanderten zu meinem Ausschnitt, so tief, wie das V es erlaubte. Er sah zu mir hoch und knabberte durch den Stoff an meinem Nippel, brachte mich so dazu, vor Lust zusammenzuzucken.

„Ich sehe deinen perfekten Hintern voll mit meinem Samen. Ich stelle mir vor, ihn einzureiben, bis deine Haut ihn aufnimmt. Dann spürst du vielleicht, wie es ist, wenn ich ein Teil von dir bin."

Ich wusste nicht, was ich dazu sagen sollte. Es war so viel mehr als nur sexuell. Es war so viel mehr als ich gehofft hatte, dass er für mich empfand. Ich öffnete den Mund, um etwas zu fragen, doch mir entkam nur ein Stöhnen, weil er in den anderen Nippel biss und mit der Hand unter meinen Rock glitt.

„Dr. Pier…"

„Callum. Callum, wenn ich in dir bin …" Er ließ sich auf seinen Stuhl fallen und rollte zwischen meine gespreizten Beine.

„Aber du bist nicht … oh!"

„Was wolltest du sagen?" Er grinste und drang mit den Fingern in mich ein.

Schnell bewegte er sie unter meinem Höschen. Ich war so nass, dass es keinen Widerstand gab, als er mit zwei Fingern eindrang und sie in mir drehte.

„Callum", hauchte ich.

Ich spürte sein Stöhnen an meinem Schenkel. „Ich sehe dich nackt im Bett, mit gespreizten Beinen und einem dunkelhaarigen Kopf dazwischen." Er sah auf meine Mitte und seine Finger bewegten sich in mir.

Ich fragte mich, was es da zu sehen gab, denn wegen meines Kleides darüber konnte ich selbst nichts sehen. Nun rutschte das Kleid nach oben, als Callum mein Bein hob und meinen Fuß auf die Armlehne stellte. Er zog seine Finger aus mir heraus und ich jammerte enttäuscht, doch dann stellte er meinen anderen Fuß auf die andere Armlehne. Da saß ich nun, mit gespreizten Beinen auf dem Schreibtisch meines Professors. Er zog das Höschen zur Seite und entblößte meine Pussy, der er ansah, was er mit mir anstellte.

„Ich stelle mir vor, dass ich es bin. Denke daran, wie weich sich deine Pussy an meiner Zunge anfühlen muss. Ob du direkt an der Quelle süßer schmeckst als wenn ich dich von meinen Fingern lecke."

Und dann verschwand sein Gesicht zwischen meinen Beinen, seine Zunge umkreiste meine Klit und drang dann in meine Öffnung. Sein Stöhnen vibrierte durch meine Mitte und ich kam seinem forschenden Mund mit den Hüften entgegen. Er saugte, biss und leckte an mir, und mein Stöhnen füllte den Raum. Meine Schenkel bebten vor Anstrengung, sie offen zu lassen, damit er tun konnte, was er wollte. Wie ein verhungernder Mann aß er mich auf und ich hatte noch nie etwas Schöneres gefühlt.

Vielleicht weil er älter war und erfahrener, doch in dem Moment, während er mit der Zunge immer wieder in mich drang, war es mir egal. Er leckte über meine Klit und ich war kurz davor. Ich wollte, dass er an dieser Stelle blieb. Mit den Fingern in seinem Haar hielt ich ihn dort fest. Er knurrte tief, sein Körper zuckte, er ergriff mein Handgelenk und legte meine Hand wieder auf den Schreibtisch. Dort hielt er sie fest und gab alles, um mich zum Kommen zu bringen.

Ich wollte ihn fragen, warum er das tat, doch sein Mund saugte an meinen Schamlippen und lenkte mich ab. Je intensiver er wurde, desto mehr verlor ich mich, fiel in einen Abgrund aus Lust, bis ich schließlich explodierte. Ich stöhnte lange und mein Körper zuckte, meine Hüften drückten sich gegen seinen Mund, und meine Finger versuchten vergeblich, sich in die Tischplatte zu krallen.

Sein Lecken wurde langsamer und wechselte schließlich zu zarten Küssen. Er arbeitete sich an meinem Schenkel entlang bis zum Knie. Keuchend sah ich zu, wie er sich zurücklehnte und sich das Kinn abwischte. Ich wusste, dass ich mehr wollte. Ich wollte ihn schmecken, so wie er mich geschmeckt hatte. Ich wollte, dass er genauso ein Teil von mir wurde, wie ich von ihm.

Ehe er protestieren konnte, rutschte ich vom Schreibtisch und griff nach seiner Gürtelschnalle.

„Oaklyn“, hauchte er schwer atmend.

„Ich will dich schmecken. Ich will dich stöhnen hören, während ich an dir sauge.“

Als der Knopf offen war, atmete er schneller und sein Keuchen konkurrierte mit dem Geräusch des Reißverschlusses. Ich sah hoch, biss mir auf die Unterlippe und betrachtete ihn prüfend. Schweiß stand ihm auf der Stirn, seine Augen waren zugekniffen, als würde er sich konzentrieren. Ich steckte die Hand in seine Boxershorts, streifte oberflächlich über seine harte Länge, als er plötzlich den Stuhl zurückschob und aufstand. Von dem Ruck landete ich auf dem Hintern und sah verstört zu Callum auf. Seine Augen waren panisch geweitet, seine Brust hob und senkte sich hektisch, und ich begriff, dass es nicht aus Leidenschaft war.

„Callum“, flüsterte ich.

Schmerzerfüllt sah er mich an. „Es tut mir so leid, Oaklyn.“ Er ging an mir vorbei und schloss seine Hose.

Ich erhob mich vom Boden. „Was ist los?“, fragte ich. Ich war durcheinander und mein Verstand versuchte, es zu verstehen. Aber mein Körper wusste es. Mir wurde die Brust eng und ich spürte den Schmerz im Herzen. Die Scham der Zurückweisung jagte Hitze in mein Gesicht.

„Ich kann nicht. Es tut mir leid. Ich kann einfach nicht."

Ich starrte auf seinen Rücken, als er zur Tür ging. Er drehte sich nicht zu mir um, was mich wie ein Schlag ins Gesicht traf. Dass er mich nicht einmal ansah, machte die Zurückweisung noch intensiver.

„Was soll das?", fragte ich und hasste es, dass meine Stimme bebte.

Endlich drehte er sich um, sah aber auf den Boden. „Es ist spät. Wir sollten gehen."

Der Stich in meinem Herz breitete sich aus und wurde zu einem Feuer in meiner Brust. Das Brennen erreichte meine Augen und ich blinzelte, um nicht vor ihm zu heulen, war aber verwirrt und verletzt von seiner Ablehnung. Er sah mich immer noch nicht an. Schämte er sich so sehr für uns? Warum? Warum war er so weit gegangen, nur um mich dann zurückzuweisen?

Ich verstand es nicht, und je mehr ich es versuchte, desto mehr Fragen bombardierten meine Gedanken, doch ich konnte keine davon herausbringen, weil ich einen Kloß im Hals hatte. Er würgte mich und ich hasste es. Ich mochte noch weniger, dass mir schließlich doch eine Träne entkam.

Und ich wollte nicht hierbleiben und mir irgendwelche lahmen Ausreden von ihm anhören. Dazu war ich nicht bereit. Ich wischte die Träne schnell ab und sammelte meine sieben Sachen zusammen.

Doch es war sinnlos, denn es kamen immer mehr Tränen und mein Schniefen verriet meine Schwäche.

„Oaklyn, es tut mir …"

„Nein!“ Ich wirbelte zu ihm herum. „Fick dich, Callum. Ich kapiere es schon, ich bin jung und deine Studentin, und du bereust es wahrscheinlich schon, aber das hättest du dir vorher überlegen sollen.“

Er sah meine Tränen und wirkte gequält. Er streckte eine Hand nach mir aus und trat vor, doch ich wäre restlos zusammengebrochen, hätte er mich jetzt angefasst.

„Nein“, wiederholte ich, wich ihm aus und ging zur Tür. Ich hielt noch einmal an, drehte mich aber nicht um. „Bis später in der Vorlesung, *Dr. Pierce*.“

Den Kopf so hoch wie ich konnte, ging ich hinaus und erstickte fast an den zurückgehaltenen Tränen.

Zuhause fiel ich auf mein Bett und weinte. Ich hasste es, dass mich seine Zurückweisung derartig berührte.

Ich hasste es, dass er sich für uns schämte.

Ich hasste es, dass er derjenige war, der aufgehört hatte.

Ich hasste ihn dafür, dass es sich so gut angefühlt hatte.

Ich hasste ihn für alles, was er zu mir gesagt hatte.

Ich hasste ihn, weil ich ihn in Wahrheit gar nicht hasste.

Und wegen all dem kam ich mir genauso unreif und naiv vor, wie die Person für die er mich wahrscheinlich hielt.

Kapitel 20

Callum

Am nächsten Tag in der Vorlesung ließ sich Oaklyn kaum auf Augenkontakt mit mir ein. Hätte sie es in Erwägung gezogen, hätte ich es gemerkt, denn ich habe sie die ganze Zeit angesehen. Zumindest so oft ich konnte, ohne bei den Studenten die Alarmglocken läuten zu lassen.

Ich konnte es ihr nicht einmal verdenken. Sie hatte jedes Recht dazu, meine jämmerliche Existenz nie wieder wahrnehmen zu wollen.

Was hatte ich mir nur dabei gedacht?

Nachdem ich mit Reed geredet hatte, war ich zu nah dran, seinen Argumenten nachzugeben, sodass ich mich erst einmal zurückgezogen hatte, um mich nicht selbst in Versuchung zu führen. Wahrscheinlich hatte ich mich kälter verhalten, als ich sollte, doch ich wollte sie trotzdem um mich haben. Also blieb ich distanziert und gab ihr alberne Aufgaben, um sie lange zu beschäftigen, bis ich lange nach Feierabend schließlich selbst zum Gehen bereit war. Ich hörte ihr gern beim Arbeiten zu, wenn es im Büro ansonsten still war. Ich glaubte, dass sie gern hier war.

Außer gestern, als sie genug gehabt hatte und wie ein Feuerball in mein Büro gestürmt war. Sie hatte sich geweigert, meinen Scheiß noch länger mitzumachen, und zündete damit ein Streichholz in mir an. Meine Zündschnur war so kurz, dass mich der kleinste Funke zum Explodieren bringen konnte. Die Flammen brannten grell und hatten uns beide verschlungen. Als sie sich gegen mich aufgelehnt hatte und mich fragte, was ich in ihr sah, sah ich ihre Verletzlichkeit, ihren Schmerz, und das hatte meine Ehrlichkeit an die Oberfläche gebracht.

Es hatte an mir gezerrt und gezerrt, bis mein Körper und meine Worte ebenfalls ehrlich waren.

Zu blöd war leider nur, dass mich mein Körper belogen hatte und mir vorgaukelte, ich könnte das, was ich angefangen hatte, voll durchziehen. Ich hatte gedacht, solange ich konzentriert bliebe, würde es gehen. Aber als sie auf die Knie ging, begann ich zu schwitzen. Dann kam das Zittern. Ich versuchte, mich zu entspannen, an etwas anderes zu denken, doch als ihre schmale Hand an meinen Schwanz stieß, geriet ich in Panik. Mein Körper reagierte instinktiv, zuckte zurück, und sie sah mich so verwirrt an, dass ich ihrem Blick nicht standhalten konnte.

Ich hasste es, sie weinen zu sehen. Hasste, dass ich ihr wehgetan hatte.

Obwohl mir klar war, dass sie das Recht hatte, sich mir jetzt zu verschließen, konnte ich es dennoch nicht zulassen. Ich musste einen Weg finden, die Sache in Ordnung zu bringen. Vielleicht konnte ich mir mit den richtigen Worten etwas Zeit verschaffen. So wie ich es bei den anderen Frauen getan hatte, wenn ich nicht allein sein wollte.

Bei Oaklyn ging es jedoch nicht darum, nicht allein sein zu wollen. Ich wollte *sie* noch nicht loslassen, und auch nicht die Vorstellung einer normalen Zukunft, die sie mir mit dieser Leichtigkeit in den Kopf gesetzt hatte. Das Gefühl in meiner Brust bei ihrem Lachen und ihrem Sinn für Humor. Das pure Verlangen, das mich überkam, wenn sie mich ansah. Ja, sie war schön und sexy, und ich wollte sie mehr als jede andere Frau, aber das Verlangen war noch nie so stark gewesen, wie wenn ich an sie dachte. Noch nie hatte ich so sehr das Gefühl gehabt, dass sich meine Wünsche tatsächlich erfüllen könnten, wie in ihrer Nähe. Und das wollte ich nicht aufgeben.

Ich musste mit ihr reden. Es ihr erklären. Irgendwas sagen. Vielleicht würde sie es verstehen, wenn ich ihr von den Dämonen erzählte.

Nein. Das konnte ich nicht. Ich musste einen anderen Weg finden.

Doch diese Chance bekam ich nicht, weil sie sofort nach der Vorlesung aus dem Raum floh. Und auch nicht am Freitag, da sie nicht kam. Meetings nahmen meinen Tag ein, eins nach dem anderen. Ich bekam sie nur kurz zu sehen, als sie sich gerade von Donna verabschiedete. Dabei hörte ich, dass sie sagte, sie müsse heute Abend arbeiten, als Donna sie nach ihren Feierabendplänen fragte.

Ich war verzweifelt genug, Oaklyn überall aufzuspüren. Ich konnte nicht das ganze Wochenende vergehen lassen, ehe ich wieder die Gelegenheit bekam, mit ihr zu reden. So landete ich also um Mitternacht vor dem Voyeur. Ich war nach Hause gegangen und hatte versucht, es mir auszureden, aber das war mir nicht gelungen.

Als ich reinkam, stand Oaklyn an der Bar. Ohne zu zögern ging ich zu ihr.

„Bier und ein Wasser?", fragte mich Charlotte, als ich mich neben Oaklyn an die Bar lehnte.

„Nur das Wasser, bitte. Danke."

Oaklyn kaute auf ihrer Unterlippe herum. Mir fiel ein, wie ihre Lippen schmeckten, wie sie sich auf meinen anfühlten, und, obwohl es nicht richtig war, wusste ich dennoch, dass ich das Richtige mit ihr tat. Ich fühlte mich lebendiger als seit Jahren, wenn ich sie nur ansah.

„Was machen Sie hier, Dr. Pierce?", fragte sie und blickte immer noch auf die Theke.

„Du kannst mir nicht immer aus dem Weg gehen."

„Das ist mir bisher aber ganz gut gelungen." Sie neigte den Kopf seitlich und sah in meine Richtung.

Ich erkannte den Schmerz in ihren Augen, ehe sie sich wieder abwandte.

„Rede bitte mit mir."

„Nun, Dr. Pierce, sieht aus, als ob ich Ihnen weiterhin aus dem Weg gehe, denn ich habe jetzt frei. Sie müssen sich für heute eine andere Frau zum Beobachten suchen."

„Ich will keine andere sehen."

„Ach, wirklich?"

Fuck. Da war er wieder. Der Schmerz. Ich öffnete den Mund, um ihr zu sagen, wie sehr ich sie wollte, als Charlotte das Wasser vor mich stellte, und zwischen uns beiden hin und her sah.

„Alles in Ordnung?"

Ich hielt die Luft an und rechnete damit, dass Oaklyn etwas sagen würde und mich hinauswerfen ließ. Es wäre ein Leichtes für sie gewesen, denn es war bekannt, dass Daniel neben den Mitgliedern besonders auf seine Angestellten achtete. Sie brauchte nur zu sagen, dass ich sie bedrängte, und schon würde man mich hinausgeleiten. Und je nachdem wie sehr sie übertrieb, würde man mir die Mitgliedschaft entziehen.

Sie schüttelte leicht den Kopf und Erleichterung floss durch mich hindurch.

„Alles okay."

Ich deutete dies als ein Zeichen dafür, dass sie sich doch nicht so sehr wünschte, dass ich ging, wie sie vorgab. Ich musste es weiter versuchen.

„Oaklyn", begann ich, als Charlotte sich wieder entfernte. „Bitte rede mit mir."

„Callum." Sie seufzte.

Meinen Namen aus ihrem Mund zu hören, beruhigte mich, sodass ich die Schultern entspannte. Sie öffnete den Mund, um etwas zu sagen, doch da wurde sie von Jackson unterbrochen.

„Du hast Feierabend, Oak“, sagte er und stellte sich neben sie. „Sehen wir uns diese Woche noch?“

Sie wandte mir den Rücken zu und umarmte Jackson kurz. „Ja, bis später dann.“

Ich blickte zur Bar, denn ich wollte sie nicht in seinen Armen sehen. Ein primitiver Teil von mir, der bisher nicht einmal existiert hatte, wollte ihn anbrüllen, dass Oaklyn mir gehörte. Ich trank mein Wasser und sah zu, wie sie nach hinten ging, ohne sich von mir verabschiedet zu haben, und mich mit dem hemdlosen Kerl stehen ließ, der Oaklyn anfassen durfte, wann immer er wollte. Er betrachtete mich mit verengten Augen, doch ich ging nicht darauf ein. Stattdessen warf ich einen Zwanziger auf die Theke und ging in den Flur, in dem sich der Raum für die Angestellten befand. So schnell würde ich nicht aufgeben.

Es dauerte nicht lange, bis sie herauskam, umgezogen und bereit, zu gehen. Sie blickte auf ihr Handy, sodass sie mich nicht sofort wahrnahm.

„Oaklyn.“

Sie hob den Blick, rollte mit den Augen und sah wieder auf das Handy. „Ich bin müde, Callum. Muss das jetzt sein?“

Anstatt zu antworten, warf ich einen Blick auf ihr Handy und sah die Taxi-App. „Was hast du vor?“

„Mir ein Taxi rufen“, sagte sie, als sei das offensichtlich. Was es auch war. Ich verstand es nur nicht.

„Warum? Wo ist dein Auto?“

„In der Werkstatt. Es dauert länger, als man mir versprochen hat.“

Ich sah auf die Uhr. Es war fast ein Uhr nachts, und mir gefiel der Gedanke nicht, dass sie sich ein Taxi rufen wollte. Was ihr da alles passieren konnte. Ich hielt die Hand über ihr Handy. „Lass mich dich nach Hause fahren.“

Ihre Haut war zart und der Puls an ihrem Handgelenk raste unter meiner Berührung. Ein Blitz schien mir in die Finger zu schießen, durch den Arm bis hinauf in meine Brust.

„Callum …“

„Komm schon“, unterbrach ich ihre Absage. „Ich kaufe dir unterwegs auch etwas zu essen.“

„Nach Mitternacht? Da hat alles zu.“

„Ich … bitte.“

Niemand war in unserer Nähe, als wir neben dem Clubeingang standen und ich auf ihre Entscheidung wartete. Endlich sah sie mich direkt an. Zum ersten Mal seit Mittwochabend. Wir standen in unserer eigenen Luftblase. Die Welt gehörte nicht mehr zu der Energie, die uns umgab.

„Na gut.“

Ich begleitete sie zu meinem Wagen und konnte ein Grinsen kaum verbergen. Oaklyn war ein stolzer Mensch, und ich wollte ihr meinen Triumph nicht unter die Nase reiben, denn dann könnte sie sich erneut zurückziehen.

Wir hielten beim Waffle House und wollten hineingehen und uns unterhalten, doch Oaklyn zögerte, auszusteigen.

„Was ist los?“

„Vielleicht ist es keine gute Idee, mitten in der Nacht mit meinem Professor dort essen zu gehen.“

„Mist. Daran habe ich nicht gedacht.“ Ich war verdammt noch mal so darauf konzentriert, mit ihr zusammen zu sein, dass ich nicht an unsere Lage gedacht hatte. Ich hatte völlig vergessen, dass sie meine Studentin war. Für mich war sie nur die Frau, die ich um mich haben wollte. „Okay. Sag mir, was du haben willst, und ich geh rein und hole es. Wir können im Auto essen.“

„Nur eine Waffel mit ein bisschen Speck.“

Als die Bestellung fertig war, nahm ich sie entgegen und eilte zum Auto zurück. Oaklyn sah mir zu, wie ich mit den Tüten herumhantierte, und wirkte immer noch zögerlich, als ob sie nicht sicher war, wie die Sache enden würde. „Schlau von dir, daran zu denken, dass man uns zusammen sehen könnte. Da drin ist es brechend voll."

„Olivia redet öfter davon. Sie meint, es ist nachts ein beliebter Treffpunkt."

„Ja, ich erinnere mich an das wundersame Waffle House. Am besten ist es um zehn nachts und vier Uhr morgens." Sie lachte, rückte auf dem Sitz zurecht und nahm mir ihre Tüte ab. „Ihre Waffel, Mylady."

„Immer der Gentleman." Sie stellte sich das Essen auf den Schoß und versuchte, mit dem Besteck zu balancieren, aber es fiel herunter, als sie nach der Serviette griff. Sie versuchte es erneut, doch es passierte wieder, sobald sie sich auch nur ein bisschen bewegte. „Das ist unmöglich."

„Lass dich nicht von dem Plastikkram besiegen", alberte ich herum und kämpfte ebenfalls mit dem Besteck.

Sie sah mich von der Seite an und seufzte dramatisch. „Hör mal, wenn du nichts dagegen hast, können wir bei mir essen. Es ist nicht mehr weit."

Ich hoffte, das gedämpfte Licht im Wagen verbarg mein Erstaunen. Ich überlegte nicht lange und nahm ihr Angebot an. Mit ihr allein zu sein, war mehr, als ich mir heute erhofft hatte. „Okay."

Sie versuchte, ihre Reaktion auf meine schnelle Antwort zu verbergen, musste aber doch lachen. „Erwarte nur nichts Besonderes. Ich bin nur eine arme Studentin."

Ich hielt meine Erwartungen gering, und obwohl ihre Wohnung wirklich nichts Tolles war, war sie doch sauber und genug dekoriert, dass sie nicht kalt wirkte. Was nicht schwer gewesen sein musste, denn sie hatte wenig Platz. Man konnte es kaum ein Apartment nennen, dennoch war es hübsch und gut organisiert. Egal wohin Oaklyn auch ging, ich konnte sie die ganze Zeit sehen. Sie hängte meine Jacke an einen Haken und schlug vor, an ihrem Couchtisch zu essen.

„Ein Couchtisch war billiger als ein Esstisch“, erklärte sie. „Und ich hatte auch nicht vor, hier irgendwelche Essenspartys zu geben.“

„Ich würde mich und Waffle-House-Essen auch nicht unbedingt als Party bezeichnen.“ Ich lachte.

„Es ist aber ein Essen und du bist mein Gast. Näher werde ich wohl nie an eine Party herankommen.“

„Okay.“

Sie klopfte ein Kissen auf, als sie sich neben mich setzte. Es war mehr ein Zweisitzer als eine Couch, und es stand noch ein passender Sessel daneben. Ich betrachtete es als ein gutes Zeichen, dass sie sich zu mir auf die Couch setzte und nicht allein auf den Sessel.

„Wie geht’s mit dem Studium voran?“

Wir mussten reden, doch versuchten, irgendwie die Anspannung zu lockern, was ich momentan genießen wollte.

„Ganz gut“, antwortete sie und nahm einen großen Bissen von der Waffel.

Gern hätte ich ihr den Sirup vom Mundwinkel geleckt, dann ihren Hals und ihre entblößte Schulter geküsst.

Die Frau musste massenweise übergroße Sweatshirts besitzen. Nicht, dass ich etwas dagegen gehabt hätte. Sie sah großartig darin aus.

„Allerdings war der Test in einem Kurs unmöglich.“ Ich konzentrierte mich wieder auf das Gespräch. „Er war auf unfaire Weise viel zu brutal. Der Lehrer ist ein Arschloch, es einem so schwer zu machen."

„Ich erinnere mich an solche Tests. Die haben mir immer einen Dämpfer verpasst."

„Ja, nicht wahr? Ich meine, wer zum Geier erwartet von uns, jede einzelne Konstellation zu wissen?"

Ich erstickte beinahe an meiner Waffel, als ich begriff, dass sie von mir sprach. Schockiert sah ich sie an und mein Blick traf auf ihre glitzernden Augen und ihre Lippen, die versuchten, kein Lächeln zu zeigen.

„Ha-ha, sehr witzig", brachte ich trocken hervor, nachdem ich geschluckt hatte. „Was hat dich mehr durcheinandergebracht? Der Große Wagen oder der Kleine?"

„Definitiv der Kleine", sagte sie ernst. „Wie klein ist klein? Sehr klein? Oder ist er echt groß und heißt nur klein? So wie Little John?"

„Gute Frage. Du solltest Physik studieren und es selbst herausfinden. Ich bin sicher, das hat noch keiner erforscht."

Sie warf den Kopf zurück und lachte, was mir den Atem verschlug. Verflucht, war sie schön.

„Ich vermisse die Mittagspausen mit dir. Das Studium war nicht mehr dasselbe in den letzten zwei Wochen."

„Ich auch. Dein Sinn für Humor bringt mich durch die Nachmittage."

Stille breitete sich zwischen uns aus und es wurde Zeit, aufzuhören, und das wahre Thema zu vermeiden.

„Warum sind Sie hier, Dr. Pierce?" Ich zuckte zusammen, als sie mich wieder förmlich anredete. „Sie haben mehr als genug deutlich gemacht, dass Sie mich nicht wollen. Was soll das also?"

Ein humorloses Lachen wollte mir entkommen. „Himmel, Oaklyn, natürlich will ich dich."

Sie hob die Augenbrauen und wartete auf eine Erklärung. Das Herz hämmerte in meiner Brust, während ich über meine Optionen nachdachte. Aufhören und gehen. Sie gehen lassen. Oder mich durch die halbe Wahrheit stottern und hoffen, dass es ihren Wunsch, zu verstehen, befriedigte.

Ich betrachtete ihre nackte Schulter und spürte fast, wie sich ihre Haut unter meinen Fingern anfühlte. Erinnerungen an ihren Geschmack fluteten meinen Verstand. Das Bild von Reed und Karen, mit seiner Hand auf ihrem Bauch, traf mich. Die Vorstellung von Oaklyn, wenn ich sie in meine Zukunft projizierte.

Sie erfüllte mich mit der Hoffnung, dass es hinter meiner Angst noch mehr gab. Sie brachte mich dazu, daran zu glauben, und ich musste es einfach versuchen. Ich konnte es schaffen. Mit ihr.

Ich stellte meinen Pappteller weg, nahm ihr ihren aus der Hand und stellte ihn ebenfalls auf den Tisch. Mit geweiteten Augen und einem schweren Schlucken sah sie mir zu. Ich schob ihr das Haar hinters Ohr, lehnte meine Stirn an ihre und betrachtete ihr schönes Gesicht, ihre vollen Lippen ebenso wie die Figur unter dem Sweatshirt. Sie öffnete den Mund und erwartete meinen Kuss.

„Callum."

Zu sehen, wie ihre Lippen meinen Namen formten, versetzte mir den letzten Stoß.

Kapitel 21

Callum

Ihre Lippen waren noch immer genauso weich. Vielleicht sogar noch weicher, voller und perfekter. Jedes Mal, wenn ich sie berührte, schien sie noch schöner zu werden.

Sie zögerte nur einen kurzen Moment, ehe sie stöhnte und den Kuss erwiderte. Mit der Zunge neckte sie meine Lippen, die ich gehorsam öffnete, um Oaklyn zu schmecken. Ich ließ die Augen offen und sah sie an, während ihre Hände zuerst in mein Genick und dann in meine Haare glitten. Ich sah, wie ihre Wimpern auf ihren samtigen Wangen Schatten warfen, legte die Hände um ihre Taille, um mir bewusst zu machen, dass ich eine zarte Frau in den Armen hielt, und mich die Erinnerung an die Hand eines anderen nicht zurückhielt.

Ich betrachtete, wie sich ihr Gesicht mit jeder Berührung ihres Mundes veränderte. Der süße Geschmack des Sirups, gemischt mit ihrem eigenen, berauschte mich. Ich verlor mich in dem Kuss und merkte nicht einmal, dass ich die Augen schloss und sich die Gefühle noch verstärkten. Nicht die Panik, die immer am Rand lauerte, seit Oaklyn ihre Hände in meinen Haaren vergraben hatte. Nein, ich spürte nur ihre Zähne, die an meinen Lippen knabberten. Spürte den Atem an meiner Wange, als Oaklyn ausatmete, ohne den Mund von meinem zu nehmen. Spürte, wie sich ihre Rippen unter meinen Fingern dehnten und zurückzogen.

Sie nahm mich völlig ein, und ehe ich mich versah, zog ich ihr den Pullover über den Kopf. Meine Hände schmolzen um ihre weichen Brüste und mit den Daumen streichelte ich ihre Nippel. Ich schob den dünnen

Spitzenstoff aus dem Weg und saugte an den harten Brustwarzen. Ich war derartig fasziniert davon, wie sie sich in meinem Mund anfühlten, dass ich nicht einmal daran denken konnte, wieso ich in ihren Armen nichts als Erregung verspürte.

Die Abwesenheit der Panik hinterließ eine Lücke, die ich unbedingt mit Oaklyn füllen wollte. Ich wollte mehr. Mehr von ihr an mir.

Ich lehnte mich etwas zurück, um mein Hemd auszuziehen, und küsste sie danach sofort weiter. Ihre nackte Brust an meiner jagte Lustwellen durch mich hindurch. War ich je mit einer Frau Haut an Haut gewesen? War ich je derartig im Jetzt verhaftet gewesen, dass mich die Vergangenheit nicht erreichen konnte?

Zumindest dachte ich, dass es in diesem Augenblick zutraf. Ich dachte, ich wäre so tief in Oaklyn versunken, dass nichts anderes durchkommen konnte.

Sie legte ihre Hände auf meine Schultern und drückte mich auf die Couch zurück.

Und ich fiel.

Fiel zurück in den Albtraum.

Mit den Händen drückte sie fest gegen meine Schultern und *er* stieg über mich. Ich verlor den Bezug zur Realität, meine Beine wurden gegen meine Brust gepresst und …

„Nein!“, rief ich, ergriff ihre Arme und schob sie weg.

Ich öffnete die Augen, als ich meine eigene Stimme in dem stillen Raum hörte, die an den Wänden widerhallte und mich verspottete. Oaklyn starrte mich mit geweiteten Augen an und öffnete schockiert den Mund.

„Es tut mir leid“, brachte ich schwer atmend heraus. Ich konnte nicht mehr tief Luft holen und Panik kribbelte auf meiner Haut. Nicht nur wegen der Erinnerung, sondern auch bei der Vorstellung, ihr meine Reaktion erklären zu müssen.

„Du willst mich doch verarschen, oder?“ Sie zog die Brauen zusammen und befreite sich aus meinen Armen. Sie griff nach ihrem Pullover und bedeckte ihre Brüste, starrte mich an und versuchte, in meinem Gesicht zu lesen. „Ist das dein Ernst?“, fragte sie langsamer, ärgerlicher.

„Fuck!“, fluchte ich und erhob mich von der Couch. Ich lief nervös hin und her, fuhr mir durch die Haare, ballte die Fäuste, und hoffte, der Schmerz würde mich erden, mir die Kontrolle zurückgeben, die sich mir entziehen wollte. „Fuck“, wiederholte ich.

„Du musst gehen.“

Bei ihrem harschen Befehl hielt ich inne. Ich sah sie an und mein Herz sank, als würde ein Bleigewicht daran hängen. Der Schmerz in ihren Augen war so stark, dass nicht einmal ihre Wut ihn verbergen konnte.

„Oaklyn, bitte …“ Ich streckte die Hand nach ihr aus.

„Nein.“ Sie sah nach unten und schüttelte den Kopf. „Nein. Entweder du erklärst mir, was zur Hölle los ist, oder du musst gehen.“

Mitten in dem Chaos, das in mir vorging, fragte ich mich, was sie wohl sah, wenn sie mich betrachtete. Einen verstörten kleinen Jungen im Körper eines Mannes? Ein eingesperrtes Tier, das zu oft geschlagen wurde, um sich jemals davon zu erholen? Einen erwachsenen Mann, der Angst hatte, den ersten Hoffnungsschimmer zu verlieren? Einen verzweifelten Mann, der versuchte, sich an sie und an seine Geheimnisse zu klammern?

Während ich über die Konsequenzen nachdachte, hielt ich ihren goldenen Blick. Ich könnte weglaufen und mich ewig dafür hassen, es nicht versucht zu haben. Ich könnte alles gestehen, die Abscheu in ihren Augen sehen, und wie sie mich hinauswarf, weil sie nicht wusste, wie sie mit so einem beschädigten

Exemplar umgehen sollte. Würde sie mich verurteilen, weil ich immer noch an die Vergangenheit gekettet war?

Oder würde sie die Last meiner Bürde mit mir tragen? Ich könnte gestehen, und sie würde meinen Schmerz mildern. Sie war die erste Person, bei der ich in Erwägung zog, es zu erzählen. Nicht bei einer einzigen anderen Frau hatte ich diese Idee überhaupt gehabt. Ich hatte mich nur in Ausreden geflüchtet, um nicht immer allein sein zu müssen. Aber bei ihr? Da fühlte ich mich sicher. Ich fühlte Trost und wollte das nicht aufgeben. Könnte ich mir selbst noch ins Gesicht sehen, wenn ich diese Gelegenheit nicht nutzen würde?

Ungeschickt zog ich das Hemd wieder an, denn ich brauchte jeden Schutzpanzer, den ich kriegen konnte. Dann ging ich zu ihr hinüber und half ihr in ihren Pullover.

„Cal", flüsterte sie, steckte die Arme in den Pullover und sah mich besorgt und verwirrt an.

Ich setzte mich mit dem Rücken gegen die Armlehne am anderen Ende der Couch und atmete tief durch. „Warte", begann ich. „Gib mir eine Minute."

„Okay."

Sie hauchte das Wort leise, sodass ich es fast nicht hörte, doch es kam bei mir an und sank in mich, als hätte sie mir ihre Unterstützung entgegen geschrien.

Ich konnte beim Reden nicht aufsehen, also betrachtete ich meinen Daumen, mit dem ich über meine Jeans rieb. „Ich hatte einen Cousin." Es war so einfach. Klang so harmlos im Vergleich zu dem Albtraum, der folgte. Doch als ich erst einmal angefangen hatte, kamen die Worte ohne Pause über meine Lippen. Ich begrenzte es auf das Wichtigste. „Er war drei Jahre älter als ich und ich betete ihn an. Bewunderte alles, was er tat. Dachte, er kenne sich aus." Ich lachte trocken und das humorlose Beben schmerzte in meiner Brust. „Als er einen

Porno einlegte, sagte ich nichts, denn ich wollte nicht, dass er mich für blöd hielt. Ich war erst elf und er der coole Teenager."

Ich kaute an meiner Unterlippe und bereitete mich darauf vor, etwas auszusprechen, das ich seit mehr als zehn Jahren nicht getan hatte. „Ich sagte auch nichts, als er meinen Penis anfasste und behauptete, dass er mir einen Gefallen tat, und mir zeigte, wie man masturbiert. Sagte nichts, als er meinte, von nun an müsse ich es auch bei ihm tun. So ging es eine Weile, und ich fühlte mich in der Zwickmühle, als ich aufhören oder es jemandem erzählen wollte, der es dann beendete. Ich hatte Angst. Dann wurde daraus Oralsex, dann nur noch Sex. Ich wollte das nicht mehr. Ich wollte nicht noch mehr von ihm *lernen*. Aber er drohte mir. Sagte, keiner würde mir glauben, dass ich es nicht gewollt hätte, denn schließlich brachte er mich zum Orgasmus. Mit der Angst und der Scham hatte er mich im Griff. Nach zweieinhalb Jahren bemerkten meine Eltern meine Panikattacken und dass ich mich auffällig verhielt. Denn wenn ich zu Hause Zoff hatte, konnte er nicht zum Übernachten zu mir kommen. So hielt ich ihn mir vom Hals. Irgendwann steckten mich meine Eltern in eine Therapie, und eines Tages stellte der Therapeut die richtigen Fragen und ich vertraute es ihm an. Das war dann das Ende."

Mein ganzer Körper schien zu zittern, doch als ich die Hände hob, bewegten sie sich kaum. Innerlich brach ich zusammen, aber dennoch blieb äußerlich alles irgendwie intakt.

Noch immer hatte ich Oaklyn nicht angesehen. Sie hatte nichts gesagt und die Stille schrie mich an. Die Angst hatte meine Muskeln gelähmt, und es war mir kaum möglich, den Kopf zu heben, aber ich schaffte es.

Langsam sah ich sie an und bereitete mich auf das Schlimmste vor.

Sie hatte ihre Finger auf die Lippen gelegt und Tränen kullerten über ihre Wangen.

„Callum." Ihre Stimme brach wegen der Tränen.

„Ich brauche dein Mitleid nicht." Fuck, mit Mitleid konnte ich nicht umgehen. Irgendwie hatte ich das nicht in meine Überlegungen mit einbezogen. Ich wusste nicht, was ich tun sollte, wenn sie mich bemitleidete.

„Das ist kein Mitleid", sagte sie. Sie schluckte schwer und räusperte sich. „Ich wäre ein Monster, wenn es mir nicht wehtun würde, was du durchmachen musstest. Aber das ist kein Mitleid, sondern Mitgefühl."

Die Kraft in ihren Worten, die Tiefe ihrer Gefühle, die in mich sickerten, brachten meine Augen zum Brennen. Ich sah zur Seite und schluckte schwer gegen den Kloß an, der mir vor meinem nun folgenden Geständnis im Hals saß. „Seitdem kann ich mich nicht mehr anfassen lassen. Ich habe Frauen berührt, geküsst, bin mit ihnen ausgegangen, aber sie wollten meistens mehr. Das ist auch natürlich, wenn man sich eine Zukunft zusammen aufbauen will. Aber am Ende hatten sie die Nase voll, nachdem ich immer wieder Ausreden erfunden habe, damit sie mich nicht intim anfassten."

„Hast du jemals …" Sie beendete den Satz nicht, doch ich wusste, was sie wissen wollte.

„Ein Mal." Ich verzog das Gesicht bei der Erinnerung. „Es war im College und ich hatte mich betrunken, um es durchzustehen. Ich habe die ganze Zeit dabei gezittert und geschwitzt, aber sie war zu voll, um es zu merken. Danach bin ich sofort gegangen und habe es nie wieder versucht."

„Was für eine furchtbare Bitch."

Ich musste über ihren Ärger, den sie an meiner Stelle empfand, lächeln. Nie hätte ich gedacht, dass ich nach meinem Geständnis jemals lächeln würde.

Stille hing zwischen uns und ich wusste nicht, was ich noch sagen sollte. Ich wollte sie nicht bedrängen, wenn sie noch nicht bereit war, etwas zu sagen, also schwieg ich. Ich gab ihr Zeit, mein Geständnis zu verdauen und mich eventuell rauszuwerfen. Schließlich dauerte es mir aber zu lange und ich fragte sie: „Willst du, dass ich gehe?“

„Was? Nein, Callum. Himmel, nein.“ Ihre vehemente Reaktion überraschte mich. Ich sah sie an und stellte fest, dass sie schockiert wirkte. „Wenn nichts anderes, dann bist du auf jeden Fall noch mein Freund. Niemals würde ich …“ Sie schüttelte den Kopf und sprach den Gedanken nicht zu Ende. „Mir liegt etwas an dir. Ich möchte, dass du bleibst.“

Sie wollte, dass ich blieb. Ihr lag etwas an mir und ich sollte nicht gehen. Solch simple Worte, und doch drangen sie durch meine Haut und begannen, Löcher in meinem Inneren zu flicken. Ich hatte ihr von meiner Vergangenheit erzählt und sie hatte mich nicht verurteilt, hinterfragt oder betrachtete mich jetzt anders. Ich fühlte mich … leichter.

Oaklyn erfüllte mich irgendwie, als ob ich irgendwann wieder vollständig sein könnte. Es war, als ob sie mir half, etwas von der Last abzulegen, die ich schon so lange mit mir herumtrug. Wie war eine Frau nur dazu in der Lage? Ich wusste es nicht, aber ich wollte auch nicht, dass sie damit aufhörte.

„Okay.“

„Okay.“

Wir sahen uns von den gegenüberliegenden Seiten der Couch aus an, unsicher, was wir als Nächstes tun sollten. Ich vermisste die Leidenschaft von vorhin und wollte das Geständnis hinter mir lassen. Es war ausgesprochen, es war raus, und ich wünschte mir, dass wir weitermachten. „Du darfst ruhig näherkommen und mir noch eine Chance geben, dich zu küssen. Ich werde nicht zerbrechen."

Sie lächelte und betrachtete mich mit einer erhobenen Augenbraue. „Ich könnte dich niemals zerbrechen. Nicht mal eine Delle würde ich in dich reinkriegen."

Ich machte eine Männerkraftpose und spannte die Armmuskeln an, was sie zum Lachen brachte.

Trotzdem sah ich in ihren Augen, wie sich die Rädchen in ihrem Verstand drehten, während sie auf ihrer Lippe kaute. Ich hielt ihren Blick und sah, wie er sich erhitzte. Absichtlich behielt sie die Hände hinter dem Rücken und rutschte langsam auf mich zu, bis sie direkt vor mir saß.

„Sagst du mir bitte, wenn ich etwas tue, das dich stört? Irgendwas?"

„Oaklyn …"

„Sag ja, oder ich gehe wieder ans andere Ende der Couch."

„Ja", antwortete ich und meine Wange zuckte bei der Warnung.

„Gut."

Langsam beugte sie sich vor und küsste meinen Mundwinkel.

Es dauerte nicht lange und der Kuss wurde hitziger. Ich leckte über ihren Mund, wollte sie wieder schmecken, und wäre fast vornüber gefallen, als sie sich näher zu mir beugte. Ohne den Kuss zu unterbrechen, nahm ich ihre Hände und legte sie auf meine Schultern. Leicht zog ich meinen Mund zurück und sagte an ihre Lippen: „Es macht mir nichts aus, angefasst zu werden, besonders nicht von dir. Nur nichts allzu aggressives."

„Aber du kannst mich anfassen, oder?“, fragte sie atemlos.

„Oh, ja. Ich habe vor, dich auf alle möglichen Arten anzufassen.“ Ich küsste ihre Lippen. „Sanft.“ Ich knabberte an ihren Lippen. „Oder auch rauer. Auf.“ Kuss. „Alle.“ Kuss. „Arten.“ Kuss. „Die es gibt.“

Ich streichelte über ihre Arme, ihre Brüste, ergriff den Pullover und zog ihn ihr aus. Sie umfasste mein Hemd und zögerte. Ich hasste es, dass sie das tun musste, war aber gleichzeitig dankbar, dass sie es tat. Nach einem kurzen Nicken von mir befreite sie mich davon und küsste mich wieder.

Ich schloss die Augen, genoss ihren Geschmack und zog sie an meine Brust. Etwas, das ich nur mit Oaklyn tun konnte. Ihre zarte Haut war an meine gepresst und ich musste tief durchatmen, weil das Gefühl so aufregend war.

„Callum“, hauchte sie und knabberte kurz an meiner Lippe. „Kannst du …“

„Schon gut. Frag mich einfach.“ Ich hatte keine Ahnung, was sie mich fragen wollte, aber ich wollte es versuchen.

„Können wir langsam anfangen? Darf ich dir zusehen während du mir zusiehst? Erstmal ohne Anfassen.“

Ich versuchte, nicht das Gesicht zu verziehen, verlor aber den Kampf.

„Okay, schon gut“, sagte sie schnell. „Ich bin nur egoistisch. Ich will dich sehen, will mehr sehen als in einer dunklen Ecke oder wenn du hinter mir stehst.“

„Das wäre nur fair, weil ich dich schließlich schon beobachtet habe“, scherzte ich, aber es war nicht witzig. Ich sah nach unten und schämte mich dafür, ihr meine Schwäche offenbart zu haben.

Nach einer kurzen Pause schnellten ihre Augenbrauen nach oben. „Ich habe eine Idee.“

Oaklyn stand auf und schob den Sessel in die Ecke. Dann kam sie zu mir und führte mich dorthin. Als ich saß, machte sie das Licht aus. Nur das Licht aus der Küche erhellte den Raum gedämpft, sodass ich kaum mehr zu sehen war. Dann legte sie sich auf die Couch und sah mich an.

„Stell dir vor, du wärst im Voyeur“, wisperte sie.

Ich hatte diese Frau nicht verdient. Nichtsdestotrotz sah ich ihr zu. Sie schob ihre Leggings nach unten und spreizte die Beine. Ich sah zu, wie sie den BH zur Seite schob und an ihren Nippeln spielte, ehe sie eine Hand zwischen ihre Beine legte. Sie neckte sich selbst, neigte den Kopf nach hinten, schob das Höschen weg und zeigte mir ihre nasse Pussy.

Ich zuckte mit den Hüften und stöhnte, drückte auf meine Erektion, die sich gegen die Hose auflehnte. Oaklyns beschleunigter Atem feuerte mich an. Ich öffnete meinen Reißverschluss, und das Geräusch schien mein Verlangen zu verraten. Ihr Blick glitt zu mir, doch schnell sah sie wieder an die Decke hoch. Mit den Fingern umkreiste sie ihre Öffnung. Ich holte meinen Schwanz aus der Hose, rieb ihn auf und ab, ohne Oaklyn aus den Augen zu lassen.

„Callum“, hauchte sie, schob einen Finger in sich und fickte sich selbst.

Stöhnend hielt ich mit ihr Schritt und teilte den intimen Moment mit ihr. Ich war vollkommen vom Beobachten eingenommen, von unserem gemeinsamen Atemrhythmus, so, als ob wir tatsächlich zusammen Sex hätten. Emotionen tobten in mir und die Auswirkungen davon spürte ich direkt in meinen Eiern. Das Gefühl schwoll an, ließ mich innerlich wachsen, als ob ich unbesiegbar wäre. Wie ein Süchtiger verlangte es mich nach mehr. Mehr von ihr.

„Oaklyn", stöhnte ich. „Sieh mich an." Ohne zu zögern traf ihr Blick meinen und sie schien zu vermeiden, tiefer zu sehen, wo ich meinen Schwanz in der Hand hatte. „Sieh mir zu."

Sie tat es und mein Schwanz zuckte unter ihrem Blick. Ihre Finger bewegten sich im selben Rhythmus wie meine und ihr Körper wand sich vor Lust. Ihr Wimmern wurde lauter und schneller.

„Komm mit mir. Callum, komm mit mir zusammen."

Mit dem Daumen rieb sie ihre Klit, spannte sich an, und ihre Schenkel zuckten, als sich ihre Mitte um ihre Finger zusammenzog. Und ich kam. Wir sahen uns an, während ich meinen Schwanz rieb, bis ich den Samen über meine Brust schoss.

„Verdammt, Oaklyn", hauchte ich.

„Noch nicht", keuchte sie atemlos. „Aber vielleicht eines Tages."

Sie lächelte und ich musste lachen. Ich fühlte mich so leicht, als würde ich schweben. Mit jedem Atemzug bekam ich besser Luft. Und sie lachte mit mir und lächelte mich an. Drei Meter lagen zwischen uns, doch ich fühlte mich ihr näher, als wenn ich meine Zunge zwischen ihren Beinen vergraben hatte.

Entweder würde mich Oaklyn retten oder zerstören. Ich hoffte auf Ersteres, denn ich hatte nicht mehr viel übrig, was zerstört werden könnte.

Sie schob ihre Unterwäsche zurecht, stand auf und ging in die Küche. Kurz darauf kam sie mit einem Waschlappen zurück.

„Danke", sagte ich und hielt ihren Blick fest.

Sie verstand, dass ich von mehr sprach, als von dem Waschlappen. „Jederzeit, Callum."

Als ich wieder sauber und angezogen war, trug sie ihren Pullover, hatte aber immer noch nackte Beine.

„Möchtest du über Nacht hierbleiben?“, fragte sie und deutete mit dem Kinn auf ihr Bett in der Ecke.

„Ich weiß nicht, ob ich das kann“, antwortete ich aufrichtig.

„Möchtest du es versuchen?“

Konnte ich das?

Für sie würde ich alles versuchen.

Ich nickte, stand auf und ging mit ihr zum Bett. Ich wusste nicht, wie das laufen würde. Manchmal hatte ich Albträume und wachte zitternd auf, doch alles in mir drängte mich dazu, mich mit ihr hinzulegen, sie festzuhalten und nie wieder loszulassen. Dennoch musste ich sie warnen.

„Ich habe das noch nie gemacht.“

Sie rollte sich herum und sah mich an. „Ich auch nicht.“

„Okay, aber du bist erst neunzehn.“

„Es gibt keine Altersgrenze für Erfahrung. Ich bin sicher, dass es Männer gibt, die noch nie mit jemandem im selben Bett geschlafen haben und viel älter sind als du.“

„Da magst du recht haben.“

„Natürlich habe ich recht“, sagte sie frech.

Ich schob eine Haarsträhne hinter ihr Ohr und streichelte mit dem Daumen über ihre Lippen. Sie küsste meine Fingerspitzen, was elektrische Wellen in meine Brust leitete.

„Es gibt eine Menge Dinge, die ich noch nie getan habe“, sagte ich. Ich hasste es, das zugeben zu müssen, doch sie musste es wissen.

„Das ist okay, Callum.“

„Ich weiß. Es ist nur … mit dir möchte ich ehrlich sein. Du gibst mir das Gefühl, offen sein zu können. Ich weiß nicht wieso, aber so empfinde ich bei dir.“

„Ist es falsch, wenn ich mich deswegen geehrt fühle?“, wisperte sie.

„Nein. Ich möchte es mit dir versuchen, Oaklyn. Mir liegt viel an dir, und in den letzten paar Monaten sind wir mehr als nur Freunde geworden. Irgendwie hat es bei mir gefunkt. So falsch es auch ist …“ Ich atmete tief durch. „Ich würde es gern mit dir versuchen.“

„Da ist nichts Falsches dran.“ Bei ihrem strengen Ton hob ich eine Braue. Sie lächelte über meine Reaktion. „Nur, dass ich deine Studentin bin, aber das wird nicht lange so bleiben. Ich will nicht dagegen ankämpfen müssen. Mir liegt auch viel an dir und ich will dich auch.“

Ich lehnte mich vor und küsste sie sanft auf die Lippen, ehe ich mich wieder auf mein Kissen zurückzog. Ihre Hand glitt zwischen uns, berührte meine, und tastete sich um Erlaubnis bittend vor. Ich öffnete die Hand und sah zu, wie sich unsere Finger umeinander schlangen.

Auf wundersame Weise, beruhigte sich meine Atmung und ich schlief ein, während ich ihre Hand wie einen Rettungsring umklammerte.

Kapitel 22

Oaklyn

Als ich das erste Mal die Augen öffnete, wusste ich nicht, wie spät es war, aber Licht drang durch meine Vorhänge. Ich streckte mich und mein Blick fiel auf den Sessel in der Ecke. Schlagartig erinnerte ich mich an den Abend zuvor. Ich griff zur Seite und wollte Callum berühren, doch fand nur ein kaltes Laken.

Ich sah mich um, aber er war nicht da, es sei denn, er versteckte sich in der Küche ohne Licht. Doch er war wohl schon eine Weile fort. Ich versuchte, die Zweifel zu verdrängen, die in mir hochkamen, weil er mitten in der Nacht ohne Abschied gegangen war. Im Bad erfrischte ich mich mit kaltem Wasser und dachte an seine Worte, dass er es versuchen wollte, und dafür sollte ich dankbar sein.

Als ich einen Zettel an der Haustür fand, wurde der Schmerz in meiner Brust weniger.

Oaklyn,
ich musste zu einem frühen Meeting und leider gehen. Du hast zu schön ausgesehen, als dass ich dich wecken wollte. Ich kann dir für diese Nacht nicht genug danken.
C.

Mit dem Finger fuhr ich das C nach und mir gefiel die scharfe Biegung. Diese Handschrift passte zu ihm. Perfekt ausgerichtet, ohne unordentliche Ausbrüche. Ich lehnte mich mit dem Rücken an die Tür und hielt den Zettel wie eine Liebeskranke an meine Brust gedrückt. Er war der Beweis dafür, dass diese Nacht wirklich geschehen und keine abgedrehte Fantasievorstellung war.

Obwohl es mir lieber gewesen wäre, wenn sein Geständnis nicht real gewesen wäre. Entsetzt atmete ich aus, als ich an seine Geschichte dachte. Es hatte mich schockiert. Adrenalin war durch meine Zellen geschossen und ich litt für den Mann an meiner Seite. Meinem Verstand fiel die Vorstellung schwer, dass ein großer und schwerer Mann wie Callum missbraucht worden war. Ich konnte mir kaum denken, welchen bleibenden Schaden das verursacht hatte, doch eine Menge seiner Handlungen ergaben nun einen Sinn.

Ein Teil von mir bedauerte, dass ich ihn dazu gedrängt hatte, mir davon zu erzählen. Es wäre mir lieber gewesen, wenn er mir gesagt hätte, dass er sich schämte, auf eine Studentin scharf zu sein. Alles wäre mir lieber gewesen, als dass er sexuell missbraucht worden war.

Wieder brannten Tränen in meinen Augen.

Er war ein noch viel tollerer, wunderbarer Mann, als ich gedacht hatte.

Und er hatte es sich für mich selbst gemacht. Er wollte, dass ich ihm zusah. Er wollte das Erlebnis mit *mir* teilen. Dazu hatte er sich bei *mir* sicher genug gefühlt.

Die Emotionen hatten mich derartig überrollt und erschöpft, als mein Orgasmus vorüber war, dass ich ihn egoistisch gebeten hatte, zu bleiben. Ich brauchte seine Gesellschaft genauso wie er meine.

Was sollte ich mit all diesen Gefühlen über das lange Wochenende nur tun? Ich war mit meinen Gedanken allein, bis wir am Dienstag wieder in die Uni gehen würden. Ich konnte ihn nicht erreichen. Ich untersuchte den Zettel genauer, in der Hoffnung, dass er seine Nummer hinterlassen hatte, aber dem war nicht so. Ich ärgerte mich, dass ich seine Karte wütend weggeworfen hatte.

Ich konnte ihm eine E-Mail senden, aber das sah mir zu verzweifelt aus. Außerdem hatte ich nur seine E-Mail-Adresse an der Uni. Was, wenn da noch andere herankonnten und es jemand lesen würde? Und was würde dort stehen?

Danke, dass du mich von dem Sexclub abgeholt hast, in dem ich arbeite. Auch dafür, dass du mit mir masturbiert und meine Hand gehalten hast, als wir eingeschlafen sind. P.S.: Hier ist meine Nummer, denn ich würde es gern wiederholen. Bis später in der Vorlesung!

Das würde ganz sicher gut ankommen.

Also nahm ich es hin, die nächsten Tage ohne Kommunikation zu verbringen, und entschloss mich, zu recherchieren und mir einen Plan auszudenken. Das nächste Mal mit Callum wollte ich vorbereitet sein und vielleicht etwas mehr wagen, als nur zuzusehen.

Selbstsicher ging ich am Dienstagmorgen über den Campus. Ich trug einen weiten Pullover, der mir über eine Schulterseite rutschte, und ein Spitzenbralette darunter. Er war knapp, feuerrot, und passte zu dem auffälligen Lippenstift und dem Nagellack. Das Haar trug ich offen und leicht gelockt. Ich hatte viel Zeit investiert, um ultra-weiblich zu wirken.

Ich hoffte nur, Callum würde das auch so sehen.

Mein Plan schien zu funktionieren, gemessen daran, dass er zwei Mal hinsah, als ich in die Vorlesung kam. Er stand an seinem üblichen Platz an den Schreibtisch gelehnt und begrüßte die Studenten mit einem kurzen Blick. Als ich durch die Tür marschierte, sagte er Hallo zu mir und wandte sich der nächsten Person zu, drehte sich dann aber wieder um und sah mir zu, wie ich durch den Raum stolzierte.

„Wow“, sagte Olivia, als ich mich neben sie setzte. „Hast du nachher ein Date? Du siehst verdammt heiß aus.“

„Ich brauchte nur mal eine kleine Steigerung meines Selbstbewusstseins.“ Ich zuckte mit den Schultern und kramte meine Unterlagen aus der Tasche.

„Nun, ich glaube, damit erleben eine Menge Kerle eine Steigerung, wenn du verstehst was ich meine.“ Sie wackelte mit den Augenbrauen. „Sogar Dr. Pierce musste seinen Unterkiefer vom Boden aufsammeln.“

„Ach was, stimmt gar nicht.“ Ich wollte nicht, dass Olivia auffiel, dass Callum mich ansah. Diese Art von prüfendem Blick wollte ich nicht auf uns beide lenken. „Du bist echt witzig, Liv.“

Sie tat so, als werfe sie ihr Haar nach hinten und konzentrierte sich dann auf den Beginn der Vorlesung.

Ich war sicher, es lag an mir, denn alle lauschten nur gebannt dem Vortrag, doch ich empfand die Spannung in der Luft als heftiger als sonst. Jedes Mal, wenn er mich ansah, war es, als ob er in den Saal schreien würde, dass wir voreinander zum Orgasmus gekommen waren. Die Sekunden, in denen er mich anstarrte, fühlten sich wie Minuten an, und am Ende der Vorlesung glaubte ich, mein Herz würde jeden Moment vor Aufregung explodieren. Doch irgendwie überstand ich die Stunde, ohne in Flammen aufzugehen.

Olivia wartete auf mich und nahm mir so die Chance, nach der Vorlesung mit Callum zu sprechen. Ich hatte gehofft, wir könnten zumindest Handynummern austauschen, was ich mit Olivia neben mir leider nicht tun konnte.

Frustriert fand ich mich damit ab, noch einen Tag warten zu müssen, packte meine Sachen zusammen und machte mich zum Gehen bereit.

„Miss Derringer.“

Seine weiche Stimme streichelte über meine Haut. Ich musste gegen die aufsteigende Hitze in der Herzgegend ankämpfen, die sich auf den Weg in meine Wangen machte.

Cool sein, gelassen und gefasst.

„Ja, Dr. Pierce?“

„Würden Sie bitte nachher in mein Büro kommen, um Ihren Termin zu besprechen?“

Ich konnte kaum durchatmen, als ich mir überlegte, warum er mich dabei nicht ansah. Hatte ich die Zeichen falsch gelesen? Bestellte er mich in sein Büro, um mir zu sagen, dass es ein großer Fehler war? War er sauer, weil ich so aufgedonnert in die Vorlesung gekommen war? Waren wir wieder am Anfang mit dem ganzen Hin- und Her? Als er sich abwechselnd heiß und kalt benommen hatte?

Die Gedanken rauschten durch meinen Kopf und verursachten ein dumpfes Brummen in meinen Ohren.

„Gern. Ich kann heute Nachmittag vorbeikommen.“ Meine Stimme klang hohl, völlig bar jeder Aufregung, die ich zuvor verspürt hatte. Mir war zum Heulen zumute, als ich mich umdrehte und zur Tür ging. Als ich noch einmal über die Schulter zurückblickte, sah er mich an und zwinkerte mir zu.

Nein, er bereute nichts. Er war nur besser darin, seine Gefühle zu verbergen, als ich es war. Ich wollte ihm mit einem sexy Grinsen antworten, doch ich war zu aufgeregt, da er mich nicht abservieren wollte. Ich biss mir auf die Unterlippe und unterdrückte ein Lächeln, um meine Freude vor Olivia zu verheimlichen. Dass jemand erfuhr, was zwischen mir und Dr. Pierce vor sich ging, war das Letzte, was ich brauchen konnte.

Meine Arbeitszeit im Biologiefachbereich zog sich dahin, der Zeiger schien doppelt so lange zu brauchen wie sonst, um sich über die Uhr zu bewegen. Endlich war

Mittagspause und ich musste mich beherrschen, nicht durch die Flure zu Callums Büro zu rennen. In normaler Geschwindigkeit erreichte ich den Gang und zwang mich zu einem neutralen Lächeln für Donna, doch sie war gar nicht da. Niemand war da. Außer Dr. Pierce.

Ich schlich in sein Büro, schloss die Tür ab und war bereit, meinen Plan in die Tat umzusetzen. Ich wusste, was ich wollte, nur über die Ausführung war ich mir noch unklar. Dass ich unbemerkt in sein Büro gelangen konnte, war schon mal perfekt.

„Oaklyn, was hast du vor?“, fragte Callum mit großen Augen. Er war über Papiere gebeugt und hatte mich erst bemerkt, als ich die Tür abschloss. „Ich glaube, die Leute werden beunruhigt sein, wenn sie sehen, dass eine Studentin zu mir kommt und die Tür abschließt.“

„Niemand hat mich gesehen, und es ist nicht ungewöhnlich, dass deine Tür in der Mittagspause zu ist.“

Ich biss mir auf die Lippe, unterdrückte mein Grinsen und versuchte, tief genug zu atmen, um meinen rasenden Puls unter Kontrolle zu bringen. Mein Herz klopfte so laut, dass er es bestimmt hören konnte. Er nahm die Brille ab, neigte den Kopf leicht zur Seite und betrachtete mich beim Näherkommen. Ich hielt seinem Blick stand, umrundete den Schreibtisch, stellte mich zwischen ihn und das Möbelstück, lehnte mich daran an und sah auf Callums Mund.

Die Stille brachte meine Haut zum Kribbeln, erweckte sie zum Leben. Unsicherheit schoss durch mich hindurch und fast hätte ich es mir anders überlegt, doch ich musste es versuchen. Für ihn. Ich wollte es für ihn. Ich leckte über meine Lippen und brachte damit Callum zum Aufstöhnen.

„Küss mich, Dr. Pierce“, wisperte ich.

Er stand auf und umfasste mit den Händen mein Gesicht. Seine Berührung war sanft, zart, und es überraschte mich, als sein Mund hart auf meinen traf, und wie verzweifelt sein Kuss schmeckte. Seine Zunge glitt zwischen meine Lippen und ich kam ihr entgegen, sog begierig sein Verlangen auf. Als wir um Atem ringen mussten, ließen wir kaum Abstand zwischen uns zu.

„Ich habe dich vermisst, als ich aufgewacht bin und du nicht da warst", gab ich zu und mochte die Unsicherheit nicht, die in meinen Worten mitschwang.

„Es tut mir leid", antwortete er, wandte den Blick ab, um mir nicht in die Augen sehen zu müssen, als ob er sich vor mir verstecken wollte.

Diese Reaktion machte mir Sorgen. War er wegen mehr als nur dem Meeting gegangen? „Was ist los?" Er wollte sich nach hinten zurückziehen, doch ich hielt ihn an den Armen dicht bei mir. „Sprich mit mir. Bitte."

„Ich …" Er hielt inne, an seinem Kinn zuckte ein Muskel. Ich streichelte über seinen Arm und ließ ihm Zeit für seine Antwort. „Ich habe überreagiert, als ich aufgewacht bin."

„Callum." Es gefiel mir nicht, dass etwas Schlimmes passiert war, während ich geschlafen hatte. Ich fühlte mich schuldig, weil ich ihn gebeten hatte, zu bleiben, und damit seine Panik ausgelöst hatte.

„Entschuldige. Ich möchte dich nicht in meine Probleme reinziehen."

Er klang beschämt, was mir nicht gefiel. Mir gefiel die ganze Situation nicht. „Cal", sagte ich entschlossen, damit er mir zuhörte. „Entschuldige dich nicht. Ich will für dich da sein."

Anscheinend waren das die richtigen Worte, denn seine hellblauen Augen verdunkelten sich vor Verlangen. Er stürzte sich auf meinen Mund und küsste mich noch intensiver als zuvor. Mit den Händen ergriff er meine Hüften, setzte mich auf den Schreibtisch und stellte sich zwischen meine Beine. Seine Finger glitten unter meinen Pullover, umfassten meine Brüste, massierten sie sanft und spielten mit meinen empfindlichen Nippeln. Ich stöhnte. Mit offenem Mund platzierte er Küsse von meinem Hals bis zu meiner Schulter. Ich verlor mich in ihm, strich mit den Händen über seine starken Arme, die ich durch das Hemd spürte, und genoss, wie sich seine Muskeln bewegten, während er mich streichelte. Ich fuhr mit einer Hand über sein Genick und in sein Haar, wobei ich ihm genug Zeit gab, auszuweichen oder mich aufzuhalten. Er hielt für einen kurzen Moment inne, bevor er meinen Körper weiter erkundete.

Ich durfte nicht vergessen, weshalb ich hier war. Ich musste meine Recherchen testen.

„Callum. Callum …“, sagte ich. Er brummte an meinem Hals, bis ich an seinem Haar zog, damit er mich ansah. „Vertraust du mir?“

Sein verschleierter Blick wurde klarer, während er über die Frage nachdachte. Ich hielt die Luft an und hoffte, er würde Ja sagen, bereitete mich innerlich aber auf eine Abfuhr vor.

„Mehr als jedem anderen.“

Ich hatte einen Kloß im Hals und konnte kaum schlucken. Ich musste mich zusammenreißen, sonst wäre ich in seinen Armen geschmolzen. Also sprang ich vom Tisch und schob Callum wieder auf seinen Stuhl zurück. „Ich habe mich ein bisschen schlau gemacht.“ Alarmiert runzelte er die Stirn. „Aus rein egoistischen Gründen“, fügte ich lächelnd hinzu.

Ich lehnte mich an den Schreibtisch zurück und behielt absichtlich die Hände hinter meinem Rücken. Callum krampfte die Finger um die Stuhllehnen. Ich atmete tief durch und begann mit der Durchführung meines Plans.

„Sobald du aufhören oder nichts tun, oder reden willst, dann sag es mir bitte. Du hast zu hundert Prozent die Kontrolle. Okay?“ Er zögerte, studierte mein Gesicht und überlegte wohl, was ich als Nächstes vorhatte, worauf ich hinauswollte – doch schließlich nickte er. „Mach die Hose auf und hol ihn raus.“

„Oaklyn.“

Mein Name entkam ihm mit einem tiefen Atemzug, doch als ich nach unten sah, zuckte seine Erektion. Zwar zögerte er, aber er war auch erregt.

„Du hast die Kontrolle, aber sieh mich bitte die ganze Zeit an.“ Er nickte erneut. „Wer steht vor dir, Cal?“

„Du.“ Seine Stimme war tief und vibrierte vor Erregung und Aufregung.

Ich hoffte, das war ein gutes Zeichen.

„Sag meinen Namen.“

„Oaklyn.“

Ich nickte und deutete mit dem Kinn auf seinen Schritt, worauf er mit leicht zitternden Fingern den Gürtel öffnete. Gleichzeitig knöpfte ich meinen Pullover vorne auf. Als mein roter BH zum Vorschein kam, hatte Callum seinen dicken, langen Schwanz in der Hand, während er mir noch immer in die Augen sah.

„Ich gebe dir nur eine visuelle Hilfe, um dich bei der Stange zu halten.“

Er gab ein kurzes Knurren von sich, während er weiterhin seinen Schwanz rieb. Mir lief das Wasser im Mund zusammen. Ich konnte es kaum erwarten, ihn zu schmecken. Langsam und weiterhin seinen Blick haltend, ging ich vor ihm auf die Knie. Sein Adamsapfel hüpfte nervös, während ich mich zwischen seinen Beinen platzierte und die Hände auf seine Knie legte. Meine Finger glitten seine Schenkel hinauf, aber ich griff nicht nach ihm, sondern ließ ihn sich weiterhin selbst streicheln. „Denk daran, du hast die Kontrolle. Sieh mir weiter in die Augen."

Ich rutschte näher, bis meine Lippen die Unterseite seines Schwanzes erreichten, wo ich ihn sanft küsste. Seine Brust hob und senkte sich, doch in seinen Augen glitzerte noch immer das Verlangen. Ich öffnete den Mund und leckte seinen Schaft entlang, über seine Finger bis zur Spitze. Sein Geschmack explodierte auf meiner Zunge, als er die Eichel in meinen Mund schob und ich daran leckte. Ich wollte unbedingt die Augen schließen und mich in dem Geschmack verlieren, zwang mich aber dazu, ihn weiterhin anzusehen, während ich an ihm saugte.

Sein Stöhnen war meine Belohnung und seine Hand um seinen Schaft lockerte sich. Ich nahm seine freie Hand und schob sie unter den BH auf meine Brust. Mit einem ploppenden Geräusch ließ ich von seinem Schwanz ab, legte seine andere Hand auf meinen Kopf, wo sie sich in meinem langen Haar vergrub.

„Du bist der Boss, Cal. Führe mich so, wie du es willst." Seine Hüfte zuckte und sein Schwanz stieß an mein Kinn. „Sag meinen Namen, Callum. Wer saugt an deinem Schwanz?"

„Du, Oaklyn", keuchte er.

„Gut. Jetzt konzentrier dich auf mich und bleib ganz in diesem Moment." Ich drückte meine Brust fester in seine Hand und er packte zu. „Ich werde nicht wegsehen."

Mit einem tiefen Grollen in seiner Brust stieß er in meinen Mund. Ich konnte ihn nicht tief aufnehmen bei dem Winkel, den ich brauchte, um ihm weiterhin in die Augen sehen zu können, aber ich machte jedes Mal die Wangen hohl, wenn er sich aus mir zurückzog. Ich kreiste mit der Zunge um seinen Schaft, genoss das Gefühl seiner Hand in meinem Haar, und wie er mich führte. Als er in meinen Nippel zwickte, holte ich zischend Luft und hätte fast die Augen geschlossen, schaffte es jedoch, sie offen zu halten.

„Oh Gott, Oaklyn."

Es klang wie ein Gebet. Als ich den Mund öffnete, damit er sah, wie meine Zunge über seinen Schlitz leckte, und ich seine Lusttropfen schmeckte, verlor er die Beherrschung. Sein Kopf sank an die Stuhllehne und er drückte mich tiefer über seinen Schwanz. Ich konnte endlich die Augen schließen und an ihm saugen wie ein Verhungernder. Ich öffnete meine Kehle und atmete durch die Nase, als er nach oben stieß und meinen Würgereflex auslöste. Ich leistete keinerlei Widerstand gegen seine Hand auf meinem Kopf, mit der er mich fest packte und mich benutzte. Ich wollte es so. Bei jedem neuen Würgen genoss ich es mehr, denn er vertraute mir. Er verlor die Kontrolle bei mir.

Seine Stöße wurden immer abrupter und ich saugte noch fester.

„Ich komme, Oak. Ich komme."

Ich umschloss ihn fester, um ihm zu signalisieren, dass ich es schlucken wollte, doch locker genug, dass er mich leicht hätte daran hindern können. Aber darüber musste ich mir keine Sorgen machen, denn schon schoss sein warmer, salziger Samen in meine Kehle und ich schluckte alles. Er kam so heftig, dass ich Mühe hatte, alles aufzunehmen, und etwas davon lief mir am Kinn hinunter. Sein Stöhnen war Musik in meinen Ohren, während er mit geschlossenem Mund versuchte, es nicht zu laut werden zu lassen.

Schließlich lockerte sich sein Griff in meinen Haaren und ich ließ ihn los, küsste und leckte sanft seinen schlaff werdenden Schwanz. Er sah zu, wie ich mir das Sperma vom Kinn wischte und es von meinen Fingern leckte.

Er stöhnte erneut, ergriff meine Taille, setzte mich auf den Tisch und ging auf die Knie. Ich hielt ihn auf und zog ihn an mich. Verwirrt sah er mich an.

„Nein, heute ist es nur für dich." Ich streichelte seine Wange und genoss es, ihn derartig unbeherrscht zu sehen. So entspannt und tief in dem Nachglühen seines Höhepunktes versunken.

Er legte den Kopf auf meine Schulter und sein keuchender Atem strich über meine Brust. Als seine Schultern zu beben begannen, raste Sorge durch mich hindurch. Mir wurde ganz schwindelig und meine Finger wurden taub. Verdammt. Ich hatte Mist gebaut. Panisch schluckte ich und die Möglichkeiten, was ich als Nächstes tun könnte, kreisten in meinen Gedanken.

Doch dann hörte ich ihn lachen. Immer mehr, bis er lauthals losprustete. Ich hielt ihn fest und ließ ihn lachen, verinnerlichte den Klang und die Tatsache, dass ich ihm ein Geschenk gemacht hatte. Meine Finger vergruben sich in seinem Haar und ich küsste ihn auf den Kopf, bis er selbst anfing meinen Hals und dann meine Lippen zu küssen.

„Danke. Ich danke dir", murmelte er zwischen den Küssen.

„Ich danke dir, Callum. Danke, dass du mir vertraut hast."

Seine Hand glitt unter meine Haare auf meine Wange. „Womit habe ich dich nur verdient?"

„Keine Ahnung, aber ich bin froh darüber." Ich gab ihm einen letzten Kuss, bevor ich den Blick nach unten auf seinen Schwanz in der offenen Hose senkte und über die Lippenstiftspuren grinste, die ich auf ihm hinterlassen hatte. Auch in erschlafftem Zustand war er beeindruckend und ich war die Glückliche, die ihn genießen und ihre Markierung auf ihm hinterlassen durfte. „So gern ich dich auch den ganzen Tag betrachten würde, ich muss jetzt leider in die nächste Vorlesung."

Callum verstaute seinen Schwanz wieder in der Hose und ich schloss die Knopfleiste an meinem Pulli.

„Wie wollen wir hier ungesehen rauskommen? Wenn jemand da ist, wird man das Schloss hören und wir können nicht beide zusammen hinausspazieren. Besonders nicht mit deinem sexy roten Lippenstift, der überall in deinem Gesicht verteilt ist."

Ich legte die Hand auf den Mund und stellte mir vor, wie ich aussehen musste. Er lachte über meine Reaktion, öffnete den Schreibtisch und holte Feuchttücher heraus.

„Und natürlich hast du Feuchttücher zur Hand."

„Schließlich muss ich immer alles sauber halten."

Ich unterdrückte ein Grinsen und liebte den Perfektionisten in ihm.

Ich wischte mein Gesicht und den Mund ab, und er öffnete die Tür und spähte hinaus. Er ging in den Flur. Da ich nicht noch ein Wochenende ohne Kontakt zu ihm verbringen wollte, kritzelte ich meine Handynummer auf die Verpackung der Feuchttücher. Er würde die Nummer entdecken, wenn er die Tücher ordentlich wegräumte, wovon ich überzeugt war.

Er kam wieder rein und ich stahl mir noch einen Kuss, bevor er sich wieder hinsetzte. Als ich meine Tasche nahm, kam Donna herein.

„Hi, Dr. Pierce. Ich wollte nur Bescheid sagen, dass ich wieder da bin, falls Sie etwas brauchen. Oh, hallo, Oaklyn."

„Hi, Donna."

„Was machen Sie denn heute hier? Ich könnte mir vorstellen, dass sie langsam genug von uns haben."

Ich sah zu Callum und unterdrückte ein Grinsen, als er errötete.

„Ich hatte nur ein paar Fragen zur Vorlesung, aber ich gehe gerade.“ Mit meinem unschuldigsten Blick ging ich an Donna vorbei aus der Tür. „Tschüss, Dr. Pierce.“

Kapitel 23

Callum

„Oh, fuck ja, Oaklyn“, stöhnte ich leise und krallte mich in ihr Haar. „Saug fester.“

Ihr Stöhnen vibrierte an meinem Schwanz entlang und schoss in meine Eier, die sich in Oaklyns Hand befanden.

Ich konnte kaum glauben, dass ich noch einen Blowjob bekam. Einen *echten* Blowjob.

Himmel. Der Erste hatte mir alles bedeutet.

In ihre Augen zu sehen, ihre weichen Brüste zu spüren, ihr langes Haar in meiner Faust und ihre Zunge an meinem Schaft, hatten ein euphorisches Gefühl in mir ausgelöst. Sie hatte sich sehr weiblich benommen und alles dafür getan, mich im Hier und Jetzt zu halten. Nicht ein Mal hatte sie den Blick abgewendet, bis ich die Augen nicht mehr offenhalten konnte. Sie hatte es geschafft, mir etwas zu geben, wovon ich gedacht hatte, es nie haben zu können. Etwas, das ich bereits aufgegeben hatte.

Himmel, sie hatte sich informiert. Für mich.

Ich sah zu, wie ihre roten Lippen meinen Schwanz umschmeichelten. Wie sie sich dehnten, um meinen Umfang aufzunehmen, während ich ihren Kopf nach unten drückte und nach oben stieß, bis ich in ihrer Kehle steckte. Sie begann, sich fest um meinen Schwanz zu schließen und als Oaklyn mit feuchten Augen zu mir hochsah, gab mir das den Rest.

„Ich komme gleich, Oaklyn. Darf ich in deinen Mund spritzen? Wirst du es schlucken?“

Ohne den Blickkontakt abzubrechen, nahm sie meinen Schwanz aus dem Mund und leckte den Schaft entlang. „Bis zum letzten Tropfen, Dr. Pierce“, sagte sie verführerisch und saugte noch fester.

Sie massierte meine Eier und ich musste die Zähne zusammenbeißen, um die Schreie zurückzuhalten, die ich gern durch das Büro gebrüllt hätte, als mein Schwanz pulsierte und ich ihren Mund mit meinem Samen füllte. Obwohl sie versuchte, alles zu schlucken, lief ihr trotzdem etwas aus dem Mund, und es war der erotischste Anblick, den ich mir vorstellen konnte. Sie hielt Wort und leckte jeden einzelnen Tropfen von ihren Lippen und ihren Fingern.

Ich zog sie nach oben und küsste sie, wobei ich mich selbst auf ihrer Zunge schmeckte. Wenn sie für mich auf die Knie sank, wollte mein Herz vor Freude über das Geschenk zerspringen. Nicht wegen dem Blowjob selbst, sondern wegen der Intimität, der Zukunft, der Freiheit, der Möglichkeit zu atmen, ohne dass die Vergangenheit jeglichen Raum in mir einnahm. Ich fragte mich, ob sie es mir ansah. Die Dankbarkeit und die … nicht unbedingt Liebe, doch es war etwas, das ich noch nie vorher empfunden hatte. Es fühlte sich so an, als ob es mir aus allen Poren strahlen musste, und ich fragte mich, ob sie es sah.

Ob sie vielleicht genauso fühlte.

„Ich sagte, du sollst mich Cal nennen, wenn ich in dir bin“, murmelte ich an ihren Lippen.

Spielerisch knabberte sie an meinen. „Heute fühle ich mich besonders unartig. Ich wollte eine Studentin sein, die den Schwanz ihres Professors bläst.“

„Himmel noch mal“, stöhnte ich und mein Herz schlug schneller. „Ich sollte entsetzt sein, wie sehr mich das antörnt.“

„Das weiß ja nur ich, also ist es okay.“ Sie warf mir einen Kuss zu.

Dann setzte sie sich auf die Hacken zurück und knöpfte ihre Bluse zu. Ihr roter Lippenstift war verschmiert. Sicherlich hatte ich ihn auch im Gesicht. Ich betrachtete meinen Schwanz und fand dort ebenfalls Spuren. Da wir nicht viel Zeit hatten, ignorierte ich das erneute Zucken meines Schwanzes und zog mich wieder korrekt an. Die Mittagspause war fast vorbei.

„Willst du dich nicht auch abwischen?“, fragte sie.

„Das hebe ich mir für später in der Dusche auf. Ich werde es mit der Faust abrubbeln, während ich an dich denke und wie der Lippenstift dort hingekommen ist.“

Sie schloss die Lider ihrer goldenen Augen und stellte sich die Szene vor. Dann erhob sie sich und streckte mir die Hand hin. „Kann ich bitte mein Höschen wiederhaben?“

Als sie heute reingekommen war, hatte ich die Tür abgeschlossen, sie auf den Schreibtisch gesetzt, ihr das Höschen ausgezogen und mein Gesicht zwischen ihren Beinen vergraben.

Ich lehnte mich auf dem Stuhl zurück, grinste und machte keine Anstalten, das Höschen aus meiner Tasche zu ziehen. „Ich glaube, ich werde es behalten.“

„Callum“, mahnte sie.

„Du kannst gern heute Abend vorbeikommen und es dir holen“, bot ich hoffnungsvoll an. Das Grinsen verschwand aus meinem Gesicht, als sie nicht antwortete und wegsah. „Lass mich raten. Du arbeitest.“

„Es tut mir leid. Ich wäre viel lieber bei dir.“

Ich wusste, dass es die Wahrheit war, und mir gefiel nicht, dass meiner Stimme die Enttäuschung anzuhören war. Aber ich vermisste sie. Es war Zwischenprüfungszeit, und sie brauchte nicht zu ihren Studienarbeitsplätzen zu kommen. Und wenn sie nicht studierte, war sie im Voyeur. Es war egoistisch von mir, so zu fühlen. Sie hatte dunkle Ringe unter den Augen, und trotzdem kam sie zu mir, sobald sie Zeit hatte. Sie arbeitete härter als ich es mir vorstellen konnte, und ich war beleidigt wie ein verdammtes Kind. Ich sollte mich besser im Griff haben.

„Ich weiß." Ich lächelte sie verstehend an, stand auf und nahm sie in den Arm.

Sie stellte sich auf die Zehenspitzen und küsste das Grübchen an meinem Kinn. „Ich muss gehen. Ich muss heute noch einen Test schreiben."

„Okay. Lass mich erst nachsehen, dass niemand draußen ist."

Widerwillig ließ ich sie los und sah nach, ob die Luft rein war. Nach einem letzten Kuss ging Oaklyn.

Ich verbrachte den Nachmittag damit, Tests zu benoten und dachte ständig daran, dass Oaklyn heute Abend arbeitete. Je weniger ich mich auf die Arbeit konzentrieren konnte, desto wütender wurde ich. Ich musste aufhören, als sich mein Ärger auf die Arbeit niederschlug und ich begann, unangebrachte Kommentare auf die Tests zu schreiben. Das passte nicht zu mir. Ich liebte meinen Beruf und war immer gelassen und cool, egal, was los war.

Als es an der Tür klopfte, rief ich ungehalten: „Was?"

Mit erhobenen Augenbrauen schaute Donna herein. „Harter Tag?"

Ich atmete tief durch und fuhr mir mit der Hand übers Gesicht. „Entschuldigen Sie, Donna. Ja, es war ein langer Tag."

„Schon gut", sagte sie freundlich. „Ich wollte nur sagen, dass ich jetzt gehe."

„Okay. Danke. Schönen Feierabend."

„Ihnen auch. Ruhen Sie sich aus."

Ich holte noch einmal tief Luft und betrachtete die säuberlich geordneten Stapel auf dem Tisch. Nach einem Blick auf die Uhr und der Feststellung, dass es bereits halb sechs war, beschloss ich, Schluss zu machen und nach Hause zu fahren.

Zuhause steckte ich die Hand in meine Hosentasche und stieß auf ein Stück Stoff. Ich zog es heraus, betrachtete die schwarze Spitze, schloss die Faust darum und stellte mir vor, wie sie als Lustobjekt betrachtet nackt im Voyeur war. Ich stopfte das Höschen wieder in meine Tasche und stapfte zu meiner Bar hinüber, wo ich mir einen Drink eingoss, der mehr als die Hälfte des Glases füllte. Ich trank ihn auf ex, füllte nach, nahm die Flasche mit und ging ins Wohnzimmer. Vielleicht konnte mich das Fernsehprogramm ablenken.

Es funktionierte nicht und nach ein paar Sendungen konnte ich nicht mehr klar denken. Ich griff in die Tasche und holte das Höschen erneut heraus. Himmel, ich wollte sie sehen. Ich wollte mich an ihrer Pussy berauschen, ihr das Höschen in den Mund stopfen, um ihre Lustschreie zu dämpfen.

Und warum tat ich das nicht? Warum fuhr ich nicht einfach ins Voyeur?

Nur weil ich jetzt wusste, wie sich ihr Mund um meinen Schwanz anfühlte und ich jetzt öfter mit ihr zusammen war, bedeutete das nicht, dass ich ihr nicht mehr zusehen konnte. Das Voyeur war mein zweites Zuhause. Seit fünf Jahren hatte ich Freunde dort. Und bloß weil sie dort arbeitete, hieß das ja nicht, dass ich dort nichts mehr trinken gehen durfte. Vielleicht würde ich sie sogar wieder buchen. Vielleicht würde ich sie sogar wieder voll beanspruchen, damit es kein anderer tun konnte.

Die Entscheidung war gefallen. Ich nahm das Handy und musste die Augen verengen, um mich auf die Taxi-App zu konzentrieren.

Nur noch sieben Minuten. Als ich mich erhob, drehte sich der Raum um mich. Ich trank meinen Drink aus, ließ das Glas ins Spülbecken fallen und ignorierte das Geräusch, als es zerbrach. Ohne mich darum zu kümmern, suchte ich meine Sachen zusammen und ging aus der Tür.

Glücklicherweise ging die Fahrt schnell vorbei und ehe ich mich versah, befand ich mich vor dem Eingang des Clubs und atmete tief durch. Ich musste unbedingt viel nüchterner wirken als ich mich fühlte. Es gab hier eine Zwei-Drinks-Regel und ich war schon über fünf hinaus. Ich schaffte es bis zur Bar, wo mich Charlotte wissend ansah, und bestellte ein Wasser.

Oaklyn war nicht im Raum. Trotzdem ließ ich den Blick über die Menge schweifen, als ob ich sie so magisch erscheinen lassen könnte. Vielleicht war sie nur hinten und holte etwas für die Bar. Oder sie war im Angestelltenraum. Oder sie war in einem der Zimmer und Jackson fickte sie von hinten.

Meine Hand verkrampfte sich so sehr um mein Glas, dass es mich wunderte, dass es nicht zerplatzte. Das Blut pumpte laut durch meine Adern und pochte in meinen Ohren. Mit zittriger Hand hob ich das Glas und trank einen Schluck, wobei ich es bereute, nicht noch mehr Alkohol bestellt zu haben. Ich verstand nicht, was los war. Wieso ich immer noch kurz vor dem Explodieren stand, trotz des Alkohols. Obwohl ich im Voyeur war. Normalerweise waren dies meine beiden Sicherheiten, die mir dabei halfen, meine Kontrolle zu behalten, und doch saß ich nun hier wie ein Irrer, suchte die Menge ab und Adrenalin zirkulierte durch meinen Körper.

Ich war völlig am Ende.

Als ich gerade in den Flur gehen wollte, klingelte das Handy. „Hallo?"

„Miss Derringer?", fragte ein Mann.

„Ja."

„Hi, ich bin Kyle von *Tires, Tires, Tires*. Ich rufe wegen Ihrem Auto an."

Ich wollte *endlich* rufen, beließ es aber bei einem: „Ja?"

„Sieht aus, als ob ihre Spurstange nicht mehr lange hält und Sie auch ein neues Ritzel brauchen."

„Und … was bedeutet das? Wie viel kostet es?" Ich versuchte, meine Atmung zu kontrollieren und mich auf die Kosten vorzubereiten, doch das Damoklesschwert hing über mir.

„Es hat mit der Lenkung zu tun. Die Arbeitszeit und die Teile werden um die tausend Dollar kosten."

Ich hatte keine Ahnung, wieso ich das Handy nicht fallen ließ, als sich mein ganzer Körper wie gelähmt anfühlte und mir das Herz in die Kniekehlen rutschte. Tränen brannten in meinen Augen. Ich schloss die Lider und versuchte, ruhig zu bleiben. „Äh …" meine Stimme brach und ich schluckte schwer. „Okay." Im Geiste überlegte ich, wann die nächste Zahlung an die Uni fällig war und was ich bisher gespart hatte. „Dann sagen Sie mir bitte Bescheid, wenn der Wagen fertig ist."

„Alles klar. Tut mir echt leid."

Am liebsten hätte ich ihn angebrüllt, weil er im Angesicht einer solchen Katastrophe so distanziert klang, riss mich aber zusammen und legte auf.

„Alles okay, Oak?", fragte Jackson, als er hereinkam und mich über eine Sitzbank gebeugt vorfand.

„Nein." Ich wischte mir über die Augen und erklärte ihm meine Situation.

„Verdammt. Das ist Scheiße. Was willst du jetzt machen?"

„Noch mehr Geld sparen und hoffen, dass ich es zusammenkriege, bevor ich die Uni wieder bezahlen muss. Und wahrscheinlich den Rest des Jahres nichts mehr essen." Ich versuchte es mit trockenem Humor.

Als ich mich wieder zusammengerissen hatte, erhob ich mich. Ich brauchte mehr Geld, was bedeutete, dass ich weiterarbeiten musste. Hier hinten zu hocken und zu heulen brachte nichts.

„Du kannst immer etwas mehr Partnerarbeit machen", schlug Jackson vor und ging mit mir aus dem Aufenthaltsraum.

„Ja genau", sagte ich unverbindlich. „Mir fällt schon etwas ein."

Er legte einen Arm um meine Schultern. „Ich erlaube dir sogar, mir einen zu blasen, als guter Freund, der ich bin."

Ich lachte und boxte ihn in die Seite. „Ach, hör schon auf, Jackson."

„Hey, ich bin nur behilflich." Er stimmte in mein Lachen ein.

Als wir die Bar erreicht hatten, fiel mein Blick auf mir bekannte blaue Augen. Sofort lächelte ich vor Freude, Callum zu sehen. Doch seine Augen waren ernster als ich sie je gesehen hatte. Er sah mich an, hob sein Glas mit einer bernsteinfarbenen Flüssigkeit darin und trank es in einem Zug aus. Ich zuckte zusammen, als er es härter als nötig abstellte. Eine Vorahnung kribbelte über meine Haut. Als er aufstand, musste er sich an der Bar festhalten.

Er war betrunken.

Schnell bewegte ich mich zwischen den Gästen hindurch und eilte zu ihm. Ich musste ihn so schnell wie möglich hier rausbringen. Betrunkene wurden nicht toleriert. Wenn es jemand merkte, konnte er rausgeworfen werden.

Als ich neben ihm stand, beugte er sich vor, der Alkoholgeruch aus seinem Mund brannte in meiner Nase, und sagte: „Hast du mit Jackson gefickt?“

Ich wich zurück, als hätte er mich geohrfeigt. „Wie bitte?“

Schnell sah er zur Seite, zuckte mit den Achseln und verzog das Gesicht. „Du bist gerade mit ihm zusammen reingekommen und er hatte seinen Arm um dich gelegt. Das ist nicht leicht mitanzusehen.“

„Dann sieh nicht hin“, sagte ich bestimmt.

„Ich bin wegen dir hier.“ Er fuhr sich mit der Hand über das Gesicht, seufzte und ließ die Schultern sinken. „Es ist mir unmöglich, dich nicht anzusehen.“

Ich hatte keine Ahnung, was mit ihm los war, und wieso er betrunken hergekommen war, aber ich musste ihn hier rausbringen. Ich nahm seine Hand und zog ihn hinter mir her, bis wir in einem der leeren Hinterzimmer waren.

„Bin ich jetzt dran?“, murmelte er.

Ohne nachzudenken schlug ich ihm auf die Wange. Er kniff die Augen zu, rührte sich aber nicht, und mein Handabdruck erschien rot in seinem Gesicht. Tränen brannten in meinen Augen. Ich blinzelte sie fort.

Als er mich schließlich ansah, glänzte Schmerz in seinen Augen, doch ich verstand immer noch nichts.

„Was ist los, Callum?“

„Fuck.“ Er raufte sich die Haare. „Ich bin besoffen und eifersüchtig. Es tut mir leid.“ Die Worte kamen ihm nur schwerfällig über die Zunge.

„Das ist keine Entschuldigung, so etwas zu mir zu sagen.“

„Ich weiß. Es tut mir leid. Es ist nur … weil …“ Wieder fuhr er sich verzweifelt mit den Händen durch die Haare.

„Weil was, Callum?“

„Ich komme damit nicht zurecht, Oaklyn. Das Voyeur war mein Zuhause. Ich hatte hier immer die Kontrolle, und jetzt sieh mich an. Ich bin ein verdammtes Arschloch und sage furchtbare Sachen, die ich nicht einmal so meine.“ Mit den Händen gestikulierte er durchs Zimmer. „Obwohl ich hier in meiner Wohlfühlzone bin, verliere ich langsam den Verstand.“

„Wie meinst du das?“

„Ich habe keine gottverdammte Ahnung.“ Er warf die Arme in die Höhe, stolperte und verlor die Balance.

Dass er vor sich hin schwankte und Mühe hatte, klar zu sprechen, machte mir klar, dass jetzt nicht der richtige Augenblick war, um darüber zu reden. Ich verstand nicht, wovon er sprach, doch es sah auch nicht so aus, als ob er es selbst wusste. Unsicher, was ich sagen sollte, nahm ich seine Hand und trat näher, bis kaum noch Luft zwischen uns passte. Seine Stirn sank auf meinen Kopf, dann küsste er meinen Scheitel.

„Entschuldige bitte, dass ich betrunken hergekommen bin. Ich habe nicht nachgedacht.“

„Okay.“ Ich sagte nicht, dass es schon gut sei, denn wir wussten beide, dass das nicht stimmte.

„Ich sollte jetzt gehen.“

Ich lehnte die Stirn an seine Brust und nickte. Wir bewegten uns beide nicht, standen nur da und hielten uns umarmt.

„Ich habe ihn nicht gefickt“, gab ich zu. Denn auch wenn er zu betrunken war, um wirklich etwas zu verstehen, wollte ich, dass er das wusste. „Ich habe ihn noch nie gefickt.“

Er umfasste mein Gesicht, sodass ich ihn ansehen musste, und zog seine Augenbrauen zusammen. „Aber ich habe euch beobachtet."

„Das war alles nur gespielt. Wir haben nur so getan als ob. Und er hat mich auch noch nie wirklich geleckt."

Er blinzelte ein paar Mal, verinnerlichte die Information und nickte schließlich. Doch sein Blick schien weit weniger schmerzvoll als noch vor einem Moment. So wütend ich auch auf ihn war, ich wollte nicht, dass er litt.

„Ich gehe jetzt", sagte er.

„Okay. Schlaf ein bisschen. Und trink Wasser. Jede Menge Wasser."

Cal lächelte mich an und ich küsste das Grübchen an seinem Kinn.

Dann ging er.

Als ich aus dem Zimmer kam, war er nicht mehr zu sehen. Den Rest des Abends servierte ich Drinks und dachte über seine Worte nach. Gemischt mit den Gedanken an meine Autoreparaturrechnung war ich am Ende der Schicht auch emotional fertig.

In meiner Wohnung ließ ich alles auf den Boden fallen, zog mich aus, fiel ins Bett und musste bei der Vorstellung, was Cal wohl zu dem Chaos sagen würde, lachen.

Trotz all dem Mist von heute galten meine letzten Gedanken vor dem Einschlafen ihm. Ich machte mir Sorgen, ob es ihm gut ging und ob er genug Wasser getrunken hatte. Wie er sich wohl morgen fühlen würde.

Und ich befürchtete, ich würde nie herausfinden, warum er getrunken hatte und ins Voyeur gekommen war.

Kapitel 24

Callum

Als das Klopfen in meinem Kopf am Samstagmorgen nachgelassen hatte, nahm ich das Handy und schrieb Oaklyn. Ich machte mir Sorgen, dass sie zu sauer sein könnte, um mich anzurufen. Was ich ihr nicht übelnehmen könnte.

Ich: *Das mit gestern Abend tut mir leid. Es war nicht richtig.*

Sie antwortete fast sofort.

O: *Ja, es war falsch. Aber ich bin bereit, es zu vergessen, wenn du mir erklärst, warum es passiert ist.*

Verdammt! Ich wollte ihr nicht erzählen müssen, dass ich die Kontrolle über meine Emotionen verloren hatte. Dass ich mich mit dem Alkohol betäuben wollte. Also sagte ich ihr nur die halbe Wahrheit und hoffte, das würde reichen, damit sie mir vergeben konnte.

Ich: *Ich hatte angefangen zu trinken und nicht gemerkt, wie viel ich schon hatte. Als ich dein Höschen in meiner Tasche gefunden habe, fiel mir ein, dass ich es dir zurückgeben und wie unbedingt ich dich sehen wollte.*

O: *Okay. Ich wollte zwar mein Höschen zurückhaben, aber ich hätte auf die Beleidigungen verzichten können.*

Ich: *Mist. Es tut mir wirklich leid, Oak, ich kann gar nicht sagen wie sehr. Ich habe dich mit Jackson gesehen und …*

Ich schluckte schwer, überlegte, was ich sagen sollte, und entschied mich für die Wahrheit.

Ich: *Die Eifersucht hat mich übermannt. Ich habe nicht einmal darüber nachgedacht.*

Als ich an den kleinen Punkten sah, dass sie eine Antwort schrieb, zog sich meine Brust immer enger zusammen und ich bereitete mich innerlich darauf vor, was sie schreiben würde.

O: *Okay.*

Ich: *Okay? Bedeutet das, dass du mir verzeihst?*

O: *Ja. Ich brauche nur etwas Zeit. Ich muss erst alles verdauen.*

Ich: *Okay, verstehe.*

O: *Ich muss los. Ich muss an einer Stern-Hausaufgabe arbeiten, die meine ganze Zeit beansprucht.*

Ich: *Was für eine schreckliche Person lässt dich eine Arbeit über einen Stern schreiben?*

O: *Ein echtes Arschloch. Ein Nerd.*

Ich: *Das klingt doch wunderbar.*

O: *Ha, ha. Ich rufe dich später an.*

Ich war auf irrationale Weise glücklich über den Smiley am Ende ihrer Nachricht. Ihr Sarkasmus trug ebenfalls dazu bei, dass ich mich erleichtert fühlte.

Oaklyn hatte eine unglaubliche Geduld mit mir. Mehr als ich jemals von einem jungen Menschen erwartet hätte, der gerade erst anfing zu leben. Und ich Idiot schlug es ihr um die Ohren, indem ich mich wie ein eifersüchtiger, undankbarer Arsch benahm. Das Mindeste, was ich tun konnte, war, ebenfalls Geduld mit ihr zu haben.

Von den Frauen, mit denen ich vorher zusammen gewesen war, waren manche verständnisvoller gewesen als andere. Einige waren leichter abzulenken gewesen als andere. Und einige hatten mich schon nach der ersten Ablehnung aufgegeben. Die Geduldigeren hätten vielleicht auch mehr Geduld an den Tag gelegt, hätte ich es ihnen erklärt, aber bei keiner hatte ich das Bedürfnis dazu verspürt. Nicht einmal, als ich sie gehen lassen musste, hatte ich daran gedacht, mein Geheimnis mit ihnen zu teilen. Keine war mir wichtig genug erschienen, um um sie zu kämpfen. Nur Oaklyn. Als sie mich aufgefordert hatte, entweder zu gehen oder es ihr zu erklären, hatten sich meine Muskeln geweigert, sich vom Fleck zu bewegen. Irgendetwas an ihr zog mich an, bat mich, zu bleiben und nicht aufzugeben. Es brüllte mich an, dass sie die Eine war, und bis jetzt hatte ich es noch nicht bereut.

Wir waren uns nähergekommen, aber immer noch dieselben. Lachen füllte immer noch unsere Unterhaltungen, aber nun sahen wir uns ganz offen mit Leidenschaft an, was meistens mit heißen Küssen endete. Ich konnte nicht genug von ihr bekommen.

Lächelnd und in der Hoffnung, doch nicht alles versaut zu haben, duschte ich und setzte mich an den Computer, um ein bisschen zu arbeiten. Zwischendrin wanderten meine Gedanken immer wieder zum gestrigen Abend, doch ich versuchte, sie zu verdrängen.

Jedes Mal, wenn sich das Voyeur in mein Bewusstsein schlich, führte das zu völlig neuen Emotionen, die ich nicht fühlen wollte. Anstatt meine Brust zu weiten, setzten sie sich dort fest und erschwerten mir das Atmen. Meine Haut brannte, jedoch nicht vor Leidenschaft. Mein Herz hämmerte und ich atmete hektischer, jedoch nicht, weil ich angetörnt war.

Nein, wenn ich diesen Gefühlen nachgab, würde sich der gestrige Abend wiederholen.

Jahrelang hatte ich hart daran gearbeitet, die Kontrolle wiederzuerlangen. Nachdem alle Gerichtsverhandlungen vorbei und die Akten geschlossen waren, waren alle Beteiligten ihrer Wege gegangen. Nur ich hing noch in der Luft. Mit fünfzehn und sechszehn war es besonders hart für mich, als ich erkannte, dass Alkohol mich vergessen ließ und Marihuana den Schmerz unterdrückte. Und dass die Wut an anderen auszulassen, die Pein in meiner Brust milderte. Ich hatte randaliert, bis mich meine Eltern in die Therapie steckten, wo ich in den nächsten Jahren lernte, mich zu beherrschen.

Und jetzt fiel ich in alte Muster zurück. Die inneren Bilder von Oaklyn bei der Arbeit folterten mich.

Mir war klar, dass es unlogisch war. Ich hatte ihre Performance-Angebote gesehen und nicht ein Mal war etwas Extremes dabei gewesen. Sogar selten etwas anderes als eine Solo-Vorstellung. Doch vielleicht war das nur das, was ich gesehen hatte. Ich rieb mir mit der Hand über das Gesicht, schüttelte den Kopf und versuchte, selbigen klar zu bekommen.

Das Klingeln des Telefons riss mich aus meinen Überlegungen. Ich machte einen Satz auf dem Stuhl und freute mich schon darauf, vielleicht Oaklyns Stimme zu hören.

„Hallo?“

„Hi, Cal." Die Freude verebbte, als ich meine Mutter am Ende der Leitung erkannte. „Wie geht's dir? Ich hoffe, ich unterbreche dich nicht bei was Spannendem."

„Nein, ich habe nur Spaß beim Arbeiten benoten."

„Du musst mehr rausgehen. Verreisen."

„Übers Wochenende? Das wäre mir zu viel." Ich lachte, hielt aber inne, als sie sich räusperte und zögerte.

„Du könntest ja …" Sie machte eine Pause, schluckte wohl schwer, wie sie es immer tat, wenn sie etwas Unangenehmes sagen wollte. „Du könntest ja mal wieder nach Hause kommen."

In meinem Ohr begann es zu summen, als sie *nach Hause* sagte.

„Warum?", fragte ich so leise, dass sie es vielleicht gar nicht gehört hatte.

Sie schwieg, doch mir fiel nichts ein, was ich hätte sagen können.

„Sarah heiratet. Sie möchten, dass du kommst."

„Nein." Ohne nachzudenken entkam mir das Wort. Es floss mir, bei dem Gedanken, mich denen auch nur zu nähern, einfach so über die Lippen.

Sarah war *seine* Schwester und ich distanzierte mich so gut wie möglich von dieser Familie. Sie hatten es schrecklich gefunden, hatten keine Ahnung gehabt, was da vor sich ging, hatten sich endlos entschuldigt und etwas von Familie und anderem Unsinn gelabert, was ich in meiner Wut nicht hören wollte. Nicht mal nach seinem Tod hatte ich mich dazu überwinden können, wieder Kontakt mit ihnen aufzunehmen.

Nach all dem, was passiert war, lag auch zwischen meinem Vater und seiner Schwester eine viel zu große Spannung, um eine Beziehung aufrecht zu erhalten. Doch irgendwie hatten sie die Kluft im Laufe der Zeit überwunden. Nur nicht in meiner Gegenwart. An dem

Punkt hatten sich meine Scham und der Schmerz bereits in Wut und Rage verwandelt und ein Eigenleben entwickelt. Und nun war ich zwar immer noch nicht okay, aber es ging mir besser als vor dreizehn Jahren.

„Tut mir leid, Mom, aber das kann ich einfach nicht."

„Du musst dich nicht entschuldigen. Du schuldest ihnen gar nichts. Ich glaube nur, dass Sarah an einem Punkt in ihrem Leben ist, an dem sie Frieden finden will. Erwachsen werden und sich verlieben, bringt einen dazu."

„Ich werde ihr eine Karte schicken."

„Okay, Callum. Das wird ihr sicher gefallen." Sie atmete hörbar aus. „Nun, ich wollte mich nur erkundigen, wie es dir geht und dir die Neuigkeiten mitteilen. Ich wollte dich nicht von deinem wilden Leben abhalten."

„Sehr witzig, Mom. Grüß Dad von mir."

„Mache ich. Heute Abend gehen wir zu einem Paar-Kochkurs. Er ist schon ganz aufgeregt."

In meiner Brust rumpelte mein Lachen. Mein Vater hasste Kochen, würde aber alles für meine Mutter tun. Er stand kurz vor der Pensionierung und Mom bemühte sich, so viel sie konnte mit ihm zu unternehmen. Meistens beschwerte er sich darüber, genoss es aber, weil sie es genoss. Sie hatten eine Liebe, nach der sich jeder sehnte ...

„Dann viel Spaß heute Abend. Ich habe dich lieb."

„Ich dich auch, Baby."

Ich beendete das Gespräch und legte das Handy in eine Linie mit dem Tacker.

Mit geschlossenen Augen atmete ich durch die Nase ein, hielt fünf Sekunden die Luft an, atmete durch den Mund wieder aus und wiederholte das Ganze ein paar Mal. Dann hatte ich wieder die Kontrolle über meinen Körper. Ich hasste es, dass ich nach all der Zeit noch immer Atemübungen machen musste. Dass allein die Erwähnung eines Familienmitgliedes dazu führte, dass ich sie brauchte.

Dann nahm ich mich und meinen Körper bewusst genauer wahr. Mein Herz schlug normal und schmerzte nicht. Ich kratzte nicht an meiner Haut, weil ich nach dem Gespräch dringend duschen wollte. Ich wanderte nicht vor dem Schreibtisch hin und her, und setzte auch nicht den Bourbon an, um ihn in langen Zügen direkt aus der Flasche zu trinken.

Ich schloss die Augen und machte noch eine Atemübung, wobei ich mich noch geerdeter fühlte, als ich mir Oaklyn dabei vorstellte.

Sie war der einzige Unterschied zu meinem letzten Geburtstag, als ich eine Karte von seiner Familie bekam, mich sofort ins Schlafzimmer verkroch, bis zur Bewusstlosigkeit trank, irgendwann aufwachte und das Ganze wiederholte. Sie hatte etwas in mir verändert. Vielleicht dass dort, wo bisher nur Dunkelheit und Zweifel vorhanden gewesen waren, nun etwas Licht durch schien, das mir zeigte, dass ich noch nicht am Ende war. Dass ich noch nicht aufgeben sollte. Sie gab mir Hoffnung und ich wollte noch angestrengter versuchen, diese Zukunft zu erleben, die sie mir in Aussicht stellte.

Ich musste über die Zwickmühle lachen, die meine Gefühle verursachten. Oaklyn beruhigte und erdete mich, brachte mich aber auch an meine Grenzen. Diese beiden Emotionen kämpften in mir, und ich wusste nicht, wie ich damit umgehen sollte. Ich wusste nur, dass ich noch nicht aufgeben wollte. Nicht meine Kontrolle und definitiv nicht sie.

Vielleicht sollte ich den Schritt wagen und zu der Hochzeit gehen. Wenn ich weiterhin solche Verbesserungen erreichte, würde das Ganze nicht wie ein so hoher Berg wirken, den ich besteigen musste. Und mit Oaklyn an meiner Seite, konnte ich die Welt erobern.

Das Handy brummte und ich sah auf das Display.

O: *Wollen wir uns heute Abend treffen?*

Ich lachte laut auf und antwortete sofort. Meine Wangen schmerzten vom breiten Grinsen, weil ich glücklich war, dass ich so schnell schon wieder etwas von ihr hörte. Ich lud sie zu mir ein, in mein Reich, versprach ihr ein Abendessen und machte mich wieder an die Arbeit.

„Das ist köstlich“, meinte Oaklyn mit dem Mund voller Pasta.

Als ich ihr die Tür geöffnet hatte, wirkte sie angespannt, doch ich nahm sie in den Arm und wisperte Entschuldigungen an ihrem Hals, bis sie lachte und verlangte, dass ich sie wieder auf den Boden stellte.

Und einfach so verschwanden jeglicher Schmerz und ungestellte Fragen aus ihren goldenen Augen, als sie mich ansah. Sie wirkte genauso erfreut, mich zu sehen, wie ich es war, sie hierzuhaben.

„Danke. Ich habe den ganzen Nachmittag dafür geackert.“

Grinsend hob sie eine Braue. „Servierst du deine frisch gekochten Mahlzeiten immer in Alu-Schalen mit dem Aufdruck *Lucia's Italian Kitchen*?“

„Immer“, antwortete ich ernst, ehe ich lachen musste. „Was soll ich sagen, ich bin nicht der großartigste Koch. Und ich bin ja allein, da muss man keine ausgefallenen Dinner kochen können.“

„Callum, das sind nur Spaghetti. Es ist eventuell nicht unbedingt so ein ausgefallenes Dinner, wie du glaubst.“

„Hey, da ist Spargel drin.“

„Okay“, gab sie lachend zu. „Es ist nur schade, dass du diese große, wunderschöne Küche gar nicht nutzt.“

„Ja, das Haus ist groß.“

„Warum hast du so ein großes Haus nur für dich allein gekauft?“

Ich betrachtete meine Gabel, mit der ich die Nudeln aufrollte, und mied ihren Blick. „Ich hatte gehofft, es würde mal nicht mehr nur für mich allein sein. Ich wollte … eine Familie. Ich habe nur keine Ahnung, ob ich überhaupt eine haben kann. Ich dachte, wenn ich ein Haus kaufe, übt das mehr Druck auf mich aus, über alles hinwegzukommen und neu anzufangen.“

Lange sagte sie nichts, sodass ich sie schließlich ansah. Sie stützte das Kinn auf ihre Hand und betrachtete mich.

„Ich glaube, du wärst ein toller Dad.“

„Was?“ Ich konnte das Wort nur hauchen. Es war nichts, was ich von ihr erwartet hatte. Eigentlich hatte ich mehr einen Kommentar darüber erwartet, dass ich dieses Haus nie ausfüllen würde, wenn ich nicht anfing, mir erst einmal eine Frau zu suchen. Aber so war Oaklyn nicht. Sie verurteilte mich nicht und machte niemals herablassende Bemerkungen über meine Probleme.

„Du bist so ein leidenschaftlicher Lehrer, wieso sollte es bei anderen Dingen anders sein? Ich wette, du würdest deine Kinder ins Planetarium schleppen und sie zwingen, sich die Sterne anzusehen.“ Sie lächelte. „Wahrscheinlich könnten sie die Sternenkonstellationen noch vor dem Alphabet aufsagen.“

Ein Kloß im Hals drohte, mich zu ersticken. Ich erwiderte ihr Lächeln und stellte mir die Dinge vor, die sie beschrieb.

„Aber es wäre ein Leichtes für dich, deine Frau in dich verliebt zu machen, indem du die Sterne mit ihr zusammen betrachtest. Bei einem romantischen nächtlichen Picknick."

Ich atmete tief durch, schloss die Augen und stellte es mir vor. Ich sah mich mit einer Frau kuscheln, die hellbraunes Haar und goldene Augen hatte. Wir liebten uns unter den Sternen.

Ich schluckte schwer und schaffte es dann wieder, zu sprechen. „Und du? Wie stellst du dir deine Zukunft vor?"

„Ich will eine stabile Familie. Ein Zuhause, in dem wir uns sicher fühlen. Eins, das ich mir leisten kann, weil ich meinen Titel habe und einen Haufen Geld verdiene."

„Einen Haufen? Ist das mehr oder weniger als ein Riesenhaufen?"

„Weniger. Ich will nicht gierig werden. Besonders, weil da noch mehr ist. Ich will ein Haus voller Kinder. Also, keine Armee, aber auf jeden Fall mehr als drei. Ich hasse es, ein Einzelkind zu sein."

„Haben dich deine Eltern nicht verwöhnt, weil du die Einzige warst?"

„Doch. Sie haben ihr Bestes gegeben. Aber sie mussten stets viel arbeiten. Wir standen ständig am Rande der Armut. Dadurch war ich immer allein, weil sie beide zwei Jobs hatten. Ich hätte gern Geschwister gehabt."

„Ich glaube, du wirst deine Wünsche in die Tat umsetzen. Du bist viel zu entschlossen, als dass es anders sein könnte."

„Stimmt", gab sie zu und nickte. „Jetzt lass uns das Geschirr abräumen und anschließend auf deiner riesigen Couch Fummeln gehen."

„Wir können es einfach in die Spüle stellen."

Sie hob eine Braue. „Ich will deine volle Aufmerksamkeit, und wenn wir diese Sauerei hinterlassen, kannst du dich nicht konzentrieren. Ich kenne dich, Callum."

Total fasziniert davon, wie gut sie mich kannte, erhob ich mich, nahm unsere Teller und trug sie in die Küche. Sie folgte mir mit den anderen Sachen, nahm sich ein Handtuch, während ich begann, abzuwaschen. Sie wiegte ihre Hüften zu der Musik, die ich angemacht hatte, und ich war kurz davor, zu sagen, *scheiß auf den verdammten Abwasch*, und über sie herzufallen. Stattdessen schnipste ich Schaum nach ihr.

„Hey!“, kreischte sie und wich mir aus. „Womit habe ich das verdient?“

„Wenn du nicht aufhörst, mit deinem Hintern vor meiner Nase herumzuwackeln, setze ich dich auf die Arbeitsplatte und vernasche dich zum Nachtisch.“

Sie leckte sich über die Lippen und nahm die Unterlippe zwischen die Zähne. Ich konnte nicht widerstehen, beugte mich hinunter und saugte ihre Lippe in meinen Mund. Oaklyn stöhnte. „Und jetzt beeil dich, damit wir zum Nachtisch übergehen können.“

Sie salutierte, nahm mir den Teller aus der Hand und trocknete ihn ab. Doch ihr Hintern schwang weiterhin verführerisch und sie sah sich nach mir um, ob ich auch zusah.

„Verführerin.“

Sie kicherte und stieß mich mit der Hüfte an.

Als ich ihr das letzte Glas gegeben hatte, legte ich die Arme um sie und zog sie an mich. Ich strich ihr Haar zur Seite und knabberte an ihrem Hals.

„Callum“, stöhnte sie.

„Konzentrier dich und lass das Glas nicht fallen.“

Sie wischte das Glas trocken und stellte es neben dem anderen ab, ohne sie wegräumen zu wollen, und drehte sich zu mir um. Ihre Hände glitten über meine Schultern in mein Haar, und sie zog mich zu sich herunter, um meine Lippen zu vernaschen.

Ich erwog ernsthaft, sie auf die Theke zu setzen, doch ich wollte sie lieber vor mir liegen haben, also griff ich unter ihren Hintern und hob sie an. Sie schlang die Beine um mich und ohne den Mund von ihrem zu nehmen, trug ich sie ins Wohnzimmer.

Ich wollte noch nicht von ihren Lippen ablassen, also setzte ich mich mit ihr auf dem Schoß hin und wir knutschten wie Teenager. Ich zuckte innerlich leicht zusammen, als mir einfiel, dass sie ja noch ein Teenager war, doch wenn ich sie ansah, sah ich nicht ihr Alter. Ich sah Trost, Fürsorge und eine Zukunft. Ich sorgte dafür, durch meine Position keinen Druck auf sie auszuüben, sodass sie nicht glaubte, mir etwas zu schulden. Sie war hier, weil sie hier sein wollte, und sie war erwachsen und konnte ihre eigenen Entscheidungen treffen.

Oaklyn zog ihr Oberteil aus und dann meins. Sie trug wieder einen dieser Spitzen-BHs, die kaum etwas verdeckten. Ich küsste ihre Brüste, saugte an ihren Nippeln und genoss, wie sich die zarten Knospen anfühlten. Ich liebte es, ihr leises Stöhnen zu hören, wenn ich sie zwischen meine Zähne nahm.

Begierig darauf, sie zu schmecken, drehte ich sie auf den Rücken, zog ihre Leggings und das Höschen herunter und küsste ihren flachen Bauch. Sie spreizte die Beine bis meine Schultern dazwischen passten und ich es mir dazwischen bequem machen konnte. Ich küsste ihre Leiste, ehe ich zu ihrer Mitte glitt, und dies auf der anderen Seite wiederholte.

„Callum“, bettelte sie.

„Willst du etwas Bestimmtes?“, fragte ich sie unschuldig, leckte sie zwischen ihren Schamlippen und ihr süßer, würziger Geschmack explodierte auf meiner Zunge.

„Ja“, hauchte sie.

Ich saugte an ihrer Schamlippe und entließ sie wieder. „Was willst du, Oaklyn? Sag es mir."

„Leck mich."

Mit der Zunge leckte ich über ihren Schenkel und konnte ein Lachen kaum zurückhalten, als sie knurrte. „Reicht dir das nicht?"

„Du weißt genau, was ich meine." Über ihre perfekten Brüste hinweg starrte sie mich an und einer ihrer Nippel versuchte, sich aus der Gefangenschaft des Spitzen-BHs zu befreien.

„Zeig's mir", sagte ich und rollte den Nippel zwischen den Fingern. Sie ließ die Hand sinken und deutete auf ihre Pussy. „Nein, Oaklyn. Zeig mir genau wo. Öffne dich für mich. Zeig mir deine Klit."

Sie wand die Hüften unter mir, teilte mit den Fingern ihre Schamlippen und entblößte ihre feuchte Pussy für mich. Ohne zu zögern tauchte ich in sie ein, begann an ihrer Öffnung und leckte um ihre Klit. Ihre Hand ballte sich zusammen und ließ los. Ich war bereit dafür, dass sich ihre Pussy um mich zusammenzog und ich gab alles, was ich hatte.

Ich saugte an ihrer Perle und fuhr mit der Zunge so tief ich konnte in sie. Mit einer Hand umfasste ich ihre Brust und mit den Fingern der anderen drang ich in sie ein. Ich beobachtete sie, während sie mein Gesicht ritt. Mein Kinn mit ihren Säften überzog. Nur kurz hielt ich inne, als ihre Hand in meine Haare glitt und sie mich an Ort und Stelle halten wollte, doch ich schob sie einfach weg. Alles war ganz leicht für mich, dank Oaklyn. Als ihre Lustschreie lauter wurden und die Bewegungen ihrer Hüften schneller, konzentrierte ich mich auf ihre Klit, bis sie kam. Sie pulsierte um meine Finger herum und ich stellte mir vor, wie es sich um meinen Schwanz herum anfühlen würde und war so erregt, dass ich rhythmisch gegen die Couch stieß.

Während sie sich von ihrem Höhepunkt erholte, arbeitete ich mich küssend auf ihrem Körper nach oben und knabberte an ihren empfindsamen Brustspitzen. Sie schnappte nach Luft und krallte die Nägel in meinen Rücken. Ich zuckte zurück, setzte mich auf die andere Seite der Couch und bedeckte mein Gesicht mit den Händen. Ich konnte sie nicht ansehen, während ich versuchte, zu Atem zu kommen und die Erinnerungen aus dem Kopf zu kriegen.

„Callum?", fragte sie. Ich schüttelte den Kopf. „Es ist schon gut."

Aber es war gottverdammt nicht gut. Gerade eben noch war ich glücklich, mit dem Kopf zwischen ihren Beinen. Aber der Moment des Erfolgs wurde komplett von der Erinnerung zerstört. Ich hörte, wie sie sich bewegte und ihre Hose wieder anzog und ich bereitete mich innerlich darauf vor, dass sie jetzt gehen würde.

Aber dann sah ich ihre Beine, als sie sich im Schneidersitz vor mich auf den Boden setzte. Sie berührte mich nicht, legte die Hände auf ihre Knie und sah zu mir hoch. Sie war für mich da, falls ich sie brauchte.

„Wusstest du, dass alle Studentinnen in der Vorlesung praktisch zu sabbern anfangen, wenn du dich zur Tafel umdrehst? Ich kann es ihnen nicht verübeln. Dein Hintern ist extrem sexy."

Irritiert über den schnellen Themenwechsel sah ich sie an. Ihr Ausdruck war neutral. Ihr Blick war liebevoll und ohne das Mitleid, das ich in ihm erwartet hatte. Sie wirkte wie bei unseren Mittagspausengesprächen. Nur ohne Oberteil.

„Das wusste ich nicht." Mir war klar, dass die Mädchen über mein Aussehen tratschten, aber dass sie meinen Hintern anstarrten war mir nicht bewusst.

Dann begriff ich. Ich hatte aufgehört, gegen die Erinnerungen anzukämpfen, denn ich beschäftigte mich geistig mit ihrer Frage. Sie hatte mich auf perfekte Weise abgelenkt. Ich griff nach ihr und legte meine Finger in ihre Handfläche.

„Es tut mir leid, Oaklyn." Auch wenn wir darüber hinweggingen, wollte ich mich dafür entschuldigen, ständig vor ihr zurückzuweichen.

Sie drückte meine Hand. „Schon gut, Callum. Du musst dich nicht entschuldigen. Sag mir einfach nur Bescheid, wenn dich etwas stört, damit ich es nicht wieder tue."

„Es waren deine Fingernägel auf meinem Rücken."

Ihr Ausdruck änderte sich nicht, als wäre sie bei der Vorstellung traurig, wie das für mich gewesen sein musste. Sie blieb neutral und nickte.

„Möchtest du in meinem Gästezimmer schlafen?", fragte ich schnell und fand es sofort blöd, sobald ich es ausgesprochen hatte. In meinem *Gästezimmer*? „Ich weiß, das klingt bescheuert, aber ich hätte dich gern hier …"

„Klar", sagte sie mit einem breiten Lächeln. „Ich würde auch gern hierbleiben."

Ich atmete erleichtert aus und streckte erneut die Hand nach ihr aus. „Bleib bitte erst noch ein bisschen mit mir hier liegen. Ich will noch nicht von der Couch aufstehen."

Ich zog sie zu mir, bis wir Nase an Nase lagen. Ihre Schönheit entlockte mir ein Lächeln. Ich strich ihr Haar hinter ihr Ohr und gab ihr einen Kuss. „Ich kann nicht genug von deinen Lippen bekommen."

„Gut", sagte sie und stahl sich noch einen Kuss.

„Wollen wir uns einen Film ansehen?"

Sie nickte. Ich nahm die Fernbedienung und scrollte durch die On-Demand-Sender. Wir einigten uns auf eine romantische Komödie. Ich zog Oaklyn wieder an meine Brust und genoss das Gefühl von ihrer Haut an meiner. Den ganzen Film hindurch streichelte sie meine Hand oder verschränkte die Finger mit meinen und hielt sie sich eng an die Brust.

Ich atmete den Duft ihres Haares ein und mir gefiel, wie es meine Nase kitzelte. Wenn ich sie zu einem Teil von mir machen könnte, würde ich es tun.

Als der Film zu Ende war, war Oaklyn eingeschlafen. Ich kroch hinter ihr hervor, hob sie hoch und sie rollte sich in meinen Armen zusammen, während ich sie nach oben ins Gästezimmer trug. Als ich sie abgelegt hatte, entschied ich spontan, mich zu ihr zu legen. Wieder rollte sie sich an meiner Seite zusammen und ich nahm sie in die Arme. Ich hatte aber nicht geplant, dort einzuschlafen, besonders nicht, weil die Nächte nach einem Flashback der Erinnerungen besonders hart waren.

„Mann, Cal. Wie könnte es falsch sein, wenn es sich so gut anfühlt? Und das tut es, oder?"

„Nein!", rief ich und fuhr im Bett hoch. Die Luft kühlte meine schweißgebadete Haut. Ich zuckte erneut zusammen, als eine Hand auf meinem Arm landete.

„Hey." Oaklyns leise Stimme erreichte mich in der Dunkelheit. „Ich bin's nur."

„Fuck", wisperte ich keuchend. „Entschuldige." Ich fing an zu zittern, als der Adrenalinschub abflaute. „Es tut mir leid, Oak."

Sie verschränkte die Finger mit meinen. Langsam, sodass ich mich hätte zurückziehen können. Das Bett bewegte sich, als sie näher zu mir rutschte. Instinktiv kam ich ihr entgegen und wir sanken zusammen zurück. Ich streckte den Arm aus, ließ ihre langen Haare über meine Finger fallen, und legte den Kopf auf ihren Brustkorb. Ihr Haar schien mein Anker zur Realität zu sein. Wenn wir herummachten, schienen meine Hände immer den Weg in ihre langen Strähnen zu finden und sie festzuhalten, während ihre Lippen sich um meinen Schwanz legten. Wenn sie mich küsste und ihre Hand an meiner Erektion auf und ab gleiten ließ. Stets hielt ich mich so an ihr fest.

Ich lauschte ihrem Herzschlag und versuchte, meine Atmung diesem Rhythmus anzupassen. Versuchte, mich in der Hitze ihrer Haut an meiner Wange zu verlieren. Mit der anderen Hand streichelte ich ihren Bauch. Ich unterdrückte den Drang, sie fest zu umarmen und so dicht an mich zu drücken, als ob wir eins werden könnten. Als ob ich alles loslassen könnte, wenn Oaklyn mir noch näher wäre.

So wie ich sie hielt, hielt sie mich. Ihre Finger glitten in mein Haar und verursachten eine Gänsehaut auf meinem Nacken und auf meinem Rücken. Nie bedrängte sie mich, darüber zu reden, und machte auch keine große Sache daraus, dass ich auf ihr zitterte. Sie hielt mich einfach nur fest, während ich den Albtraum langsam abschüttelte.

Als ich mich beruhigt hatte, fragte sie: „Möchtest du lieber in dein Zimmer gehen?“

„Ja“, stimmte ich zu und schämte mich. „Ich will zwar nicht, aber es wäre wohl besser.“ Gott sei Dank konnte sie im Dunkeln meine rotglühenden Wangen nicht sehen.

„Okay.“ Sie küsste mich auf den Kopf und wir setzten uns auf.

Ich hatte nicht damit gerechnet, dass sie meine Hand hielt und mich führte, doch das tat sie, als wäre sie hier zu Hause. Ich zeigte ihr die Tür zu meinem Schlafzimmer und sie ließ meine Hand erst los, als wir an meinem Bett waren. Sie küsste mich auf die Brust, ging ins Badezimmer und kam mit einem Becher Wasser zu mir zurück, wo ich wie erstarrt stand und ihr zusah.

„Trink. Das hilft.“

Brav nahm ich das Glas und trank es aus. Sie nahm es mir ab und stellte es auf den Nachttisch, ehe sie mir befahl, mich hinzulegen. Fast musste ich darüber lachen, wie sie mich zu Bett brachte, aber mein Lachen erstarb, als sie mir die Haare aus dem Gesicht strich. Ihre goldenen Augen schienen im beinahe dunklen Raum zu leuchten und für mich Licht zu spenden.

„Du bist einer der schönsten Männer, die ich je gesehen habe, und ich bin sehr dankbar für dein Vertrauen."

Ich legte die Hand an ihre Wange und streichelte mit dem Daumen ihre zarte Haut. Dann zog ich sie für einen Kuss näher. „Ich bin ein verdammt glücklicher Mann", flüsterte ich an ihren Lippen.

Sie gab mir einen letzten Kuss. „Ich bin gleich am Ende des Flurs. Träum was Schönes, Cal."

Das tat ich. Ich träumte davon, sie unter dem Sternenhimmel zu lieben.

Kapitel 25

Oaklyn

Du bist auf einer Bühne. Genau wie eine Schauspielerin am Broadway.

Auch die mussten sich ausziehen und Sexszenen spielen. Es war genau dasselbe.

Doch egal wie oft ich mir das sagte, ich wurde das schwere Gewicht auf meiner Brust nicht los.

Ich starrte an die Zimmerdecke und versuchte, mich zu konzentrieren. Versuchte, mich so zu bewegen, als sei ich angetörnt, als bekäme ich mit der Hand zwischen meinen Beinen gleich einen Orgasmus.

Was würde Callum davon halten?

Ich stöhnte und hoffte, der Klang würde meine Gedanken im Augenblick halten, anstatt zu Callum zu wandern. Bei der Arbeit durfte ich nicht an ihn denken. Und allein darum handelte es sich, um Arbeit. Er musste das einsehen.

Zwar hatten wir uns keine Exklusivität versprochen oder so etwas, oder waren einander verpflichtet, doch egal wie oft ich mir das sagte, wenn ich an ihn dachte, schmerzte jedes Mal mein Herz. Und er wusste es.

Nie hatte er direkt gesagt, wie sehr es hasste, aber er kam nicht mehr in den Club. Und ich spürte seine Wut, wenn ich die Arbeit erwähnte.

Statt, wie ich es sollte, zum Orgasmus zu kommen, konnte ich mich nicht konzentrieren. Ich stöhnte lauter, ließ die Hüften heftiger kreisen, bewegte meine Hand schneller, spannte mich an und spielte den Höhepunkt. Ich musste es einfach zu Ende bringen.

Nachdem das Licht endlich rot anzeigte, blieb ich noch einen Moment liegen, und das Gewicht auf meiner Brust wurde schwerer und schwerer, als ich mir mich durch Callums Augen vorstellte.

Zum ersten Mal, seit ich hier arbeitete, schämte ich mich wirklich.

Die Scham folgte mir aus dem Zimmer. Hing über mir, als ich meinen Namen aus der Akt-Liste löschte. Danach hatte ich schlechte Laune.

Nachdem ich mit einem künstlichen Lächeln den Rest meiner Schicht damit verbracht hatte, Gäste zu bedienen, saß ich im Aufenthaltsraum und zog meine Turnschuhe an. Jackson kam herein.

„Kannst du etwas länger bleiben und mit mir eine Partnerszene machen?“ Er sah mich mit seinem besten Hundeblick an. Ich hätte fast gelacht, denn er wusste, dass es bei mir nicht wirkte.

Mit einem tiefen Seufzen band ich mir die Schuhe zu und schüttelte den Kopf. „Ich kann nicht, Jackson.“

„Warum nicht?“

Warum nicht? Wegen Callum. Deswegen.

Nicht einmal die Rechnung für die Autoreparatur kam gegen Callum an. Ständig musste ich an ihn denken und wofür er mich hielt. Ich wusste nicht, ob es richtig war, so viel Geld auszuschlagen, für meinen Lehrer, der nie etwas über eine feste Bindung oder dass es etwas Ernstes war, gesagt hatte. Es fühlte sich ernst an. Gott, es fühlte sich gigantisch an, kroch mir unter die Haut und verbrannte mich innerlich. Aber vielleicht ging es nur mir so. Wie sollte ich wissen, ob er dasselbe fühlte?

Doch hier saß ich nun und ließ mir gutes Geld entgehen, basierend auf etwas, das er vielleicht, vielleicht aber auch nicht, über mich dachte. Es konnte auch sein, dass ich nur eine Studentin war, bei der er leichtes Spiel hatte.

Nein, ich wusste, dass es nicht so war. Ich kannte Callum gut genug, um zu wissen, dass er zumindest etwas für mich empfand. Ich spürte genug davon, um mit Jackson keine Sexszenen mehr spielen zu wollen. Nicht einmal welche, wo alles ein Fake war.

„Ich …“ Was sollte ich sagen, ohne ihn zu ermutigen, noch mehr Fragen zu stellen? „Ich bin mit jemandem zusammen.“

„Was?“, fragte er laut und setzte sich neben mich. „Wieso weiß ich davon nichts? Ist es was Ernstes? Was Neues? Weiß er, dass du hier arbeitest?“

Ich kicherte über sein Feuerwerk an Fragen. „Ja, er weiß es.“ Ich beantwortete nur die leichteste Frage.

Er hob die Brauen. „Und?“

„Und es fühlt sich einfach nicht mehr richtig an.“

„Oaklyn.“ Ich sah auf und fand Mitgefühl in seinen Augen. „Wir brauchen das Geld. Es geht nicht um Sex. Das ist die Grundregel.“

„Ich weiß.“

„Deshalb gehe ich keine Beziehungen ein. Ich kann es mir nicht leisten, den Job hinzuschmeißen, nur weil es jemandem nicht passt.“

„Du würdest mit Jake keine Beziehung eingehen, wenn er dich fragen würde?“ Mit erhobener Braue forderte ich ihn auf, dies zu verneinen.

„Das ist … sinnlos, überhaupt darüber nachzudenken.“ Er ballte eine Faust, lockerte die Finger wieder und wechselte das Thema. „Dann erzähl mir mal was über den Kerl.“

„Er ist toll. Wirklich lieb und intelligent. Und verdammt heiß.“ Ich musste lächeln, als ich an ihn dachte.

„Wo hast du ihn kennengelernt?“

Das Lächeln gefror mir im Gesicht. Ich sah zur Seite und suchte nach einer Antwort. „Äh, das kann ich nicht sagen.“

„Komm schon, sag’s mir.“

Mir kam eine Idee, wie ich ihn dazu bringen konnte, mich nicht weiter zu bedrängen. Ich behielt einen neutralen Gesichtsausdruck, um ihn in die Falle gehen zu lassen. „Okay."

„Ja!", sagte er und zog die geballte Faust triumphierend an sich.

„Wenn du mir von Jake erzählst."

Sein Gewinnerlächeln erstarb und ich grinste. „Ich hasse dich."

Mit einer gehobenen Braue wartete ich darauf, dass er anfing oder aufgab. Ich hoffte auf Letzteres.

Seufzend ließ er die Schultern sinken. „Er war der Freund eines Freundes aus dem College. Wir betranken uns, schlossen alberne Wetten ab. Am Ende musste ich ihn küssen und alle lachten, nur ich nicht, bei der Art, wie er mich küsste." Jackson kicherte und leckte über seine Lippen, als ob er den Kuss immer noch schmecken konnte. „In der Nacht kam er in mein Zimmer und küsste mich wieder. Ich blies ihm einen und …" Sein Adamsapfel hüpfte. „Er drehte irgendwie durch und haute ab. Eine Woche später hatte er eine Freundin und wir haben uns nicht mehr gesehen."

„Das tut mir leid, Jackson."

„Jetzt begegnen wir uns wieder und es ist okay. Es besteht eine gewisse Spannung zwischen uns, aber ich lasse nicht locker. Doch es kommen nicht mehr als höfliche Wir-kannten-uns-mal-Schwingungen rüber."

Ich nahm seine Hand und drückte sie, weil ich nicht noch einmal sagen musste, dass es mir leidtat. Er wusste es, auch wenn es ihm nicht weiterhalf. „Was machst du sonst noch beruflich? Wieso weiß ich das nicht?", fragte ich, das Thema wechselnd.

„Ich bin ein Spion."

„Faszinierend." Ich betonte das Wort, als sei ich echt beeindruckt.

Er lachte und schüttelte den Kopf. „Jetzt erzähl mir, wo du den Typen kennengelernt hast."

Ich sah ihn an und wog ab, wie meine Chancen standen, schnell aus der Tür zu verschwinden, in der Hoffnung, er hätte es bis zum nächsten Mal vergessen. Schlecht bis nicht existent. Aber es war Jackson. Wir hatten eine Freundschaft ohne Verurteilungen. Wenn es jemanden gab, dem ich es sagen konnte, dann ihm. „Er ist mein Lehrer", murmelte ich, und an seinem offenen Mund und den geweiteten Augen erkannte ich, dass er mich dennoch verstanden hatte.

„Nicht dein Ernst!"

„Er hat mich hier gesehen", sagte ich, ehe ich es überdenken konnte. Vielleicht wartete ich innerlich nur darauf, es endlich jemandem sagen zu können, und jetzt, da Jackson es wusste, konnte ich es mir von der Seele reden. „Bevor er herausfand, dass ich seine Studentin bin. Trotzdem kam er immer wieder her. Ich wusste es nicht und wir freundeten uns an. Ich mochte ihn zu sehr, um ihm lange böse zu sein."

„Nicht dein Ernst!", wiederholte er.

„Du klingst wie ein Papagei." Er lachte und starrte mich einfach nur an. „Okay, fang schon an mit der Strafpredigt und dass ich alles falsch mache."

Er zuckte mit den Schultern und schloss mit zwei Fingern den imaginären Reißverschluss an seinen Lippen. Dann brach er sein eigenes Schweigesiegel und sagte: „Sei einfach vorsichtig."

Ich wollte sagen, dass ich das war, aber innerlich wusste ich, dass das nicht stimmte. Vorsichtig sein würde heißen, sich nicht mit seinem Professor zu treffen. Nicht in seinem Büro herumzumachen. Ich öffnete den Mund, um trotzdem zu lügen, als Charlotte hereinkam.

„Oaklyn!“ Sie betonte meinen Namen und lächelte übertrieben, sodass ich sofort wusste, dass sie etwas von mir wollte.

„Ja, Charlotte?“

„Würdest du bitte, womöglich, vielleicht hoffentlich so lieb sein und die letzten drei Stunden meiner Schicht an der Bar übernehmen? Mein Freund landet heute früher und ich würde ihn gern vom Flughafen abholen.“

„Du hast einen Freund?“, fragte Jackson erstaunt.

„Nicht alle von uns haben eine Beziehungs-Phobie.“

„Ich habe keine Phobie.“

Ehe der Streit ausarten konnte, mischte ich mich ein. „Klar, Charlotte. Ich brauche das Geld.“

„Danke, danke!“ Sie umarmte mich. „Ich gehe in fünfzehn Minuten, ist das okay?“

„Ja, ich lege nur einen Moment die Füße hoch und komme dann raus.“

Sie ging und Jackson entschuldigte sich ebenfalls. Ein Kunde wartete auf ihn. Als ich allein war, klingelte mein Handy.

„Hi, Cal.“

„Kommst du zum Abendessen rüber?“, sagte er sofort. „Ich war einkaufen und würde dir gern etwas kochen.“

Das klang so nett, und wäre der Anruf zehn Minuten früher gekommen, hätte ich etwas anderes geantwortet. „Ich kann leider nicht. Es tut mir leid, denn das klingt wunderbar.“

„Warum nicht?“

Ich überlegte, ob ich ihn belügen sollte, aber das wollte ich nicht. „Ich muss arbeiten.“

„Oh“, sagte er und war eine Weile still. „Bist du bald fertig?“

„Nein, ich habe noch ein paar Stunden.“

„Sag ab“, schlug er vor und klang hoffnungsvoll.

„Cal, das geht nicht. Ich brauche das Geld, wenn ich auch mal was essen will und die Studiengebühren bezahlen muss."

Meine Wangen glühten vor Scham, als ich vor jemandem, der weit besser situiert war, zugeben musste, wie wenig Geld ich hatte.

„Okay." Seine Stimme hatte jegliche Emotionen verloren.

„Bitte mach mir deswegen kein schlechtes Gewissen."

„Hör zu, Oaklyn. Ich versuche, nicht daran zu denken, dass du dort arbeitest. Aber es ist leider alles, woran ich dauernd denke! Mir liegt etwas an dir. Mehr als es sollte, und ich bin besitzergreifend. Ich weiß nicht, wie ich damit umgehen soll, denn ich möchte nicht, dass du weiterhin dort hingehst. Ich will nicht, dass andere dich so sehen."

Seine Worte lösten eine Menge Empfindungen in mir aus. Freude, dass er so für mich fühlte. Dass er so oft an mich dachte. Doch da war auch Ärger in meinem Bauch und mein Blut brodelte heftiger. Besonders weil er dies anstatt sanft und liebevoll, mit seinem eigenen Ärger gemischt gesagt hatte. Bedeutete es, dass er gar nicht so für mich empfinden wollte? Dass es ihn störte?

„Verstehe, Cal", sagte ich verständnisvoll. „Aber es handelt sich nicht um eine von mir gewählte berufliche Laufbahn. Ich brauche das Geld, und das ist die beste Möglichkeit."

„Meine Studenten arbeiten für gewöhnlich in Cafés, um Geld zu verdienen", murmelte er.

Ich biss die Zähne zusammen und verkniff mir einen deftigen Kommentar, denn ich wollte mich nicht mit ihm streiten. Ich antwortete ruhiger als ich war. „Das ist nicht fair, und das weißt du auch."

Eine lange Pause entstand und ich fragte mich schon, ob er einfach aufgelegt hatte.

„Ich weiß, aber dadurch wird es nicht leichter, dich dort zu wissen."

„Tja, leider brauche ich mehr als einen Mindestlohn und das bisschen Kohle von den beiden Studentenjobs. Es tut mir leid, dass mein Leben nicht leicht für dich ist." Jetzt verlor ich langsam meine Ruhe und wurde schnippisch. „Für mich ist es auch nicht leicht."

„Ich wünschte nur, du könntest woanders arbeiten als im Voyeur, wo dir perverse Männer beim Ficken zusehen."

„Interessant, das von einem Mann zu hören, der dort selbst Mitglied ist."

„Das ist etwas anderes."

„Ist es nicht."

Das Gespräch geriet außer Kontrolle, wir bedrängten uns gegenseitig zu sehr. Glücklicherweise rettete mich Charlotte vor einer weiteren Antwort. „Ich muss Schluss machen."

„Oaklyn."

„Was, Dr. Pierce?"

Er stöhnte, als ob sein Name ein körperlicher Angriff durch das Telefon wäre. „Es tut mir leid."

„Okay."

Ich legte auf, ehe er antworten konnte. Ich sagte nichts zu Charlotte, ging an ihr vorbei, und konnte durch den Kloß im Hals sowieso nichts herausbringen.

Vielleicht konnten wir uns in den nächsten drei Stunden ohne Kontakt beide wieder beruhigen. Ich hoffte es. Gerade erst hatte ich Callum gefunden und war noch nicht bereit, ihn wegen eines dummen Streits zu verlieren.

Kapitel 26

Callum

Ich hatte es vermasselt. Schon wieder.

Ich wusste es bereits, als ich den Mund aufmachte, und definitiv, als sie in die Vorlesung kam und mir nicht in die Augen sah. Nicht, weil sie verletzt nach unten gesehen hatte. Nein, sie hielt das Kinn erhoben und sah aus, als ob sie es der ganzen Welt zeigen wollte. Sie setzte sich, presste die Lippen aufeinander und mied meinen Blick. Sogar, als ich sie durch eine Frage zum Sprechen aufforderte.

Ich wusste, dass ich etwas Falsches gesagt hatte, hatte aber die Macht über meine Gefühle verloren und bereits zu viel getrunken, um damit fertigzuwerden, dass sie im Voyeur arbeitete. Es war beängstigend, wie leicht mir Beleidigungen über die Lippen gekommen waren. Von meinem hohen Ross aus hatte ich ihre Wahl, wie sie Geld verdiente, infrage gestellt, und das war nicht richtig. Ich sollte froh sein, mir nie über Geld Gedanken machen zu müssen. Dennoch hatte ich ihr vorgeschlagen, bei Starbucks zu arbeiten. Wenn ich daran dachte, zuckte ich jedes Mal innerlich zusammen.

Noch nie war ich so besitzergreifend gewesen und hatte eine solche Angst gehabt, jemanden zu verlieren. Was würde ich tun, wenn sie mich verlassen würde? Würde ich dann weiterhin mit niemandem mehr intim werden können? Würde ich es ohne sie überhaupt versuchen?

Der Gedanke verursachte Panik. Wieder im Voyeur in einem Zimmer zu sitzen und Fremden dabei zuzusehen, wie sie Dinge taten, die ich niemals tun konnte. Allein in meinem großen Haus herumzuwandern. Nach all dem, was sie mir gezeigt hatte, konnte ich das nicht mehr.

Schnell schrieb ich eine Notiz auf einen Klebezettel und steckte ihn zwischen die Seiten der Arbeiten, die ich heute austeilen wollte. *Es tut mir leid. Bitte verzeih mir, ein Arsch gewesen zu sein.* Mehr Worte passten nicht auf den kleinen gelben Zettel, ansonsten hätte ich einen Roman geschrieben mit allem, was mir leidtat.

Ich erhob mich und begann, den Studenten die Arbeiten auszuhändigen, und achtete darauf, Oaklyn die für sie bestimmten Papiere zu geben.

Ich beendete den Unterricht und hoffte das Beste. Aus Angst vor ihrer eventuellen ablehnenden Reaktion sah ich Oaklyn nicht mehr direkt an. Es war schon unangenehm genug, zu warten, ob sie bleiben oder genauso gehen würde, wie sie gekommen war, sauer und mich völlig ignorierend. Ich könnte es ihr nicht einmal verdenken.

Ich versuchte, mich durch das Packen meiner Sachen abzulenken, während die Studenten den Saal verließen, und war zu feige, nachzusehen, ob sie ebenfalls schon gegangen war. Doch ich bekam die Antwort, als nur noch ein paar Schüler übrig waren und ich hörte, wie sie sagte: „Bis später. Ich muss Dr. Pierce noch etwas fragen."

„Okay, Oak. Bis dann."

Ich sah, wie ihre Freundin, gefolgt von ein paar anderen, den Raum verließ, und drehte mich schließlich zu Oaklyn um. Sie stand dort mit angespanntem Körper. Mit den Fäusten umklammerte sie ihre Büchertasche, die Lippen zusammengekniffen und der Blick kühl.

Doch hinter der kalten Fassade erkannte ich Schmerz. Schmerz, den ich verursacht hatte. Reumütig schluckte ich schwer. Ich sah zur Tür, ob sie zu war. Am liebsten hätte ich sie abgeschlossen, um uns etwas Privatsphäre zu verschaffen, aber das könnte zu Problemen führen, falls jemand versuchen würde, reinzukommen.

„Es tut mir leid, Oaklyn“, sagte ich und sah sie intensiv an, sodass sie meine Ehrlichkeit erkannte. „Ich hatte unrecht und war ein Arsch. Ich hatte kein Recht, dich zu bitten, den Job zu vernachlässigen, um mit mir zu essen. Und ich habe kein Recht, dich auf irgendeine Weise zu verurteilen, was auch immer du tust. Es tut mir echt leid.“

Ihre Schultern entspannten sich genug, um mir das Gewicht von der Brust zu nehmen. Ihre Honigaugen blickten sanfter, doch sie gab sich keine Mühe, ihre Verletzung zu verbergen, was beides für mich war – besser und schlimmer.

„Ich verstehe, Cal. Wirklich. Aber es ist nicht so, dass ich unbedingt dort arbeiten *will.* Ich *muss* es, um meine Ziele zu erreichen.“

„Ich weiß. Und ich bewundere deine Entschlossenheit. Leider habe ich mich von der Eifersucht hinreißen lassen. Es ist nur …“ Ich erstickte fast an den Worten und musste mich räuspern. „Ich habe Angst, dass du einen Besseren findest. Ohne so viel seelischen Ballast.“

Meine Lage war fast zum Lachen. Ein älterer Professor gesteht einer Studentin seine Ängste. Theoretisch sollte ich die Autoritätsperson sein, aber hier stand sie nun, meine Studentin, ein strahlendes Licht, das mein Glück in den Händen hielt, mit der Macht, mich entweder zu zerstören oder zu retten.

Sie schnaubte. „Es ist viel wahrscheinlicher, in der Uni jemanden kennenzulernen als im Voyeur.“

„Erinnere mich bloß nicht an die Jungs hier, und wie schwer es für mich ist, zu sehen, wie sie dich anstarren. Auch wenn du eigentlich jemanden in deinem Alter verdienst.“

Den letzten Teil hatte ich nicht erwähnen wollen. Zuzugeben, wie viel älter ich war, und im Leben schon fußgefasst zu haben, machte mir Angst, aber ich sprach es dennoch aus. Noch eine Befürchtung, die ich ihr vor die Füße legte.

Einen Moment später kam sie näher und stellte sich direkt vor mich. Sie sah mich bewundernd an.

„Ich will nur dich.“ Sie kam noch näher, nur ein Atemzug trennte uns, was so gut wie nichts war, als sie schüchtern lächelte. „Ich will Clark Kent. Ich will den Mann, der so hinreißend in die Sterne verliebt ist.“ Ihre Brüste pressten sich an mich, sie atmete zittrig ein, und mein Schwanz zuckte. „Ich will den Mann, der mich ansieht, als ob ich ihm mehr bedeute als die Sterne.“

„Das tust du“, stimmte ich sofort zu. „Du bedeutest mir viel mehr. Verzeih mir, dass ich ein eifersüchtiger Idiot war. Ich will dich nicht verlieren.“

„Ich will dich auch nicht verlieren, und mir ist klar, dass dich um dein Vertrauen zu bitten, sehr viel verlangt ist, aber ich habe keine andere Wahl. Ich möchte dort nicht wirklich arbeiten. Es ist nicht gerade meine geheimste Leidenschaft. Ich brauche lediglich den Job … im Moment.“

Ich betrachtete sie, verinnerlichte ihre zerbrechliche Figur und die hohen Wangenknochen. Die dunklen Augenbrauen, die ihre Augen noch strahlender wirken ließen. Das fast nicht existierende Grübchen an ihrem Kinn. Die Sommersprossen, die man nur sah, wenn man direkt vor ihr stand. Das alles faszinierte mich noch immer wie am ersten Tag. „Du bist so schön“, wisperte ich und strich eine Locke hinter ihr Ohr.

„Du siehst auch nicht gerade schlecht aus.“ Ihr Blick fiel auf meine Lippen und dann leckte sie sich über die ihren.

Ich gab dem Verlangen nach, sie zu schmecken. Ich knabberte an ihrer Unterlippe und ließ meine Zunge darüber gleiten. Sie vereitelte eine Wiederholung, indem sie den Mund öffnete, stöhnte, und mich einsaugte. Unsere Zungen trafen sich Ich schloss die Augen und verlor mich in ihr. Es war jetzt ganz einfach. Ich brauchte keine vorbereitenden Gespräche mehr und kein langes Anstarren, ehe ich mich entspannen, die Augen schließen und mich dem Moment hingeben konnte. Es geschah spontan.

Ich zuckte nicht zusammen, als sie über meine Arme streichelte, meine Schultern, mir in die Haare griff und mich an sich zog. Ich wich nicht zurück, als ihre Hüften gegen meine stießen und an meiner Erektion rieben. Ich war so gefangen, dass ich zuerst nicht realisierte, dass sie anfing, sich von mir zu lösen. Sie neckte meine Lippen noch ein bisschen mit ihrem Mund, ehe sie zurücktrat und lächelte, die Finger an die Lippen legte, als wollte sie meine Küsse in sich behalten.

„Wir sollten nicht zu weit gehen. Schließlich wollen wir nicht erwischt werden."

Nickend versuchte ich, mich zu sammeln, tief durchzuatmen und meine Erektion zum Schrumpfen zu bringen. Ich sammelte meine Sachen ein und war bereit, zu gehen, als die Tür aufgerissen wurde.

„Fertig zum Essengehen, Armleuchter?", rief Reed und sah zunächst nur mich, als er hereinstürmte. Doch das hielt nicht lange an. Oaklyn war schwer zu übersehen. „Oh Mann, tut mir leid. Wir sind alte Freunde. Ich darf ihn Armleuchter nennen", erklärte er.

Oaklyn lächelte ihn an und lachte leise. „Schon gut. Sie müssen sich nicht entschuldigen."

Reed, der einfühlsame Beobachter, kam näher und sah zwischen uns hin und her. Wahrscheinlich betrachtete er die Studentinnen aufmerksamer, seit ich ihm gestanden hatte, mich zu einer von ihnen hingezogen zu fühlen.

Er streckte Oaklyn die Hand entgegen. „Ich bin Reed. Schön, Sie kennenzulernen."

„Oaklyn", sagte sie und schüttelte seine Hand.

„Physik?", fragte Reed.

„Nein. Ganz bestimmt nicht. Das ist nur mein Wahlfach."

Reed hob die Augenbrauen, zählte eins und eins zusammen und kam zu dem Schluss, dass dies die Studentin war, die mich am Haken hatte. Er betrachtete sie noch einen Moment genauer, bis ich mich dazwischen stellen wollte, damit er sie nicht weiter anstarren konnte. Vielleicht bildete ich es mir nur ein, doch das Schweigen schien ewig zu dauern, und ich musste Oaklyn von Reed fort bekommen, ehe er etwas Falsches sagen konnte.

„Ich wünsche Ihnen noch einen schönen Tag, Miss Derringer."

„Danke, Dr. Pierce."

Fast hätte ich gestöhnt, als sie sich auf die Unterlippe biss, ehe sie ging. Mein Blick folgte ihr, bis die Tür hinter ihr geschlossen war. Sogar dann starrte ich noch weiter darauf.

„Sie ist heißer, als du gesagt hast."

Ich machte mir nicht die Mühe, das zu leugnen. Es wäre Zeitverschwendung. Stattdessen nahm ich meine Tasche und ging an ihm vorbei. „Schnauze, Reed."

Im Bett hatte ich Mühe, mich auf mein Buch zu konzentrieren. Meine Gedanken wanderten ständig zu Oaklyn. Das passierte mir immer, auch als ich noch nicht gewusst hatte, wie sie schmeckte, sich anfühlte, war ich im Geiste immer bei ihr gewesen. Trotzdem konnte ich selbst jetzt nicht erklären, was mich so an ihr anzog.

Vielleicht das Schicksal, eine Energie, die mein Inneres erkannte, die mich ändern konnte? Ich wusste es nicht und es war mir eigentlich auch gleichgültig.

Ich legte das Buch zur Seite, nahm das Handy und scrollte zu ihrer Nummer. Eine Nachricht konnte ich ihr sicherlich schicken. Das war nicht zu viel.

Ich: *Wie läuft das Studieren?*

Ich lächelte breit, als sie sofort antwortete.

O: *Gut. Wie war deine Mittagspause?*

Ich: *Gut.*

Besonders, weil Reed mich verschont und nicht über sie gesprochen hatte.

O: *Weiß er über mich Bescheid?*

Ich zog lügen in Erwägung, wollte aber nicht unehrlich zu ihr sein. Mein Daumen schwebte über dem Display, während ich mir die Antwort überlegte. Ich stellte mir alle möglichen Konsequenzen vor, die auf jede Aussage folgen könnten.

Ich: *Er weiß, dass ich mich zu dir hingezogen fühle.*

O: *Macht dir das Sorgen?*

Ich: *Nein. Warum?*

O: *Du hast eine Menge zu verlieren, Callum.*

Ich: *Reed wird nichts rumerzählen. Er ist mein bester Freund.*

O: *Wir sollten trotzdem vorsichtiger sein. Ich möchte nicht, dass du wegen mir deinen Job verlierst.*

Fast hätte ich geschrieben, dass sie es wert wäre, doch ich wollte sie mit meinen überschäumenden Gefühlen nicht überfordern.

Ich: *Mach dir darüber keine Sorgen.*

O: *Doch. Vielleicht sollten wir das Küssen im Vorlesungsraum auf ein Minimum reduzieren.*

Ich: *Ja, vielleicht.*
Ich: *Spielverderberin.*
Ich: *Und wo sollen wir uns dann deiner Meinung nach küssen?*

Sie antwortete nicht und ich wollte schon das Handy weglegen, weil es so lange dauerte. In meinem Kopf kreisten die Gründe, warum sie schweigen könnte. Vielleicht hatte sie einen Anruf bekommen. Vielleicht grübelte ich zu viel.

Als das Telefon in meiner Hand vibrierte, zuckte ich erschrocken zusammen. Ihr Name stand auf dem Display und ich nahm den Anruf sofort an.

„Hi."

„Was tun wir hier eigentlich, Callum?"

Ich hielt inne und dachte darüber nach. „Wie meinst du das?"

Ich hörte sie tief seufzen, was meine Befürchtungen erhöhte, sie könne etwas Unangenehmes sagen.

„Ich will nicht eine dieser Frauen sein, die ständig wissen will, wohin das alles führt. Aber unsere Lage ist speziell. Wir gehen ein großes Risiko ein. Ich mag dich. Sehr. Ich weiß, wir haben keine normale Beziehung mit Ausgehen und der Möglichkeit einer natürlichen

Entwicklung wie andere Paare. Aber wohin wird uns das führen?“

„Oaklyn.“ Ich schluckte schwer und überlegte mir meine Worte genau, denn sie musste wissen, wie ernst es mir war. „Du weißt sicher, dass ich dich liebend gern ausführen würde, wenn ich könnte. Ich würde dich von den Füßen hauen. Und das werde ich auch. Später.“

„Aber was bedeutet das? Später?“

„Du bist nicht für immer meine Studentin.“

Schweigen folgte auf meine Aussage, und ich biss mir auf die Zunge, um nicht weiterzusprechen, während sie verinnerlichte, dass ich so weit in die Zukunft dachte. Das konnte ich schließlich zugeben, nur nicht, wie weit in die Zukunft ich tatsächlich dachte.

„Okay. Das gefällt mir“, sagte sie und ich musste lächeln. „Aber …“

Bei diesem simplen Wort verging mir das Lächeln. Noch nie kam etwas Gutes nach einem *Aber*.

„Was, wenn uns später Leute beim Ausgehen sehen?“

„Sie können denken, was sie wollen, aber sie werden es nie genau wissen. Die Gefahr von irgendwelchen Annahmen wird mich nicht davon abhalten, zu tun, was ich möchte und was mir so wichtig ist.“ Meine Antwort klang leidenschaftlicher als beabsichtigt, aber ich würde sie nicht einschränken. Besonders nicht, nachdem ich hörte, was sie dazu sagte.

„Du bist mir auch wichtig, Cal.“

Eine schwere Stille folgte, und ich dachte daran, was ich gern wirklich zu ihr gesagt hätte. Was meine Worte wirklich bedeuteten. So viel mehr als *möchten* und *wichtig*. Fühlte sie genauso? Wollte auch sie mehr sagen?

Ihr Räuspern durchbrach die Stille.

„Nun, ich sollte weiterlernen. Dieser Professor hat uns mit einem Sternenprojekt versklavt.“

„Er klingt echt super“, sagte ich und entließ sie aus dem ernsthaften Moment. Obwohl wir wieder bei einem lockeren Thema waren, trafen mich ihre folgenden Worte mit einer tieferen Bedeutung, als sie mich wohl wissen lassen wollte.

„Er ist der Beste.“

Kapitel 27

Callum

„Komm dieses Wochenende zu mir“, sagte ich an Oaklyns Hals. Ich hatte gesehen, wie sie in den Konferenzraum gegangen war, wo sich der Drucker befand. Sie stand mit dem Rücken zu mir und ich hatte mich angeschlichen und genoss es, wie sie die Luft einsog, als ich das Haar von ihrem Hals strich. „Zieh dich schick an. Das wird ein Pseudo-Date. Bitte“, wisperte ich, küsste ihren Hals und trat zurück.

„Okay“, stimmte sie zu.

Schnell küsste ich sie noch einmal und liebte ihr leises Stöhnen, das an meinen Lippen vibrierte. Ich wollte bleiben, sie an den Schreibtisch drücken, aber die Tür war nicht abgeschlossen und wir hätten das niemals erklären können. Also trat ich zurück. „Morgen“, sagte ich und ging aus dem Raum.

Ich musste ständig an unser gestriges Gespräch über eine Verabredung denken. In meiner Vorstellung sah ich sie mit mir in ein Restaurant gehen, schick gekleidet und mit einem scheuen Lächeln auf den Lippen. Ich hatte die schönste Frau neben mir am Arm. Ich musste ihr unbedingt sehr viel von so etwas bieten, wann immer es möglich war.

Am Samstagabend zog ich alle Register. Kerzen auf dem Esstisch, in der Küche, im Flur, und Feuer im Wohnzimmerkamin, um eine schöne Stimmung zu erzeugen. Ich versuchte, den Umstand zu überspielen, dass wir uns immer noch in meinem Haus befanden, anstatt in einem edlen Restaurant, in das ich sie eigentlich ausführen wollte.

Aber als ich der schönsten Frau, die ich je gesehen hatte, die Tür öffnete, spielte das alles keine Rolle mehr. Ihre goldenen Augen schienen unter meinem Vordach zu glühen und waren aufgeregt geweitet. Mit dem kleinen Schwarzen, das sie trug, war das eine berauschende Mischung. Lange Ärmel umschmeichelten ihre Arme, doch die Schultern waren entblößt. Es lag oben eng an, deutete einen Ausschnitt an, und schwang dann weit über ihre Taille. Mit heruntergeklapptem Kiefer trat ich zurück und ließ sie herein, betrachtete das freie Stück ihrer Oberschenkel, bevor diese dann von ihren Stiefeln bedeckt wurden, die ihr bis über die Knie reichten.

Ihre Finger berührten mein Kinn, hoben es an, sodass ich den Mund schloss. Ich brachte ein gehauchtes Lachen hervor, unfähig, zu sprechen.

„Gefällt es dir?“

„Himmel, ich liebe es. Du siehst wunderschön aus.“ Ihr Make-up war dezent. Das Haar hatte sie zu einem Pferdeschwanz gebunden, der elegant aussah und gleichzeitig auf ihre neunzehn Jahre hinwies. „Komm rein, das Essen ist fertig.“

Mit freudig erregtem Blick sah sie sich um und betrachtete all die Kerzen.

Beim Essen, Reden und Lachen war ich Stolz, dass ich es war, der ihr das Lächeln in ihr Gesicht gezaubert hatte. Sie scherzte und fragte mich, wo ich die Aluschalen versteckt hätte, in denen das Essen gekommen war. Es war eins der lockersten Dates, die ich je erlebt hatte.

Sie legte das Besteck ab, trank etwas Wasser und ließ mich nicht aus den Augen. Es war berauschend, zu beobachten, wie das Kerzenlicht über ihre Züge flackerte.

„Danke für die Blumen“, sagte sie.

In der Küche hatte ich ihr ein Dutzend Rosen überreicht. Sie hatte gestrahlt und gesagt, dass ihr noch nie jemand Blumen geschenkt hätte. Ich liebte es, dass ich der Erste war.

„Freut mich, dass sie dir gefallen."

„Mein Dad hat meiner Mom oft Blumen geschenkt. Manchmal waren es welche, die im Laden sonst bald weggeworfen worden wären, und manchmal auch nur Wildblumen von der Wiese rund um das Haus, in dem er arbeitete. Mom sagte, das spiele keine Rolle. Es ginge nur darum, dass er an sie gedacht habe."

„Wie geht es deinen Eltern?"

„Gut. Sie sind wie immer im Stress. Ihr Leben hat sich in den letzten Jahren nicht sehr verändert, außer dass sie mich nicht mehr unterstützen. Aber sie arbeiten immer noch viel, um durchzukommen."

Ich mochte es nicht, dass sie kämpfen mussten, aber Oaklyns Lächeln, als sie über sie sprach, zeigte, dass es ihre Liebe nicht geschmälert hatte.

„Wie geht es deinen Eltern?", fragte Oaklyn.

„Gut. Sie kamen gerade von einer Reise nach Italien zurück. Dad hatte dort geschäftlich zu tun und Mom hat ihn überredet, eine ganze Woche zu bleiben. Gestern Abend hat sie mich angerufen und mir über eine Stunde lang alles erzählt."

Als ich mit den Augen rollte, lachte sie. „Klingt, als ob ihr euch nahesteht."

„Ja. Sie sind gute Eltern und haben immer versucht, mir das Beste zu ermöglichen. Sie wollen nur, dass ich glücklich bin."

Sie betrachtete ihr Glas, an dem sie mit dem Daumen entlangrieb. „Was meinst du, würden sie von mir halten?"

Wahrscheinlich wären sie nicht erfreut darüber, dass sie meine Studentin war, aber das sagte ich nicht. „Sie würden dich mögen, weil du mich glücklich machst."

Unter ihren Wimpern sah sie mich an. „Gut."

„Sehr gut sogar."

„Kommen sie dich bald besuchen? Nicht, weil ich anzudeuten versuche, sie kennenlernen zu wollen", erklärte sie eilig. „Ich weiß nur, dass du sie schon lange nicht mehr gesehen hast."

„Eventuell am Ende des Semesters. Sie waren über Weihnachten hier." Ich trank einen Schluck Wasser und überlegte, ob ich mich ihr anvertrauen sollte, aber das verstand sich von selbst. Ich wollte mich Oaklyn immer anvertrauen. Sie war mein sicherer Hafen. „Sie haben mich gebeten, nach Hause zu kommen."

„Ich dachte, da gehst du nicht mehr hin." Besorgt setzte sie sich aufrechter hin.

„Meine Cousine Sarah heiratet." Mit einem weiteren Schluck Wasser versuchte ich, die Enge in meiner Kehle zu bekämpfen. Oaklyn sagte nichts, aber ich sah ihr fragendes Gesicht. „Sarah ist *seine* Schwester."

„Geht es dir gut?"

Ich hielt inne, ehe ich antwortete, und lauschte in mich hinein. Außer dass ich Mut brauchte, darüber zu sprechen, war ich ganz ruhig. Kein Schwitzen, Kein Herzrasen. Kein Zittern. Mir ging es tatsächlich gut. „Überraschenderweise ja."

„Gut." Sie lächelte. „Und was wirst du machen?"

„Erst dachte ich, auf keinen Fall. Aber ich glaube, dass es mir jetzt bessergeht und ich es vielleicht schaffen könnte. Ich hatte immer gedacht, ich würde nie mehr nach Kalifornien fahren, aber vielleicht …" Obwohl ich unsicher gewesen war, überhaupt etwas zu sagen, musste ich es einfach tun, als ich ihre Freude für mich sah. Nun brauchte ich sie nur noch zu fragen. Es war ein Drang, den ich nicht unterdrücken konnte. „Ich dachte mir, vielleicht kann ich es mit dir an meiner Seite wagen."

Ihre Augenbrauen hoben sich fast bis zum Haaransatz. „Du willst, dass ich mit zu dir nach Hause komme?"

„Wenn du möchtest", sagte ich schnell. Ihre Augen waren geweitet, doch verrieten nicht wirklich, was sie dachte, und ich wurde nervös. „Es ist erst im Oktober."

Sie sagte nichts und ich konnte nicht wegsehen. Mit Entsetzen sah ich, wie ihre Augen feucht wurden, und ich konnte mir nicht erklären, warum. Sie schob den Stuhl zurück und erhob sich. Einen Moment befürchtete ich, sie könnte gehen. Ich hatte sie zu sehr bedrängt und zu viel gesagt. Mit der Unterlippe zwischen den Zähnen kam sie zu mir und drückte mich auf dem Stuhl zurück. Mit gespreizten Beinen setzte sie sich auf meinen Schoß und ein Lächeln deutete sich an. Ohne zu zögern umfasste ich ihre Hüften, hielt sie auf mir fest und genoss ihr Gewicht auf mir. Ich rutschte ein Stück zurück und gab ihr mehr Raum. Sie umfasste meine Wangen und küsste mich zärtlich. Ich ließ sie gewähren und verlor mich in ihren Berührungen. Viel zu schnell lehnte sie sich wieder zurück, um mir in die Augen zu sehen.

„Ich würde überall mit dir hingehen", wisperte sie.

Jetzt wartete ich nicht darauf, dass sie die Führung übernahm. Ich verschlang ihre Lippen und ihr Versprechen, denn ich wollte sie auch überall mit hinnehmen.

Ich liebte sie.

Diese Wahrheit schwebte schon eine Weile über mir, und jetzt nahm sie mich komplett ein.

Um es nicht über meine Lippen kommen zu lassen, küsste ich sie heftiger. Mit den Händen glitt sie über meine Brust zum Gürtel meiner Hose, den sie öffnete. Ich zuckte leicht zusammen, als sie ihre Hand um meinen Schwanz legte, aber nicht vor Panik, sondern weil die Berührung Blitze durch meinen Körper jagte und mich in Flammen setzte. Sie rieb mich hoch und runter. Nicht so stark, um mich zum Kommen zu bringen, doch fest genug, dass ich mich begierig nach mehr sehnte.

Ich umfasste ihren Hintern und hielt sie fest, während ich mich erhob. Nachdem ich das Geschirr beiseitegeschoben hatte, setzte ich sie auf den Tisch, knabberte an ihrem Hals und saugte an ihrem rasenden Puls. Ich tauchte so weit in ihren Ausschnitt, wie das Kleid es zuließ und schob es dann herunter, bis ihre Brüste freilagen.

Kein gottverdammter BH. Danke, Jesus.

Ohne Zeit zu vergeuden, machte ich mich über ihre Nippel her und leckte über ihre Haut. Sie stieß mir die Hüften entgegen und feuchte Hitze kam mit meinem Schwanz in Kontakt. Ich sah zu ihr hoch, und konnte mir kaum vorstellen, was sie in meinen Augen sehen musste. Erregung, Unsicherheit, Aufregung, Horror.

„Kein Höschen?"

Sie zuckte mit den Schultern und hob lächelnd einen Mundwinkel. Ich schluckte schwer und sah sie an, während sich ihre Hand in mein Haar schob und mich zu ihren Lippen dirigierte. Sie knabberte, leckte, saugte und brachte mich damit ins Hier und Jetzt zurück. Ich umfasste ihre warmen Brüste und schluckte ihr Stöhnen, als ich in ihren Nippel kniff. Ich tat es noch einmal und ihre Hüften zuckten hoch und platzierten meinen Schwanz in eine Linie mit ihrer nassen Hitze.

Die Welt schien für Tage stillzustehen, während ich versuchte, die Emotionen zu deuten, die ich in mir spürte. Aber dann leckte sie über mein Kinn, gefolgt von einem Biss und ich stöhnte. Meine Hüften stießen von ganz allein vorwärts und ich rutschte noch einen Zentimeter in Oaklyn hinein.

Meine Brust hob und senkte sich vor Panik und Lust. Sie umfasste mein Gesicht und drehte meinen Kopf, bis ich sie ansehen musste. Sie wirkte genauso aufgeregt, wie ich es war. Ihr Blick prüfte meinen Gesichtsausdruck. Sie leckte sich über die trockenen Lippen und atmete genauso schwer wie ich.

„Schau mich an“, hauchte sie, hob die Hüften und ließ mich noch etwas weiter in sie gleiten. „Alles in Ordnung, Callum. Ich bin’s nur. Sieh nicht weg.“

Das Kerzenlicht warf Schatten auf ihr schönes Gesicht und ich konzentrierte mich auf ihre Augen, während ich bis zum Anschlag in sie eindrang. Dann zog ich mich wieder zurück, bis nur noch meine Spitze in ihr war, und stieß wieder zu. Wieder und wieder.

Sie wandte den Blick nicht ab. Auch als sie mich küsste, sah sie mich dabei an. Ihre nasse Hitze umgab mich, hieß mich willkommen, und gab mir das süßeste Geschenk. Emotionen lasteten auf meiner Brust und erschwerten das Atmen. Begierde raste durch mich hindurch und ich fühlte mich lebendiger als je zuvor.

„Alles ist gut. Ich bin’s nur. Alles ist gut.“ Sie führte mich mit ihrer Stimme. Ihr Flüstern wurde zu Stöhnen, als ich das Tempo erhöhte.

„Oaklyn.“ Ich sagte ihren Namen wie ein Stoßgebet. Als wäre sie mein Mekka und ich hätte endlich den Weg zu ihr gefunden. Ich zog sie an mich, ihre Brust war genauso erhitzt wie meine. Mit ihren Schenkeln umfasste sie meine Hüften, ihre Hände hielten noch immer meine Wangen. „Du bist so verdammt eng. So nass …“ Ich stieß zu und schloss die Augen, genoss, wie eng sie mich umschloss. „Himmel, du fühlst dich so gut an.“

„Hör nicht auf“, bettelte sie.

„Kommt gar nicht infrage.“

Ich dachte nicht einmal daran. Ich war voll auf das Gleiten zwischen ihren nassen Wänden um meinen

Schwanz konzentriert. Wie sie mich drückte und molk. Das Feuer, das am Ende meiner Wirbelsäule entstand und die Lust, die ich im ganzen Leib spürte. Die Lust der Wahl. Ich hatte gewählt, in ihr zu sein. Ich hatte gewählt, die Lust zu spüren. Ich hatte die Kontrolle darüber.

Ich hatte die Kontrolle, und niemand nahm sie mir.

„Oaklyn", sagte ich erneut. Meine Kehle war wie zugeschnürt. Ein Feuer brannte hinter meinen Augen und schoss gleichzeitig durch meine Wirbelsäule. Ich verlor mich in ihr, verlor mich im Augenblick, in der Magie.

„Bitte, bitte", wimmerte sie immer verzweifelter an meinen Lippen, bis sie sich anspannte, die Augen schloss und den Mund öffnete. Sie klammerte sich an mich und stöhnte, während ihr Orgasmus sie überrannte.

„Du bist so schön, wenn du kommst." Fasziniert von ihr kniff ich in ihren Nippel. Noch nie hatte ich mich mehr wie ein Mann gefühlt, als beim Zusehen, wie sie durch die Wucht des Orgasmus errötete.

Es löste meinen eigenen Höhepunkt aus. Ich lehnte den Kopf an ihre Brust, kniff die Augen zu und stieß immer schneller in sie. War in der Lust, die durch mich jagte, völlig verloren.

„Ja, Callum. Fick mich", spornte sie mich an und nahm jeden Stoß bereitwillig auf.

Ich bekam überall Gänsehaut, meine Hüften zuckten und meine Eier zogen sich zusammen. Ich stöhnte an ihrem Hals und hielt sie eng umschlungen, als ich mich in ihr ergoss.

Sobald ich wieder normal atmen konnte, spürte ich, dass sie mein Haar streichelte, meinen Kopf küsste und dass ich leise weinte.

„Schon gut, Callum, alles in Ordnung."

Ich sollte mich schämen. Ich war immer noch in ihr, erholte mich von meinem Orgasmus und heulte ihren Hals nass. Aber es war Oaklyn, und sie gab mir etwas, von dem ich dachte, es nie wieder haben zu können. Trost, Akzeptanz, Geduld. Lust.

Lust, die ich hätte stoppen können, wenn ich gewollt hätte. Lust, für die ich mich entschieden hatte, und keine, die mir ein anderer aufzwang.

„Danke. Ich danke dir." Ich sagte es immer wieder, während das Hochgefühl langsam abebbte. Mein Schwanz wurde schlaff und rutschte aus ihrer Hitze. Ich lockerte den festen Griff um Oaklyn und ließ sie los, wischte mir über die Wangen. Auf Oaklyns Wangen befanden sich ebenfalls Tränenspuren, wofür ich diese Frau noch mehr liebte. „Danke, Oaklyn", sagte ich erneut.

„Ich danke dir auch."

Sie umfasste noch einmal meine Wangen und küsste mich sanft, bevor sie vom Tisch rutschte. Sie nahm meine Hand und zog mich hinter sich her, während sie eine Kerze nach der anderen ausblies. Ich folgte ihr brav, denn ich wäre ihr überall hin gefolgt.

Als alle Kerzen aus waren, führte sie mich nach oben ins Schlafzimmer. Ehe wir uns hinlegten, drehte sie sich zu mir um.

„Ist das okay für dich?"

„Himmel, ja. Ich möchte nirgendwo sonst mit dir sein."

Sie biss sich auf die Lippe, lächelte und sah nach unten. Ich zog mein Shirt und meine Hose mitsamt der Boxershorts aus. Nichts schien unmöglich, auch nicht, die ganze Nacht neben ihr zu liegen. Vielleicht würde ich von einem Albtraum erwachen und mich blamieren, aber ich wollte es zumindest versuchen. Für sie.

Als ich mich hinlegte, ging sie ins Bad. „Ich muss mich nur schnell … äh … waschen."

Ich sah auf ihre Schenkel und stellte mir vor, wie meine Säfte ihre Beine entlangliefen. Mit einem Stöhnen sank ich in die Kissen und hörte Oaklyn lachen.

„Übrigens bin ich gesund und nehme die Pille."

Ich riss die Augen auf. „Mist. Daran habe ich gar nicht gedacht. Entschuldige, dass ich dich dem Risiko ausgesetzt habe."

„Schon gut. Ich wusste, was ich tue. Ich wollte den Moment nicht zerstören und wusste ja, dass nichts passieren kann."

„Danke."

Als sie zurückkam, zog sie das Kleid aus und legte sich neben mich. Ich kuschelte mich an sie, legte den Kopf auf ihre Brust und lauschte ihrem Herzschlag unter meiner Wange. Sie streichelte meine Haare. Schweigend hielt sie mich fest. Bevor ich in den Schlaf sank, küsste ich ihren Bauch und wisperte ein letztes Dankeschön.

Kapitel 28

Oaklyn

Am nächsten Morgen wurde ich von feuchten Küssen am Hals geweckt. Callums Hand lag auf meiner Brust und er spielte mit meinem Nippel. Ich stöhnte und schob mich ihm entgegen. Seine Erektion drückte sich an meinen Hintern. Noch nicht ganz wach griff ich, ohne nachzudenken, nach hinten und umfasste seinen Schaft. Er zuckte zusammen und hielt inne. Sofort ließ ich ihn los und drehte mich um, damit er mich ansehen konnte.

Als er mir nicht in die Augen sah, tat ich so, als wäre nichts gewesen, sodass er sich nicht mit seiner Reaktion auseinandersetzen musste. Ich küsste das Grübchen an seinem Kinn und flüsterte ein *Guten Morgen.*

„Guten Morgen", sagte er, entspannte sich und zog mich an sich.

Dann sah er mich an und seine blauen Augen schienen im einfallenden Morgenlicht heller. Irgendwie glücklicher und weniger umwölkt. Ich hielt seinen Blick fest, küsste ihn, und wollte nicht wegsehen - was ich auch nicht konnte, selbst wenn ich es gewollt hätte. „Wie hast du geschlafen?"

„Wie ein Toter." Er grinste und knabberte an meiner Nasenspitze. „Du hast mich fix und fertig gemacht."

Ich lachte, legte ebenfalls den Arm um ihn und rutschte etwas höher, um seinen Mund besser erreichen zu können. Ich knabberte an seinen Lippen und leckte darüber, bis er sie öffnete. Er neigte den Kopf leicht zur Seite, damit wir uns besser küssen konnten. Seine Handfläche streckte sich auf meinem Rücken aus und er hielt mich so nah er konnte an seine Brust, wobei sich meine Brüste an sie pressten.

Wir machten herum wie Verhungernde, die dachten, der andere wäre die einzige Nahrung. Wir stöhnten beide, als sein Schwanz zwischen meine Schenkel glitt und sich an meiner Pussy rieb.

„Können wir …“, begann er atemlos. „Können wir es noch einmal versuchen?“

Ich lächelte ihn neckend an. „Ich dachte, du bist fix und fertig.“

„Nicht *so* sehr“, sagte er und rollte sich auf mich.

Dieses Mal geschah es mehr aus Absicht ... Gestern Abend entstand es aus der Hitze des Augenblicks, und wir nutzten aus, dass wir uns ineinander verloren. Heute, nackt in seinen Armen, spreizte ich die Beine, sodass er seine Hüften an mich drücken konnte. Er stützte sich auf einem Arm ab, lehnte sich zurück, ergriff seine Erektion und führte sie an meine Mitte. Ich zuckte nicht mit der Wimper, als er seine samtige Spitze an mir rieb, sondern kam ihm mit meiner Hüfte entgegen.

Mit leicht geöffneten Lippen keucht er und glitt er langsam in mich, einen Zentimeter nach dem anderen.

„Daran könnte ich mich gewöhnen. Deine Pussy zu meinem Zuhause machen.“

„Das ist sie doch schon.“

Er nahm mein Gesicht zwischen seine Arme und ich spürte die Anspannung seiner Muskeln, doch ich achtete mehr darauf, wie er sich in mir bewegte. Er sah mich bewundernd an, so als wäre ich die Antwort auf alles, wonach er gesucht hatte. Ob sich schon mal jemand so geschätzt gefühlt hatte?

Meine Schenkel schmerzten fast von der Anspannung, die meine Lust auslöste. Er bewegte die Hüften und rieb sich an mir, bis ich nach Luft schnappte.

„Fühlt sich das gut an?“ Er lächelte und tat es erneut. Wieder und wieder.

„Callum, bitte."

Schweiß glänzte in seinen Augenbrauen und er erhöhte das Tempo, verkürzte die rhythmischen Bewegungen. Er stieß fest zu und ich schrie auf. Ein Bein legte ich über seine Hüfte, weil ich ihn tiefer in mir spüren wollte. Er küsste mich, legte eine Hand auf meinen Schenkel und begann, mich gründlich zu vögeln.

Er sagte meinen Namen wie ein Mantra, stöhnte ihn an meine Haut, und jedes Mal schoss eine neue Lustwelle in meine Mitte und brachte mich immer näher an den Höhepunkt. Ich hielt mich an ihm fest, genoss das Gefühl dieses starken Mannes über mir. Sein Brusthaar reizte meine Nippel und erweckte meine Sinne.

Als er die Beherrschung verlor, biss er mit einem langen Stöhnen in meinen Hals. Sein irres Tempo war hart, tief und er rieb bei jedem Stoß über meine Klit. Die Lust stieg und stieg, bis ich mich schließlich anspannte und explodierte. Ich keuchte, liebte den Klang seines Stöhnens gemischt mit meinem, als wäre es unsere ureigene Musik. Zu unserer Lust, zu unserer Liebe.

Als ich die Augen öffnete, sah er auf mich herunter, so intensiv, so gelöst und so glücklich. Ich wischte ihm etwas Schweiß von der Schläfe und vergrub die Finger in seinem Haar. Lächelnd sah ich ihn an, liebte sein schönes Gesicht und dass er mir so schöne Gefühle schenkte.

Ich liebte ihn.

Diese Wahrheit traf mich schlagartig. Ich hatte es schon lange unter der Oberfläche gefühlt, und als er mich anlächelte, immer noch tief in mir, konnte ich es nicht mehr leugnen. Ich liebte ihn.

Aus meinem Lächeln wurde ein Lachen, und er stimmte mit ein, bis wir von all den Emotionen, die uns einhüllten, Lachtränen in den Augen hatten. Als er aus mir herausglitt, stöhnten wir beide. Er küsste mich und ließ sich dann an meine Seite fallen.

„Können wir das den ganzen Tag machen?“

„Schön wär’s. Aber leider nicht. Ich habe heute einen Termin mit meinem Studienberater.“

„Sonntags?“

„Ja, er will mir das Sportzentrum zeigen und mich dem Physiotherapeuten vorstellen. Er meinte, sonntags sei es besser, weil dann weniger los ist und er mehr Zeit für mich hat.“

„Das ist eine gute Gelegenheit, ihn auf dich aufmerksam zu machen.“

„Genau.“

Fast hätte ich ihm erzählt, dass es ein Vorstellungsgespräch für ein Praktikum war, aber ich tat es nicht. Etwas in mir wollte die Nervosität und die Aufregung mit ihm teilen. Doch dann hätte ich auch die eventuelle Enttäuschung mit ihm durchmachen müssen, und ich wollte meine Misserfolge nur so wenig wie möglich anderen gegenüber zugeben. Lieber wollte ich ihn später mit den hoffentlich guten Nachrichten überraschen und sie mit ihm feiern.

„Und danach? Wollen wir noch mal zusammen essen?“

Ich biss mir auf die Unterlippe und suchte nach etwas anderem als der reinen Wahrheit. Doch obwohl ich kein Problem damit hatte, ihm nicht alles anzuvertrauen, wollte ich ihn doch nicht direkt belügen. „Geht nicht. Ich muss arbeiten.“

Ich konnte spüren, wie er sich mir verschloss. Er rollte sich auf den Rücken und starrte an die Zimmerdecke. Ich hasste es und wollte mich entschuldigen und die Arbeit absagen, doch das konnte ich nicht ewig machen. Es war einfach ein Teil von mir und er musste ihn akzeptieren. Keine Entschuldigung würde es leichter oder besser machen. Also ignorierten wir das Problem. Er verbarg seine Frustration so gut er konnte, und ich verbarg, dass es mir auffiel.

„Okay“, sagte er viel emotionsloser als zuvor. „Morgen nach der Uni.“

„Ja.“ Ich versuchte, mich darauf zu freuen, aber die gute Stimmung war dahin. Ich betrachtete sein Profil, den angespannten Kiefer, und wollte irgendetwas tun, damit er sich besser fühlte.

Fast hätte ich gesagt: Ich liebe dich. Ich musste mir auf die Zunge beißen, um den Mund zu halten. Ich musste es zurückhalten, denn ich wollte ihm nicht sagen, wie viel er mir bedeutete, und dass ich niemals einen anderen Mann haben wollte, nur damit es ihm besser ging. Ich wollte es ihm sagen, wenn wir beide von den Emotionen eingenommen waren. Wenn die Liebe zu viel wurde, um sie stumm zu ertragen, nicht die Frustration.

Ich rollte mich zu ihm und legte all die ungesagten Worte in einen Kuss. Er erwiderte den Kuss so intensiv, als hätte er seine eigenen Geheimnisse zu erzählen.

Wir liebten uns, bis ich gehen musste, und er küsste mich, wann immer er konnte, bis sich die Tür hinter mir schloss. Ich fuhr nach Hause, um mich auf den Termin vorzubereiten.

Das Interview lief fantastisch. Ich ging zwischen den wenigen Sportlern hindurch, die gerade trainierten, und Dr. Jones erklärte mir die Aufgaben, die zum Job gehörten. Er zeigte mir den Raum, in dem ich meistens den anderen Therapeuten zur Hand gehen sollte, und erklärte, dass ich auch den Sportlern beim Training helfen würde. Alles klang wunderbar aufregend. Wie ein großer Schritt in meine Zukunft.

Er wollte wissen, welche Erfahrungen ich hatte, was wenig war, und welche Kurse ich in der Highschool absolviert hatte. Die Fragen, die er mir zum Anatomie-Grundwissen und typischen Verletzungen gestellt hatte, beantwortete ich aus dem Handgelenk. Er hatte sich zu Dr. Denly umgedreht und *„nicht schlecht"* gemurmelt. Ich hatte den Blick gesenkt, um mein Grinsen zu verbergen. Er empfahl mir, in den nächsten zweieinhalb Monaten des Semesters ein paar spezielle Fachbücher zu lesen, und als ich das Sportzentrum verließ, sah das Licht am Ende des Tunnels, das heller strahlte als je zuvor.

In der Hoffnung, früher anfangen zu können, fuhr ich direkt ins Voyeur und wollte Charlotte fragen, ob sie mir an der Bar ein paar Überstunden einrichten konnte. Am Ende war heute wirklich mein Glückstag, denn Charlotte hatte sich krankgemeldet und Daniel war allein hinter der Bar und total überfordert. Ich übernahm seine Arbeit und war super freundlich zu den Kunden, um so viel Trinkgeld wie möglich zu kassieren. Am Anfang meiner Beziehung mit Cal war es schwer genug gewesen, hier Sex zu schauspielern, aber jetzt, wo wir miteinander schliefen und ich mir meine Empfindungen eingestanden hatte, konnte ich nicht einmal mehr daran denken.

Ich hoffte, das Trinkgeld würde ausreichen, um nächste Woche die Studiengebühren zahlen zu können.

Kapitel 29

Callum

Ich hatte Oaklyn am nächsten Tag nicht angerufen und war in meinen Textnachrichten kurz angebunden gewesen. Gesehen hatte ich sie auch nicht, denn ich hatte mich krankgemeldet.

Aber ich war nicht krank.

Ich hatte einen Kater.

Nachdem sie gegangen war, hatte ich mittags schon angefangen zu trinken. Ich hatte nur herumgesessen und sie mir im Voyeur vorgestellt. Was sie dort tat. Wer ihr zusah. Ich blieb in meinem einsamen Zuhause und trank ein Glas nach dem anderen. Meine Beherrschung verflüchtigte sich rasant. Es war Jahre her, dass ich regelmäßig die Kontrolle über mich verloren hatte und Wut meine Handlungen bestimmte. Ich hatte hart dafür gekämpft, das zu ändern, und nun ließ ich mich wieder lebendig davon auffressen.

Wie weit würde ich es kommen lassen und etwas tun oder sagen, das ich hinterher bereuen würde? Schaffte ich es, mich zusammenzureißen, bis sie aufhörte, im Voyeur zu arbeiten? Wie lange würde das dauern? Was für ein Mensch wäre ich bis dahin? Was wäre aus *uns* geworden?

Als ich sie schließlich am Dienstag in der Vorlesung sah, lächelte sie mich an, als sei ich nicht der innerlich gebrochene Mann, der sich gerade noch so zusammenhielt. Sie sah mich an, als sei ich normal und voll intakt, und ich musste mich beherrschen, nicht zu ihr zu gehen und sie zu küssen. Wie sollte ich den Rest des Semesters überstehen, ohne sie mit meiner ganzen Seele im Blick anzusehen? Es war so viel mehr als nur körperliche Anziehung, die zwischen uns herrschte. Wenn ich sie sah, wollte meine Brust vor Empfindungen für sie zerplatzen. Sie war mein Halleyscher Komet. Sie erschien auch nur ein im Leben.

„Miss Derringer“, rief ich, als alle ihre Sachen packten und gingen. „Würden Sie bitte mit mir ins Büro kommen? Donna möchte, dass Sie noch einige Papiere unterschreiben.“

Schweigend ging sie neben mir her. Die Spannung zwischen uns war fast greifbar. Als ob für alle sichtbar werden würde, dass wir intim waren, wenn wir anfingen, zu reden. Dass wir miteinander ins Bett gingen.

Sobald wir uns in einem Flur befanden, in dem niemand sonst war, drehte ich um.

„Wohin gehen wir?“, fragte sie.

Anstatt zu antworten, las ich sämtliche Schilder an den Türen, bis ich die richtige fand. Den Lagerraum. Ich sah mich zu beiden Seiten um, öffnete die Tür und zog Oaklyn mit mir. Sobald ich abgeschlossen hatte, drängte ich sie an die Wand, presste den Mund auf ihren und musste sie unbedingt schmecken. Ich vermisste sie und hasste es, dass ich ihr ferngeblieben war, sie nicht angerufen und nicht kontaktiert hatte. Als ich ihre Lippen endlich freigab, schnappte sie nach Luft.

„Geht es dir gut?“, hauchte sie. „Donna meinte, du bist krank. Warum hast du mir nichts gesagt?“

„Entschuldige“, murmelte ich an ihrer Schulter und wollte die Lippen nicht von ihrer Haut nehmen. „Ich wollte nicht, dass du dir Sorgen machst.“

„Callum, ich …“

Ich unterbrach sie, indem ich den übergroßen Pulli von ihrer Schulter zog und durch den BH an ihrem Nippel knabberte. Jetzt, nachdem ich sie bereits hatte, kam ich mir wie ein Teenager vor, der verzweifelt wieder in ihr sein wollte.

Sie stöhnte, als ich den Spitzenstoff beiseiteschob, den harten Nippel zwischen die Lippen nahm und daran saugte. Ihre Hände fummelten an meiner Gürtelschnalle herum. Ich vergrub die Finger in ihren Haaren, als wäre sie mein Rettungsring, der mich davor bewahrte, in die Vergangenheit zurückzufallen.

„Callum“, hauchte sie. „Wer wird gleich an deinem Schwanz saugen?“

Meine Hüften schossen vor und gegen ihre suchende Hand. „Du“, stöhnte ich.

„Sag meinen Namen.“

„Oaklyn. Die schönste Frau der Welt wird gleich auf die Knie fallen, ihren sexy Mund um meinen Schwanz legen und mir einen blasen.“

Mit einem Aufstöhnen ging sie auf die Knie und nahm mich in den Mund. Erst leckte sie die Unterseite entlang, dann spielte ihre Zunge mit der Spitze. Auch in dem spärlich beleuchteten Raum sah ich, dass sie zu mir hochblickte, sodass ich nicht vergaß, dass sie es war. Verdammt, ich liebte sie so sehr. Dafür, dass sie wusste, was sie tun musste. Für alles, was sie war.

„Oaklyn, ich will in dir sein.“

Sie entließ mich aus ihrem Mund, stand auf, wandte das Gesicht der Tür zu, griff nach ihren Leggings und zog sie herunter.

Ich stoppte sie. „Nein.“ Ein Zittern durchlief mich und ich musste schwer schlucken, um die Erinnerung und die Scham zu bekämpfen.

Schnell drehte sie sich wieder um und legte die Hände auf meine Wangen, sodass ich sie ansehen musste. „Ich bin’s nur.“

Ihre sanfte Stimme beruhigte das panische Gefühl in meinem Bauch und brachte mich in die Gegenwart zurück. Ich sah in ihre goldenen Augen, hielt ihren Blick und küsste sie auf ihre vollen Lippen. Dann drückte ich sie gegen die Tür und beendete für sie das Ausziehen ihrer Leggings, befreite aber nur einen Fuß, griff unter ihren Hintern und hob sie auf die Höhe meines Schwanzes. Langsam ließ ich sie auf mich sinken, dehnte ihre Nässe mit jedem Zentimeter, bis ich vollständig in ihr war.

Stirn an Stirn, den Blick auf die Augen des anderen gerichtet, mischte sich unser schwerer Atem, und ich fickte sie in einem langsamen Rhythmus. Ihre Nässe befeuchtete meine Eier und ich stieß schneller zu. Ich versuchte, Oaklyn dabei nicht zu laut gegen die Tür zu rammen. Es dauerte nicht lange, bis wir beide kurz vor dem Abgrund standen und sie zog vor Anstrengung, nicht die Lider zu schließen, ihre Augenbrauen zusammen. Lustwellen rasten durch mein Rückgrat und meine Eier zogen sich zusammen. Ich legte die Lippen auf ihre und stöhnte, umfasste ihre Hüften fester und drang so tief ich konnte in sie ein, als sich ihre Pussy enger um mich schloss und pulsierte. Ihr süßes Keuchen vor Lust intensivierte mein eigenes. Ich zuckte in den letzten kleinen Nachbeben meines Höhepunktes und unser Stöhnen umhüllte uns, sodass ich dachte, der ganze Campus müsste uns hören. Doch ich wusste, das kam mir nur so vor.

Befriedigung sackte mir in die Knochen und erinnerte mich daran, dass Oaklyn mir gehörte. Dass ich genau hier sein wollte. Dass sie meine Rettung war.

Ich stellte Oaklyn auf den Boden und griff nach den Papiertüchern im Regal, um sie zu säubern. Sie lächelte dabei und küsste mich sanft.

„Ich habe dich gestern vermisst“, sagte sie. „Geht es dir jetzt wieder besser?“

„Viel besser. Magst du heute Abend zu mir kommen?“, fragte ich sie, als wir uns wieder ordentlich hergerichtet hatten.

Sie wandte den Blick ab und ich wusste die Antwort bereits, ehe sie sie aussprach.

„Ich kann nicht, ich muss arbeiten."

Ich wollte meinen Ausdruck neutral belassen, aber es klappte nicht. Ich konnte schon vorher nicht damit umgehen, und nun, nach dem Sex – nachdem wir uns geliebt hatten – machte es mich fast fertig.

„Es tut mir leid, Cal."

„Schon gut", log ich. „Ich verstehe es."

Sie küsste mich noch einmal und dann sagte ich, dass ich vorgehen und ihr eine Nachricht schreiben würde, wenn die Luft rein war. Sie musste in die nächste Vorlesung und versprach, dass wir uns morgen wiedersehen würden.

Ich verbrachte den Tag mit nicht gerade berauschender Konzentration. Ständig dachte ich an Oaklyn. Eifersucht beherrschte mich und machte mich so wütend, dass ich Angst bekam. Meine Beherrschung war dabei, komplett verloren zu gehen.

Wie lange würde ich an diesem Abgrund entlangbalancieren können, ehe ich ausrastete? Wie würde Oaklyn darauf reagieren? Was, wenn ich es ertrug und in ein Loch fiel, aus dem ich nicht mehr herausfand, und sie mich dann verlassen würde? Den ganzen Tag hatte ich solche Gedanken.

Zuhause ging ich direkt in die Küche und goss mir einen Drink ein. Ich hielt inne und sah auf die Uhr. Gleich acht. Sie müsste jetzt bei der Arbeit sein.

Ich fuhr zum Voyeur. Wenn sie für mich schauspielerte, konnte sie es nicht für einen anderen tun. Ich würde ihre ganze verdammte Schicht buchen, um sie davor zu bewahren.

Als sie mich hereinkommen sah, erhellte ein Lächeln ihr Gesicht, das von der Bar zu mir herüber strahlte. Als ich vor ihr stand, hätte ich sie am liebsten über den

Tresen gezerrt und geküsst, aber stattdessen bestellte ich nur ein Wasser. Ich kippte es hinunter und verlor keine Zeit.

„Ich gehe jetzt und buche dich. Sieh zu, dass du diese Anfrage annimmst."

„Ich habe mich heute nicht eingetragen."

Meine Brust schwoll bei dieser Information an und Freude füllte die Lücken, die sich in den letzten Wochen gebildet hatten. Sah so aus, als ob ich sie nicht den ganzen Abend buchen musste, doch ich wollte trotzdem Zeit mit ihr verbringen. Und nur weil eine Angestellte nicht auf der Liste stand, hieß das nicht, dass man sie nicht anfragen konnte.

„Nimm die Anfrage an." Ich nickte ihr zu und erhob mich.

Sie lächelte und war hoffentlich genauso aufgeregt wie ich, dass wir eine Stunde Zeit füreinander hatten.

Ich ging zum iPad, füllte die Angaben aus und wählte ein für uns perfektes Themenzimmer.

Als ich fertig war, ging ich in den Hauptraum zurück und suchte nach Oaklyn, denn sie stand nicht mehr an der Bar. Ich fand sie zwischen den Stammgästen und Wut raste wie ein Zug durch mich hindurch, warf mich fast um und presste mir die Luft aus den Lungen.

Sie stand an einem der Tische, servierte Getränke, lächelte, neigte sich hinab und zeigte so einem Mann ihr Dekolleté, der etwas in ihr Ohr flüsterte, während sein Blick auf ihren Brüsten klebte. Sie lachte über was auch immer er ihr gesagt hatte und sprach ebenfalls in sein Ohr. Ich wollte dem Kerl die Körperteile einzeln ausreißen.

Stattdessen zwang ich mich, zur Bar zu gehen, und stürzte einen doppelten Whiskey hinunter, um meine Nerven zu beruhigen. Als endlich mein Armband vibrierte, um mich wissen zu lassen, dass das Zimmer bereit war, konnte ich wieder atmen, aber meine Muskeln waren noch immer angespannt. Doch das spielte jetzt keine Rolle mehr, denn für die nächste Stunde gehörte Oaklyn mir.

Ich ging in das Zimmer, setzte mich in die abgedunkelte Ecke und betrachtete die Reihe der Tische und den des Lehrers davor. Nach ein paar Minuten kam Oaklyn herein und mein Blick glitt zuerst auf ihre langen nackten Beine. Sie sah so jung aus, als sie in den nachgestellten Klassenraum kam, trug abgeschnittene Jeans und Turnschuhe. Doch das Spitzentop, das ihre Brüste kaum bedeckte, verriet, wie sehr sie eine Frau war.

Sie sah sich im Zimmer um, ging zum Tisch des Lehrers und sah mit einem Grinsen über ihre Schulter in meine Richtung.

„Ist das eine deiner Fantasien?"

„Eigentlich immer, wenn du in meiner Vorlesung in der ersten Reihe sitzt." Ich erhob mich und ging zu ihr. „Tu nicht so, als ob du nicht an dasselbe denkst, wenn du mit roten Lippen reinkommst, sodass ich dich ansehen muss und mich daran erinnere, wie sie aussehen, wenn sie über meinen Schwanz gestülpt sind."

„Vielleicht", sagte sie und zuckte mit den Schultern.

„Verführerin."

„Was willst du dagegen unternehmen?"

Ich stand direkt vor ihr und sie musste den Kopf in den Nacken legen, um mich anzusehen. „Sind Sie schon mal übers Knie gelegt worden, Miss Derringer?"

Wenn ich unter ihr Kinn sehen und fest genug pusten würde, könnte ich unter dem lockeren Spitzentop ihre erigierten Nippel sehen. Konnten andere Männer das auch sehen? Ich versuchte, meinen Ausdruck neutral zu halten, und wartete auf eine Antwort.

Sie leckte sich über die Lippen und schüttelte den Kopf. „Ist das noch eine deiner Fantasien?"

„Keine Ahnung, aber ich würde es gern mit dir ausprobieren." In Wahrheit dachte ich an nichts anderes, als so oft wie möglich in ihr zu sein. Mit ihr zusammen zu sein. Sie für mich zu behalten.

Sie legte die Arme um meinen Hals, stellte sich auf die Zehenspitzen und küsste mein Kinn. Mit den Fingern in meinen Haaren führte sie mich zu ihren Lippen. „Vielleicht sollten wir das irgendwann einmal testen, Dr. Pierce."

Ich knurrte und machte mich über ihre Lippen her, schmeckte sie, nahm sie in Besitz. Ich ergriff ihre schmalen Hüften, setzte sie auf den Tisch und stellte mich zwischen ihre Beine. Sie stieß rhythmisch gegen die Erektion in meiner Hose und vor meinen Augen explodierten Sternchen.

„Callum", wisperte sie. „Ja."

Ich küsste wie verzweifelt ihre Lippen und hielt inne, um sie einfach nur anzusehen. Oaklyn war so schön und voller Leben. Sie sah zu mir auf und in ihren Augen glitzerten Leidenschaft und Verlangen und der Funke von noch etwas anderem, von dem ich gern gewusst hätte, was es war. Ich öffnete den Mund, um sie zu fragen, doch dann kam mir in den Sinn, wie viele andere sie ebenfalls so ansah. Jackson? Jeden hinter der Glasscheibe, der gebucht hatte, dass die Schauspielerin dort hinsehen sollte, damit man sich mehr als Teil der Szene fühlte?

Ich küsste sie erneut und versuchte, diese Gedanken aus dem Kopf zu bekommen, doch sie waren wie Trommelschläge, die ich einfach nicht abstellen konnte. Und als ob das Wissen, dass sie hier arbeitete, nicht bereits genug war, hatte ich anscheinend auch noch eine masochistische Ader, denn ich stellte ihr dennoch eine Frage.

„Hast du je irgendwas mit einem anderen gemacht?" Allein der Gedanke, dass sie mit Jackson nur so getan hatte, brachte mein Blut zum Kochen.

Sie hörte auf, mich zu küssen, und zog sich komplett zurück. Nicht einmal in die Augen sah sie mir noch, und ich bereitete mich auf das Schlimmste vor. Auf das *Ja.*

„Nein, Cal. Ich habe alle Anfragen abgelehnt."

Bei dieser Antwort hätte ich am liebsten gelächelt. Das euphorische Gefühl breitete sich in mir aus, und meine Lippen hoben sich und zeigten meine Freude. Doch Oaklyns schmerzvoller Ausdruck hielt mich davon ab. Es war ihr nicht unangenehm, weil sie etwas zu verbergen hatte, sondern weil sie darüber reden sollte. Wegen meiner Unsicherheit sah sie nach unten und spannte die Schultern an. Ich war dafür verantwortlich, dass sie sich schämte, und das tat mehr weh als der Gedanke, was sie eventuell mit anderen Männern getan hatte.

„Ich habe nur noch an der Bar gearbeitet. Ich bleibe immer bis sie schließen, weil ich das Geld für die nächsten Studiengebühren brauche."

„Lass mich dafür bezahlen." Es rutschte mir einfach heraus und stand nun zwischen uns. Ich hatte es nicht vorgehabt, bisher nicht einmal daran gedacht, aber es würde ihr Leben sehr erleichtern. „Lass mich für den Rest des Jahres die Gebühren übernehmen." Ich wollte ihr helfen und es war eine Win-win-Situation. Sie brauchte nicht mehr hier zu arbeiten und ich würde ihre Rechnungen bezahlen. Doch für Oaklyn war es schwer zu verdauen.

Angewidert verzog sie die Lippen. „Was? Nein!"

„Bitte, Oaklyn." Warum erlaubte sie mir nicht, das für sie zu tun? Warum war sie so verdammt stur?

„Auf gar keinen Fall!"

Sie sprang vom Tisch und entfernte sich von mir. Ich betrachtete ihre Rückansicht. Mein Blick fiel auf die Glasscheibe und ich stellte mir vor, wie jemand dahinter saß und ihr für gewöhnlich zusah. Wie er sich einen runterholte, während er zusah, wie Oaklyn es sich selbst machte. Meine inneren Bilder blubberten nach oben, wollten sich befreien, mir den Druck und gleichzeitig meine Beherrschung nehmen.

„Oaklyn."

„Nein." Mit hartem Blick sah sie mich an. „Du wirst für gar nichts bezahlen."

„Du lässt Fremde dafür bezahlen, dass sie dir beim Sex zusehen können, damit du dir das Studium leisten kannst, aber nicht mich?"

Sie wirbelte zu mir herum, als ob ich sie körperlich verletzt hätte, und öffnete entsetzt den Mund. „Hältst du mich für eine Prostituierte? Willst du mich für Sex bezahlen?"

„Nein", knurrte ich, beleidigt, dass sie es so sah. „Ich kann nur nicht ertragen, dass jemand anderes es tut."

„Ich ficke nicht für Geld!", rief sie. „Und auf keinen Fall will ich dein Geld, denn wir ficken!"

„Da gibt es einen großen Unterschied", sagte ich sarkastisch. Selbst meine Eingeweide drehten sich bei meinen Worten um. Was tat ich, was sagte ich da? Ich schloss kurz die Augen, schüttelte den Kopf und begriff, dass ich sehr nah am Abgrund balancierte. Meine Angst, das Gleichgewicht zu verlieren und sie zu verletzen, war hochgekommen und ich hatte es nicht verhindert. Zu sehen, wie sehr ich alles gefährdete, ließ mich ein paar Schritte zurücktreten, bis ich wieder sicheren Boden unter den Füßen hatte und mich beruhigte. Ich versuchte alles, um die Situation zu retten, doch als ich sie ansah, war ihr Gesicht voller Schmerz, den ich verursacht hatte.

„Bitte, Oaklyn“, bettelte ich, obwohl ich spürte, dass ich die Schlacht bereits verloren hatte. „Ich weiß, dass du stark und stolz bist. Ich weiß, dass du es alleine schaffst, aber das musst du nicht. Lass mich dir helfen.“

Mit bebendem Kinn schüttelte sie den Kopf. „Das kann ich nicht.“

Die Wut brodelte in mir hoch, doch langsam genug, dass ich sie erkannte und mir bewusst war, wie leicht sie überkochen konnte. Aber sie diente auch dazu, mich daran zu erinnern, was ich alles zerstören könnte, und das traf mich wie ein Schlag auf die Brust. „Ich auch nicht.“

Sie ließ das Kinn sinken, weitete schockiert die Augen, blinzelte ein paarmal, als ob sie das Bild vor ihr damit ändern könnte. Ich biss die Zähne zusammen, als sich ihre Augen mit Tränen füllten, die schließlich über ihre Wangen kullerten und silbrige Streifen hinterließen, die ich so gern weggewischt hätte.

„Callum …“ Sie hielt mit einem leisen Schluchzen inne.

Sie war so schön. Meine Gedanken gingen zurück zu meiner Frage, auf die sie mit Scham reagiert hatte. Zu dem Schmerz in ihrem Gesicht, als ich sie zur Prostituierten degradiert hatte. Mir wurde klar, wie leicht ich mich von meiner Wut überwältigen ließ, und wie sie mich daraufhin angesehen hatte. Das durfte ich ihr nicht mehr antun.

„Oakl…“ Ihr Name blieb mir im Hals stecken und ich musste mich räuspern. „Oaklyn, du bedeutest mir alles. Du hast mir die Aussicht auf eine Zukunft gegeben, von der ich dachte, dass ich sie niemals haben kann und dass ich ihrer nicht wert wäre. Du bist so jung, so voller Leben, und ich hatte enormes Glück, dass du mich daran hast teilhaben lassen. Wenn ich dich ansehe, ist meine Welt in Ordnung. Ich fühle mich innerlich friedvoller, als in all den Jahren zuvor. Du siehst mich an, als sei ich jemand normales, mit einer normalen Zukunft. Ich fühle mich wunderbar, wenn du mich ansiehst." Ich leckte mir über die Lippen und hatte Mühe, die nächsten Worte herauszubringen. „Aber wenn wir so weitermachen, wird das zerstört."

Sie schüttelte den Kopf und verstand mich nicht. Wie konnte ich ihr gegenüber nur gestehen, wie tief ich gesunken war? Ich schluckte schwer, fuhr mir durch die Haare und senkte den Blick.

„Meine Unsicherheit, dass du hier arbeitest … meine Eifersucht verlangt ihren Preis. Ich habe wieder … zu viel getrunken. Eine Menge sogar. Ich weiß, du hast es zum Teil schon gesehen, aber es geht um viel mehr. Ich spüre, wie sich meine Geduld immer schneller verabschiedet. Wie ich die Beherrschung verliere, an der ich so hart gearbeitet habe, und sie mir ständig wie Sand durch die Finger rinnt, und ich an einem seidenen Faden hänge." Ich breitete symbolisch die Arme aus. „Ich meine, gottverdammt, schau, was gerade passiert ist. Was ich zu dir gesagt habe. Ich kann so nicht weitermachen und dich damit zerstören. Ich weiß, dass diese Situation nicht ewig anhält, aber in der Zwischenzeit kann ich uns nicht einfach kaputtmachen. Was würde am Ende von uns übrigbleiben? Nur noch Splitter vom Anfang."

„Callum, wir können es schaffen. Ich verspreche dir, dass wir einen Weg finden", bat sie, kam näher und legte eine Hand um meine.

Die weiche Wärme ihrer Haut schockte meine, wanderte meinen Arm hinauf zu meinem Herzen, doch es fühlte sich hohl an. Als ob es völlig sinnlos dort schlug und im Sterben lag. Ihre Augen strahlten wegen der Tränen heller als sonst. Der Kloß in meinem Hals machte sich frei und Feuchtigkeit trat in meine Augen.

Meine Nase juckte und ich hasste mich dafür, so schwach zu sein und meine Emotionen nicht kontrollieren zu können.

„Ich kann nicht zulassen, dass meine Eifersucht und meine Ängste, meine Unfähigkeit diese Emotionen zu beherrschen, dich mit niederreißen. Und ich kann nicht damit leben, dass du etwas mir so verflucht Wertvolles anderen präsentierst. Auch nicht, wenn es gespielt und nur ein Job ist."

Ihre Miene fiel in sich zusammen. Ich drückte ihre Hände und widerstand dem Drang, sie in den Arm zu nehmen und uns beide zu belügen, nur damit sie aufhörte zu weinen. Denn das würde das Unvermeidliche nur aufschieben.

„Bitte tu das nicht", bat sie tränenerstickt, und mir brach das Herz.

Ich brauchte einen Moment, in dem ich versuchte, den Druck auf der Brust und die Tränen in den Augen in den Griff zu bekommen. „Du verdienst jemanden, der stärker ist als ich und damit leben kann. Jemanden, der nicht so sehr auf dich angewiesen ist. Du bist ein Teenager und beginnst dein Leben gerade erst... Du verdienst mehr als einen Kerl, der seinen Ballast auf deinen Schultern ablegt. Du verdienst mehr als mich."

„Nein, ich …"

„Doch."

„Ich will aber nur dich, Cal. Bitte."

Ich wischte eine Träne von ihrer Wange, doch schon rollte die nächste herunter. „Oaklyn, ich kann die Gedanken an dich und die Arbeit hier nicht ertragen. Ich bin egoistisch und innerlich voller Narben, Ich will dich nicht mit meinen Problemen belasten, und genau darum geht es. Um meine Probleme. Nicht um dich persönlich. Die Logik sagt mir, dass du nichts Schlimmes tust, aber die Angst zerreißt mich trotzdem. Sie frisst mich innerlich auf und dann lasse ich es an dir aus." Ich atmete tief durch und wiederholte das Wichtigste. „Ich kann das nicht. Ich kann mit meinen Emotionen nicht umgehen, wenn du hier arbeitest."

Wieder sah ich den Schmerz in ihrem Gesicht. Innerlich hoffte ich, sie würde nachgeben und mich bezahlen lassen. Zitternd atmete sie durch, hob den Kopf und ihre Tränen rannen weiterhin über ihre Wangen.

„Und ich kann dich nicht für mein Studium bezahlen lassen. Es würde einen dunkeln Schatten auf alles werfen, was du über uns gesagt hast. Alles Gute, das wir erreicht haben, wäre zerstört, weil ich mir wie eine Hure vorkommen würde."

„Aber du bist keine H…"

„Ich würde mich aber so fühlen."

„Oaklyn, es tut mir alles so leid."

„Mir auch."

Sie kam näher, legte die Arme um meine Taille und vergrub das Gesicht an meiner Brust. Ich hielt sie so fest wie möglich. Versuchte, einen Teil von ihr zu behalten, wenn ich gleich gehen würde. Ich drückte die Nase auf ihr Haar und verinnerlichte ihren Duft, damit ich ihn nicht vergaß. Ihre bebenden Schultern und das leise Weinen zerrissen mir die Brust und zerquetschten alles in mir.

Meine Tränen tropften auf ihr Haar, als sie mit den Händen meinen Rücken hoch und runter streichelte. Ich prägte mir jede Berührung ein. Genoss sie. Es mochte das letzte Mal sein, dass ich jemanden an mich heranließ.

Sie stellte sich auf die Zehenspitzen und legte die nassen Lippen auf meine. Ich schloss die Augen. Prägte sie mir ein und unsere Tränen vermischten sich.

Viel zu schnell trat sie zurück, senkte den Blick und versteckte sich hinter ihrem langen Haar. Statt mich zu umarmen, schlang sie die Arme um sich selbst, als wollte sie sich vor mehr Verletzungen schützen.

Wenn ich nun ging, musste sie sich hoffentlich nicht mehr beschützen.

Als ich an ihr vorbeiging, küsste ich sie auf den Kopf und hörte sie leise weinen, als ich durch die Tür trat.

Ich verließ das Voyeur wahrscheinlich zum letzten Mal, fuhr nach Hause und verlor die Beherrschung, allein und privat, und versuchte Trost darin zu finden, dass sie es nicht mit ansehen musste.

Kapitel 30

Oaklyn

Jeden Tag dachte ich, dass ich nicht tiefer fallen konnte. Ständig hoffte ich, der Schmerz würde nachlassen, das Atmen würde mir leichter fallen und meine Muskeln würden weniger schmerzen.

Aber das geschah nicht.

Stattdessen wurde es immer schlimmer, wenn ich in seiner Nähe war, aber nicht bei ihm sein konnte. Denn obwohl wir wussten, dass keiner von uns nachgeben konnte, begegneten wir uns jeden Tag. Das machte es noch schwerer, den Schmerz zu ertragen. Schwerer, zu vergessen.

Ich vermisste ihn. Vermisste ihn als meinen Freund. Seine Küsse und Berührungen. Ich vermisste, was in der Zukunft hätte sein können. Alles war verloren. Kalifornien – vorbei. Die Abenteuer, die wir zusammen hätten erleben können – vorbei.

Eine Woche nachdem er das Voyeur verlassen hatte, zwang ich mich dazu, wieder zu arbeiten. Ich gab meine Vorgaben für eine Solo-Vorstellung ein. Ich musste nur unter der Bettdecke masturbieren. Einfache Sache. Nichts Hartes oder offen Gezeigtes.

Mit der Hand unter der Decke, wobei ich mich nicht einmal wirklich selbst berührte, hatte ich mich noch nie so schlecht gefühlt. Noch lange nachdem das Licht rot geworden war, lag ich im Bett und dachte an Callum. Das Gewicht der Erinnerungen lastete schwer auf mir, zerquetschte mich. Danach löschte ich meinen Namen aus der Liste und arbeitete nur noch an der Bar.

Am nächsten Tag überredete mich Jackson zu einem Partnerakt. Wir sollten einen Film ansehen und Trockensex haben. Ohne Küsse. Ohne nackt zu sein. Bei der Hälfte des Aktes begann ich, an seiner Schulter zu weinen. Er hielt mich fest und stöhnte lauter, um mein Schluchzen zu übertönen. Nach der Vorstellung hielt er mich noch eine Weile länger fest und tröstete mich. Er musste nicht einmal fragen, ob es um Callum ging. Er rieb mir über den Rücken und sagte, dass es irgendwann besser werden würde. Dass er aus eigener Erfahrung wusste, dass man überleben würde, auch ohne die Person, die man unbedingt haben wollte.

Ich wollte ihm glauben, aber es schien unmöglich, wenn ich Callum in der Vorlesung sah.

Ich hatte mir in der letzten Woche kaum Notizen gemacht und nur ihn angesehen. Ich wollte, dass er mich ansah, und hatte doch Angst vor dem, was ich in seinen Augen sehen würde. Im Büro bat er mich nicht mehr um Hilfe. Er vermittelte mich an den Labor-Chef oder ließ mich von Donna früher nach Hause schicken.

Ich hasste es. Hasste die ganze Situation. Hasste es, dass er meinetwegen so abgespannt aussah. Hasste es, dass ich ihn seelisch zurückgeworfen hatte und er deswegen seine Beherrschung verlor.

Irgendwann als ich nachts im Bett lag, wuchs der Ärger über meine Eltern wieder an. Hätten sie nicht mein Geld ausgegeben, hätte ich nie im Voyeur arbeiten müssen. Allerdings war fraglich, ob Callum und ich dann jemals zusammengekommen wären. Der Gedanke, niemals Callums Lippen auf meinen gespürt zu haben, seinen Körper auf mir und ihn in mir, nie sein Lächeln und sein Glück erlebt zu haben, war unvorstellbar. Meine Liebe zu ihm fühlte sich schicksalhaft an, egal wie die Umstände waren. Bedeutete das, mein Schmerz war auch schicksalhaft? Waren wir dazu bestimmt, als Paar zu versagen?

Ich schüttelte die Erinnerungen ab und ging ins Büro.

Mit einem tiefen Atemzug drückte ich die Eingangstür auf, warf Donna ein schwaches Lächeln zu und ging auf Callums Büro zu. Ich fragte ihn immer, ob er mich brauchte, auch wenn er stets verneinte und dabei nicht einmal vom Schreibtisch aufsah.

Als ich heute hineinsah, hätte ich beinahe die Limo ausgekotzt, die ich vorher getrunken hatte.

Shannon hatte ihren Hintern auf seinem Schreibtisch platziert, hatte mir den Rücken zugedreht und lächelte Callum an. Das Schlimmste daran war, wie er das Lächeln erwiderte. Zwar wirkte es gezwungen und erreichte nicht seine Augen, doch selbst das gönnte er mir nicht mehr. Sein Blick glitt zu mir, als ich in der Tür stand, und er sah mich das erste Mal seit Wochen direkt an.

Das Blau seiner Augen war trüb und der übliche Glanz war verschwunden. Die dunklen Ringe darunter verstärkten seinen allgemein düsteren Ausdruck. Ich konnte meinen eigenen Schmerz in seinen Augen sehen, obwohl er lächelte. Doch schnell entließ er mich aus seiner Aufmerksamkeit und sah Shannon an. So schnell ich konnte, wandte ich mich ab und ging.

Ich konnte mir das nicht ansehen. Der Schmerz war schlimm genug, auch ohne eine andere Frau.

Ich versuchte, dieses neue innere Bild loszuwerden, indem ich härter arbeitete, sämtliche Reagenzgläser und das Zubehör perfekt ausrichtete. Ich tat alles, um so lange wie möglich im Lagerraum bleiben zu können.

Als sich die Tür hinter mir öffnete, wusste ich sofort, dass er es war. Vielleicht wegen der Pause in seinen Schritten, als er mich sah. Oder weil mein Körper seine Nähe spürte und zum Leben erwachte, wenn seine Energie bei mir war. Ich wusste es nicht, doch ich zuckte zusammen, als sich die Tür schloss und wir allein im Raum waren.

Meine Brust hob und senkte sich hektisch wegen meines schnellen Atems, der versuchte, mit meinem Herzschlag Schritt zu halten. Das letzte Mal, als wir allein gewesen waren, war unsere Beziehung zerbrochen und ich hatte mich noch nicht davon erholt. Meine Hände zitterten vor Aufregung, die durch mich hindurch raste, weil ich ihn hinter mir spürte. Zu meiner Linken rutschte ein Glasbehälter vom Regal und ich stellte mir vor, wie seine starken Hände ihn auffingen. So, wie er mich festgehalten hatte.

„Es tut weh, oder?“ Seine Stimme war sanft, tief und leise, doch sie drang wie ein Schrei in meinen Körper. „Jemanden, der einem so viel bedeutet, mit einer anderen Person zu sehen.“

Ich wirbelte so schnell herum, dass mein Pferdeschwanz mein Gesicht streifte. Wütende Hitze stieg mir ins Gesicht, weil er mich absichtlich so verletzt hatte. „Hast du das mit Absicht getan? Um mir eine Lektion zu erteilen? Als ob ich es nicht selbst wüsste?“

„Himmel, nein, Oaklyn.“ Er betrachtete mich und verzog alarmiert das Gesicht. „Ich will dir nicht wehtun“, sagte er und trat näher.

Dieses Bekenntnis traf mich hart. Ich wusste, dass er mir nicht wehtun wollte. Deshalb waren wir ja in dieser Lage. Ich schloss die Augen, unfähig, seine Schönheit zu sehen, ohne an all die Gründe zu denken, warum ich ihn liebte.

Denn ich liebte ihn immer noch. Kein Schmerz dieser Welt konnte das ändern.

Nässe entkam meinen geschlossenen Lidern, obwohl ich versuchte, die Tränen zurückzuhalten. Mit dem Daumen wischte er über meine Wange und mir entkam ein Schluchzen. Mein Körper bebte und ich lehnte mich an seine Handfläche, in der ich scheinbar wieder Trost fand. Auch wenn es nichts bedeutete, hatte ich seine Berührungen vermisst. Ich vermisste ihn schrecklich.

Ich hielt die Augen geschlossen, spürte seine Wärme nur Zentimeter von mir entfernt und seinen Atem auf meinen nassen Wangen.

„Es tut mir so leid, Oaklyn. So verdammt leid."

Ich nahm seine Hand von mir und küsste die Innenfläche. Vorsichtig öffnete ich die Augen und stellte die Verbindung zwischen uns schließlich mit meinem Blick her. So standen wir da, seine Hand an meiner Wange, meine Hand auf seiner, und sahen uns an, genossen den kleinen Moment der Gemeinsamkeit, auch wenn alles eine Lüge war.

Ich hätte hier für immer stehen bleiben können, wenn es bedeutete, dass er an meiner Seite war.

Er beugte sich hinab und ich kam ihm entgegen, legte meine Lippen auf seine. Wir gingen nicht weiter, pressten uns nur so dicht wir konnten aneinander und dehnten den Moment so lange wie möglich aus.

Viel zu früh zog er sich zurück. „Es tut mir leid."

Dann ging er und ließ mich weinend allein.

Jetzt erst bemerkte ich das Brummen meines Handys. Ich nahm es heraus und las die E-Mail, die mir mein Studienberater geschickt hatte.

Miss Derringer,

herzlichen Glückwunsch! Sie haben das Praktikum im Sporttherapiebereich bekommen. Ich möchte gern einen Termin mit Ihnen ausmachen, um nächste Woche die Details zu besprechen.

Dr. Denly

Mein erster Impuls war, zu Callum zu rennen, mich in seine Arme zu werfen und zu feiern, aber mit der Hand auf der Türklinke hielt ich inne und mir fiel unsere Lage wieder ein.

Ich musste an den Morgen denken, nachdem wir miteinander geschlafen hatten, und ich das Interview hatte. Dass ich es später mit ihm hatte feiern wollen. Wie ich mich doch geirrt hatte und wie ganz anders jetzt alles war.

Vielleicht hätte ich ihm davon erzählen sollen, und dass ich Licht am Ende des Tunnels sah.

Momentan fühlte es sich so an, als wäre es zu spät dafür. Als ob nichts uns wieder zusammenbringen könnte.

Stattdessen schrieb ich Olivia eine Nachricht. Ich musste irgendetwas tun, um mich davon abzuhalten, Callum vor die Füße zu fallen und ihn zu bitten, noch etwas Geduld zu haben.

Ich: *Ich habe das Praktikum! Kann ich rüberkommen?*

Olivia*: OMG! Das ist fantastisch! Ja, komm her und wir feiern! Ich habe ein paar Drinks in meinem Zimmer gebunkert.*

Ich beendete meine Arbeit und sagte Donna, dass ich mich nicht gut fühlte. Ich wollte Callum nicht noch einmal begegnen.

Der strahlende Sonnenschein wollte wohl meine düstere Stimmung verspotten, als ich über den Campus ging. In ein paar Wochen war Spring-Break, die Frühjahrsferien, aber das schöne Wetter war bereits da. Hatten Callum und ich wirklich schon nach drei kurzen Monaten alles hinter uns?

Olivia öffnete die Tür und schlang die Arme um mich. „Oh mein Gott! Du hast es geschafft! Ich wusste es!“ Sie schaukelte uns hin und her.

Ihre Aufregung erstarb sofort, als sie meine tränennassen Augen sah. „Oh, Oaklyn.“

Sie nahm meine Hände und zog mich in ihr Zimmer. Das Geräusch der zufallenden Tür hinter uns brach meine Dämme und meine Gefühle liefen über. Alle zurückgehaltenen Tränen sprudelten aus mir heraus.

„Was ist los? Was ist passiert?"

„Ich habe Mist gebaut, Olivia", sagte ich und setzte mich neben sie auf das Bett.

„Im Voyeur?" Sie richtete sich kerzengrade auf, bereit, eine Schlacht für mich zu schlagen. „Ist etwas vorgefallen? Soll ich Onkel Daniel anrufen?"

„Nein, nein, darum geht es nicht." Ich wischte mir über die Augen, atmete tief durch und hoffte, sie verzieh mir, dass ich Geheimnisse vor ihr gehabt hatte. „Ich muss dir etwas erzählen."

„Okay."

„Ich, äh …" Ich leckte mir über die Lippen und starrte auf meine Finger. „Ich habe so etwas wie eine Beziehung mit Dr. Pierce."

Olivia sagte nichts und ich hatte zu viel Schiss, die Ablehnung in ihren Augen zu sehen, wenn ich aufsah. Es ausgesprochen zu hören, machte es irgendwie noch realer und noch schmerzhafter, da es jetzt vorbei war. Ich atmete erneut tief durch, um die aufkommende Panik zu unterdrücken, die immer heftiger wurde, solange Olivia schwieg.

Schließlich sprach sie. „Du Glückliche."

Mit geweiteten Augen sah ich sie an. Damit hatte ich nicht gerechnet. „Was?"

Ihre Lippen formten ein Grinsen. „Falls du dir einen Rüffel abholen wolltest, bist du bei mir an der falschen Adresse. Der Mann ist sexy wie die Sünde, und hätte er auch nur das geringste Interesse an mir gezeigt, hätte ich bereits einen Prozess wegen sexueller Belästigung am Hals."

Ein Lachen drang durch meine geschlossenen Lippen. Von allen Dingen, die ich bei meinem Geständnis erwartet hatte, war Lachen keine Option gewesen.

„Und du hast mir die pikanten Einzelheiten vorenthalten. Was fällt dir bloß ein? Dafür muss ich mit dir schimpfen. Wenn man den heißesten Lehrer der Uni flachlegt, erzählt man es natürlich seiner besten Freundin!“

Noch einmal musste ich lachen. „Es ist nicht gerade eine Beziehung, die man auf Facebook posten könnte.“

„Stimmt“, sagte sie und nickte. „Aber was ist passiert? Wieso heulst du?“

„Weil wir Schluss gemacht haben.“

„Oh, Süße“, sagte sie und zog mich in ihre Arme. „Das tut mir leid.“

Ich legte den Kopf an ihre Schulter und redete mir den Rest von der Seele. „Er wusste, dass ich im Voyeur arbeite.“

Ihre reibende Hand auf meinem Rücken hielt inne. „Woher?“

„Er, äh … war dort.“ Olivia schnappte nach Luft und wich zurück, aber ich hielt sie fest, ohne sie dabei anzusehen. „Das darfst du niemandem sagen. Ich breche die Regeln schon, indem ich es dir erzähle.“

„Das würde ich nie tun.“ Sie streichelte wieder meinen Rücken und ich fuhr fort.

„Er konnte nicht damit umgehen, dass ich dort arbeite. Er war eifersüchtig und hat versucht, es zu verbergen, aber es wurde ihm zu viel. Dann hat er mir angeboten, den Rest meiner Studiengebühren zu bezahlen, damit ich im Voyeur kündige, aber das konnte ich nicht annehmen.“ Ich wich von ihrer Schulter zurück und ärgerte mich erneut über die ganze Situation. „Er hat gesagt, ich sei stur, weil ich ihn nicht bezahlen lasse. Dass er mich sowieso schon für meine Zeit bezahlt hätte, und wieso ich ihn dann nicht das Studiengeld bezahlen lassen wollte, damit wäre das Problem mit dem Voyeur aus der Welt geschafft."

„Ja, nun, warum denn auch nicht?"

Völlig unvorbereitet auf diese Reaktion sah ich sie an. Sie wusste am besten, warum ich kein Geld von jemandem annehmen wollte. „Was?"

„Ich meine, es handelt sich ja nicht um einen Kredit, und du musst es nicht zurückzahlen. Es ist so, als ob er für deine Zeit im Voraus zahlt."

„Damit ich seine Hure bin. Er würde mich dafür bezahlen, nur für ihn aufzutreten."

„Du wärst nicht seine Hure, Oaklyn", sagte sie entnervt. „Es ist ja nicht so, dass du nicht sowieso für ihn performen würdest. Wenn er für dein Studium zahlt, könntest du einfach weitermachen und für ihn performen." Sie wackelte mit den Augenbrauen. „Und du hättest nicht das Schwert des Voyeurs über dir hängen. Ich sehe da echt kein Problem. Du bist ständig müde, weil du dir den Arsch abarbeitest. Ich würde dich öfter zu Gesicht bekommen, und du hättest weniger Stress und mehr Zeit fürs Studium. Das klingt doch alles nach mehr Pro als Contra."

Dazu fiel mir nichts mehr ein. Mein Mund stand offen und ich blinzelte immer wieder, um die Lage zu verstehen. Wie konnte sich Olivia nur auf seine Seite schlagen? „Du weißt doch, warum ich kein Geld von Leuten annehme. Geld zerstört Beziehungen."

„Hör zu, Oaklyn. Du weißt, dass ich dich lieb habe, und deshalb bin ich auch ehrlich zu dir. Du sagst, wenn er dein Studium bezahlt, zerstört das eure Beziehung." Sie zögerte und sah mich besorgt an, wie ich ihre Ehrlichkeit wohl auffassen würde. „Aber es sieht doch so aus, als ob die Beziehung schon zerstört ist."

Mein Mund öffnete und schloss sich wie bei einem Fisch, unfähig, Worte zu formen.

„Olivia, ich …“ Ich wusste nicht, was ich sagen sollte. Es fühlte sich falsch an. „Ich kann doch nicht meinen Professor für mein Studium bezahlen lassen.“

„Aber es wäre ja nicht dein Professor, der es bezahlt, sondern dein Freund, der sich um seine Freundin kümmert.“

„Das ist nicht dasselbe“, widersprach ich.

„Doch.“

„Fühlt sich aber nicht so an.“

Sie sah mich aus traurigen Augen an. Bemitleidete mich.

Ich gab es ungern zu, aber an ihrer Stelle würde ich auch so schauen. Ich war zu stur. Ich hatte eine feste Meinung und konnte nicht darüber hinausblicken. Ich war dermaßen entschlossen, es allein zu schaffen, dass ich mir dabei sogar selbst ein Bein stellte.

„Olivia, ich habe Mist gebaut“, sagte ich, wiederholte damit meine Worte von vorhin und fing wieder an zu heulen.

Sie hielt mich in ihren Armen und wiegte mich sanft hin und her, versicherte mir, dass alles wieder gut werden würde. Dass ich einen Weg finden würde, die Sache wieder geradezubiegen.

„Aber wie? Wie kann ich zu ihm zurückgehen, nachdem ich ihm so wehgetan habe? Was, wenn sein Angebot nicht mehr gilt? Was, wenn er mich nicht mehr haben will?“

„Oaklyn.“ Sie lachte leise. „Ich bezweifle, dass er seine Karriere aufs Spiel gesetzt hat, nur um dann so schnell seine Meinung zu ändern.“

„Aber ich habe ihm wehgetan.“ Und er war schon so oft verletzt worden. Mir wurde schlecht bei dem Gedanken, dass ich noch eins draufgesetzt hatte.

„Auch wenn du es jetzt wiedergutmachst, bin ich sicher, dass du ihm noch mal wehtun wirst. Und noch mal. Und er wird dir irgendwann ebenfalls wieder wehtun. Man nennt das eine gut funktionierende, liebevolle Beziehung." Sie nickte ernst.

Irgendwie brachte sie mich immer zum Lachen. Nicht sehr heftig, aber ich fühlte mich besser als vorhin.

„Aber Süße", sagte sie, packte mich an den Schultern und schüttelte mich leicht, „du hast das verdammte Praktikum!"

„Ja. Das stimmt wohl." Ich lächelte.

„Und jetzt wird gefeiert."

Sie krabbelte unter das Bett und holte eine Flasche Wodka und Cranberrysaft hervor. Nachdem sie uns einen Drink eingegossen hatte, machten wir es uns bei einer romantischen Komödie auf ihrem Bett bequem.

Zwischen Lachen und Trinken schmiedete ich einen Plan. Ich wusste nicht, ob ich einfach zu ihm gehen und sein Angebot annehmen konnte, aber ich hatte noch eine andere Idee, mit der ich zu ihm gehen konnte, um zumindest das zu reparieren, was ich durch meinen Stolz kaputtgemacht hatte.

Callum

„Ist das der richtige Knopf, Dr. Pierce?", fragte Andrea.

Wir waren seit dreißig Minuten unter dem Sternenhimmel, aber bei Andreas flirtender Stimme und ihrem andauernden Augenaufschlag waren es gefühlte dreißig Stunden.

„Ich kann helfen, wenn du Hilfe brauchst", bot Kenneth an und starrte auf ihren Hintern.

Mein Kopf hämmerte, als ich das Teleskop wieder neu ausrichtete. „Diesmal einfach nicht mehr anfassen, okay?" Ich konnte meine Ungeduld kaum mehr verbergen.

„Aber was, wenn ich es anfassen möchte?", fragte sie gespielt unschuldig.

„Bei mir darfst du es anfassen", mischte sich Kenneth ein.

Fünf Sekunden einatmen. Fünf Sekunden ausatmen. Und wiederholen.

„Suchen Sie einfach Ihren Stern und schreiben Sie ihre Beobachtung auf", sagte ich mit einem gezwungenen Lächeln.

Seit zwei Tagen hatte ich keinen Drink mehr zu mir genommen. Ich dachte, wenn ich das Saufen einschränkte und trotzdem meine Emotionen beherrschte, könnte ich irgendwann als besserer Mann zu Oaklyn zurückkehren. Aber stattdessen wandelte ich seit zwei Tagen am Rand des Abgrunds entlang. Ich gab nur noch schnippische Antworten. Die arme Donna sagte, ich könnte angepisst sein, so viel ich wollte, ich sollte es aber gefälligst nicht an ihr auslassen.

Es war allen gegenüber unfair.

Vielleicht war ich genauso stur wie Oaklyn, wenn ich dachte, ich könnte diese Emotionen auch ohne Alkohol unterdrücken, und dann würde alles besser werden.

Das Treffen im Lagerraum war Beweis genug gewesen, wie zwecklos das Ganze war. Ich hatte gewusst, dass sie allein dort drin war und war trotzdem hineingegangen. Obwohl ich wusste, dass nichts Gutes dabei herauskommen konnte, tat ich es in einem Anfall von Masochismus trotzdem. Dennoch war ich ein egoistischer Arsch gewesen und hatte sie geküsst. Ich hasste es einfach, sie so leiden zu sehen, wollte ihren Schmerz wegküssen und ihr erneut sagen, wie leid es mir tat.

Täglich kam sie in die Vorlesung wie ein Zombie und sah genauso schlecht aus, wie ich mich fühlte. Ich hasste es. Hasste jeden Augenblick dieser Situation. Am meisten hasste ich, wie schwach ich mich fühlte. Als ob ich uns das antat, weil ich ein schwacher, kaputter Mann war. Man sollte meinen, es hätte mich dazu gebracht, etwas dagegen zu unternehmen, doch es kam mir alles sinnlos vor. Ich hatte mir eingebildet, etwas unternommen zu haben, aber nun stand ich mit zwei meiner Studenten im Park und versuchte, nicht einfach alles einzupacken und ihnen zu sagen, dass sie meine Zeit verschwendeten, um nach Hause fahren zu können und mich zu Tode zu saufen.

Das passte gar nicht zu mir. Ich liebte das Unterrichten. Ich liebte dieses Projekt und die erstaunten Gesichter der Studenten, wenn sie die Sterne so sahen wie noch nie zuvor.

In den letzten Monaten hatte ich diese Version von mir selbst irgendwo verloren. Stattdessen trommelte ich ungeduldig mit dem Daumen auf meinem Schenkel herum, bis Andrea endlich fertig war, sich Notizen zu machen, damit wir verdammt noch mal von hier verschwinden konnten, sodass ich endlich meinen Drink bekam.

„Fertig!“, verkündete sie siegreich.

„Fantastisch“, antwortete ich und begann, das Teleskop abzubauen. „Sie können schon nach Hause gehen, ich packe alles allein ein.“

„Brauchen Sie keine Hilfe, Dr. Pierce?“, fragte Andrea und kniete sich so dicht neben mich, dass ich einen Teil der Ausrüstung nicht aufheben konnte.

„Nein“, sagte ich kurzangebunden, woraufhin sie schnell ihre Hand zurückzog. „Nein“, wiederholte ich freundlicher. „Danke, aber ich habe alles im Griff. Es ist schon spät, Sie sollten nach Hause gehen.“

Sobald ich alles in den Wagen geladen hatte, raste ich ebenfalls nach Hause. Ich ließ die Sachen im Auto, öffnete die Haustür, warf die Schlüssel auf den Tisch, zog die Jacke aus und ließ sie auf den Boden fallen. Ich nahm mir ein Glas, ging in die Küche und holte eine Reserveflasche Schnaps aus dem Schrank, denn ich hatte bereits alles aus der Bar getrunken. Ich füllte das Glas und trank es in zwei Zügen aus, bevor ich es nachfüllte und an Oaklyn dachte. Wie sich ihre weichen Lippen auf meinen anfühlten. Wie ihre goldenen Augen aussahen, wenn sie mit Tränen gefüllt waren.

Ich kippte den Inhalt des Glases hinunter und füllte es erneut.

Meine Gedanken schweiften wieder zu Oaklyn und ich dachte daran, wie sie ihre Wange, auf der Suche nach Trost, den ich nicht mehr zu geben wusste, an meine Handfläche gepresst hatte.

Ich trank erneut und füllte nach.

Ich dachte daran, wie ihr Weinen von dem Glas im Lagerraum zurückgehallt war und mein Herz erneut durchbohrt hatte.

Wieder trank ich und hielt inne, als ich die Flasche ansetzte, um nachzufüllen. Das Blut pulsierte in meinen Ohren. Meine Faust verkrampfte sich um die Flasche. Das Feuer in meinem Bauch brannte, stieg bis in die Brust und versengte meine Lungen. Zwölf Jahre nach der Therapie. Zwölf Jahre nach den Atemübungen, die meine Emotionen in Schach hielten. Zwölf Jahre des Glaubens, dass ich endlich die Kontrolle über meine Gefühle hatte, brannten bis auf die Grundmauern nieder und rissen mich mit.

Und nicht nur mich. Sondern auch Oaklyn.

Ein Knurren baute sich in den Tiefen meiner Seele auf und arbeitete sich nach oben. Es entlud sich in einem wütenden Schrei. Ich warf die Flasche ins Spülbecken, und, um die Anspannung meiner Muskeln zu lockern, warf ich das Glas an die Wand. Der durchdringende Klang zersplitternden Kristalls, das auf den Parkettboden regnete, riss mich aus meiner Benommenheit.

„Fuck!“, brüllte ich und zerrte an meinen Haaren. „Fuck!“

Ich konnte an nichts anderes denken. Ich war am Ende. Die ganze Situation war im Arsch. Ich betrachtete die Glassplitter auf dem Boden und mich verließ die restliche Kraft. Ich hätte die Sauerei beseitigen sollen. Es hätte mich stören sollen. Aber es war mir scheißegal.

Ich wandte mich ab und ging in der Hoffnung die Treppe hoch, zu schlafen wie ein Toter, und nicht von Oaklyn zu träumen oder in was für ein beschissenes Leben ich zurückgefallen war.

Kapitel 31

Callum

Zwei Wochen nach dem Ende meiner Beziehung mit Oaklyn trank ich immer noch zu viel und versuchte herauszufinden, ob das Leben ohne sie besser oder schlechter war. Besser für sie zumindest, denn ich konnte meine Launen nicht an ihr auslassen.

Zwei Wochen und ich wurde immer erschöpfter, meine ständigen Kater belasteten mich und beeinflussten meine Arbeit als Lehrer. Immer wieder musste ich sehen, wie sie in der Vorlesung saß, wunderschön aussah, aber genauso müde wie ich erschien. Ich wollte zu ihr eilen und alles wiedergutmachen. Aber das durfte ich nicht. Wenn ich mich beim Schlussmachen schon für fix und fertig gehalten hatte, war ich nun in einem katastrophalen Zustand.

Fünf Sekunden einatmen, fünf aus. Wiederholen.

Noch fünfmal und ich war einigermaßen bereit, in den Klassenraum zu gehen.

Meine Welt hörte schlagartig auf, sich zu drehen, als ich durch die Windschutzscheibe blickte und Oaklyn zusammen mit Jackson sah. Er hielt am Bordstein an und Oaklyn stieg aus, wirkte erschöpft, warf ihm aber dennoch ein Lächeln zu. Er ging auf den Bürgersteig, nahm sie in die Arme und willig zog sie ihn an sich. Ich quetschte das Lenkrad und das Leder darum knirschte unter dem Druck, während ich zusah, wie er ihr einen Kuss auf den Kopf gab. Er ging rückwärts, bis sich ihre Hände trennten. Waren sie ein Paar? War sie weitergezogen und hatte sich von ihm trösten lassen?

Galle kam in mir hoch und brannte in meiner Kehle. Wie konnte sie nur mit ihm zusammen sein? So schnell vor allem schon? Nachdem sie mir gesagt hatte, sie wolle keinen anderen? Waren sie wirklich zusammen?

Ich stellte mir vor, sie wieder in der Vorlesung zu sehen. Würde ich mich konzentrieren können? Wie sollte ich sie ansehen und nicht vor allen Leuten ausflippen? Eine Erklärung von ihr verlangen?

Das konnte ich nicht.

Ich startete den Wagen, rief mit dem Handy das Büro an und meldete mich für heute krank. Das musste ich nicht einmal vortäuschen, denn ich war total kaputt und strahlte das auch aus.

Zu Hause warf ich die Tür zu, die Tasche auf den Boden und marschierte zur Bar. Ohne mir die Mühe zu machen, ein Glas zu nehmen, schraubte ich eine Flasche Bourbon auf und trank direkt daraus.

Die Morgensonne schien in mein düsteres Heim und verwandelte das gerahmte Bild vor mir in eine spiegelnde Fläche. Mein Spiegelbild starrte mich verschwommen an. Ich nahm die Flasche von den Lippen und betrachtete mich. Ein neunundzwanzigjähriger Mann, der vor neun Uhr morgens direkt aus der Flasche trank. Ein neunundzwanzigjähriger Mann, der die Liebe seines Lebens aufgab, weil er seine Gefühle nicht im Zaum halten konnte. Ein neunundzwanzigjähriger Mann, der sein Leben von der Vergangenheit bestimmen ließ, anstatt selbst die Kontrolle zu übernehmen. Und nicht die scheinbare Kontrolle von früher, sondern die echte. Die, die auch bestehen blieb, wenn die Dinge schwierig wurden.

Wie lange wollte ich mich noch davon zerstören und mir die Entscheidungen abnehmen lassen?

Ja, ich vertraute Oaklyn so sehr, dass ich ihr näherkommen konnte, dass ich sie lieben konnte, aber ich könnte mich sicher auch dazu bringen, das bei anderen zu schaffen. Ich könnte lernen, auch ihnen zu vertrauen. Es lag an mir, was ich konnte und was nicht.

Ich hatte nicht genug dafür getan, selbst an diesen Punkt zu gelangen, sondern hatte ihr all meine Intimität zu Füßen gelegt, als wäre ich ohne sie für immer allein. Auch wenn ich keine andere als sie wollte, bedeutete es ja nicht, dass sie das alleinige A und O meiner Zukunft war.

Ich konnte nicht so weitermachen.

Ich durfte das Verhalten anderer nicht weiter über mich bestimmen lassen.

Ich ließ den letzten Schluck durch meine Kehle rinnen, ging in die Küche und goss die Flasche Whiskey in die Spüle. Zu sehen, wie die braune Flüssigkeit im Abfluss verschwand, war erleichternd und fühlte sich wie ein Schritt in die richtige Richtung an.

Als zweiten Schritt rannte ich die Treppe hoch, nahm zwei Stufen auf einmal, und ging ins Schlafzimmer. Ich packte schnell ein paar Klamotten und Badezimmerzeug ein, nahm das Handy und arrangierte ein paar Dinge. Danach rief ich ein Taxi, denn ich war um zehn Uhr morgens betrunken, und diese Erkenntnis war zwar schwer, aber ich nahm es als weiteren Hinweis darauf, dass ich das Richtige tat.

Am Nachmittag sah ich aus dem Fenster und eine andere Landschaft raste vorbei. Eine, von der ich nicht erwartet hatte, sie je wiederzusehen.

Das Auto parkte vor dem großen Haus und ich nahm meinen kleinen Koffer und ging auf den Bürgersteig. Ich hob die Hand, um zu klopfen, hielt aber inne. Wenn sich diese Tür öffnete, gab es kein Zurück mehr. Sie würde mich zwingen, zu bleiben, so lange wie möglich. Es gäbe keine Flucht und keinen Ausweg.

Ich atmete tief durch und klopfte.

Die Tür ging auf und sie stand dort mit geweiteten Augen.

„Hi, Mom."

„Oh mein Gott! Cal!" Sie legte eine Hand auf ihren Mund und fing an zu weinen.

Ich trat vor und nahm sie in die Arme. „Mom." Ich lachte. „So stellt sich kein Junge das Willkommen von seiner Mom vor."

„Ich kann nicht glauben, dass du hier bist. Du bist zu Hause."

Sie musste sich auf die Zehenspitzen stellen, um mir so lange die Wangen zu küssen, bis ich sie sanft von mir schob. „Wir haben uns doch erst vor ein paar Monaten gesehen."

Sie wischte sich über die Augen. „Komm rein. Dein Vater wird sich freuen, dich zu sehen."

Immer wieder blickte sie über die Schulter, als ob ich plötzlich wieder verschwinden könnte. Mich wiederzusehen war an sich keine große Sache, sondern dass ich nach Hause kam. Kalifornien war immer ihr Zuhause gewesen – unser Zuhause –, aber ich hatte es verlassen, sobald ich konnte, und wusste, dass es sie schmerzte, dass ich nie zurückgekommen war. Meine Eltern liebten mich und hatten sämtliche Feiertage mit der Familie feiern wollen, hatten sich aber mir und meinen Ängsten angepasst. Sie wussten, dass ich Kalifornien mit meiner Vergangenheit in Zusammenhang brachte. Es bedeutete also eine Menge, dass ich nun trotzdem vor ihnen stand.

„Schau mal, was die Katze angeschleppt hat", sagte Mom.

Dad sah von seinem Sessel im Wohnzimmer hoch, wo er die Zeitung las, und musste zweimal hinsehen. „Cal", sagte er erstaunt. Er warf die Zeitung zur Seite, stand auf und umarmte mich. „Willkommen zu Hause, mein Sohn."

„Danke, Dad."

Mom schniefte leise neben mir, riss sich aber zusammen. „Dann lasst uns nicht einfach so hier herumstehen. Was kann ich dir zu trinken anbieten?"

„Nur Wasser, Mom."

Ich hatte mir fest vorgenommen, mich nicht von meinen Ängsten leiten zu lassen. Von jetzt an nur noch Wasser, bis ich meinen Kram in Ordnung gebracht und mich meinen Dämonen gestellt hatte.

Mom kam zurück, setzte sich auf die Couch und lächelte mich an.

Glücklicherweise waren sie umgezogen, nachdem alles passiert war. Die Albträume waren zu heftig gewesen, um zu bleiben. In Kalifornien zu sein, war schwer genug, und ich wollte niemals meine Stärke testen, in meinem alten Zuhause zu sein.

„Ich freue mich riesig, dass du hier bist, aber warum gerade jetzt? Ich kann nicht anders, als zu denken, dass dich etwas Bestimmtes hergeführt hat", sagte Mom.

Ich nahm einen großen Schluck Wasser gegen meine trockene Kehle. „Ich, äh … habe jemanden kennengelernt."

Ihr Gesicht erhellte sich, als könnte sie bereits die Enkelkinder im Geiste sehen.

„Beruhige dich, Mom." Ich rieb mir eine verspannte Stelle im Genick. „Es ist kompliziert, um es simpel auszudrücken."

„Ach was, kompliziert." Sie winkte ab. „Wenn du sie liebst, kriegst du es hin."

„Weshalb ich hier bin. Wir, äh …" Ich atmete tief durch und suchte nach den richtigen Worten, mit denen ich anfangen sollte. Was zuerst gestehen? „Sie ist jung. Mir war bewusst, was ich ihr da alles vor die Füße klatschte. Mir gefiel nicht, was ich ihr aufbürdete, wo sie doch ihre eigenen Probleme hat."

„Oh Baby, du bestehst nicht nur aus deiner Vergangenheit." Das hatte sie mir gesagt, so oft sie konnte.

„Ich versuche, das zu begreifen. Deshalb bin ich hier. Wir haben Schluss gemacht und ich bin sozusagen durchgedreht."

„Ich habe mir schon gedacht, dass du beschissen aussiehst."

„Charles!", rief Mom und schlug auf Dads Bein.

Er zuckte mit den Achseln. „Der Junge sieht aus, als hätte er monatelang nicht mehr geschlafen."

„Danke, Dad. Es sind nur ein paar Wochen."

„Dann erklär mal, was so kompliziert ist", sagte Dad und wusste, dass es schlimmer war, als ich ihnen erzählte.

„Sie ist noch jung."

„Volljährig?", fragte er mit hochgezogenen Brauen. Meine Eltern waren verständnisvoll, aber nur bis zu einer bestimmten Grenze.

„Himmel, Dad, ja." Ich lachte auf. „Aber ihr Leben fängt gerade erst an." Meine Eltern saßen ruhig da und ließen mir Zeit zum Überlegen, wissend, dass da noch mehr war. „Ich bin sehr besitzergreifend was sie angeht. Eifersüchtig wie nie zuvor, und wenn meine Eifersucht tobt, verliere ich den Verstand. Dann kann ich nicht mehr rational denken. Es gibt keine Vernunft mehr. Ich verliere mich in meinen Gedanken und Problemen, und das Temperament geht mit mir durch. Auch ihr gegenüber. Ich sage schlimme Sachen, gemeine Sachen, und das hasse ich." Es auszusprechen schmerzte noch mehr. „Sie ist zu jung, um meine Probleme auf sich zu nehmen."

„Callum“, sagte Mom mahnend. „Eine Frau kann ihre eigenen Entscheidungen treffen. Sie kann immer gehen, wenn sie will.“

„Aber bei welchen meiner Ausraster würde sie diese Entscheidung treffen? Wie tief würde ich dann fallen?“ Mom runzelte die Stirn und griff nach meiner Hand. Das tröstete mich. „Deshalb bin ich hier. Ich kann mich nicht mehr von der Vergangenheit leiten lassen. Ich kann mich nicht länger verstecken und hoffen, dass es durch Ignorieren besser wird. Ich habe genug davon, Mom.“

Sie wischte sich eine entkommene Träne fort. Auch sie trug immer noch schwere Schuldgefühle mit sich herum und ich wollte nicht, dass durch meine Unfähigkeit, loszulassen, alle anderen Beteiligten ausgebremst wurden. Ich musste mich dem stellen. Damit umzugehen lernen.

„Ich hoffe, Dr. Edgemore hat diese Woche Zeit für mich“, sagte ich und bezog mich auf den Therapeuten von damals.

„Ich werde schon dafür sorgen“, bestätigte Dad.

„Wie lange bleibst du?“

„Zwei Wochen. Ich habe noch eine Woche Resturlaub und nächste Woche sind Ferien.“

„Zwei ganze Wochen.“ Aufgeregt klatschte Mom in die Hände. „Wie schön. Jede Menge Zeit, in der du mir von dem Mädchen erzählen kannst.“

Bei dem Gedanken an Oaklyn lächelte ich. „Sie ist wunderbar. Schön, klug, entschlossen und witzig. Sie hat so viel von allem, ich kann kaum so viele Adjektive finden.“

„Das klingt großartig. Ich kann es kaum erwarten, sie kennenzulernen. Vielleicht kommen wir euch besuchen und gehen zusammen essen.“

Ich zuckte leicht zusammen und sah zur Seite. Das größte Geheimnis hatte ich noch nicht erwähnt.

„Was denn? Schämst du dich für uns?“, fragte Mom neckend.

„Nein. Aber wir können nicht zusammen ausgehen.“

Sie hob eine Braue und ging im Geiste alle möglichen Gründe durch. „Ist sie verheiratet?“

„Nein. Himmel, Mom.“

„Was ist es dann?“

Mein Herz raste so schnell, dass mir im Kopf ganz leicht wurde. „Äh, sie ist meine Studentin.“

Ihre Augen weiteten sich und sie schnappte nach Luft. „Callum Pierce.“

„Ich weiß, ich weiß, Mom. Ich habe es nicht absichtlich darauf angelegt. Ich wusste es erst nicht und dann habe ich dagegen angekämpft. Himmel, und wie ich gekämpft habe. Aber sie ist einfach zu wunderbar. Mit ihr habe ich zum ersten Mal so etwas wie eine Zukunft gesehen. Danach konnte ich nicht mehr dagegen ankämpfen.“

Ihr schockierter Ausdruck verwandelte sich in Mitgefühl und ich wusste, dass alles okay war. Sie verstand, und am Ende kam es nur darauf an, dass alles legal und einvernehmlich war. Meine Eltern wollten mich nur in Sicherheit und glücklich wissen.

„Schließlich warst du auch meine Praktikantin, als wir uns kennenlernten“, sagte Dad zu Mom. „Wir mussten unsere … Aktivitäten auch geheim halten.“

Sie errötete.

Ich verzog das Gesicht. „Igitt, Dad.“

Er küsste Mom auf die Wange.

Da war die Liebe, die ich mir auch wünschte. Die Zukunft, die ich wollte.

Aber in dem Zustand, in dem ich mich gerade befand, würde ich das nie bekommen. Wenn ich wollte, dass es mit Oaklyn und mir doch noch klappte, musste ich ein anderer Mann werden.

Ich ließ die Schultern hängen, als ich sie im Geiste in Jacksons Armen sah, und überlegte, ob es nicht schon zu spät war.

Aber das spielte keine Rolle. Wenn es sein musste, würde ich um sie kämpfen.

Doch erst musste ich mich allem stellen und ein besserer Mann werden.

Ich war bereit.

Kapitel 32

Oaklyn

Zwei Wochen.

Ich hatte ihn seit zwei Wochen nicht mehr gesehen.

Ich hatte geglaubt, ihn bereits vermisst zu haben, doch das war nichts im Vergleich zu der Zeit, in der er verschwunden war. Eine Vertretung übernahm seine Vorlesungen oder wir bekamen E-Mails und Notizen geschickt. Ich hatte versucht, Donna diskret auszufragen, doch sie sagte lediglich, er sei im Urlaub. Am liebsten hätte ich darauf bestanden, zu wissen, wo und warum. Stattdessen nickte ich nur und ging wieder.

Ich hätte es per Handy versuchen können und tippte tausende von Nachrichten, schickte aber keine davon ab. Es ging ihm sicher gut. Er hatte viele Menschen, die sich um ihn kümmerten.

Heute würden jedoch endlich all meine Sorgen beantwortet werden. Ich konnte mich selbst davon überzeugen, ob es ihm gutging. Es war die Nacht, in der er mir mit dem Teleskop für das Projekt helfen sollte. Ich hatte mich schon nach anderen Plänen umgesehen, denn ich wusste nicht, ob Callum zurück sein würde oder mir überhaupt noch assistieren wollte. Vielleicht hatte er mich an einen anderen Lehrer weitergereicht.

Dann kam gestern eine E-Mail mit der Erinnerung, für das Projekt um acht im Park zu sein. Ich sah mir den Kalender an und war enttäuscht, zu sehen, dass sich noch ein anderer Student dafür eingetragen hatte. Die Möglichkeiten, die wir gehabt hätten, wenn wir allein gewesen wären, gingen mir durch den Kopf. Aber nein, Joey würde dabei sein. Dummer Joey.

Ich stieg aus dem Bus und lief den Rest des Weges zum Park. Am Tor gab ich den Code ein und machte es hinter mir wieder zu. Der Park schloss bei Sonnenuntergang, also waren wir die Einzigen dort. Oh, und Joey.

Am Eingang atmete ich tief durch und bereitete mich darauf vor, Callum gleich wiederzusehen, damit ich mich normal verhielt, anstatt ihm vor die Füße zu fallen, ihm von den letzten zwei Wochen erzählte und ihn anbettelte, mich zurückzunehmen. Ich hatte ihm so viel sagen wollen, bevor er einfach verschwand.

Tief durchatmen.

Ich ging um das Toilettengebäude herum, sah jemanden auf einem Hügel stehen und schlug diese Richtung ein. Vielleicht war ich die Erste, die erschienen war.

Er beugte sich über eine Box, sein breiter Rücken dehnte die Jacke um ihn herum und ich sehnte mich danach, mit der Hand darüberzustreichen. Fuck. Ich vermisste ihn.

„Hi“, sagte ich leise.

Er richtete sich auf, drehte sich um und betrachtete mich. „Hi.“

Eine Wangenseite hob sich leicht zu einem Lächeln, beinahe nicht sichtbar durch die Stoppeln, die schon fast ein Bart waren. Während er mich prüfend ansah, tat ich dasselbe. Mir fiel auf, dass er nervös war, und auch wieder nicht. Seine Schultern schienen weniger angespannt und sein Blick war offener. Es schien ihm besser zu gehen als das letzte Mal, als ich ihn gesehen hatte.

Es tat weh, zu sehen, wie gut es ihm ging, doch ich schluckte diese Tatsache und zwang mich zu einem Lächeln. „Fangen wir an oder warten wir auf Joey?“

„Joey kommt nicht. Er hat in letzter Minute abgesagt.“

„Oh." Wir waren allein und ungestört. Zum ersten Mal seit einem Monat. Aufregung, aber auch Unruhe flatterten in meinem Bauch. Ging es nur mir so? Er wirkte gelassen und entspannt, wenn auch etwas zappelig. „Okay."

„Komm her, lass uns einen Stern betrachten", sagte er fröhlich und lächelnd.

Zittrig trat ich näher.

„Hier schaut man durch und dort stellt man die Schärfe ein."

Er erklärte mir verschiedene Funktionen an dem Teleskop. Ich bemühte mich, zuzuhören, war aber zu fasziniert davon, seinen langen Fingern zuzusehen, wie sie sich an all den Knöpfen bewegten. Zu fasziniert davon, wie er mich ansah und wie sich sein Blick in meine Haut zu brennen schien. Bildete ich es mir nur ein? Spürte ich das wirklich?

Seine Hand griff um mich herum an einen Einstellknopf und ich erstickte fast an meiner eigenen Zunge, als seine Hitze durch mein Shirt drang und meine Haut versengte. Er blieb länger als nötig so nah bei mir stehen, behielt die Finger am Teleskop, und ich musste mich beherrschen, mich nicht an ihn zu lehnen. Mein Körper bebte, als ich mir vorstellte, wie sich seine harten Muskeln eng an mich gepresst anfühlen würden. Doch dann trat er zurück und ich atmete aus, ohne dass mir bewusst war, dass ich die Luft angehalten hatte, bevor ich mich über den Sucher beugte und den Stern betrachtete. Er sah unspektakulär aus, mit einem Hauch von Blau.

„Du scheinst ziemlich unbeeindruckt zu sein." Er lachte und ich spürte den Klang meine Wirbelsäule hinabrieseln.

„Ich dachte, das würde mehr aussehen wie in diesen Sendungen oder auf den Fotos in Büchern. Farbenfroher."

„Für die Fotos in Büchern nimmt man eine andere Linse, die elektromagnetische Strahlen auffängt. Meistens Infrarot." Er benutzte noch andere Fachwörter unter Einsatz seiner Hände, doch das Meiste verstand ich nicht.

Ich versuchte, ein ernstes Gesicht zu machen, als ob ich ihm tatsächlich folgen konnte, aber am Ende musste ich lachen. Ihm zuzusehen, wie er über Astronomie sprach, war einfach zu schön. Er war voller Liebe für das Thema und ich mochte es, ihn so aufgeregt zu sehen.

„Was ist so witzig?"

„Deine Nerd-Seite kommt zum Vorschein."

„Das ist nicht sexy, oder?", fragte er halb im Scherz.

Grillen zirpten in der darauffolgenden Stille. Ein unsichtbares Band spannte sich bis zum Zerreißen zwischen uns an und ich konnte nicht sagen, ob das gut oder schlecht war.

„Wo warst du?", plapperte ich los. Ich hatte es nicht vorgehabt, bereute die Frage aber auch nicht.

Sein Adamsapfel hüpfte, ehe er sich mit einem ernsten Gesichtsausdruck direkt zu mir umdrehte. „Zu Hause. In Kalifornien."

„Was?" Sämtliche Luft entwich meinen Lungen. Ich dachte, er würde nie mehr dort hingehen. „Geht es deinen Eltern gut?"

„Ja, alles in Ordnung. Es war nur an der Zeit für einen Besuch."

„Wow. Kalifornien. Das ist … unglaublich, Callu… Dr. Pierce." Ich hatte kein Recht mehr, ihn beim Vornamen zu nennen. Er war jetzt nur noch mein Professor.

„Callum“, korrigierte er mich und trat näher. Ich hielt die Luft an, als nur noch ein paar Zentimeter zwischen uns waren. Angespannt wartete ich darauf, dass er die Hand hob und mich berührte, doch das tat er nicht. „Du darfst mich immer Callum nennen.“

„Okay, sagte ich beim Ausatmen. Mir schwirrte der Kopf bei seiner Nähe.

„Es wurde Zeit, nach Hause zu fahren.“

Ich nickte dümmlich, wusste nicht, was ich sagen sollte, wollte aber alles wissen.

„Ich war ein totales Wrack, und was ich vorher war, war noch schlimmer und wurde nur von einer netten Fassade verdeckt. Ich dachte, ich hätte die Kontrolle über mich und über die Vergangenheit, aber das war eine Illusion. Jede Kleinigkeit, die das Thema ansprach, brachte mich wieder in diese Spirale - womit ich leben konnte, denn es betraf nur mich allein.“ Er atmete tief aus und lächelte mich an. „Dann kamst du, und meine Unbeherrschtheit wurde zum Problem. Ich konnte es nicht mehr ignorieren und den Kopf in den Sand stecken. Mir wurde klar, wie sehr es meine Zukunft beeinträchtigte. Und, Oaklyn, ich will eine Zukunft haben. Eine, die ich frei wählen kann. Keine, in der ich von der Vergangenheit verfolgt werde.“

Ich hatte nicht bemerkt, dass ich weinte, bis er mit dem Daumen eine Träne abwischte. Ich lehnte mich an seine Handfläche und ließ mich von seiner Berührung trösten, so wie ich es schon vor einem Monat getan hatte. „Entschuldige, ich wollte nicht heulen. Ich freue mich nur so für dich. Du wirkst viel glücklicher.“

„Das bin ich, aber gleichzeitig auch wieder nicht ... Zu Hause war ich bei meinem Therapeuten und er hat mir hier einen empfohlen. Ich hoffe, dass es mir dann besser geht und es auch so bleibt. Aber es gibt noch andere Dinge in meinem Leben, die nicht in Ordnung sind.“

Seine Hand lag noch immer an meiner Wange und ich unterdrückte das Verlangen, seine Handfläche zu küssen. Näher zu treten und mich an seine Wärme zu schmiegen. „Ich habe im Voyeur gekündigt." Ich konnte es nicht länger zurückhalten. Ich hatte es ihm sofort sagen wollen. In der Hoffnung, dass alles wieder gut werden würde, war ich in die Vorlesung geschwebt, aber er war nicht da gewesen, also spuckte ich es jetzt aus.

„Was?"

Er schien genauso erschrocken darüber, dass ich es einfach so hingeworfen hatte, wie ich selbst.

„Wann?"

„Vor ungefähr zwei Wochen."

„Aber … was ist mit dem Studium? Und mit Jackson?"

Ich schüttelte verständnislos den Kopf und er nahm seine Hand fort. „Was soll mit Jackson sein?"

„Seid ihr zwei denn nicht zusammen? Ich habe euch beide aus seinem Auto steigen sehen, bevor ich weggefahren bin. Er hat die Arme um dich gelegt und dich geküsst."

Seine Worte klangen nach unterdrückter Wut, und ich zerbrach mir das Hirn, bis ich mich an den Tag erinnerte, an dem er uns wahrscheinlich gesehen hatte. Jackson hatte mich zum Abschied umarmt. Ich konnte mir vorstellen, wie das auf Callum gewirkt haben musste. „Nein, wir sind nicht zusammen. Nachdem ich gekündigt hatte, hat er mich zur Uni gefahren. Einen Tag vorher hatte ich mein Auto verkauft und er hatte angeboten, mich zu fahren."

„Du hast dein Auto verkauft? Warum?"

„Es hat mir genug Geld eingebracht, um mich durch dieses Jahr zu bringen, und ich konnte im Voyeur kündigen. Es wurde mir zu … qualvoll, dort zu arbeiten."

Ich hielt inne und er verzog das Gesicht. „Du bist nicht schuld an meiner Abneigung, dort zu arbeiten. Es hat mir nie gefallen. Es war nur ein Mittel zum Zweck und ich wollte es nicht mehr, also habe ich nach einer anderen Lösung gesucht."

Ich leckte mir über die trockenen Lippen. „Es tut mir leid, Callum, dass ich so stur war und nicht gleich nach anderen Möglichkeiten gesucht habe. Ich hätte dir erlauben sollen, mir Geld zu geben. Ich hätte dich niemals wegen meinem Stolz und meiner seltsamen Einstellung Geld gegenüber gehen lassen dürfen. Ich habe einfach schon oft erlebt, wie Geld Beziehungen zerstört hat und wollte nicht, dass uns das auch passiert." Ich lachte leise über mich selbst. „Und dann ist es doch geschehen. Aber ich schwöre, hätte das Geld von dem Auto nicht gereicht, wäre ich zu dir gekommen. Ich hatte genug von unserer Trennung. Ich vermisse dich."

„Oaklyn."

Er flüsterte meinen Namen mit großer Erleichterung. Er war erleichtert, dass es vorbei war. Wir beide strebten danach, wieder zusammenzukommen.

„Außerdem habe ich ein Praktikum im Fachbereich Physiotherapie bekommen. Es beginnt im Sommer."

„Das ist ja unglaublich."

Mir wurde warm ums Herz, weil ich sah, wie stolz er auf mich war.

„Damit und mit den Stipendien und Krediten müsste ich es schaffen. Vielleicht darf ich nur noch Kerzen verwenden und Nudeln essen, aber es wird gehen."

Er lachte mit mir zusammen und kam näher, was mir den Atem verschlug. Er war mir verdammt nah. Meine Brust berührte seine Brust und meine Haut stand in Flammen, sehnte sich nach seiner Berührung.

„Callum", wisperte ich atemlos. Am liebsten hätte ich ihn an mich gezogen und nie mehr losgelassen.

„Ich werde dich füttern", sagte er und stupste meine Nasenspitze an. „Nicht, weil du mich brauchst, sondern weil ich das Essen mit dir vermisse und weil ich es liebe, zu sehen, wie gern du isst. Und weil du mir unglaublich gute Brownies backen kannst."

„Was?" Hörte ich richtig? Bedeutete das, was ich dachte, dass es bedeutete?

„Ich liebe dich, Oaklyn. So sehr. Der letzte Monat hat mich fast umgebracht, aber ich bereue nichts, denn ich bin jetzt ein besserer Mann und kann der Wahrheit ins Gesicht sehen. Aber ich habe jede Sekunde gehasst, in der du nicht bei mir warst. Ich liebe dich, und auch nachdem ich mich mit all meinen Problemen auseinandergesetzt habe, bist du immer noch die Frau, die ich will."

„Cal." Bei diesen Worten rollten Tränen über meine Wangen. Schließlich gab ich meine Vorsicht auf, legte die Hände auf seine Brust und krallte mich in seinen Pullover.

„Das heißt nicht, dass ich perfekt bin, und dass nichts mehr ein böser Auslöser dafür sein wird, denn das wird sicherlich passieren. Aber es wird mich nicht umbringen. Es wird mich nicht zerstören. Auch nicht, wenn du noch im Voyeur arbeiten würdest. Und wenn du dich mit Jackson getroffen hättest, hätte ich heute Abend um dich gekämpft. Ich bin bereit für dich, Oaklyn, und obwohl ich weiß, dass ich älter bin als du, und du sicherlich den Kürzeren in unserer Beziehung ziehst, frage ich dich trotzdem, ob du mich haben willst. Ich frage dich, ob du …"

Ich unterbrach ihn mit meinen Lippen auf seinen. Mehr brauchte ich nicht zu hören. Er hatte alles gesagt, was ich hören wollte. Jetzt wollte ich ihn nur noch spüren. Schmecken. Und ich wollte, dass er mir zuhörte. Ich sah zu ihm auf, dem schönsten Mann, den ich je gesehen hatte. Meinem Clark Kent. „Ich liebe dich auch, Callum. So sehr."

Er stöhnte auf und nahm meinen Mund in Besitz, schob die Hände in mein Haar und hielt mich fest. Als seine Zunge über meine Lippen leckte, öffnete ich sie und wollte ihn noch näher an mir spüren. Ich glitt mit den Händen unter seinen Pullover und ertastete die weiche Haut über seinem harten Bauch, glitt bis auf seinen Rücken, wo ich mich an ihn klammerte. Er rieb die Hüften an mir und bei dem Gefühl seiner Erektion an meinem Bauch, stöhnten wir beide.

„Ich brauche dich, Oaklyn. Bitte."

Ich nickte und er packte mich unter dem Hintern, hob mich hoch, kniete sich hin und legte mich ab.

„Oh, warte", sagte er. „Ich habe eine Decke im Auto."

„Nein." Ich krallte mich erneut in seinen Pullover und zog Cal zwischen meine gespreizten Beine. „Vergiss die Decke. Ich will dich jetzt."

Er lächelte und verschlang meine Lippen. Seine Hand lag auf meiner Brust und seine Küsse hinterließen eine nasse Spur an meinem Hals. Er hörte nicht auf, mich zu küssen, während er meine Bluse aufknöpfte, bis er an meinen BH gelangte, ihn zur Seite schob und mit meinen Nippeln spielte. Ich bäumte mich unter ihm auf und hob meine Brüste seinem Mund entgegen. Als er mit dem Bart über meinen Nippel kratzte und mit der anderen Hand den anderen reizte, schnappte ich nach Luft.

„Ich wusste doch, dass mir der Bart gefällt."

„Warte ab, bis du ihn zwischen den Beinen spürst, wenn er über deine empfindsame Pussy streicht."

Ich stöhnte erwartungsvoll und hob die Hüften, um etwas mehr Reibung zu ergattern und mein Verlangen zu befriedigen. „Hör auf, mich zu necken, Cal. Ich will dich."

Er setzte sich auf und die kühle Nachtluft machte meine Nippel, die ich mit meinen Fingern streichelte, noch härter. Er zog mir die Hose aus. Das Gras kitzelte an meiner Haut, aber das störte mich nicht. Ich hätte mich nackt auf glühende Kohlen gelegt, nur um Cal in mir zu spüren. Doch ich musste nichts dergleichen ertragen. Er zog seine Jacke aus und legte sie unter mich. Während er seinen Gürtel und die Hose öffnete, zuckte ich mit den Hüften und spreizte die Beine, sodass ich ihn mit dem aufreizenden Anblick folterte. Mit den Fingern spielte ich solange mit meinen Nippeln, bis Cal meine Hände zur Seite schob.

„Die gehören mir."

Die Spitze seines Schwanzes strich über meine Öffnung und wir stöhnten beide. Ich griff zwischen uns, nahm ihn in die Hand und führte ihn an meine Mitte. Er biss in meinen Nippel, als ich die Spitze seines Schwanzes an mir rieb und in mich einführte.

„Fick mich, Cal."

Er sah mich an und drang langsam in mich ein. Schrecklich langsam, bis er mich bis zum Anschlag ausfüllte.

„Himmel, ich habe deine Pussy vermisst."

„Ich habe dich in mir vermisst."

Er drückte die Lippen auf meine und begann, mich zu vögeln. Er stieß hart und schnell zu. Ab und zu zog er sich fast komplett aus mir zurück und sah zu, wie meine Brüste mitschwangen, wenn er wieder zustieß.

„Deine Titten sind einfach perfekt."

„Sie sind klein", argumentierte ich atemlos.

Er umfasste meine rechte Brust. „Sie passen perfekt in meine Hand."

„Ich liebe dich."

Er griff unter meinen Oberschenkel und legte ihn auf seine Hüfte, drückte sich auf mich und rieb sich an mir. „Ich liebe dich auch“, sagte er an meinen Lippen.

Seine Worte, die harten Stöße, wie er an meiner Klit rieb, das alles gab mir den Rest. Ich klammerte mich an ihn, neigte den Kopf nach hinten, als ich mich anspannte, seinen Schwanz in mir quetschte und um ihn herum explodierte.

„So schön. Wenn du kommst, ist es wie eine enorme Super Nova.“

Dann verlor er die Kontrolle über seine Bewegungen und hämmerte in mich, bis er plötzlich innehielt und tief in mir kam. Sein Stöhnen vibrierte in mir und jagte kleine Nachbeben der Lust durch mich hindurch.

„Ich liebe dich so sehr, Oaklyn.“

„Ich dich auch.“ Ich strich durch sein Haar und küsste seine feuchte Schläfe.

Später rutschte er aus mir heraus, rollte sich neben mich und zog mich in seine Arme.

„Immer, wenn ich mir vorgestellt habe, unter dem Sternenhimmel jemanden zu lieben, warst du es.“

Ich. Er dachte an mich. Das erfüllte mich mit so viel Freude, dass ich glaubte, mein Herz würde allein bei diesen Worten explodieren.

„Und wie geht es jetzt weiter?“ Ich küsste seine Brust, die sich mit einem tiefen Seufzen hob.

„Jetzt sind wir zusammen.“

„Was ist mit der Uni?“

„Wir dürfen es niemandem sagen und müssen unsere Liebe verstecken. Aber eins sage ich dir. Sobald du nicht mehr meine Studentin bist, werde ich dich ausführen, bis der Arzt kommt. In die besten Restaurants. Ich werde dich der Welt zeigen und alle sehen lassen, dass ich der glücklichste Mann auf dem Planeten bin.“

Mir taten bereits die Wangen weh vom vielen Grinsen. Ich liebte diesen Mann so sehr, und auch wenn der letzte Monat die Hölle gewesen war, hätte ich es nicht anders haben wollen, wenn es am Ende bedeutete, in seinen Armen zu liegen. Wenn es bedeutete, jede Nacht mit ihm unter den Sternen zu verbringen.

Epilog

Callum

„Schau dir an, wie diese perfekten Titten hüpfen“, knurrte ich und betrachtete in der Scheibe, wie sich ihre Brüste bei jedem Stoß bewegten. „Ob man wohl da unten sehen kann, wie sehr du es liebst, mich in dir zu haben?“

„Cal“, japste sie und kniff die Augen zu.

Ihr Körper sah auf dem Glas aus, als würde er glühen. Der Sonnenuntergang über Sacramento bildete den Hintergrund für meinen Körper, der sich um Oaklyn schlang. Ich knabberte an ihrem Hals und erhöhte das Tempo meiner Stöße. Ihr Wimmern wurde zu einem Stöhnen und ihre Finger versuchten, sich in die Glasscheibe zu krallen. Ich lehnte mich leicht zurück, packte ihre Hüften, und sah zu, wie ich in ihre enge, nasse Hitze glitt.

„Ja, ja!“, rief sie.

„Willst du, dass man dir zusieht? Macht es dich an, wenn sie deine Lust sehen?“

„Ja.“

Ich beugte mich über sie und drückte meine Brust an ihren Rücken. Mit einer Hand griff ich um sie und berührte ihre Klit. Ich rieb sie schneller und saugte an ihrem Ohrläppchen, knabberte daran, ehe ich wieder zurückwich.

„Mich auch“, hauchte ich an ihrem Ohr.

Sie kam. Ich stieß weiter heftig in sie, betrachtete ihr Spiegelbild, fokussierte mich auf ihre Pussy, die mich umklammerte, und auf ihr Stöhnen.

Ich kam.

Meine Augen schlossen sich, als sich meine Muskeln vor Lust anspannten. Ich drückte die Hüften fest an ihren Hintern, drang so tief ich konnte in sie ein und genoss jedes einzelne Pulsieren meines Schwanzes.

Als das Rauschen in meinen Ohren abgeklungen war, platzierte ich noch einen Kuss auf ihren feuchten Rücken.

„Meinst du, man kann uns wirklich sehen?", fragte Oaklyn schwer atmend.

Lachend zog ich mich aus ihr zurück und stöhnte leise dabei. „Eher nicht. Aber es macht Spaß, es sich vorzustellen. Du scheinst dann noch heftiger zu kommen."

Ihr Haar peitschte über mein Gesicht, als sie verspielt den Kopf drehte und mich ansah. „Stimmt gar nicht."

„Okay", sagte ich mit hörbarem Zweifel in der Stimme. „Jetzt komm, du bist spät dran." Ich gab ihr einen Klaps auf den Hintern und ging ins Bad, um einen Waschlappen zu holen.

„Und wessen Schuld ist das?", fragte sie und stapfte nackt mit ihrem Kleid in der Hand ins Bad.

Ich wusch sie mit dem Lappen zwischen den Beinen, wobei sie kurz zischend einatmete. „Deine, weil du in diesem Kleid erschienen bist. Damit hast du mich praktisch angefleht, dich zu nehmen." Ich warf den Lappen ins Waschbecken und küsste Oaklyn schnell auf die Lippen. „Zieh dich an."

„Das war ich bereits, und dann hast du mich wieder ausgezogen."

Ich winkte ab und ging ins Wohnzimmer unserer Hotelsuite. Die Koffer standen noch unausgepackt an der Tür, da wir erst vor wenigen Stunden angekommen waren. Es war schwer zu glauben, dass ich erst vor vierundzwanzig Stunden zugesehen hatte, wie die Liebe meines Lebens auf der Bühne ihr Diplom entgegennahm. Ich hatte in vollem akademischen Ornat dort gesessen und nur minimal applaudiert, denn sie hatte mich gebeten, nicht aufzustehen und zu jubeln, wie ich es eigentlich gewollt hatte. Wir hatten unsere Beziehung erfolgreich geheim gehalten, auch nachdem sie nicht mehr meine Studentin gewesen war. Denn wir hielten uns weiterhin bedeckt, um keine Aufmerksamkeit auf uns zu ziehen. Ein paar Leute hatten etwas gemerkt, aber da es keine Verbote gab, was die Beziehung zwischen einer Studentin und irgendeines Professors betraf, passierte nichts weiter, als dass uns ein paar missbilligende Blicke trafen.

So hatten wir drei Jahre überstanden, und nun konnten wir tun und lassen, was wir wollten. Einschließlich sie in einem teuren Hotel direkt vor dem Fenster zu ficken. Ich hatte ihren Wunsch respektiert, meine Liebe für sie in der Öffentlichkeit so wenig wie möglich zu zeigen, aber jetzt gab es kein Halten mehr.

„Meinst du, du kannst ihn jetzt in der Hose lassen, Dr. Pierce?“

Oaklyn schlang von hinten die Arme um meine Taille und legte die Handflächen auf meine Brust. Ich berührte den funkelnden Diamanten an ihrem Finger.

„Ich kann es versuchen, aber vielleicht müssen wir später mal kurz die Toiletten aufsuchen.“

Sie lachte, trat vor mich und betrachtete den Ring aus Weißgold, der vor meiner schwarzen Anzugjacke hell strahlte. Gestern um Mitternacht, nachdem ich sie vernascht hatte, und sie mit einem Laken um ihren Körper eine Waffel verspeiste, hatte ich ihr einen Antrag gemacht. Sie hatte mich glücklicher gemacht, als ich es in den letzten drei Jahren war, als sie nickte und Tränen über ihre Wangen gerollt waren. Freude schwoll in mir an, so groß und jeden kleinsten Raum in mir erfüllend, dass ich dachte, ich müsste explodieren. Dann liebte ich meine Verlobte erneut, bis wir erschöpft ein paar Stunden schliefen, ehe wir nach Kalifornien flogen.

„Ich denke doch, du schaffst es durch das Abendessen mit deinen Eltern, ohne einen Quickie auf der Toilette."

„Für dich werde ich es versuchen", sagte ich und küsste sie.

Fast hätten wir uns wieder in dem Kuss verloren, doch sie wich zurück. „Nein, Dr. Pierce. Wir müssen die Reservierung einhalten."

„Na gut", knurrte ich.

Sie lächelte mich an und meine ganze Welt lag in ihren Augen. „Ich liebe dich", sagte sie leise.

„Ich dich auch." Ich musste gegen den Kloß im Hals anschlucken. Sie ließ mich so viel Glück fühlen, dass die Dunkelheit, die manchmal kam, es nicht beschädigen konnte. „Danke für deine Geduld und dass du mich liebst, obwohl ich so ein Wrack war."

Oaklyn hatte mehr als Geduld bewiesen. Sie wollte mich auch, als sie das Schlimmste in mir zu sehen bekommen hatte, und wartete darauf, dass ich das Beste aus mir machte. Und das hatte ich. Für sie hatte ich die Therapie weitergemacht und hatte mir eine solide Basis geschaffen, auf der ich meine Zukunft aufbauen konnte. Manchmal war es noch schwer, aber nie mehr so schwer, wie es gewesen war, als ich noch allein war. Sie saß dann mit mir in der Dunkelheit und liebte mich durch sie hindurch.

Ich könnte sie den Rest meines Lebens lieben und es wäre immer noch nicht genug. Doch ich würde dabei sterben, es zu versuchen. Hoffentlich erst, wenn wir beide alt und grau waren und ein erfülltes Leben hinter uns hatten.

„Für dich immer." Sie küsste mich noch einmal, verschränkte die Finger mit meinen und führte mich zur Tür. „Und jetzt komm. Es wird Zeit, dass ich vor deinen Eltern mit meinem Ring angebe."

„Also echt kein Toilettensex?“, neckte ich sie.
„Wenn du brav bist, schleichen wir uns später auf den Dachgarten und lieben uns unter den Sternen.“
„Vergiss die Toilette. Du unter den Sternen ist immer meine erste Wahl.“

Autorin

Fiona Cole ist Militärsgattin und Hausfrau mit Abschlüssen in Biologie und Chemie. Trotz ihrer Liebe zur Wissenschaft beschloss sie, ihre Karriere zu verschieben, um bei ihren beiden kleinen Mädchen zu Hause zu bleiben. Stattdessen tauchte sie in die Welt der Bücher ein, bis sie schließlich beschloss, ihre eigenen Romane zu schreiben.